LA PETITE RITOURNELLE DE L'HORREUR

Également chez Pocket

Des poignards dans les sourires
Requiem pour un diamant
La Petite Ritournelle de l'horreur

CÉCILE CABANAC

LA PETITE RITOURNELLE DE L'HORREUR

fleuvenoir

ISBN : 978-2-266-33126-5
Dépôt légal : mars 2023

À Joseph, mon trésor.

« L'enfer est vide, tous les démons sont ici. »

William Shakespeare

« Pourquoi faire souffrir quelqu'un d'autre ?
Souffrir soi-même suffit. »

Joyce Carol Oates

Pio Achenza

La vieille bâtisse rongée par le salpêtre fut arrachée à l'obscurité par les phares d'une Opel Corsa en fin de course. De ses yeux rougis de fatigue, le nouveau propriétaire l'observa, les mains toujours sur le volant, en pensant aux mois d'efforts et de sacrifices qu'il faudrait encore avant d'y habiter. Puis il se saisit du sandwich et de la canette de bière posés sur le siège passager, sortit de son véhicule et pénétra dans la maison ouverte aux quatre vents.

Sans porter la moindre attention aux pièces du rez-de-chaussée, Pio Achenza grimpa l'escalier pour se diriger vers une des chambres de l'étage. Là, il alluma un projecteur de chantier, quitta sa lourde parka kaki. D'un geste brusque, il la jeta sur une chaise en osier éventrée qui vacilla sous son poids, puis remonta les manches de sa chemise à carreaux jusqu'aux coudes, faisant apparaître deux bras puissants parcourus de veines saillantes. Il fit un tour sur lui-même, mit en marche un petit poste de radio, se saisit d'une masse. Après une profonde inspiration, la démolition du mur commença.

Les mots de sa femme résonnaient encore en lui. Elle lui avait enjoint de se consacrer au chantier pour que la famille s'installe au plus vite dans cette masure isolée qu'ils venaient d'acheter pour une somme dérisoire. Avec trois enfants et un quatrième en route, leur appartement était devenu vraiment trop petit. Et l'ambiance à la maison, électrique.

En réalité, il se serait bien passé d'une nouvelle bouche à nourrir, mais Maria avait refusé toute discussion quant aux options qui s'offraient à eux : « Bien obligés de faire avec ! » L'air maussade avec lequel elle avait assené ça lui avait laissé un goût amer qu'il espéra atténuer grâce à une rasade de bière. Il culpabilisait à l'idée que l'annonce de cette grossesse ait pu l'attrister, et, en donnant de vifs coups dans la cloison qui se fendillait déjà, il prit conscience qu'il était en colère. Une rogne sèche. Piquante. Dont les remous profonds le faisaient redoubler de vigueur.

Il tapait de plus en plus violemment pendant que Maria occupait toutes ses pensées. Des râles rauques s'échappaient de sa gorge tandis qu'il concentrait toute son énergie dans sa masse. Une large fissure courut dans le plâtre, puis un morceau de brique tomba au sol dans un nuage de poussière. À bout de souffle, il s'interrompit un instant. Au fond, ce n'était pas sa femme et son sale caractère qui créaient son trouble. C'était le chemin que prenait sa vie. Cette trajectoire impossible à maîtriser. Il était inquiet.

Subitement, la journée de boulot pesait sur ses bras. Il aurait peut-être pu reporter les travaux au lendemain, après tout, on n'était plus à un jour près. Maria serait déçue du retard pris, mais il avait désormais l'habitude de ses reproches incessants. Pio chancelait de fatigue en observant le mur ; d'ailleurs, sa vue se brouillait. Plusieurs fois il cligna des yeux, tant il lui semblait que l'espace autour de lui ondulait.

D'une pression du doigt, il fit cesser le rap irritant que crachait la radio. Une migraine pointait. Malgré ses élancements, il examina de nouveau la cloison. Là, dans un trou d'à peine dix centimètres, un détail attira son attention. Un petit morceau de chiffon apparaissait dans la brèche.

Le propriétaire s'accroupit lentement, tâta l'orifice puis tira sur le tissu. Le plâtre s'effrita tout autour en produisant le son d'une fine grêle, pourtant l'imprimé bleu pâle lui résistait. Fébrile, il poursuivit la démolition alors que des gravats giclaient dans tous les sens. Puis, soudain, une odeur nauséabonde se répandit dans la pièce, comme une bête menaçante. La frayeur le mordit si fort qu'il se mit à reculer. Ses yeux exorbités fixaient la cavité qui, telle une gueule béante, laissait entrevoir l'étoffe sur laquelle il pouvait à présent distinguer le visage sérigraphié d'une idole d'adolescentes.

Un violent tremblement agita son corps. *Qu'est-ce que ça veut dire... ?* Son estomac, lui, savait déjà. Il se contracta brutalement, au point que Pio dut se mettre à quatre pattes sur le ciment froid. Des larmes embuèrent ses yeux tandis qu'un second spasme lui nouait les tripes, mais, malgré la puanteur qui envahissait l'espace, il sut qu'il devait se ressaisir. Pour savoir. Éloigner le doute, combattre la peur.

Encore deux coups de masse. Cette fois, une large plaque de plâtre glissa à ses pieds en créant un vide sombre tout près de lui. Un souffle glacé comme un chuchotement venu du tréfonds des ténèbres l'enveloppa tout entier. Lorsqu'il releva les yeux, un cri déchirant s'échappa de sa gorge.

Sevran

Il était 1 h 30 du matin. Sevran se douchait après une fête de famille arrosée qui s'était prolongée beaucoup plus tard que prévu. L'alcool l'avait rendue gaie et légère. Un doux état d'apesanteur qu'elle savourait sous la pluie chaude lorsqu'elle remarqua la silhouette raide de William, son mari, derrière la vitre trempée.

— Biolet vient d'appeler. Il t'attend dehors dans un quart d'heure.

— Mais je… Pourquoi ?

— C'est très grave, apparemment. Il a insisté.

Il lui tendit une serviette. Elle se rhabilla en silence, l'esprit assailli de questions. Qu'est-ce qui pouvait nécessiter sa présence en pleine nuit ? Pourquoi son équipier la sollicitait-il alors qu'il l'avait justement encouragée à prendre quelques jours de repos ?

Elle se rendit dans le bureau juste à côté de l'entrée. Là, ses doigts composèrent le code sur le clavier du coffre-fort qui débloqua la porte, puis, après s'être saisie de son SIG, elle l'inspecta et le fourra dans son holster. Elle avait encore cinq minutes devant elle. Dans le salon plongé dans le noir, William attendait sur le canapé.

— Tu ne t'inquiètes pas, d'accord ? Va te coucher, je reviens dès que possible.

— Je m'inquiète toujours, tu le sais bien…

— C'est inutile, souffla-t-elle dans une vaine tentative de le rassurer. Je t'aime.

Elle l'embrassa et tourna les talons. Elle avait besoin de prendre l'air. Elle ignorait pourquoi ce coup de fil nocturne l'angoissait autant, c'était loin d'être le premier de sa carrière, mais le fait que Biolet l'ait appelée en pleine nuit ne présageait rien de bon. En franchissant le seuil de sa maison, son corps tout à l'heure souple et chaud se raidit brusquement. Un vent glacial s'insinua dans son cou, qu'elle cacha aussitôt dans le col de son manteau. Ses pieds se mirent à battre le goudron. Il fallait qu'elle dégrise. Et vite.

À cette heure, seuls les lampadaires éclairaient le quartier pavillonnaire, formant des ombres floues qu'elle observait distraitement. L'alcool altérait les nuances, arrondissait les angles. La buée qui s'échappait de ses lèvres entrouvertes disparaissait dans l'obscurité, pâle petit nuage de condensation.

Quand Biolet arriva enfin avec la voiture de service, il pila net devant son allée. La commandant monta sans traîner dans le véhicule.

— Qu'est-ce qui se passe ? J'étais censée profiter d'un week-end tranquille en famille, tu t'en souviens ?

— On a reçu un appel. Un homme a trouvé un corps en démolissant un mur dans la maison qu'il vient d'acheter.

Son équipier affichait une mine grave et avait le teint cireux.

— Il s'agit d'une gamine.

La sobriété de ces dernières paroles la fit frissonner. Les prunelles noires de son collègue se plantèrent dans les siennes pour un échange complice et muet. À présent, sa lucidité créait des angles vifs, des lignes coupantes et des couleurs criardes dans le décor.

Les corps démembrés, lacérés, poignardés, les petits vieux maltraités, battus à mort… Ensemble, Biolet et elle avaient eu leur lot d'atrocités qui avaient fini par les endurcir. Mais les enfants… ça non, elle ne s'y ferait jamais. L'image de Manon lui vint à l'esprit. Quelques heures plus tôt, sa fille, son bébé, était en train de souffler les huit bougies qui trônaient sur son gâteau d'anniversaire. Parfois, la vie ressemblait à une mauvaise farce. Cueillie au beau milieu de la nuit dans le confort de sa paisible existence, Sevran sentit l'effet d'un violent uppercut en pleine figure. Elle s'éclaircit la voix puis demanda :

— Depuis quand est-il propriétaire ?

— Trois mois. Il y a deux semaines, il a commencé à y faire des travaux après le boulot. Il a trois gosses. Il est en état de choc.

La commandant se passa une main tremblante dans les cheveux.

— On a écarté la possibilité qu'il y ait d'autres corps ?

— Pas complètement.

Les maisons, les arbres, les panneaux en bord de route… Elle regarda toutes ces choses ordinaires comme autant de repères d'un monde qui allait chavirer.

— Ça va aller, toi ? s'inquiéta-t-elle.

— Oui. Julie vient de partir à la maternité, elle doit accoucher d'un moment à l'autre, mais sa mère est auprès d'elle. Et puis, je préfère… Enfin, tu sais…

Sevran s'abstint de lui conseiller de rejoindre sa compagne, car, deux ans plus tôt, celle-ci avait mis au monde un bébé mort-né. La douleur et l'incompréhension avaient alors plongé le couple dans une détresse infinie. Et si, au prix d'un travail acharné, Biolet était parvenu à remonter la pente, dans le petit pavillon familial, la chambre censée accueillir l'enfant, elle, était restée fermée à double tour jusqu'à ce que l'espoir refleurisse enfin. La commandant, qui connaissait son ami par cœur, savait qu'il redoutait cette naissance avec autant d'intensité qu'il la désirait.

— Cette fois, on risque de prendre de sacrés coups…, murmura Biolet.

— On fait comme d'habitude. On se parle et on prend soin l'un de l'autre.

Son équipier s'engagea sur un chemin de terre encadré par de hauts arbres que seuls les phares éclairaient. Après un virage à droite, l'enquêtrice découvrit les gyrophares qui tournoyaient dans la nuit et les puissants projecteurs qui inondaient la façade d'une vieille bâtisse d'une lumière presque irréelle.

À peine eut-elle posé le pied au sol qu'une tension désagréable lui raidit la nuque. Une vingtaine de personnes étaient réunies aux abords de la maison. Les techniciens de l'identité judiciaire, qu'elle connaissait pour la plupart, s'affairaient dans leur combinaison blanche. Des regards lourds se croisèrent. Autant d'échanges pudiques et silencieux qui disaient tout de leur quotidien, de la banalité du mal, de la désespérante routine de l'horreur.

Même à distance de la porte d'entrée, un sentiment de malaise imprégnait les lieux. Sevran s'en approcha pourtant, résistant à une profonde envie de fuir. Elle serra poliment quelques mains avant de pénétrer à l'intérieur.

Là, elle traversa une pièce où un monticule de carrelage encombrait le sol, puis une autre où les lattes d'un plancher étaient méticuleusement rangées en piles contre un mur. Elle se laissa guider par les ombres et les chuchotements des collègues jusqu'à l'étage supérieur. Entra dans un espace exigu que le propriétaire avait dû vouloir agrandir, peut-être pour accueillir la chambre d'un enfant. Une fois qu'elle fut dos au mur du fond, juste derrière le spot irradiant de chaleur, elle osa enfin lever les yeux.

Sous l'effet des flashs des appareils photo de l'IJ, la cloison semblait s'animer. Sevran était incapable de prononcer le moindre mot. Biolet manifesta instantanément sa sidération. Devant eux, dans le trou, un squelette. Debout. Sans doute celui d'une adolescente de 13, peut-être 14 ans. Elle portait un haut à la gloire d'un chanteur de K-pop que l'enquêtrice reconnut car Manon faisait partie de ses fans, et un vestige de jupe en jean trouée. La commandant nota qu'une ballerine blanche habillait encore son pied droit. L'odeur laissait penser que la putréfaction n'était pas totalement terminée.

Une fureur sourde se forma quelque part dans sa poitrine. Elle la sentit se déployer en elle comme les bataillons d'une armée. Ce spectacle atroce la bouleversait.

Après s'être raclé la gorge, elle s'adressa à un policier de la Scientifique :

— Depuis combien de temps ?

— Quatre mois. Peut-être cinq.

— Il faut vérifier le reste du mur.

— On vous attendait. On va s'y attaquer.

— Bien.

Sevran se détourna pour échapper à la vision cauchemardesque, espérant que ça suffirait à calmer les palpitations de son cœur. Son équipier la regardait, toujours hagard.

— Tu sais, tu peux encore foncer à la maternité. On est assez nombreux, ici.

Biolet secoua silencieusement la tête, pourtant son appréhension était palpable.

— Tout va bien se passer. Ne t'en fais pas, tenta-t-elle de l'apaiser.

À cet instant, le procureur, Antoine Edelman, nouvellement nommé, pénétra à son tour dans la pièce. Presque aussitôt, ses pupilles se dilatèrent comme deux lacs sombres face au petit corps. Sevran, elle, resta immobile. Elle observait les membres de la Scientifique effectuer leurs relevés sans que son cerveau parvienne vraiment à analyser ce qu'elle voyait.

Soudain, un policier vint donner un violent coup de masse dans le mur, faisant sursauter tout le monde. Hormis les gravats qui chutaient au sol, certains lourdement, d'autres en pluie fine, un silence lugubre accompagnait ses gestes. L'officier s'acharnait depuis presque cinq minutes lorsqu'un cri finit de glacer l'atmosphère. Fébrilement, la commandant fit un pas sur le côté pour avoir une vue dégagée sur le nouveau trou qui s'était formé. Un autre corps. Un autre enfant. Un garçon, à en juger par les vêtements qu'il portait. La nausée s'empara d'elle.

Très vite, Edelman ordonna le sondage de toute la maison, et Sevran décida de s'éloigner, laissant le champ libre aux techniciens. Elle se réfugia dans la voiture, où Biolet ne tarda pas à la rejoindre. Tous deux passèrent la nuit là, immobiles et muets, acteurs impuissants d'un cauchemar.

Des heures passèrent ainsi dans les griffes d'une brume glaciale, jusqu'à ce que, aux alentours de 5 heures du matin, un collègue vînt gratter doucement à la vitre.

— On en a trouvé un autre, annonça-t-il à peine le carreau baissé.

— Un enfant ?

— Oui. Pas vieux.

— Merde, souffla-t-elle.

Sevran s'extirpa du véhicule malgré le terrible poids qui l'écrasait. Le charnier distillait désormais ses miasmes jusque dehors. Et chaque pas vers lui semblait la contaminer.

Trois petits squelettes étaient à présent alignés sur le sol au rez-de-chaussée. Leurs mains et pieds avaient soigneusement été emballés dans des sachets de papier, ainsi que le voulait la procédure. Une unique chaussure déposée à côté de chacun d'eux. Un technicien balayait leurs vêtements avec une lumière bleue fluorescente, en quête de traces biologiques, tandis qu'un de ses collègues tamponnait avec précaution les dépouilles à l'aide de bandes adhésives dans le but de prélever des fibres. En s'approchant, l'odeur mit de nouveau à rude épreuve les tripes de la commandant, mais elle s'efforça de rester concentrée sur les corps, sur leurs crânes aux orbites immenses, sur leurs habits poussiéreux. Dans son dos, elle sentait qu'Edelman l'examinait avec froideur.

— Ils n'avaient plus qu'une chaussure au pied droit, expliqua alors un technicien.

— Celui qui a fait ça a dû conserver la deuxième en trophée, hasarda Biolet.

— Possible…, murmura Sevran. En tout cas, on a des victimes des deux sexes. Il arrive souvent, dans les meurtres d'enfants, que le tueur n'ait pas de préférence de genre. D'ailleurs, il ne les a même pas déshabillés.

Son coéquipier, qui surplombait désormais le cadavre du dernier gamin découvert, garda le silence, comme absorbé dans ses pensées.

— Qu'est-ce qu'il y a ?

— Ce maillot de foot, il me rappelle quelque chose…

Puis il s'adressa aux deux techniciens :

— Est-ce que vous pouvez retourner ce corps, s'il vous plaît ?

L'opération, délicate, sembla interminable.

— « Suarez. Équipe de Barcelone », lut Sevran.

Elle étudia les poignets osseux et découvrit, à la limite de l'emballage en papier, un petit bracelet recouvert de poudre de plâtre. D'une main gantée de latex, elle le frotta. Aussitôt, une couleur fluorescente apparut. Une sorte de médaille était accrochée au lien.

— C'est impossible…, souffla Biolet, sonné.

— Quoi ?

— En 2015, un gamin de 13 ans, Enzo, a disparu à Clermont. Je t'avais demandé d'auditionner son père biologique chez lequel il devait se rendre.

— Je m'en souviens. Le père n'avait pas vu son fils depuis des années. Tu crois que… ?

— L'âge approximatif, la taille, le maillot, le bracelet fluo… Ça fait pas mal de points communs…

Elle échangea un regard grave avec son équipier, puis sortit pour rejoindre le jardin qui paraissait avoir été laissé en friche depuis bien longtemps. Une envie de vomir l'étreignait. Cette enquête menée quatre ans plus tôt pour retrouver le jeune garçon avait profondément affecté Biolet. Sa frustration et son sentiment d'impuissance avaient d'ailleurs alimenté de longues conversations téléphoniques entre eux. Autant dire qu'une telle résurgence ne pouvait pas tomber plus mal pour lui…

Alors qu'elle tentait de reprendre ses esprits, elle remarqua la présence du propriétaire de la maison, assis contre un mur, la tête entre les mains. La commandant s'aperçut que, accaparée par ses émotions, elle n'avait même pas encore pris le temps de s'entretenir avec lui. Sevran se dirigeait vers lui lorsque le procureur la cueillit. Edelman était tellement nerveux qu'il lui donna l'impression d'être un animal traqué par un prédateur. Son débit de paroles était si rapide qu'elle ne parvenait même pas à se concentrer sur ce qu'il disait.

— Quand comptez-vous faire votre conférence de presse ? le coupa-t-elle enfin.

— Je viens de vous le dire ! Dans trois heures.

— Bien. Nous vous apporterons tous les éléments nécessaires d'ici là.

— Vous n'avez pas compris. Je veux que vous soyez avec moi.

— Je crois que je serai plus utile sur le terrain.

— Ne discutez pas. Vous venez, c'est tout.

Elle jura intérieurement, et son agacement redoubla quand un journaliste, maintenu à distance par la rubalise, la héla. À travers les arbres nus, elle constata que le défilé des camions de télévision débutait. Même si des plantons s'occuperaient de les contenir tous, bientôt des flashs crépiteraient un peu partout dans la nuit.

À une quinzaine de mètres d'elle, Biolet, adossé à une voiture, était concentré sur l'écran de son portable. Elle parcourut les quelques pas qui les séparaient.

— Du nouveau à la maternité ?

— Rien pour le moment, répondit-il, laconique, avant d'esquiver en plongeant le nez dans son calepin. Pendant que le proc' te tenait la jambe, j'ai interrogé le nouveau proprio, Pio Achenza. Il a acheté la maison à une vieille dame du nom de Madeleine Duflot. Elle a 76 ans et vit dans un Ehpad à dix bornes d'ici. J'ai essayé de joindre l'établissement en question, mais ça sonne dans le vide. Il est encore trop tôt.

— OK. Dès que le personnel de jour sera arrivé, on commencera par là. J'ai un peu de temps devant moi avant la conférence de presse à laquelle Edelman vient gentiment de me convier.

Une faible clarté affleurait derrière un amas de nuages noirs quand les deux flics quittèrent les lieux. Dans le rétroviseur, plus la masure rétrécissait, plus Sevran sentait ses crocs desserrer leur emprise sur elle. Une indicible sensation de soulagement l'envahit, créant un vide qui l'accompagna tout au long du trajet, jusqu'au panneau blanc indiquant l'Ehpad Saint-Nicolas.

À l'accueil, elle présenta sa carte à une jeune femme qui informa immédiatement le directeur qu'on souhaitait le rencontrer. Quelques minutes plus tard, un homme vêtu d'une veste pied-de-poule marron faisait son apparition dans le hall. Il les salua en s'attardant sur leurs visages anxieux et crispés et leur proposa un café avant de les interroger sur le motif de cette entrevue :

— Que puis-je pour vous ?

— Nous aimerions nous entretenir avec l'une de vos résidentes, Mme Madeleine Duflot.

— Puis-je vous demander à quel sujet ?

— Nous ne pouvons pas vous fournir de détails, mais elle est l'ancienne propriétaire d'une maison qui fait l'objet de recherches à l'heure actuelle.

— Je comprends, mais j'ai le regret de vous annoncer que Mme Duflot nous a quittés il y a quinze jours.

— Savez-vous si elle avait de la famille ? Des héritiers auxquels nous pourrions nous adresser ?

— Pas à notre connaissance, malheureusement. Et nous n'avions personne à contacter au moment de son décès, aucune recommandation.

— Avait-elle été mariée ?

— Je crois que oui… Elle parlait souvent d'un certain Bernard, et j'avais cru comprendre que c'était son époux.

— Très bien. Pouvons-nous jeter un œil à sa chambre ?

— Je suis désolé, mais c'est impossible. Un nouveau résident y a déjà emménagé. Comme vous l'imaginez, nous avons une longue liste d'attente. Les lits ne restent pas vides très longtemps !

Les deux policiers échangèrent un regard abattu.

— Avait-elle des effets personnels que nous pourrions voir ? tenta encore Sevran.

— Non. Mme Duflot ne possédait rien. Tout ce que contenait sa chambre, y compris les vêtements qu'elle portait, lui avait été prêté. C'était une femme très simple.

— Elle avait pourtant récemment vendu sa propriété, fit remarquer Biolet.

— En effet, nous lui avions remis les documents de vente. En revanche, il faudrait vous rapprocher du juge des tutelles, si vous désirez des renseignements à ce sujet, car je n'ai suivi cette affaire que de loin.

— Madeleine Duflot était une majeure protégée ?

— Oui.

— Et qui était son tuteur ?

— Vous savez, nous avons trente-deux résidents. Je serais bien incapable de vous répondre comme ça.

— Naturellement… Nous pourrions peut-être nous rendre à votre bureau pour accéder à son dossier ? insista la commandant.

— C'est ma secrétaire qui s'occupe de la paperasse, et elle n'est pas encore arrivée. Je suis sincèrement navré, mais je ne vais pas pouvoir vous aider davantage…

Les deux flics quittèrent l'établissement les pieds lestés.

— Madeleine Duflot était donc une vieille femme isolée, résuma Sevran. Ça ne nous avance pas beaucoup.

— Concentrons-nous sur ce qu'on a. L'enfant au maillot de foot est peut-être Enzo. Je vais demander aux collègues de Clermont de soumettre sa mère à un test ADN. Ensuite, je ferai le tour de tous les signalements de disparition de gamins.

— Très bien. Demande à Kervan, Ortiz et Dombard d'interroger les voisins, le maire du village, tous ceux qui pourraient être au courant de ce qui a pu se passer dans cette baraque. Et bien sûr, s'il y a du nouveau à la maternité, je ne veux plus te voir dans les parages.

— Promis.

Biolet la déposa aux abords de la maison avant de foncer au commissariat. En remontant le chemin jusqu'au jardin, elle dépassa un nombre impressionnant de voitures et de camionnettes affichant les logos de chaînes de télévision et de radio.

— On peut avoir une déclaration ? lança une voix derrière le ruban maintenu par des policiers en uniforme.

— Pas pour le moment. Merci.

Elle perçut les soupirs agacés, ne s'en émut pas, et accéléra le pas lorsqu'elle remarqua le légiste assis sur une marche, une cigarette à la main.

— Salut, Clopo… Vous avez des éléments pour moi ?

— Je vois défiler des macchabées à longueur d'année, mais ça ne me rend pas insensible pour autant, commandant. Comme tout le monde ici, je pense, je viens de me prendre un coup de poing dans les tripes, alors laissez-moi juste cinq minutes et je suis à vous.

Elle s'accroupit à ses côtés en considérant le ballet autour d'elle.

— … Désolée.
— Vous avez des enfants ?
— Oui.
— Moi aussi.

Avec ses anneaux à l'oreille gauche, ses cheveux en bataille, son goût prononcé pour la *techno acid* qu'il écoutait comme un sourd dans son bureau, Olivier Clopo avait l'air d'un éternel étudiant. Sevran l'observa, incrédule. Elle se rendit compte que, malgré leurs années de collaboration, elle ne connaissait rien de lui.

— Ben ouais. Deux bonshommes. 4 et 2 ans. Et vous ?

— Une fille. Manon. On vient de fêter ses 8 ans.

— C'est joli, comme prénom, Manon… Enfin bref, je vais avoir besoin de temps. Les premières constatations ne sont pas très utiles. Ces gamins avaient entre 11 et 15 ans, à déterminer avec l'analyse osseuse. Les corps des garçons sont momifiés, celui de la jeune fille par contre est partiellement squelettisé.

— Vous voulez dire qu'elle est là depuis peu ?

— Entre quatre et six mois je dirais… Difficile de se prononcer avec certitude pour les autres, mais je crois que le footballeur a été emmuré il y a des années.

— Et le deuxième garçon ?

— Pareil, à confirmer, mais *a priori* plus de deux ans.

— Une idée des causes de leur mort ?

— On doit faire des radios complètes. Je ne peux rien affirmer pour le moment. Il faudra aussi sans doute effectuer de la reconstitution faciale pour l'identification… L'autopsie précisera tout ça.

— Bien.

La commandant se redressa en voyant arriver un engin de chantier prêt à retourner la terre. Des collègues s'occupaient déjà de mettre en place de larges bâches dans le jardin pour empêcher les caméras de suivre les fouilles. Un dispositif qui ne serait pas superflu puisqu'une jeune femme blonde, très maquillée, commençait un direct juchée sur un cageot, un puissant spot braqué sur elle. L'enquêtrice l'examina, glaciale. Tous ces journalistes piaffaient d'impatience et voulaient connaître les détails les plus lugubres. C'était à croire que le monde avait sombré dans la folie…

Elle salua le légiste puis rejoignit Edelman, dont le niveau de nervosité était encore monté d'un cran.

— Du nouveau ? lui demanda-t-il.

— L'ancienne propriétaire, Madeleine Duflot, est morte il y a quinze jours. Par contre, nous avons peut-être une piste pour le garçon au maillot de foot : en 2015, lorsque Biolet était à Clermont-Ferrand, il a traité une affaire de disparition dont le signalement correspondrait. Nous souhaiterions faire une comparaison ADN avec sa mère.

— Il avait un suspect, à l'époque ?

— Le beau-père du gamin avait un casier pour violences aggravées. La DRPJ l'avait dans son viseur, mais sans témoignage, sans preuve et sans corps, ils n'ont pas pu faire grand-chose.

— Et pour les autres ?

— Nous allons effectuer des recherches dans nos fichiers. D'après Clopo, les trois enfants n'ont pas été emmurés à la même période, mais il va nous falloir un peu de temps pour établir les dates de décès.

— Du temps…, répéta le procureur, sans qu'elle parvienne à décrypter l'humeur qui se cachait derrière son intonation.

La pièce du troisième étage de l'hôtel de police, réservée habituellement aux réunions, s'était transformée en salle de conférence de presse. Jamais Sevran n'y avait vu autant de personnes entassées. Jamais une telle effervescence n'avait régné en ce lieu.

Les caméras au fond étaient braquées sur un pupitre que l'on avait installé pour l'occasion. Edelman se tenait aux côtés de la commandant, le nez dans ses notes, pendant qu'elle scrutait l'écran de son portable à intervalles réguliers. L'ambiance était électrique, et l'exercice auquel le magistrat allait se livrer ressemblait à un numéro d'équilibriste. Sevran, qui n'avait aucune intention d'y prendre part, espérait qu'il serait le plus rapide possible.

Lorsque le procureur prit enfin la parole, il la monopolisa durant plusieurs minutes avec efficacité. Cet homme appréciait, apparemment, que l'attention se porte sur lui. La petite estrade le grandissait de quelques centimètres et, dans son costume Lanvin bleu marine, il ne manquait pas d'élégance. Son charisme eut d'ailleurs l'air de charmer les journalistes, puis la mitraille commença :

— Connaissez-vous l'identité des enfants ?

— Pas pour le moment.

— Pourriez-vous reprendre les questions, s'il vous plaît, on entend mal, lança une voix agacée.

— Non, nous ne connaissons pas encore l'identité des enfants.

— Combien sont-ils ?

— Des recherches sont actuellement en cours sur l'ensemble de la propriété pour déterminer le nombre exact des victimes.

— Oui, mais là, vous en avez combien ? insista son vis-à-vis.

— À l'heure où je vous parle, nous avons découvert trois corps.

Soudain, la reporter blonde que la policière avait repérée plus tôt dans le jardin se saisit du micro et s'adressa directement à elle :

— Commandant. Louise de Courbevoie pour la chaîne 7/7. Est-ce que le propriétaire a un casier judiciaire ?

Edelman se retourna vers Sevran avec sévérité tandis qu'elle remuait la tête en signe de dénégation. Les vérifications dans ce sens avaient déjà été effectuées.

— Mais êtes-vous sûre que cet homme n'a rien à se reprocher ? appuya la jeune femme.

Le magistrat invita l'enquêtrice à le rejoindre sur l'estrade. Elle s'exécuta de mauvaise grâce et répondit d'une voix blanche :

— Le propriétaire réalisait des travaux et a immédiatement fait appel à la police lorsqu'il a découvert un premier corps. Nous avons bien sûr vérifié son casier judiciaire, qui est vierge. Il est sous le choc et a été pris en charge par une unité psychologique. Quant à la personne qui lui a vendu sa maison récemment, il s'agissait d'une dame aujourd'hui décédée. Notre travail d'investigation se poursuit.

— Mesdames et Messieurs, embraya le procureur afin de conclure, je vous remercie d'être venus.

Nous vous tiendrons au courant des évolutions de l'enquête par communiqué de presse.

Un brouhaha agita la salle pendant quelques minutes. Sevran, qui se sentait comme un boxeur après le premier round, quitta les lieux sans se retourner.

Émilie Lachare

Une sonnerie de réveil stridente se mit à hurler et, presque aussitôt, de petits yeux bouffis se fendirent, révélant des iris bleus un peu éteints. La femme, allongée dans son lit, jeta un bras dans sa direction sans parvenir à interrompre l'insupportable bruit. Puis, après un bâillement, elle se leva et traîna son corps empâté vers la cuisine où elle se saisit d'une canette de bière dans le frigo. Elle avala une gorgée du liquide ambré en gobant deux comprimés de Lexomil. Bientôt l'engourdissement et l'hébétude feraient le siège de son cerveau. Elle pourrait commencer sa journée de brouillard.

Émilie n'avait pas toujours vécu seule. Il y avait eu deux mariages, quatre ou cinq concubins, et des enfants. Beaucoup d'enfants. Six au total, aujourd'hui disséminés à droite à gauche par les services sociaux. Bien qu'elle n'en ait voulu aucun, elle s'était attachée à chacun. Les gamins sont doués pour ça. Les bébés surtout, avec leurs œillades amusées et innocentes, crament vite le cœur. Seule avec eux, elle aurait pu y arriver, elle en était persuadée. En fait, dans sa vie, c'étaient les hommes qui avaient tout gâché. Dès qu'ils s'étaient installés avec elle, il leur avait fallu leur môme à eux, comme si la marmaille autour ne suffisait pas. Et, chaque fois, son ventre s'était arrondi.

Son premier mari, Christophe, l'avait trompée dès qu'elle avait atteint le quatrième mois de grossesse. Leur union avait duré tout juste un an. Parti avec la voisine. Le deuxième, Ionut, n'avait pas fait beaucoup mieux. À peine nés, leurs jumeaux s'étaient mis à vociférer à longueur de journée. Le maçon, que le bruit irritait, disparaissait des heures durant, jusqu'au jour où il avait débarrassé le plancher pour de bon, sans laisser d'adresse. Quant aux autres, ils auraient bien voulu rester, mais c'était elle qui avait fini par les faire dégager.

Toujours est-il qu'un matin des gens venus de nulle part avaient décrété qu'elle s'occupait mal de ses petits. Elle n'était pas très portée sur l'hygiène ni sur l'éducation, mais bon Dieu, elle les aimait, ses gosses ! Et puis quelque chose de terrible était arrivé, et tout le monde s'était retourné contre elle. Les pères des enfants, ses copines, ses parents, ses voisins, même. Tous l'avaient fuie comme la peste. Une grosse larme dessina un trait humide sur sa joue et vint s'accrocher à ses lèvres pâles et charnues.

Quand elle revint dans sa chambre, elle s'aperçut que l'alarme du réveil n'avait pas cessé de sonner tout ce temps. Elle l'éteignit avant d'entreprendre de s'habiller. Aucun de ses gestes ne prenait la forme attendue ce matin-là, si bien qu'il lui fallut plusieurs minutes pour réussir à agrafer son soutien-gorge. Une fois attifée, elle se dandina de nouveau jusqu'à la cuisine où quelques casseroles valdinguèrent dans un raffut métallique. Elle avait enfin atteint l'état désiré. Celui qui fait taire toutes les pensées.

Émilie était parvenue jusqu'à l'Intermarché où elle prit son poste en recomptant tant bien que mal les billets et les pièces de sa caisse. Ensuite, le flux monotone des clients commença. Emmurée dans sa forteresse brumeuse, la jeune femme ne prêtait attention à rien ni personne. Les paquets de riz suivaient les biscuits qui suivaient eux-mêmes les légumes. Cette routine était rassurante, comme des balises dans la nuit dont il fallait suivre le chemin. Ainsi, rien de bon ni de mauvais ne l'atteindrait jamais plus.

Lorsqu'un lot de couches Pampers roula sur le tapis, son cœur se serra pourtant. Que faisaient ses enfants, à cet instant ? Où étaient-ils ? Leur dernière visite remontait à un mois environ. La plus grande, Sara, avait refusé de venir, comme d'habitude. Son aînée lui reprochait ses faiblesses et s'appliquait à se construire une vie en tout point différente de la sienne. Elle faisait des études à Lyon, c'était tout ce qu'Émilie savait de ses projets. Les jumeaux Kylian et Evan devaient être à l'école, leur sœur cadette Louna dans son institut pour jeunes sourds, le plus petit, Ilan, à la crèche. Au milieu de la fratrie, il en manquait un. Lui, elle ne saurait jamais où il était passé. Et son absence la faisait crever à petit feu.

— Oh, tu te réveilles, là ? On vient de nous signaler une erreur de caisse de plus de 20 balles !

Maryse, sa cheffe, était plantée devant elle, hargneuse.

— Tu pues l'alcool, merde ! Il est à peine 10 heures, c'est pas possible !

— C'est pas ce que tu crois… je…

— Rentre chez toi. Allez, va-t'en. Je veux plus te voir.

En deux secondes, Maryse avait déjà disparu dans les rayons. Sous les regards goguenards de ses collègues, la jeune femme quitta sa chasuble rouge qui portait l'inscription *À votre service* dans le dos. Après avoir franchi les portes en verre du supermarché, elle se retrouva dehors, expulsée tel un corps étranger, et déambula dans le quartier, le temps pour elle de digérer l'incident et de comprendre qu'elle venait sûrement de perdre son emploi.

Une angoisse l'étreignit à la perspective de cette journée seule, sans activité. Elle en avait conscience, les tranquillisants gobés lors de son succinct petit déjeuner ne pourraient pas combler le vide. Cet insupportable vide. Ses yeux vitreux balayèrent les alentours et repérèrent un bar à l'angle d'un square.

Émilie se hissa sur un tabouret en s'accrochant au zinc comme à une bouée de sauvetage. Derrière son comptoir, le gérant affichait une expression sévère.

— Qu'est-ce que vous prenez ?

— Un whisky.

— Johnnie Walker ? À cette heure ?

La jeune femme haussa les épaules, embarrassée, tandis que le barman posait déjà un verre devant elle. Une fois celui-ci à moitié rempli, il le poussa vers elle d'un geste plein de mépris. Émilie fixait la boisson avec envie, sans oser lever la tête.

— Dis donc, Jeannot, laisse la dame souffler, tu vois bien qu'elle a des soucis, s'exclama une voix éraillée au fond du PMU.

Elle ne broncha pas, se contenta d'humecter timidement ses lèvres de spiritueux bon marché.

— Eh, mais j'te reconnais ! lança l'aviné qui approchait. Mais si ! T'es la mère du gosse qu'a disparu. On parlait que de toi dans le coin y a quelques années ! Tout le monde s'était mis à chercher le môme…

De petits picotements parcoururent la peau d'Émilie, avant que ses pores se mettent à suer de l'acide brûlant.

— Ouais, je m'en souviens, j'avais vu une battue des gendarmes à la télé ! Mais toi, tu le cherchais pas trop, ton petit, hein ? Les flics pensaient même que tu l'avais descendu et que t'avais caché son corps quelque part !

Elle avala d'un trait le whisky puis se laissa glisser du tabouret pour atteindre au plus vite la sortie.

— Mauvaise mère, va !

— J'te préviens, c'est toi qui vas payer son verre ! Tu pouvais pas lui foutre la paix, abruti ? râla le gérant.

— Paraît qu'elle a tabassé son gosse avant de le tuer ! Espèce de sale monstre ! cria-t-il encore.

Malgré la brume opaque qui l'enveloppait quand elle sortit du bar, aucune des piques de ce poivrot ne lui avait échappé. Elle sentit que la blessure enfouie au plus profond d'elle-même venait de se remettre à saigner.

Damien Couard

Un soleil d'hiver caressait la guérite de surveillance où somnolait un jeune homme, la bonne vingtaine, cheveux châtains rasés de près sur les côtés, gominés sur le haut du crâne, son berger allemand fidèlement couché à ses pieds. Sous ces rayons intenses, l'agent de sécurité commençait à suer à grosses gouttes. Après avoir retiré sa veste, il feuilleta les quelques magazines pour adultes qui formaient une pile de papier écorné sur une tablette. Puis, comme toute cette chair siliconée n'avait aucun effet sur lui, il les referma et se mit à jouer à Candy Crush sur son téléphone. L'ennui, ce jour-là, était redoutable.

Ce métier, pour être honnête, se révélait bien moins intéressant que ce que Damien Couard avait imaginé. Les journées mornes s'enchaînaient, sans surprise ni éclat. Il se tenait là, des heures durant, enfermé dans une boîte au milieu d'une enfilade d'entrepôts, déserts pour la plupart, comme un gardien du vide. Une solitude qu'il retrouvait dans sa vie personnelle puisqu'il vivait seul, sans famille ni ami, aucune attache dans ce monde qui le faisait se sentir aussi consistant qu'une bulle de savon. Heureusement qu'il y avait sa chienne, Cheyenne. Son unique repère, son unique amour.

Les yeux bleu clair du jeune homme scrutèrent la zone, les hangars gris qui s'étendaient à l'infini. L'activité ici n'avait jamais été aussi ralentie. Habituellement, même le week-end, des chariots élévateurs parcouraient les allées dans un calme méthodique... Il recula son siège de quelques centimètres pour poser ses lourdes rangers sur la tablette branlante. L'opération surprit le berger allemand qui regarda son maître d'un air inquiet tout en se relevant.

— Ça va, ma belle. Je vais juste piquer un somme.

Penaude, la chienne reprit sa place dans un soupir pendant que son maître fermait les paupières.

Le crissement strident des freins d'un poids lourd le réveilla en sursaut. Il s'empressa de sortir pour vérifier la paperasse.

— Salut. T'étais en train de pioncer, hein ?

— Oui, c'est mortel, aujourd'hui.

Quand Damien grimpa sur les premières marches du trente-huit tonnes, ses rétines furent aussitôt attirées par une petite télévision allumée dans l'habitacle.

— Tu conduis en matant la télé, toi ?

— Oh, tu sais, les chaînes du câble, c'est comme la radio. Les infos repassent en boucle. Toujours les...

L'agent de sécurité leva une main en l'air, happé par l'écran où défilaient les images d'une vieille masure dont une partie du jardin était cachée par d'immenses bâches bleues.

— C'est quoi, cette histoire ?

— Ils en parlent depuis ce matin ! Ils appellent cette baraque « la maison de l'horreur ». C'est le nouveau truc bien glauque qui va passionner les foules…

Le routier fixa un instant son interlocuteur, subitement livide.

— Qu'est-ce que t'as ? T'es tout pâle !

— Vas-y, fais-moi voir les papiers, je vais t'ouvrir.

L'homme s'exécuta, sceptique.

— T'es sûr que ça va ? T'as pas l'air dans ton assiette !

— Oui, oui, c'est bon. Tu peux y aller. Hangar 3. Fais gaffe avec ton hayon, ils viennent de repeindre les quais de chargement.

La mine fermée, Damien rejoignit son poste accompagné de sa chienne, tandis que le poids lourd passait mollement devant sa guérite. Ce masque, qui recouvrait à présent ses traits, même Cheyenne, qui savait pourtant tout de lui, ne le lui avait jamais vu.

Damien connaissait cet endroit lugubre. Il y avait même vécu des années noires. Cette maison, il avait espéré ne plus jamais la revoir. Un malaise le saisit, puis il se souvint des autres gamins qui vivaient avec lui. Des images floues de leurs trognes traversèrent sa mémoire. Tous cabossés dès le plus jeune âge. *Si les médias font tout ce raffut, c'est sans doute que Madeleine est morte*, pensa-t-il sans parvenir à définir son état d'esprit.

Malgré les années, cette femme sèche et mauvaise hantait toujours ses nuits. Encore récemment, il avait rêvé d'elle. Madeleine l'entraînait dans un phare battu par le vent et la houle, quelque part au bout du monde. Une fois arrivés au sommet, elle le poussait avec force.

La chute, vertigineuse, s'achevait dans une atroce explosion de douleur. Ses membres brisés sur un banc rocheux, il devenait le jouet des vagues déchaînées et, avant de se noyer, sa dernière vision était celle du sourire sardonique de la nourrice.

Jamais Damien n'avait compris pourquoi cette femme s'était entourée d'enfants alors qu'elle semblait tant les détester. Tout cela lui paraissait tellement loin, et si proche à fois. En tout cas, c'était étrange de sentir le passé ressurgir ainsi…

Il fallait qu'il quitte son poste au plus vite. Avec un peu de chance, son départ précipité passerait inaperçu.

Sa camionnette avala avec voracité les kilomètres qui le séparaient de son studio de banlieue. Sitôt arrivé chez lui, il alluma la télévision, choisit une chaîne et monta le son pour que résonnent les commentaires dans l'appartement.

Lorsqu'il eut fait le tour des journaux, il s'assit au sol, hagard. Dans les billes noires de Cheyenne, on pouvait lire une grande inquiétude, et quand elle se mit à geindre il tourna vers elle des yeux vides. Un fil invisible venait de tisser un nouveau lien entre lui et cette histoire terrible. Il se sentait remué, désorienté, au point qu'il eut besoin de se rassurer.

— Je suis là, je suis vivant.

Il avait l'air d'attendre une confirmation de la part de sa chienne qui le fixait toujours, mais ne manifesta pas la moindre réaction.

Sevran

Sevran était rapidement passée chez elle après la conférence de presse. Elle s'y était douchée et changée. En réalité, elle avait surtout espéré croiser William et Manon, mais tous deux étaient visiblement partis en balade. L'agitation des dernières heures l'avait maintenue à flot, mais, désormais seule, elle se sentait saisie d'un malaise que le calme de la maison ne faisait qu'accentuer.

L'esprit accaparé par ses tourments, chacun de ses gestes était automatique. Elle boutonna son chemisier en crêpe gris puis enfila un jean propre. Une fois dans la cuisine, elle se prépara un café au son sinistre des infos en continu que crachait son téléviseur. Le tapage médiatique autour de cette affaire sordide la dégoûtait.

Elle croquait sans envie dans un quignon de pain quand elle se figea. La journaliste blonde qui s'était adressée à elle dans la matinée faisait un nouveau direct.

— Louise, quel est l'état d'esprit des forces de l'ordre sur place ? questionna le présentateur en affichant une expression grave de circonstance.

— Les policiers sont littéralement abattus par cette découverte que certains ont qualifiée « d'atroce, d'épouvantable » pendant que d'autres ont parlé de « monstrueux cauchemar »... L'un d'eux nous a même confié avoir eu de grandes difficultés à se concentrer sur son travail, tant l'émotion était forte.

La commandant écarquilla les yeux.

— Quels sont les tout premiers éléments que vous avez pu recueillir ?

— Un fait intéresse particulièrement les enquêteurs : les victimes ne portaient qu'une seule chaussure au pied droit. Il est possible que le tueur collectionne des trophées, comme des souvenirs macabres. C'est en tout cas l'avis d'un des policiers avec lequel nous nous sommes entretenus tout à l'heure, et...

— Putain ! s'exclama Sevran.

À présent furieuse, elle éteignit la télévision et rejoignit sa voiture au pas de course.

Dans les couloirs de l'hôtel de police, les talons de la commandant martelaient le sol avec tant d'agressivité que ceux qu'elle croisa s'écartèrent naturellement sur son passage. Biolet et le commissaire Lemestre discutaient ensemble dans le bureau de son équipe lorsqu'elle y pénétra comme une bourrasque.

— Comment allez-vous, Sevran ? s'enquit son supérieur.

— Bien, commissaire. Enfin, non, pas bien du tout, commissaire.

— Que se passe-t-il ?

— Un membre de nos services donne des détails confidentiels concernant l'enquête et fait part de ses états d'âme aux journalistes. Je n'ai pas le temps de faire la chasse aux sorcières, mais j'ai l'intention de réunir tout le monde, techniciens y compris, en fin d'après-midi. On ne peut pas se permettre ce genre d'écart.

— Comme si nous n'avions pas assez d'emmerdes comme ça ! tonna Lemestre. Qui peut avoir fait une chose pareille ?

— La moitié de la brigade, contre un bon dîner ou un biffeton…, répondit-elle en observant son équipier répondre à un texto sur son portable.

— Tout de même, nous comptons encore dans nos rangs des policiers qui ont des principes, non ?

— Les principes, quand on est à découvert le 10 du mois, ça ne vaut pas grand-chose…

— Sais-tu combien il y a eu de disparitions d'enfants, en France, l'année dernière ? demanda Biolet dès que Lemestre fut parti, l'air aussi agacé que préoccupé.

Sevran s'assit en réfléchissant.

— Cinq mille ? tenta-t-elle, effrayée par sa propre estimation.

— Cinquante mille… C'est affolant, hein ? Un peu plus de 69 % d'entre eux ont plus de 15 ans. Et si on retire les fugues, on arrive quand même à mille trois cent vingt-huit cas de disparitions inquiétantes. Bref. On en a pour un moment.

— Tu en es où, avec la famille d'Enzo ?

— J'ai appelé les collègues de Clermont. Ils vont aller trouver sa mère.

— Et Julie ?

— Justement… Je crois que je vais devoir te laisser.

— Mais vas-y, fonce ! Qu'est-ce que tu fiches encore là ! Tu promets que tu me tiens au courant ?

Il acquiesça, la gorge serrée.

— Biolet, la roue tourne. (Elle posa une main sur son épaule.) Tout va bien se passer, et tu vas être un père merveilleux.

— J'espère…

Sevran afficha un sourire lumineux qu'elle souhaitait aussi rassurant qu'encourageant, puis son équipier leva le camp.

À mesure que le temps passait, l'image des corps ne cessait de la hanter, si bien qu'il lui fallait lutter pour ne pas baisser la garde et rester concentrée. Elle consultait le fichier des disparitions inquiétantes commun à la police et à la gendarmerie et, depuis quelques minutes déjà, les visages enfantins défilaient devant ses yeux.

Juliette Mazeyra, disparue le 23 mai 2013. Âgée de 10 ans. Jouait dans le jardin du domicile familial rue Vallée à Château-Thierry (02). Cheveux châtains longs, yeux verts. Vêtue d'une robe rose…

Nicolas Fenestra, disparu le 18 novembre 2016. Âgé de 11 ans. Jouait avec son frère sur le parking du supermarché Carrefour de Billère (64). Cheveux blonds, yeux bleus. Portait un jean et un manteau noir…

Elle imaginait l'impuissance et le désespoir de leurs parents soudain amputés de ce qu'ils avaient de plus précieux. Un frémissement la parcourut, puis ses pensées furent interrompues par l'arrivée de Dombard.

Le lieutenant, la petite cinquantaine, un peu trapu, avait plusieurs coups de sang à son actif et un dossier entaché de nombreux avertissements, mais Sevran s'était attachée à lui comme à un gamin rebelle. Au masque de douleur qu'il portait sur son visage, elle comprit qu'il revenait du charnier.

Il quitta sa veste, alluma une cigarette, puis se dirigea vers la fenêtre qu'il ouvrit en grand.

— Je suis allé rendre visite au maire du bled. Madeleine Duflot était une femme discrète. La citoyenne modèle, d'après lui. Il m'a dit qu'avec son mari ils avaient longtemps été famille d'accueil de la DDASS.

— Famille d'accueil ? répéta-t-elle, incrédule. Et le mari, il t'a appris des choses à son sujet ?

— Un type un peu rude, pas méchant. Mort en 2010.

— OK. Je vais contacter les services de l'Aide sociale à l'enfance. Est-ce que tu peux voir avec le nouveau propriétaire s'il ne serait pas tombé sur de la paperasse dans la maison, des photos, n'importe quoi appartenant aux Duflot ?

— D'accord.

— Dombard, je sais qu'on est tous éprouvés par cette histoire, mais si on veut avoir une chance de coincer le malade qui a fait ça, on ne doit pas sortir des clous. Je vais organiser une réunion cet après-midi pour faire un point avec l'ensemble des enquêteurs et rappeler quelques bases.

— Comme quoi ?

— Ne pas causer de l'affaire avec les journalistes.

Son équipier baissa le nez, comme gêné par la tournure que prenait la discussion.

— Tu ne ferais pas ça, n'est-ce pas ?

— Non.

Elle imaginait sans mal que, si son collègue s'était laissé aller à quelques confidences, c'était sous le coup d'une émotion dont la journaliste avait dû s'empresser de tirer profit. À moins, bien sûr, qu'il n'y fût pour rien… Ce qu'elle avait très envie de croire.

— C'est une grosse affaire, on doit rester pros, appuya-t-elle cependant. On nous attend au tournant.

Avec le week-end, la commandant avait peu d'espoir de trouver un interlocuteur dans les bureaux de l'Aide sociale à l'enfance. Cependant, elle ne put se résoudre à patienter jusqu'à leur réouverture le lundi matin. Elle passa donc de nombreux coups de fil, fit jouer son carnet d'adresses et, par chance, une de ses connaissances lui communiqua les coordonnées d'une responsable. Une dame dont l'efficacité était indiscutable puisqu'elle lui proposa de sortir le dossier du couple Duflot dans l'heure. Enfin une bonne nouvelle…

En tant que famille d'accueil, les Duflot avaient dû recevoir des dizaines d'enfants dans leur foyer, et cette activité entrait étrangement en résonance avec leur affaire. Il était pourtant évident que les gosses découverts emmurés ne pouvaient pas avoir été placés là par la DDASS. La datation de leur décès semblait l'exclure. Mais la petite voix intérieure de Sevran lui chuchotait de se pencher sur la personnalité ainsi que le passé de ce couple.

Elle traversa Versailles en moins d'un quart d'heure, ce qui relevait du miracle. À son arrivée, elle scruta le bâtiment de l'ASE. Les fenêtres de type meurtrières et la façade blanc et marron donnaient à l'ensemble un air lugubre.

Comment peut-on construire un truc aussi sinistre en pensant à des gamins ? se dit-elle en franchissant la porte d'entrée.

La directrice départementale qui la reçut s'appelait Sylvie Bonnefleur. Avec ses grosses lunettes à monture noire et son rouge à lèvres vermeil, elle paraissait vive et naturellement souriante.

— J'ai consulté le dossier que vous m'avez demandé. Avant de vous le laisser, je souhaiterais vous apporter quelques précisions.

— Je vous écoute.

— Les Duflot ont obtenu l'agrément de famille d'accueil en 1985. Au début, les enfants ont été placés chez eux sur de courtes périodes. Quelques semaines pour commencer. Ce n'est qu'à partir de 1990 qu'ils se sont vu confier des placements de longue durée. Je dois avouer qu'à l'époque il n'y avait pas vraiment de formation ou d'enquête psychologique. Tout se faisait d'une façon… Comment dire ?…

— Laxiste ? tenta Sevran.

— Le terme est peut-être un peu fort, mais oui. Ils habitaient un petit pavillon vers Maurepas, ils avaient la garde de trois enfants issus d'une fratrie, des jeunes difficiles avec qui les choses se passaient plus ou moins bien. Dans notre métier, malheureusement, rien n'est jamais tout rose. Des humains, que strictement rien ne relie, se retrouvent du jour au lendemain à vivre ensemble, alors il y a parfois des tensions. Ensuite, ils ont déménagé dans une maison un peu isolée, dans le secteur des Mesnuls. Pendant longtemps, des enfants ont partagé leur quotidien. Il semble que l'éducatrice en poste à ce moment-là ait été négligente, si bien que ce n'est que plusieurs années plus tard, aux alentours de 2007, que nous avons appris que les Duflot n'étaient pas ceux que nous croyions.

— C'est-à-dire ?

— Ils se disputaient sans cesse. Le mari avait un problème avec l'alcool et son épouse était apparemment très sévère.

— Ils ont donc perdu leur agrément ?

— C'est ce qui aurait dû arriver, mais nos services manquaient de familles d'accueil… Par la suite, une enquête interne a révélé que l'éducatrice qui visitait les Duflot s'était prise d'amitié pour eux. Elle est restée sourde aux plaintes des gamins. Aujourd'hui, ça ne se passerait pas comme ça. La parole d'un enfant compte beaucoup plus, on ne la met plus en doute.

— Je n'en suis pas aussi sûre, répliqua la commandant sans cacher la colère qui montait en elle à la pensée de ce système incapable de protéger ces gosses déjà éprouvés par la vie. Il y a eu des affaires récentes qui ont malheureusement montré que les mêmes failles existaient toujours. Des cas de viols, notamment. En tout, combien y a-t-il eu de placements chez eux ?

— Quinze. Tous les noms sont dans le dossier. Nous perdons la trace de ces jeunes dès qu'ils atteignent l'âge de 18 ans.

— Est-il possible que certains d'entre eux aient subi des maltraitances, des sévices ?

— Oui, c'est possible… Je sais que ce constat est terrifiant, mais nous faisons ce que nous pouvons avec les moyens que l'on nous donne. Et si les choses sont loin d'être parfaites, elles s'améliorent lentement. Nous avons des familles exceptionnelles qui nous redonnent espoir tous les jours.

Face à l'émotion de la responsable, Sevran prit conscience que son ton avait été dur et accusateur.

Après tout, la police n'avait de leçons à donner à personne. Elle tenta donc de se radoucir avant de la remercier pour son aide. Puis, le dossier coincé sous le bras, elle quitta le bâtiment d'un pas vif.

En conduisant, les yeux de la commandant ne cessaient de faire des allers-retours entre la route et la pochette posée sur le siège passager. La conversation avec la directrice lui donnait l'impression de s'être enfoncée un peu plus dans les profondeurs d'une eau sombre et glacée. À l'instant même où les services sociaux avaient choisi de détourner le regard, ces gamins avaient dû se sentir pris au piège... *Emmurés.*

Après avoir affronté quelques embouteillages sur le chemin du retour, elle se gara enfin et fit un détour par une boulangerie où elle commanda un saucisson-beurre et une bouteille d'eau. Les circonstances lui coupaient l'appétit, mais il fallait bien avaler quelque chose.

Lorsqu'elle pénétra dans son bureau, elle avait déjà mangé la moitié de son casse-croûte. L'autre moitié atterrit dans une poubelle pleine à ras bord. Malgré la présence de Kervan et Ortiz dans la pièce, il y régnait un silence lourd, inhabituel.

Nathalie Kervan était plongée dans un rapport qu'elle venait d'imprimer. Cette petite femme menue aux traits durs faisait preuve d'une rigueur au travail qui lui valait toute la confiance de Sevran. David Ortiz, son équipier, affichait quant à lui une mine toujours anxieuse. Son ton un brin cynique, associé à un manque de tact patent, avait blessé bien des susceptibilités au sein du commissariat. Tous deux formaient le binôme parfait : Kervan était posée et réfléchie, Ortiz sanguin et impulsif.

La première releva la tête et fit un résumé de l'enquête de voisinage à sa supérieure :

— Il y a une maison située à environ un kilomètre. Le propriétaire, un vieil homme du nom de Barnabé Fouque, m'a donné quelques infos sur Bernard. Il y a des années, ils se sont querellés au sujet d'un arbre que Duflot a abattu alors qu'il était planté bien au-delà des limites de sa propriété. Ça a viré à la baston, et Fouque s'est retrouvé à l'hôpital avec le nez cassé. Quelque temps plus tard, un mois ou deux, il est tombé sur un chat éviscéré dans son jardin accompagné d'un petit mot contenant des menaces : *As-tu envie de finir ainsi ?*

Sevran soupira.

— Est-ce qu'il a vu ou entendu des choses particulières dans cette baraque ?

— Non, mais il m'a dit que Madeleine était restée alitée très longtemps avant d'aller en maison de retraite.

— Ah bon ? Et qui s'occupait d'elle ? Si elle était alitée, quelqu'un devait bien venir lui faire à manger ou l'aider à se laver, non ?

— J'ai appelé l'Ehpad : ils confirment que Madeleine est arrivée très affaiblie chez eux, il y a seulement deux ans. Or, d'après Fouque, elle ne bougeait plus depuis au moins six ans. Mais il a l'air un peu sénile, il se plante peut-être…

La commandant ne comprenait pas pourquoi le directeur avait omis ce détail pendant leur entretien. Lors de sa prise en charge par son établissement, la vieille femme était-elle déshydratée ? Dénutrie ? Présentait-elle des marques de maltraitance ?

— Je suis désolée, s'excusa la policière, je n'ai pas jugé important de pousser plus loin mes interrogations… Je vais y repasser pour éclaircir cette histoire.

— Parfait ! Maintenant, tu ne lâches pas le directeur. Je veux qu'il nous mette en relation avec son médecin, ses infirmiers, ses aides-soignants, son tuteur… Je veux savoir dans quel état elle est arrivée là-bas. Si on se fie à ce que raconte son voisin, elle a été assistée. Nous devons savoir par qui. En tout cas, ce qui est sûr, c'est qu'il y a quelque chose de pas net avec ce couple. Un fil que nous devons tirer, d'autant que c'est le seul que nous ayons pour le moment.

— On s'en occupe ! s'exclama Ortiz.

— Et je vous rappelle que vous êtes attendus à la réunion qui se tiendra à 18 heures dans la salle du troisième.

Les deux équipiers acquiescèrent gravement et quittèrent le bureau au pas de charge. Aussitôt après leur départ, la semi-pénombre veloutée de la fin d'après-midi donna à la petite pièce un air sinistre qui incommoda Sevran. Toutefois, après avoir jeté un coup d'œil nerveux à sa montre, elle se remit au travail.

Dombard

Dombard se présenta au domicile de Pio Achenza qui le reçut, les traits tirés, les cheveux en bataille et la chemise à moitié déboutonnée. Ses petits yeux avaient l'air de deux flèches sombres enfoncées dans son crâne. À peine furent-ils installés que la femme de ce dernier, Maria, se mêla à la conversation avec une autorité naturelle qui crispa le lieutenant.

— Comment ça va se passer pour nous, maintenant, avec toutes ces recherches de la police ? Où est-ce qu'on va vivre ?

— D'après ce que je vois, vous avez un toit, ça devrait aller.

— Mais c'est trop petit, ici ! On a trois enfants, et bientôt quatre ! s'agaça-t-elle en désignant son ventre rond.

Elle avait un teint crayeux et des cernes que le policier fixa avant de reporter son attention sur le mari qui, lui, semblait à des milliers de kilomètres de là.

— Madame, je suis ici pour m'entretenir avec votre époux, vous permettez ?

— Non. Je ne permets pas. Je vous ai posé une question.

— Arrête, s'il te plaît ! intervint Pio, soudain excédé.

Maria Achenza s'éloigna d'un pas exagérément lourd en maugréant. Elle devait considérer sa grossesse comme un fardeau alors qu'elle lui donnait en réalité une contenance dont elle était naturellement dépourvue. Lorsque son large postérieur disparut derrière une porte, Dombard essaya de chasser l'idée qui venait de jaillir comme une évidence. Celle lui soufflant qu'elle n'avait jamais dû être désirable et que le pauvre type devant lui était l'otage d'une mante religieuse. *Elle va te bouffer, tu sais ? Dès l'instant où elle aura eu tous les gosses qu'elle peut porter. Elle commencera par ta tête, des fois que le reste lui serve encore.*

— Monsieur Achenza. Racontez-moi comment les choses se sont passées.

— Vous avez des enfants ? demanda son interlocuteur, de nouveau lointain.

— Oui.

— Vous êtes allé voir ?

— Oui. (Le lieutenant s'assit sur le bord d'un fauteuil, comme un soldat momentanément au repos.)

— Ces images… Je les revois sans cesse. Elles ne partiront jamais. Comment on peut faire ça à des gosses ? Qui peut faire ça ?

— Je ne sais pas…

— Quand je repense à cette maison, j'ai envie de vomir. Je ne veux plus jamais y retourner. Plus jamais !

— Bien sûr. Je comprends.

Un silence s'installa, durant lequel le propriétaire fixa le sol comme s'il y cherchait une réponse.

— Vous étiez seul à faire ces travaux, pas de copain pour vous aider ?

— Non. J'étais seul, confirma-t-il d'une voix éteinte.

— Vous avez commencé à quelle heure ?

— Je sortais du boulot. Je suis agent d'entretien dans une boîte d'informatique. À Montigny.

Dombard s'enfonça complètement dans son siège.

— Vous avez fini et vous vous êtes rendu dans votre nouvelle maison. Il était quelle heure ?

— 21 heures et quelques, je crois.

— Ensuite ?

— J'ai pris une masse, j'ai tapé dans le mur et… (ses yeux se voilèrent) une brèche s'est créée, de plus en plus grande, et puis j'ai vu un bout de chiffon…

Comme une forte émotion s'emparait de son interlocuteur, le policier décida de faire un pas de côté.

— Il n'a pas l'air facile à abattre, ce mur. Pas besoin de l'observer longtemps pour s'apercevoir que c'est pas du Placo. Comment vous avez fait, sans renfort ?

Pio eut un tic nerveux qui semblait dirigé vers la porte par laquelle s'était éclipsée sa femme.

— Je me suis défoulé. J'ai les nerfs, en ce moment.

— Pourquoi ?

— J'y arrive plus. Ce quatrième gosse va nous foutre dans la merde, mais elle ne veut rien entendre.

— Elle ne travaille pas ?

— Elle s'est arrêtée après notre premier.

Le lieutenant analysa la décoration sommaire autour d'eux. *Mon pauvre vieux, t'es coincé.*

— Pourquoi avoir acheté cette vieille bâtisse, si vos finances sont si désastreuses ?

— Pour son prix.

— Combien elle vous a coûté ?

— 85 000.

— En effet, une sacrée affaire ! siffla le policier.

— Une affaire, ouais…, lâcha Pio, amer.

— Vous avez rencontré l'ancienne propriétaire, Madeleine Duflot ?

— Non, jamais.

— Même pas chez le notaire ? Comment ça s'est fait, alors ?

— L'agence immobilière a fait passer les documents à la maison de retraite, et tout nous est rapidement revenu signé.

— Le nom de l'agent en charge de la vente ?

— Hervé… Creisson, je crois. Mais il vaut mieux demander ça à ma femme.

— Je le ferai. Avez-vous trouvé sur place des souvenirs, des choses qui appartenaient à l'ancienne propriétaire ?

— Il y avait des cartons remplis de paperasse, des vieux trucs qui traînaient au sol…

— Comme quoi ?

— Des rideaux, des habits déchirés. On a fait un grand feu dans la cour.

— Vous n'avez rien gardé ?

— Non, il ne me semble pas. Maria !

Après qu'il eut hélé son épouse, ils entendirent du bruit derrière la cloison, suivi d'un long soupir, puis l'intéressée se présenta dans l'encadrement de la porte.

— Qu'est-ce qu'il y a ? souffla-t-elle.

— Tout ce qui restait dans la baraque, on l'a brûlé, hein ?

Elle lança un coup d'œil furtif au lieutenant avant de répondre.

— Oui, tout était dégueulasse.

— Vous pouvez me préciser quoi, exactement ?

— Des vieilleries, des papiers, des bassines en plastique dans lesquelles je ne ferais même pas boire un chien tellement elles étaient sales. Tout était répugnant.

— Absolument tout ? insista-t-il en plantant ses prunelles dans celles de la femme.

— Oui, tout.

— Bon, très bien. Je vais vous laisser, mais si un détail vous revient ou si vous remettez la main sur un élément qui se trouvait là-bas, sait-on jamais, vous m'appelez à ce numéro, conclut-il en tendant sa carte à Maria, qui s'en saisit en reculant d'un pas.

— Et sinon, quand est-ce que Pio pourra reprendre les travaux ? questionna-t-elle, toujours en boucle.

Le mari se redressa d'un coup, ulcéré.

— Tu ne crois quand même pas que je vais y retourner ?

— Elle est à nous, cette maison ! Il faut bien la retaper et emménager !

— Alors tu t'y installeras toute seule.

La voix ténébreuse qui surgit de la gorge de Pio Achenza produisit une onde mauvaise qui se répercuta contre les murs et vint toucher le lieutenant en plein cœur.

Sevran

La réunion avait débuté un quart d'heure plus tôt dans une atmosphère électrique. Tous les policiers, techniciens, légistes liés à la découverte des corps dans la maison des Mesnuls écoutaient à présent gravement la commandant qui leur communiquait un premier rapport d'enquête.

Sevran faisait face à une vingtaine de personnes. Dans le fond, Clopo, tout de noir vêtu, emmêlait nerveusement une mèche de cheveux autour d'un de ses doigts, le regard absent. Dombard, lui, s'était assis de trois quarts pour étudier les réactions de ses collègues tandis que Kervan et Ortiz, côte à côte comme toujours, se tenaient un peu avachis tels deux petits vieux sur le canapé de leur salon.

— … La divulgation d'éléments aux médias est inadmissible. Suite aux révélations d'aujourd'hui, le ou les auteurs des faits risquent de se débarrasser des chaussures des victimes et nous empêcher d'obtenir des preuves capitales. Vous êtes tous des professionnels. Je n'ai pas à vous expliquer l'importance des preuves matérielles dans un dossier comme celui-ci.

Il va également sans dire que nous n'avons pas le temps de chercher cet informateur, mais si d'aventure nous apprenons de qui il s'agit, il y aura des sanctions.

— Quel genre ? demanda le brigadier-chef Meynard, un petit homme sec à tête de fouine.

— Franchement, nous n'en savons rien pour le moment, mais ce genre d'écart ne doit pas rester impuni, répondit la commandant, glaciale. Je n'ai pas l'intention de voir la copie de nos PV en ouvrant le journal le matin. Est-ce que c'est bien clair pour tout le monde ?

— Parfaitement clair…, lâchèrent quelques voix lasses.

— Et ça vaut aussi pour vos états d'âme. Si certains parmi vous vivent mal ce qu'ils ont vu et risquent encore de voir, nous avons un psychologue attaché à la brigade. Voilà, ce sera tout pour aujourd'hui. Je vous remercie pour votre attention.

Installé au premier rang, Lemestre se retourna pour scruter la salle d'un œil perçant. Il avait l'air de passer au crible ses ouailles qui commençaient déjà à se lever. Lorsqu'il s'approcha de la commandant sous les néons blafards, ses traits paraissaient plus durs encore que d'ordinaire.

— Dites… (Il pivota pour s'assurer de la confidentialité de ses propos.) Biolet m'a parlé de la relation que vous établissez avec l'enquête sur la disparition d'Enzo Aidel en février 2015. Si on ne veut pas que ça fuite avant même d'avoir obtenu les résultats ADN, je propose que l'on garde l'info au sein du noyau dur. Biolet, Kervan, Ortiz, vous et moi.

— Vous excluez Dombard ?

— Oui. Vous faites tout pour le couvrir, mais cette fois je ne veux pas le moindre pépin. La France entière et le ministère vont se passionner pour cette histoire. On ne peut pas se louper.

— Très bien, commissaire.

Il eut un mouvement d'hésitation, presque surpris que sa subordonnée, pour une fois, ne proteste pas.

Parvenue devant son pavillon dont les fenêtres projetaient une douce lumière, Sevran hâta le pas. Dans le salon, elle rejoignit Manon qui, habillée de son peignoir rose, regardait un dessin animé.

— Ça va, ma puce ?

— Ça va.

L'air distrait avec lequel sa petite fille lui répondit la fit sourire. Elle observa un instant ses joues rebondies.

— Comment c'était, aujourd'hui ?

— Pourquoi tu travailles alors qu'on est samedi ?

— Parce que j'y suis obligée, ma chérie. Mais j'aurais préféré passer la journée avec toi, tu sais ?

L'enquêtrice se pencha pour embrasser tendrement sa fille, puis gagna la cuisine où William se battait avec le four qui faisait des siennes.

— Si ça continue comme ça, on n'aura rien à manger ce soir, s'agaça-t-il en donnant un coup sec à l'engin qui obtempéra enfin et reprit la cuisson d'un plat surgelé.

Voir ainsi son mari mettre toute son énergie à tenter de repousser les horreurs qu'elle avait dû affronter ce jour-là la toucha. Elle ne souhaitait plus que savourer un instant précieux en famille et tenir le cauchemar à distance. Au moins le temps d'un dîner…

Quand la petite fut couchée, William voulut qu'elle lui parle de ce qui l'avait retenue toute la nuit et qui l'avait tant bouleversée. Sevran, incapable de l'exprimer, alluma la télévision, car il méritait de savoir, de comprendre ce qui s'était passé. Les mêmes images défilaient toujours : la maison sordide, le jardin en friche, les grandes bâches cachant les pelleteuses… En revanche, les commentaires avaient heureusement gagné en sobriété. Comme elle l'avait imaginé, William, soucieux de préserver leur fille de la cruauté du monde, n'avait rien suivi du battage médiatique qui entourait l'affaire. Il fixait l'écran, abasourdi.

— Ces enfants, ça pourrait être Manon… Est-ce que tu vas pouvoir gérer ça ? demanda-t-il, anxieux.

— C'est mon travail.

— Je vois bien que tu es ébranlée…

— Je suis épuisée, c'est tout. Ça ira mieux demain.

— Je ne sais pas comment vous arrivez à garder la tête froide dans ce genre de situation. Moi, je ne pourrais pas.

— On est plus motivés que jamais pour trouver l'ordure qui a fait ça, tu peux me croire.

Sevran déposa un baiser sur le front de William, signe que la discussion était close, puis fila jusqu'à leur chambre où elle se déshabilla rapidement. Sitôt allongée sur son lit, elle s'endormit profondément, toujours hantée par l'image des petits corps avec laquelle il lui faudrait désormais apprendre à vivre.

Au réveil, la réalité la rattrapa brutalement. Elle s'attela à la préparation du petit déjeuner pendant que William profitait encore un peu de la chaleur de leur lit. À peine levée, Manon, elle, cherchait à satisfaire son esprit curieux et bombardait sa mère de questions. Sevran valsait d'une réponse à l'autre, s'efforçant de comprendre le raisonnement que pouvait bien suivre sa fille, lorsque la photo d'un poupon s'afficha sur l'écran de son téléphone. Une exclamation joyeuse surgit de leurs gorges à toutes les deux. La commandant sentit une chaleur irradier sa poitrine en contemplant les lèvres roses et charnues, le minois parfaitement serein.

— Il est trop mignon ! s'extasia Manon. C'est le bébé de Biolet ? On le voit bientôt ? Comment il s'appelle ? Il est né quand ?

Sevran émit un soupir de soulagement. Cette attente sans nouvelles lui avait paru interminable. Dans la foulée, le smartphone vibra de nouveau, faisant apparaître le message de son équipier :

> Je m'appelle Théo, je pèse 3,5 kilos et je mesure 50 cm. Je suis né à 6 heures ce matin. Ma mère est en superforme, mon père, par contre... quel pauvre type !

Elle détourna pudiquement ses yeux brillants, submergée par l'émotion tandis que Manon se saisissait du portable et envoyait une série d'émojis rieurs. L'inquiétude qui avait enveloppé cette naissance se dissipa comme un voile qui s'envole sous l'effet d'un vent léger.

Une heure plus tard, Sevran prenait la direction de l'hôpital. Comme d'habitude, une fois dans les couloirs de l'unité médico-légale, les odeurs de Javel et de formol lui tenaillèrent l'estomac. Kervan, Clopo et sa préparatrice, une jeune femme aux joues caves et au teint de porcelaine, étaient déjà sur le pied de guerre devant une des salles d'autopsie, et discutaient en chuchotant.

— Bonjour, commandant, ça va ? demanda le légiste dont les cernes trahissaient l'épuisement.

— Très bien, merci. Biolet est papa d'un petit Théo ! annonça-t-elle avec un sourire lumineux.

L'enthousiasme que cette bonne nouvelle suscita était sincère, même s'il sonnait étrangement dans cette artère vétuste de l'hôpital où étaient stationnés quatre brancards vides. Très vite, d'ailleurs, un sentiment de malaise s'installa, et tous se reconcentrèrent sur l'enquête.

— On a pu mettre les trois corps dans la même salle, ce sera plus pratique, expliqua Clopo.

— Oui, en effet, merci.

— Et je vous ai apporté de l'huile essentielle de lavande, ça devrait aider à supporter l'odeur.

Il tendit la petite fiole aux deux policières.

— Merci, Clopo, pour cette délicate attention. Je n'ai jamais essayé…, répondit Sevran.

— Dernière chose, la dépouille de la jeune fille grouille de… enfin, elle est en très mauvais état.

— OK. On peut y aller ? l'interrompit Kervan, que ces préliminaires rendaient nerveuse.

Clopo et sa préparatrice, dans leur blouse blanche, opinèrent. Les enquêtrices, quant à elles, déposèrent un peu de la précieuse huile sur leur masque. Inconsciemment, Sevran prit une profonde inspiration avant de pénétrer dans la pièce, comme si elle s'apprêtait à plonger sous la banquise.

Les corps nus gisaient sur des tables en inox démesurément grandes pour eux. À leur vue, les deux collègues n'en menaient déjà plus très large. L'odeur de lavande se mêlait à celle, ignoble, de la chair putréfiée. Dans un élan solidaire, elles se rapprochèrent l'une de l'autre.

— Merde, c'est atroce ! lança Kervan.

La commandant, une main sur la bouche, invita le légiste à commencer son rapport.

— Grâce aux scanners et IRM, on a un bilan lésionnel complet et on constate de nombreux cals osseux. Sur chacune des victimes. Ces enfants ont subi des maltraitances. Leurs squelettes portent les traces de multiples fractures. La jeune fille a deux impacts crâniens, le pubis rompu et une fracture de la jambe gauche. Le footballeur a une fracture du coude gauche, une fracture du bassin et une autre de l'os crânien à deux endroits. Le second garçon a le thorax touché et une fracture du péroné qui était en cours de consolidation au moment de sa mort. Autant vous le dire tout de suite, leur état va nous empêcher de déterminer la cause exacte de leur décès. En revanche, nous avons effectué un prélèvement des maxillaires en vue d'une identification ultérieure.

— Quel âge ont-ils, alors ?

— Les laboratoires spécialisés en ostéo-anthropométrie vont se prononcer sur les coupes transversales fines de diaphyses fémorales qu'on leur a soumises. Il faut maintenant attendre leur rapport.

— Je comprends, mais je connais aussi l'étendue de votre savoir, Clopo… Vous ne pourriez pas nous donner votre sentiment ? insista Sevran.

Le légiste sembla réfléchir, mais ne se fit pas prier longtemps. Depuis le temps qu'ils collaboraient, il était en confiance avec la commandant.

— La fille devait avoir dans les 13-15 ans, et mon examen confirme qu'elle est morte il y a cinq mois environ. Les garçons, eux, devaient avoir sensiblement le même âge, mais ils sont morts il y a plusieurs années. Comme je le pensais au départ, je dirais deux ans ou plus. J'ajouterais qu'ils ont été emmurés très vite après leur décès. En effet, dans un contexte sec, à température modérée, le processus de momification se déroule normalement. Le cadavre de la fille, en revanche, a dû rester à l'air libre ou dans un milieu peu protégé, car on note la présence de nombreuses larves et d'insectes. Elle a été emmurée cinq à sept jours après sa mort.

— Méthodique et rigoureux pour les garçons, moins pour la fille..., réfléchit Sevran à voix haute.

— L'analyse des vêtements, ça a donné quoi ? interrogea alors Kervan, dont le teint était devenu vert-de-gris.

— Pas de trace de liquide séminal. En revanche, on a trouvé des cheveux. Tout est parti au labo. Et j'ai une dernière chose à vous signaler : le deuxième gamin portait une sorte de tricot de peau sur lequel une étiquette de mercerie indiquait un nom. (Il tendit une photo en gros plan à Sevran.) Lucas Létan... C'est peut-être son identité...

— On va vérifier ça tout de suite. Merci beaucoup, Clopo.

— Je vous en prie. L'anthropologie va commencer la reconstitution faciale, on devrait avoir des résultats assez rapidement.

— Très bien.

En quittant la salle d'autopsie, l'enquêtrice en chef et sa collègue arrachèrent le masque chirurgical de leur visage, mais ce ne fut qu'une fois dehors, à l'air libre, qu'elles parvinrent enfin à partager leurs impressions.

— Ces gosses… c'est un cauchemar ! souffla Kervan alors qu'elle s'empressait de tirer une cigarette de son paquet.

— Un cauchemar… C'est le mot.

Adossées à la voiture de service, elles contemplèrent un instant le mouvement des nuages. Les yeux ainsi rivés vers le ciel blanc, elles devaient chercher à s'extraire des ténèbres desquelles elles se sentaient toutes les deux prisonnières.

Damien Couard

Une ombre s'était posée sur le vigile. Elle était déjà parvenue à s'infiltrer dans les plus infimes fissures de son esprit, répandant sa noirceur partout. Alors qu'une petite voix lui soufflait de tirer un trait sur son passé, une autre lui murmurait de se rendre sur place, sur les lieux de son enfance. L'indécision l'avait maintenu éveillé toute la nuit. Une confrontation aussi violente ne pourrait que provoquer des dégâts, mais comment l'éviter ?

À peine réveillé, il avait embarqué Cheyenne dans le coffre de son utilitaire. Avait roulé en direction des Mesnuls, un coin des Yvelines où il n'avait pas mis les pieds depuis plus de vingt ans. Pourtant, une force irrésistible l'attirait là-bas.

À proximité des bois, il se gara près d'un fossé, puis il marcha à travers d'épaisses broussailles, suivi de près par sa chienne. Au bout d'une dizaine de minutes, il s'accroupit derrière un enchevêtrement de ronces, et observa l'agitation qui régnait autour de la macabre bâtisse.

Deux engins de chantier retournaient le terrain à l'abri de l'objectif des caméras, toujours à l'affût. Des policiers en uniforme discutaient devant une vieille cabane menaçant de s'effondrer. L'agent de sécurité balaya du regard la toiture éventrée, les murs gris de la façade, les petites fenêtres si sales que le soleil ne devait jamais pénétrer à l'intérieur. Même d'ici, on sentait les puissantes ondes négatives que dégageait la maison.

Tel un otage, Damien avait compté, enfant, les jours passés là. Six ans, quatre mois et douze jours. Il avait espéré que cette famille d'accueil serait plus tendre que les précédentes, mais, lorsque l'éducatrice l'avait conduit chez les Duflot, il avait aussitôt été saisi d'un malaise profond. Madeleine s'était présentée à lui sans un sourire, et ses rêves s'étaient brutalement évanouis. Ce serait donc là comme ailleurs, sans amour ni douceur. En fait, ce fut pire que ça…

Son cœur cognait au fond de sa poitrine, prêt à s'en échapper. Mais ce spectacle ne réveillait pas sa mémoire pour autant. Comme si un lourd couvercle s'était posé sur elle, empêchant les souvenirs de remonter à la surface hormis quelques bribes insignifiantes. Face à cette amnésie, c'était son corps qui parlait. Il était secoué de tremblements. L'angoisse était bien réelle. Que lui était-il donc arrivé dans ce putain de clapier ?

Ces six années avaient été douloureuses. C'était tout ce qu'il pouvait dire. Soudain épuisé, Damien se laissa glisser contre le tronc d'un arbre rugueux. Il avait cru que se rendre sur place provoquerait un choc salvateur, mais à part la peur qui lui vrillait les tripes, rien ne se produisait. De nouveau, presque malgré lui, ses yeux se dirigèrent vers la bâtisse et, cette fois, se fixèrent sur une construction faite de bois, de parpaings et de tôle ondulée. L'atelier de menuiserie…

Bernard était chauve, portait des pantalons retenus par une ficelle, des tricots de peau d'un blanc douteux et avait une voix forte. Impressionnante. Un caractère irascible. Violent. L'image du type lui revenait, intacte.

Il le détestait autant qu'elle. Maintes fois il s'était imaginé les tuer l'un et l'autre. Les scénarios les plus tordus et sanguinaires avaient germé dans son cerveau de gosse pendant ses nuits sans sommeil, au son incessant des aboiements de chiens. Mais pourquoi était-il incapable de capter d'autres morceaux de vie ? Tous ces blancs et ces vides lui donnaient le sentiment insupportable d'être amputé d'une partie de lui-même.

Le comportement erratique de son maître commença à inquiéter Cheyenne qui se mit à s'agiter dans les broussailles, le ramenant tout à coup à lui. Ils ne pouvaient pas rester là, les policiers risquaient de les repérer, or le vigile voulait à tout prix l'éviter. En se pressant, ils regagnèrent l'utilitaire. Damien démarra sans réfléchir. La nausée pointait. Une question lancinante le hantait : ces enfants emmurés, les avaient-ils connus ? Étaient-ils, comme lui, des orphelins que personne n'avait réclamés ? Un frisson remonta le long de son échine, puis une idée fulgurante illumina son esprit : le seul moyen de reconstituer le passé, c'était d'en retrouver les témoins !

Des années plus tôt, il avait croisé un ancien des Mesnuls. Le garçon, qui devait avoir dans les 20 ans, arborait des cheveux longs style rasta et une tête en lame de rasoir. Habillé de penailles crasseuses, il jonglait devant une vitrine en mendiant.

— Je te connais, toi ! l'avait-il interpellé.

L'agent de sécurité alors employé par l'enseigne l'avait d'abord repoussé avec rudesse avant que le jeune lui lance :

— T'es un enfant fantôme ! Les Duflot... ça te rappelle quelque chose ?

Damien s'était figé. À bien y regarder, il y avait dans les yeux du marginal une lueur étrange qu'il pensait reconnaître. Alors, à la fin de son service, sa curiosité étant aiguisée, il l'avait suivi jusqu'à une friche industrielle de banlieue où le rasta partageait un squat avec une bande de désœuvrés. Il y avait parmi eux des étudiants et des rejetons de bonne famille en rupture avec leur monde. Un petit vent d'anarchie soufflait sur la communauté qu'un goût commun assez prononcé pour les drogues avait réunie.

Mickaël lui avait raconté avoir grandi à ses côtés, comme une mauvaise herbe. La voix troublée par une forte émotion, il avait retracé sa jeunesse malheureuse. Les paroles haineuses de Bernard qui haïssait son allure de grande tige et ses épaules chétives. Les coups de pied dans les côtes dès qu'il avait un verre de trop dans le nez. Les humiliations incessantes.

Selon ses dires, Damien avait été un des seuls à le secourir malgré les protestations véhémentes de Madeleine. Le vigile avait accueilli ce récit avec méfiance. En réalité, il doutait qu'une quelconque entraide eût jamais existé, car chaque nouveau gamin placé là comprenait vite les règles à suivre. La première disait que tous les gosses seraient maltraités un jour ou l'autre. La seconde que les souffre-douleur de Madeleine et Bernard auraient le droit à un supplément et qu'il valait mieux se faire petit.

— Ils ont foutu ma vie en l'air, répétait le jeune rasta, étendu sur un canapé puant. Je me suis retrouvé à la rue à cause d'eux !

À l'époque, Damien avait été secoué et avait décidé de se tenir le plus loin possible de son passé. Il n'avait donc pas souhaité revoir Mickaël. Les récents événements changeaient toutefois la donne. Désormais, il voulait tout savoir. Il en avait besoin… Cette terrible affaire agissait comme un prisme étrange sur son enfance, elle révélait des couleurs qu'il n'avait jamais perçues jusqu'alors.

Émilie Lachare

Après une brève nuit d'un sommeil brumeux, Émilie avait pris le bus pour rejoindre le centre-ville et, une fois au cœur de Clermont-Ferrand, elle avait de nouveau erré dans ses veines grises. À présent que la réalité lui apparaissait avec une violente clarté, des émotions contradictoires se réveillaient : un immense soulagement, comme une île, émergeait au milieu d'une mer d'angoisse.

Cet emploi de caissière avait été son point d'ancrage, ces dernières années, structurant sa vie, imposant des règles et des horaires. Et voilà que ce cadre aussi rigide que rassurant avait volé en éclats. Comment se sentait-elle, au juste ? Libre ? Perdue ? Alors qu'elle était dans ses pensées, un SDF bondit dans son champ de vision.

— Qu'est-ce que tu fais là, toi ? Bouge de là ! Allez, dégage !

Dans le même temps, un crachat surgit de la bouche édentée du bonhomme pour exploser sur la joue pâle de la jeune femme, provoquant une soudaine et incontrôlable colère. De quel droit la traitait-on si mal ? Elle était la mère d'un enfant disparu, une perte qui la tuait à petit feu. Personne ne pouvait se figurer sa douleur. Personne n'aurait été capable de vivre avec ça sans devenir complètement fou.

Elle fonça sur le type, le cloua au sol et lui empoigna la gorge sous le regard effaré des passants. *Je pourrais te tuer... J'irais en prison, et après ?... Qu'est-ce que ça changerait ?* Elle voulait le faire taire, et avec lui tous ceux qui l'avaient rabaissée avec acharnement toute sa pauvre existence. Les braillements du SDF décuplaient sa force. Comme une corde élimée, elle ne tenait plus qu'à un fil, mais ce fil-là n'était pas près de céder. Si tout devait exploser aujourd'hui, autant que la déflagration soit énorme !

Au bout de quelques minutes à peine, alors qu'elle n'avait pas desserré son emprise, deux policiers en uniforme la saisirent par les aisselles et la firent monter dans le panier à salade. Le vagabond fit aussi partie du voyage, si bien que les insultes et les tentatives de coups se poursuivirent jusqu'au terminus, à l'hôtel de police. Là, quand la crise se dissipa enfin, elle ne laissa place qu'à une profonde fatigue et à de l'amertume.

Les odeurs, les longs couloirs au linoléum brillant, les voix autoritaires des flics durant les interrogatoires… tout lui revint subitement à l'esprit. À une époque, Émilie avait été une habituée des lieux. Les policiers lui avaient inlassablement posé les mêmes questions suspicieuses et agressives. Jamais ils n'avaient écouté ses réponses. Ils avaient considéré que ses oublis et ses silences étaient suspects. Chaque audition avait été un poignard planté dans sa chair. Depuis le temps, ils avaient dû passer à autre chose, évidemment, mais pas elle… Ils l'avaient mutilée à vie avec leurs immondes théories. Et la presse ne l'avait pas épargnée non plus. « La mère coupable de faiblesse », avait titré un torchon.

Aujourd'hui, assise sur le banc de sa cellule de dégrisement, au milieu des relents piquants de vieille urine et de détergent, elle reconnaissait qu'elle avait été naïve. Au fond, les hommes qui avaient croisé sa route n'y étaient pas pour rien, ils n'avaient fait que traverser sa vie comme des taureaux détruisant tout sur leur passage. Lentement, ses pensées la conduisirent au moment où tout était parti en vrille.

Émilie avait rencontré Red dans un bar interlope du côté de la gare où il lui avait payé quelques verres en scrutant sa croupe. Elle s'était attardée sur ses biceps musclés, sa toison qui dépassait d'un tee-shirt au col savamment déchiré. L'affaire avait été rapidement conclue dans sa voiture garée sur le parking et, le lendemain, il était venu poser ses frusques chez elle, quelque part entre tous ses mômes en couche-culotte.

Ce type-là n'avait pas vraiment plus d'intérêt qu'un autre, mais il était arrivé pile au bon moment. Celui où elle ne supportait plus ce que ses enfants avaient fait d'elle : une mère célibataire. L'équivalent, pour tant d'hommes, d'un nid à problèmes. Elle n'aspirait pas à grand-chose, juste à rentrer dans le rang, à ne plus se sentir ni jugée ni exclue, à retrouver un peu de normalité. C'était bien ce que ses voisines, ces commères, et l'assistante sociale attendaient d'elle, non ? Un retour à la normalité.

Red avait un air hâbleur et un corps massif, viril. Il avait les cheveux rasés, de nombreux anneaux en argent aux oreilles et d'imposantes bagues aux doigts. Selon les critères d'Émilie, il avait un sacré style, et elle n'avait prêté attention à rien d'autre. Adolescente, sa mère lui disait qu'il lui faudrait tomber sur un mec qui avait de la jugeote, contrairement à elle qui n'en avait pas deux sous. Au début, Red lui avait donné l'impression d'être ce mâle capable de tracer une voie pour deux. En réalité, il devait avoir un puissant détecteur à filles fragiles.

Ce nouveau compagnon avait flairé le terreau idéal pour cultiver une tyrannie domestique. Il avait entrepris de déménager les lits des jumeaux pour entasser tous les enfants, cinq à l'époque, dans une chambre de dix mètres carrés. Elle avait observé l'opération en silence, sans protester. Et c'est ainsi que l'espace que Red s'était approprié était devenu le lieu de rendez-vous d'une clientèle qui défilait chez elle au rythme d'une ou deux personnes toutes les quinze minutes. Pas vraiment la fine fleur du quartier, évidemment. Plutôt des toxicomanes, des petites frappes qui lui faisaient toujours des ennuis quand elle traversait la cité, les bras chargés de courses.

Rapidement, il s'était taillé une réputation de caïd. Il suscitait l'admiration et avait un tel pouvoir d'attraction qu'elle ne s'était pas senti le courage de le chasser… Pourtant, leur relation avait pris une tournure inquiétante où les corps à corps ne finissaient plus qu'en coups et blessures. Un climat de terreur s'était instauré et la peur avait gagné ses enfants, chacun tentant à sa manière d'éviter les déchaînements de violence imprévisibles de Red.

C'est à cette période qu'Émilie s'était mise à adoucir son existence à l'aide de tranquillisants, et quand la réalité réapparaissait dans toute sa laideur, elle se contentait de l'écraser d'une nouvelle dose. Envisager l'avenir sous cet angle était bien plus commode. Après tout, dans sa vie, les choses s'étaient toujours arrangées d'elles-mêmes. Du moins tant qu'elle ne manquait ni de cachets ni de whisky.

Le pire, c'était pour ses gosses. Sans cesse bousculés et insultés, eux n'avaient aucune échappatoire. Et c'était d'autant plus vrai pour l'un d'entre eux. Son fils aujourd'hui disparu avait la peau mate de son père, une nuance que Red ne devait pas compter dans sa palette étriquée. Sans parler du fait que l'adolescent avait un caractère bien trempé et une audace qui l'avaient poussé quelques fois à la confrontation avec son envahissant beau-père.

Une catastrophe se profilait bel et bien.

Un soir, alors que deux camés végétaient sur le canapé en attendant leur dose, le gamin s'était révolté. Depuis la cuisine, Émilie avait entendu des voix s'élever, le ton se durcir. Parvenue au salon, elle avait assisté, impuissante, à une bagarre d'une violence inouïe entre son fils et les deux hommes, sitôt rejoints par son concubin. Red l'aurait sûrement achevé si elle ne l'en avait pas empêché. À la fin du passage à tabac, son garçon gisait inconscient à terre, méconnaissable et les os brisés.

Le film de la scène passait en boucle dans la tête d'Émilie. Une dose quotidienne de culpabilité que sa mémoire ne manquerait jamais de lui fournir.

Sevran

Seule dans son bureau, la commandant observait la nuit tomber avec appréhension. La journée avait été poussive, rien de très étonnant pour un dimanche. Pour le moment, le sondage des murs et des sols de la maison n'avait rien donné de plus. Le dossier que lui avait remis l'ASE sur le couple Duflot trônait sur sa table, épais ; entre autres choses, des fiches sur les quinze enfants placés dans leur foyer. Elle jeta un coup d'œil las au tas de paperasse, puis à sa montre. Malgré les nombreux messages laissés à la famille Létan qu'elle était parvenue à retrouver dans l'après-midi, personne ne l'avait encore rappelée. Elle retenta quand même sa chance et, presque surprise, tomba sur une femme à la voix haut perchée.

— Madame Létan ? Je suis la commandant Sevran. J'aurais des questions à vous poser au sujet de votre fils Lucas.

— Bonjour ! Je suis désolée, je rentre tout juste du cinéma avec mon mari et je viens de voir que vous aviez essayé de me joindre. C'est au sujet de Lucas ?

Il est toujours à une compétition de handball, là. Que se passe-t-il ?

Sevran se sentit comme coupée en deux : soulagée et frustrée à la fois.

— Quel âge a Lucas ?

— Il a 15 ans. Pourquoi ?

— Est-ce qu'il vous arrive de donner ses vêtements trop petits à des associations ou à des amies ?

— Je ne comprends pas, j…

— Je ne peux pas entrer dans les détails, madame, l'interrompit-elle. Mais est-ce déjà arrivé ?

— Non, je garde tout pour son frère.

— D'accord. Dans quel collège est-il scolarisé ?

— Le collègue public de la ville.

— À Meaux, c'est ça ?

— Oui.

— Depuis quand ?

— Il y est depuis la sixième, pourquoi ?

— Selon vous, est-ce qu'un jeune aurait pu se tromper et s'approprier un tee-shirt de votre fils, au cours d'un voyage scolaire, par exemple ?

— Oui, c'est tout à fait possible ! Les profs ne font pas attention à ça. Et pour tout vous dire, je trouve les gens malhonnêtes, car tous nos vêtements sont étiquetés ! Vous comprenez, comme j'achète de la qualité… Enfin, le pire, ça a toujours été la piscine. J'imagine que ça doit être une belle pagaille, dans les vestiaires.

Quand Sevran raccrocha, une lueur d'espoir éclairait son visage, car elle songeait déjà à concentrer les recherches sur le collège de Lucas dès le lendemain. Avant de rentrer chez elle, elle s'octroya un moment pour échanger avec Biolet dont les messages affluaient depuis le matin, ponctués de photos de famille. Visiblement, son équipier profitait pleinement de sa paternité. L'heureux événement avait dissipé ses angoisses, et son enthousiasme communicatif redonna du baume au cœur à Sevran.

Soudain, l'ombre massive de Dombard se posta devant elle. Elle ne l'avait pas entendu approcher. Ses yeux pleins de sagacité annonçaient du nouveau.

— T'as deux minutes ? lui demanda-t-il.

— Bien sûr, je t'écoute.

— Biolet, ça va ?

— Oui, tout va bien. Regarde comme son petit Théo est beau ! lança-t-elle en tendant son portable.

— Il est bien plus mignon que son père ! ricana le lieutenant avant de poursuivre. Comme tu sais, j'ai interrogé Pio Achenza hier. Il y avait aussi sa femme… Plus j'y réfléchis, plus je me dis qu'il y a un truc bizarre dans la vente de la maison. Entre le terrain et les murs, il doit y en avoir pour plus de 300 000 euros, si ce n'est plus.

— Et combien l'ont-ils achetée, déjà ?

— 85 000.

— En effet… Ou les Achenza sont des as de la négo, ou il y a un loup… Mais tel que je te connais, tu optes pour la deuxième possibilité.

— Oui. Quand je leur ai demandé s'ils avaient mis la main sur des objets personnels du couple, le mari m'a dit qu'ils avaient tout brûlé. Je le crois sincère. Mais la femme, Maria, je ne la sens pas.

— Elle a peut-être trouvé quelque chose qu'elle veut garder et qui ne nous intéresse pas. Un bijou, ou autre…

— Et si c'était de l'argent ?

— Franchement, vu l'état de délabrement de cette propriété, je doute qu'elle y ait découvert un magot.

— Tu as raison, mais… je vais repasser la voir quand son mari sera au boulot demain.

— Vas-y doucement, hein !

— T'inquiète.

— Par contre, pour la vente, il faut qu'on jette un œil sur l'acte notarié et les comptes bancaires. Madeleine Duflot était en situation d'isolement, de faiblesse et de vulnérabilité. Elle a très bien pu être victime de maltraitance financière. Ça pourrait expliquer la sous-estimation du prix de vente de la propriété… En tout cas, si quelqu'un a cherché à la spolier, on doit au plus vite savoir qui.

Le flic acquiesça et s'apprêtait à partir quand elle le retint.

— Attends… Comment tu vas, toi ?

— Tu ne vas pas me reparler de cette histoire de fuite dans la presse, quand même ?

— Non. Est-ce que tu poursuis ta thérapie ?

— Oui.

— Dombard, dis-moi sincèrement comment tu te sens. Je te couvre depuis longtemps, j'ai le droit de savoir.

— Je suis touché par cette affaire comme tu l'es, comme tout le monde dans la maison l'est. Pour le reste, je gère. Je tiens mes nerfs et je refuse les apéros.

— Bien. Tes enfants, tu les vois ?

Il regagna son siège où il s'affala, enfin disposé aux confidences.

— De temps en temps, mais j'ai disparu de leur vie pendant trois ans, ça laisse des traces…

— Bien sûr. Avec ta fille, ça se passe mieux ?

— Tu sais, Elisa, c'est quelqu'un de bien. Elle comprend les choses. Pas besoin de lui faire de longs discours, elle me capte tout de suite.

— Peut-être, mais elle est jeune et elle a besoin de parler. Tout comme ton fils, d'ailleurs. Les silences et les non-dits sont des bombes à retardement ; on est bien placés pour le savoir. Tu ne crois pas ?

— T'as sans doute raison. D'ailleurs je te connais assez pour comprendre que, des non-dits, il y en a dans cette discussion, justement. Quelqu'un t'a confié quelque chose et je suis sur la sellette, c'est ça ?

— En effet. Mais je vais continuer à te couvrir. Compte sur moi.

Le lieutenant eut un pudique mouvement du menton pour lui témoigner sa reconnaissance. Elle lui adressa un clin d'œil, rassembla ses affaires et quitta enfin l'hôtel de police devenu soudain très calme.

Sevran traversa la ville sans prudence, pressée de mettre fin à cette journée qui lui avait fait l'effet d'une course dans un champ de ronces. Et ce ne fut que lorsqu'elle coupa le contact qu'elle desserra les dents. Cette affaire lui pesait, ces trois jeunes corps la tourmentaient. Elle avait hâte de laisser tout ça derrière elle, mais son intuition lui soufflait qu'ils l'accompagneraient encore longtemps.

Autour d'elle, les cheminées fumaient au ralenti, les fenêtres diffusaient une pâle lumière. Ici se trouvait son refuge, rien n'y changerait jamais. Chaque fois qu'une tempête se déclarerait, elle devrait s'accrocher de toutes ses forces à ce bout de terre, comme à un radeau.

Il était 21 h 30 passées lorsqu'elle pénétra dans le salon. William était assoupi sur le canapé, un livre ouvert sur le ventre. Elle déposa un baiser délicat sur son front et se rendit discrètement dans la chambre de sa fille. Son bébé dormait aussi à poings fermés. Elle s'agenouilla près de son lit, la contempla longuement, mais une pensée vint troubler ce moment de quiétude. Les enfants emmurés avaient-ils eu des parents pour prendre soin d'eux et les couver ainsi du regard pendant leur sommeil ? L'image du cadavre du petit footballeur se rappela à elle, et avec elle les souvenirs de l'enquête sur la disparition d'Enzo Aidel, dont le signalement correspondait parfaitement. De grands cercles affleuraient à la surface de sa mémoire. D'un coup, tout remontait…

L'affaire avait mobilisé toute l'énergie de Biolet, jusqu'à l'obsession. Il lui avait fait part de ses doutes et de ses maigres avancées au cours d'interminables discussions. La commandant et son équipe avaient même été mises à contribution, car on perdait la trace de l'adolescent quelque part dans les Yvelines. Biolet était persuadé de l'implication du beau-père dans cette sordide histoire, il s'était d'ailleurs violemment confronté à lui. L'homme était si imprévisible et menaçant que les auditions avaient mis à rude épreuve les nerfs de son partenaire. Pas un témoin, voisin ou ami n'avait osé contester l'alibi du type. Un alibi pourtant bancal puisque personne, dans la convention de tatouage à laquelle il était censé avoir participé, n'avait pu attester de sa présence.

Aucun détail n'avait épargné la commandant : les couches sales qui jonchaient le sol de l'appartement, l'air déconnecté et désœuvré de la jeune mère plaquée quelques semaines à peine après le début de l'enquête… Constamment ensuquée, ses grands yeux perpétuellement humides, celle-ci avait été incapable de mettre la police sur la moindre piste. Plusieurs fois, Biolet l'avait poussée dans ses retranchements. Mais malgré ses efforts, il n'était jamais parvenu à percer l'écran opaque derrière lequel elle avait choisi de se cacher.

Émilie Lachare

Un violent électrochoc avait transpercé le ventre d'Émilie, alors enceinte, à la vue de son fils ensanglanté et inconscient au milieu du salon. Il était subitement devenu aussi pâle qu'un mort. Pendant de longues minutes, elle était restée sidérée à ses côtés, au point que c'était Red et ses acolytes toxicos qui s'étaient chargés d'appeler les secours.

Le lendemain, elle s'était installée au chevet de son gosse à l'hôpital. Ses prunelles avaient lentement glissé sur le corps recouvert de bandages et d'attelles, elles s'étaient attardées sur les machines et les tuyaux auxquels il était relié. Une sensation dérangeante l'avait remuée. Au fond, elle avait toujours cru son amant capable de tuer son garçon. Le découvrir vivant ce jour-là tenait presque du miracle…

Pourtant, après cet épisode, tétanisée par sa peur de la solitude, elle avait poursuivi son existence sans rien remettre en question. Red était donc toujours dans les parages quand le gamin rentra à la maison. Un retour qui se fit dans une atmosphère pour le moins tendue…

— Je te préviens, Maman, si tu ne le quittes pas, je vais aller voir les flics et je vais porter plainte contre ce connard !

— Il va bientôt s'en aller ! Essaie juste de ne pas le provoquer…, répétait-elle, imaginant ainsi parvenir à contenir leur rage à tous les deux.

À dire vrai, lorsque son garçon avait fini par lui annoncer qu'il partait rejoindre son père biologique, Émilie avait eu honte d'elle, mais elle avait pensé qu'il était temps que quelqu'un s'en aille. Une fois son adolescent loin d'ici, elle aurait pu réparer les dégâts. Elle serait peut-être même parvenue à raviver la flamme avec le père de son dernier-né. Aussi avait-elle laissé filer son gamin sans un remords…

À présent, elle se rendait bien compte qu'une bonne mère ne faisait pas ce genre de choses. Que les flics, à l'époque, n'avaient pas complètement tort. Mais que pouvaient-ils savoir des combats qu'elle avait dû livrer toute seule ? Le visage dans les mains, Émilie voulait se rappeler le jour où son fils s'était volatilisé, mais l'arrivée d'un policier en civil dans sa cellule l'en empêcha. Comme autrefois, elle baissa la tête en arpentant les couloirs de l'hôtel de police. L'impression de déjà-vu était si forte qu'elle s'attendait à reprendre son audition à l'endroit même où elle l'avait interrompue des années plus tôt. Pourtant, en lieu et place du flic renfrogné, une jeune femme lui expliqua qu'elle avait cherché à la contacter et qu'elle devait se soumettre à un test ADN. Après quoi cette dernière tapissa d'une main ferme son palais à l'aide d'un gros coton-tige, puis lui annonça sans plus de détails qu'on la tiendrait au courant.

Au courant de quoi, au juste ? Son altercation avec le poivrot ne pouvait pas lui valoir d'ennuis avec la police, tout de même ! Sans un mot, sans une question, elle dandina son corps lourd jusqu'à l'avenue où tout lui sembla briller exagérément dans la nuit déjà tombante. Les carrosseries, les pare-brise, l'asphalte mouillé, tout rutilait dans ses yeux chargés de larmes. Son passage au commissariat avait tant secoué sa mémoire que les émotions rejaillissaient en geysers. Incontrôlables… À présent, il lui fallait lutter contre les petits bars aux loupiotes chaleureuses qui chantaient à ses oreilles, l'invitant à les rejoindre dans une mélodie irrésistible.

Dombard

Tôt dans la matinée, le lieutenant sonna à la porte des Achenza après s'être assuré que le mari avait quitté les lieux. Le silence s'éternisa, puis il entendit Maria traîner ses savates en direction de l'entrée. Quand, enfin, elle ouvrit la porte, il eut la satisfaction de voir sa mine se décomposer.

— Bonjour, madame, j'ai encore quelques questions à vous poser, vous permettez ?

— Pio n'est pas là.

— Ce n'est pas avec lui que je veux m'entretenir.

La bouche de la jeune femme dessina une vague grimaçante alors qu'elle entamait un mouvement de recul. Un legging gris épousait chacune de ses rondeurs et soulignait la propension qu'avaient ses genoux à se toucher, formant un « X » disgracieux. Le policier étudiait l'anomalie d'un air détaché quand Maria changea radicalement d'attitude, se plantant devant lui, les mains sur les hanches, le bassin basculé en avant.

— Vous avez du nouveau sur la maison, c'est ça ? Vous savez quand on va pouvoir reprendre les travaux ?

— Non.

— Pourquoi vous voulez me causer, alors ? C'est pas moi qui ai découvert la môme, c'est mon mari, j'ai rien à vous dire !

Dombard choisit ce moment pour s'imposer dans l'appartement. De mauvaise grâce, la femme l'invita à s'asseoir dans la cuisine, à la même place que la veille.

— Vous êtes au courant qu'on a trouvé plusieurs corps ? demanda-t-il avec gravité.

— Ben oui, on fait qu'en parler à la télé.

— Ça ne semble pas beaucoup vous toucher, cette histoire.

— Pour l'instant, ce qui m'inquiète, c'est mes propres gosses et l'endroit où je vais les faire vivre.

Le lieutenant ne put s'empêcher de l'observer avec sévérité.

— Votre instinct maternel vous aveugle, en quelque sorte…

— Et alors ? En quoi ça vous concerne, de toute façon, que ça me touche ou pas ?

Il devait bien reconnaître qu'il avait une irrépressible envie de mettre en boîte cette femme exaspérante. Pas tant pour son allure et son ton horripilants que pour ce qu'elle faisait subir à son mari. Le lieutenant ressentait de la compassion pour ce bonhomme. *Moi, je me serais taillé vite fait !*

D'ailleurs, il lui en avait fallu beaucoup moins pour quitter le navire…

Passé le cap de la trentaine, son ex-femme, Candice, que son horloge biologique venait de réveiller en sursaut, avait exigé d'avoir un enfant. Dombard, qui n'en voulait pas, avait naïvement pensé que freiner des quatre fers suffirait à régler la question. Mais il se trompait.

Il avait alors imaginé toutes sortes de prétextes pour repousser l'échéance, en commençant par la mettre en garde sur les sommes folles que représenterait un bébé. Eux, deux gagne-petit, ne parviendraient pas à assumer une telle charge ! Mais il était vite devenu évident que sa femme préférerait mille fois finir mère sur la paille que nantie sans marmots. Il était même allé jusqu'à faire planer sur eux la menace d'une défaillance génétique héréditaire. Rien n'y avait fait, elle n'en avait pas démordu, et la question avait grossi comme une tumeur entre eux, les métastases s'étaient répandues partout. Elle ne parlait plus que de ça du matin au soir, brandissant son thermomètre dès le petit déjeuner entre deux tartines.

Le policier avait eu si peur de perdre la seule femme qui l'eût aimé qu'il s'était finalement laissé porter par le courant. Pablo était né, bébé joufflu attendrissant, puis Elisa quelques années plus tard. Mais quelque chose dans la mécanique ne fonctionnait pas. Un caillou s'était immiscé dans les rouages. Il était donc parti, comme son père avant lui. *Ça, ça doit être une saloperie génétique, par contre.*

Toujours est-il que le lieutenant nourrissait une forme de respect, d'admiration presque pour Pio Achenza. Ce type avait l'air de se tuer à la tâche pour sa famille, et que recevait-il en retour ? Les protestations incessantes de sa bonne femme.

— J'ai autre chose à faire de ma journée que de discuter avec vous, alors je vous écoute : pourquoi êtes-vous là ?

— Parce que je pense que vous ne m'avez pas tout dit.

— À propos de quoi ?

— Des petits souvenirs de famille des Duflot.

Maria Achenza repoussa une lourde mèche de cheveux derrière son oreille puis soutint le regard du flic.

— Je ne vois pas ce qui vous fait penser ça.

— Je n'ai pas voulu insister hier parce que votre mari n'y est pour rien et qu'il est suffisamment bouleversé comme ça. Vous, par contre…

— Ça recommence. Vous en avez après moi parce que je ne pleure pas pour des enfants que je ne connais pas ?

— Je ne suis pas là pour ça. Je comprends qu'on puisse être égocentré et sans cœur. Après tout, ce n'est pas un crime. En revanche, cacher des éléments susceptibles de faire avancer une enquête sur plusieurs homicides, ça, c'est grave. C'est même un délit. J'imagine pourtant que, dans votre état, vous avez mieux à faire que d'avoir des soucis avec la police, n'est-ce pas ? Dites-moi ce que vous avez trouvé.

— Je veux un avocat.

— Demandez d'abord à votre mari s'il est prêt à en payer un ! railla-t-il, méprisant.

L'épouse Achenza posa une main potelée sur son ventre. Ses yeux fixaient le sol comme ceux de son mari la veille. Mais son air emprunté semblait clairement surjoué.

— Une journaliste est venue me poser la même question que vous.

— Et quelle réponse vous lui avez donnée ?

— J'ai dit qu'il y avait des carnets au milieu du bordel.

— Des carnets ? Ils parlaient de quoi ?

— C'était comme un gros journal intime…

— Où sont ces documents ? Vous ne les avez pas vendus, au moins ?

La femme ne bronchait plus. Entre son silence et la mine ténébreuse qu'elle releva vers lui, il comprit aussitôt. À bout de patience, il haussa le ton :

— Le nom de la journaliste, vite.

— Je ne me suis pas enrichie.

— Ça, pour le moment, je m'en fous. Comment elle s'appelle ? Où je peux la trouver ?

Maria eut l'air de chercher dans sa mémoire. Son autre main vint se plaquer sur son ventre. Le policier sentait ses nerfs se tendre.

— Quel journal, quelle chaîne, putain ?!

Il tapa si fort du poing sur la table que les verres et les tasses qui y étaient posés valdinguèrent. En face de lui, la jeune femme sursauta et fondit en larmes. Alors que le lieutenant se détournait d'elle un instant dans l'espoir de recouvrer son calme, elle attrapa son portable et s'enfuit dans la pièce d'à côté qu'elle ferma à clé. Furieux et pris de court, Dombard se mit à tambouriner à la porte.

— Le policier qui t'a interrogé hier est en train de me menacer ! J'ai des contractions ! Viens tout de suite ! Au secours ! Oh, mon Dieu, je vais perdre mon bébé ! hurlait-elle au téléphone.

En entendant ces paroles, le flic sentit la terre trembler sous ses pieds.

Sevran

La commandant, seule à son bureau, écoutait distraitement le ronronnement des chaînes d'info, toujours passionnées par l'affaire. Elle venait d'échanger quelques mots avec Biolet au téléphone. Au milieu des babillements et des soupirs de Théo, elle avait senti son équipier en pleine extase. Alors qu'elle était en train de se laisser happer par ses propres souvenirs de l'émotion qui l'avait submergée à la naissance de Manon, elle vit soudain apparaître le visage de la journaliste blonde sur l'écran de son ordinateur. Elle augmenta aussitôt le volume.

« Louise, vous venez de découvrir des informations capitales sur la maison de l'horreur. Ces révélations sont une exclusivité de notre chaîne 7/7, n'est-ce pas ?

— Absolument, Pierre ! J'ai effectivement pu me procurer les carnets intimes de Madeleine Duflot, l'ancienne propriétaire des Mesnuls, qui y décrit des scènes d'une rare violence. Elle exprime sa haine pour les enfants qui lui étaient confiés par les services sociaux et raconte en détail comment elle plongeait leur tête dans la baignoire lorsqu'ils avaient fait une bêtise. Elle évoque de multiples sévices. Ces carnets, Pierre, sont le reflet d'une véritable descente aux Enfers.

— Madeleine Duflot peut donc être qualifiée de tortionnaire. Mais s'est-elle également rendue coupable de meurtres ?

— C'est sans doute ce qu'il y a de plus bouleversant dans cette histoire : les carnets nous apprennent que le mari, Bernard Duflot, n'était pas en reste. Tout laisse d'ailleurs à penser que c'est lui qui a tué les enfants qui viennent d'être découverts emmurés dans son ancienne maison. »

Sevran jura. Elle s'était attendue à ce que cette journaliste leur coupe l'herbe sous le pied à la première occasion, mais pas si vite, ni concernant des éléments si graves. Elle se saisit de son téléphone pour contacter Dombard.

— Tu es au courant pour les carnets de Madeleine ?

— Oui, j'allais justement t'appeler… Je sors de chez les Achenza et il va y avoir un problème. Elle va raconter que je l'ai bousculée pour avoir des infos et que j'ai mis sa grossesse en danger, mais c'est faux.

— Qu'est-ce qui s'est passé ?

La commandant s'était instantanément crispée. Elle connaissait trop bien son collègue pour ne pas craindre qu'il ait commis une bavure.

— Elle a vendu le journal intime, mais elle ne voulait pas dire à qui. J'ai seulement haussé le ton. J'ai voulu l'impressionner un peu. Elle a pris peur, mais je te jure que je ne l'ai pas secouée. Tu me crois, dis ?…

— Ce que je crois n'a pas d'importance, c'est ce qu'on va penser ici qui compte. Et tu as un passif… Tu vas avoir droit à une inspection. Et moi, je vais devoir te laisser, il faut que je mette la main sur ce fichu journal.

Elle raccrocha en proie à une colère contenue. Aussitôt, son portable sonna. C'était Biolet.

— C'est quoi, ce bordel, sur 7/7 ?

— Je m'en occupe, t'inquiète.

— Encore trois jours et je reviens.

— Déjà ?

— S'il y a une nouvelle fuite dans la presse, tu vas avoir besoin d'aide pour gérer.

— J'ai toujours besoin de toi. Tu le sais bien.

— Allez, bon courage, et promis je suis bientôt de retour.

Sevran prit une minute pour mettre de l'ordre dans ses pensées. Il fallait commencer par placer les Achenza sur écoute. Au cas où. Elle rédigea immédiatement une note dans ce sens. Elle avala ensuite d'un trait un fond de café froid, puis entreprit d'entrer en contact avec la direction de la chaîne 7/7.

Le directeur de la rédaction, Stanislas Bergeon, avait tout d'un négociateur du Raid. Il acquiesçait à toutes ses demandes, tout en feignant de ne pas avoir en sa possession les éléments réclamés, histoire de gagner du temps.

— Je tiens à dire que notre journaliste s'est procuré ces informations d'une façon tout à fait légale, commandant.

— Actuellement, monsieur Bergeon, nous nous moquons pas mal de ça, même si je doute qu'acheter des informations soit conforme à la déontologie de votre profession. Puisque vous êtes le supérieur hiérarchique de Louise de Courbevoie, faites-lui savoir que nous voulons l'auditionner dans nos locaux rapidement.

Sur ce, elle coupa court à leur échange. Elle posa ses doigts sur ses paupières douloureuses en soupirant. Elle était fatiguée de ce monde qui devenait fou, de ce monde qui s'agitait hystériquement autour de détails ignobles sans même songer aux victimes. Elle, elle ne faisait que ça, songer aux victimes. Qui étaient-ils, ces enfants ? Comment parviendrait-elle à découvrir leur identité ? Les liens qui les unissaient ? Pour tenter d'y répondre, la meilleure chose à faire en cet instant était de se rendre au collège de Lucas Létan.

Une fois sur place, elle observa le groupe scolaire Jean-Jaurès, ses bâtiments de briques rouges, son terrain de basket aux paniers tordus et sans filet. Des effluves de nourriture s'échappaient déjà des cuisines du réfectoire. La policière pensa à sa fille qui devait en ce moment même travailler studieusement, du moins l'espérait-elle, dans une ambiance similaire. Elle sonna et attendit de longues minutes près d'un large portail métallique, jusqu'à ce qu'un membre du personnel se présente enfin. Elle expliqua alors la raison de sa visite et son besoin urgent d'accéder aux registres des classes des trois dernières années.

— C'est un travail considérable ! répondit la femme qui lui faisait face, visiblement dépassée par la situation et faisant preuve de mauvaise volonté.

— Il s'agit d'une enquête criminelle, madame, et votre collaboration est nécessaire. Je suis sûre que nous allons y arriver.

L'employée au petit nez pointu était butée, mais elle comprit qu'elle avait affaire à plus coriace qu'elle et finit par capituler. Sevran la suivit donc dans les longs couloirs menant à la direction, puis, une fois sur place, une secrétaire se fit résumer la situation par sa collègue qui affichait ostensiblement son agacement.

— Tu te rends compte ? On en a pour des jours !

— Mais non, laisse-moi faire, je gère, répondit l'autre, au grand soulagement de Sevran qui suivait l'échange en retrait.

À peine une heure plus tard, la commandant obtint une première liste d'enfants étudiant dans la classe de Lucas Létan, puis trois autres suivirent avec les noms de ses camarades des trois années précédentes ainsi que les divers emplois du temps. Après un rapide coup d'œil, elle nota que certains patronymes revenaient souvent.

— Est-il déjà arrivé que des jeunes quittent le collège du jour au lendemain sans que les parents vous en informent ?

— Non. Rien de ce genre. En tout cas pas depuis que je suis en poste. Et ça fait un bail.

— D'accord. Au moment des séances de piscine ou des voyages scolaires, il est possible que les enfants échangent leurs vêtements entre eux, n'est-ce pas ? Savez-vous si ce genre de choses s'est produit avec Lucas ?

— Oh, oui ! Il y a… deux ans, peut-être. Sa mère nous a fait toute une histoire à cause de ça ! Il avait perdu un tee-shirt… Rien de bien grave, mais elle est conseillère municipale, vous voyez ?

— Elle s'agite pour pas grand-chose, vous voulez dire ? s'amusa l'enquêtrice.
— Vous m'avez comprise !
— À cette période, si je lis bien ce document, dit-elle en pointant une des feuilles, Lucas avait fait de la natation en même temps qu'une classe du collège Marie-Curie, le mardi entre 15 heures et 16 heures, c'est exact ?
— Faites voir. (La secrétaire chaussa ses lunettes.) Oui, tout à fait.
— Très bien, je vais me rapprocher d'eux, alors. Merci beaucoup pour votre aide.
— Franchement, ce n'était pas grand-chose. Tout est informatisé, maintenant ! Excusez ma collègue pour son accueil, elle n'est pas toujours commode.

Sevran reprit la route en direction de l'établissement situé dans un autre quartier de Meaux. Un enfant ayant croisé Lucas Létan à la piscine pouvait y manquer à l'appel. La piste était à creuser.

Il était tout juste 12 h 30 lorsqu'elle arriva, si bien qu'elle se retrouva à contre-courant d'une marée d'adolescents. Elle attendit que le flux se tarisse pour pénétrer à l'intérieur et rejoindre l'étage de la direction.

L'homme à qui elle s'adressa avait la quarantaine bedonnante et les joues un peu trop rouges pour attribuer sa bonne mine au grand air. Elle lui exposa brièvement la situation avant d'entrer dans le vif du sujet.
— Je sais que ça date un peu, mais pouvez-vous m'indiquer quelle classe partageait, il y a deux ans, le cours de natation avec l'établissement Jean-Jaurès, le mardi de 15 à 16 heures ?

— Je devrais pouvoir vous renseigner, dit-il en tapotant sur son clavier. Voyons voir… C'était la quatrième B.

— Y a-t-il certains élèves de cette classe qui ne sont plus venus au collège sans explication ?

— Thibault Levine. Les gamins qui nous quittent comme ça, c'est assez rare pour marquer les esprits !

— Je comprends. Est-ce que vous savez si les services sociaux suivaient cet enfant ? demanda-t-elle en se laissant guider par une soudaine inspiration.

— Sans aucun doute possible. Sa famille a toujours posé problème. On suspectait de la maltraitance. Du jour au lendemain, le gamin n'a plus reparu. On a fait des signalements, mais on n'a jamais eu de nouvelles.

L'enquêtrice, aux aguets, se redressa.

— Avez-vous les coordonnées de ses parents ?

— J'ai ceux de l'époque, en tout cas. Je vous les note tout de suite. Dans mes souvenirs, son père était du genre violent… Vous devez avoir l'habitude, mais je préfère vous prévenir.

— C'est bon à savoir, je vous remercie.

Le papier précautionneusement plié au creux de la main, elle pressa le pas dans les couloirs en direction de la sortie. Alors qu'elle atteignait son véhicule en se faisant la réflexion que la visite aux Levine promettait d'être difficile, son portable vibra dans la poche de son manteau.

— L'avocat de la famille Achenza, maître Ravol, vient de me faire part de l'agression de Dombard, lâcha Lemestre sans préambule. L'épouse a été admise à l'hôpital !

Sevran imagina les traits crispés de son chef.

— Commissaire, on connaît Dombard. Il ne l'a pas secouée. C'est absolument certain.

— Je serais plutôt tenté de penser le contraire, justement ! Il faut le mettre à l'écart. Il va troubler cette enquête si on le laisse faire !

— J'ai besoin de lui. C'est un bon flic. Maria Achenza nous a menti : elle détenait des preuves capitales et elle est allée les vendre à 7/7. Dombard a simplement cherché à obtenir l'identité de la personne avec qui elle avait fait la transaction.

— Ne dépensez pas votre énergie à le défendre. Cette fois, j'en ai assez, il va avoir droit au conseil de discipline ! Je vous suggère donc d'apprendre à vous passer de lui. Et vous, vous en êtes où ?

— Je suis sur la piste d'un garçon disparu il y a deux ans dans le secteur de Meaux.

— Très bien. Tenez-moi au courant.

Pendant quelques instants, Sevran prit le temps d'analyser la situation. Biolet qui profitait de son congé paternité. Dombard qui se trouvait de nouveau en difficulté. Elle n'avait pas l'intention de se laisser distraire de son enquête, mais elle avait bien conscience que, avec son équipe ainsi réduite, on lui compliquait la tâche. Elle bouillonnait intérieurement…

La commandant avait très envie de rendre visite aux parents de Thibault Levine, mais la raison l'emporta : elle devait rejoindre ses troupes, missionner chacune pour avancer efficacement et se mettre à jour dans la paperasse. De toute façon, il valait mieux attendre le lendemain que la Brigade des mineurs la renseigne sur cette famille.

Elle expira lentement dans l'espoir de relâcher un peu la pression, puis elle posa son front sur son volant glacé. *Un pas après l'autre... Reste calme, pas de précipitation.* Malgré ses propres injonctions, son impatience lui paraissait difficilement canalisable.

Damien Couard

La guérite était gelée, ce matin-là. Une bise sèche s'infiltrait par la porte branlante et la fenêtre mal isolée, hérissant les poils du berger allemand allongé sur les lourdes rangers de son maître. L'animal soupira d'ennui avant de lever ses yeux noirs vers l'agent de sécurité dont le mutisme l'inquiétait. Puis il se hissa sur ses pattes et colla son museau sur sa cuisse dans l'espoir d'une caresse, qui n'arriva pas. Damien Couard se tenait les bras croisés sur la poitrine, le regard absent, comme happé dans un monde lointain où de très sombres événements semblaient se dérouler.

La veille au soir, après le boulot, sa chienne et lui avaient longuement arpenté les ruelles malfamées et les squats des alentours à la recherche de Mickaël. Armé d'une matraque, Damien avait poussé jusqu'à la friche industrielle en bordure d'autoroute, après quoi il avait erré de cave en parking en fouillant la nuit à l'aide de sa petite loupiote. Au cours de ses déambulations, il s'était délesté de quelques billets et cigarettes en échange d'informations. En vain. À un moment, un vieil homme emmailloté dans une série de pulls troués avait eu l'air de se souvenir du rasta. Lorsque le vigile lui avait tendu un biffeton, le vieux s'était mis à le lécher avant de le plier en cinq sous ses yeux intrigués.

— P'têt que dans la rue, il s'appelle pas Mickaël, ton pote. T'y as pensé, à ça ?

— Oui, c'est possible.

— Et son nom de famille, c'est quoi ?

— Je ne sais pas. Il n'a jamais eu de famille, de toute façon.

Le SDF avait enfoncé le billet dans les profondeurs de son futal en lui adressant un sourire édenté.

— Et qu'est-ce tu lui veux, d'abord ?

— Je veux l'aider.

— Ouais, ben je te souhaite bien du courage. Je croyais que je le connaissais, mais je me suis trompé. Faut dire que je perds un peu la boule… Allez, bonne nuit, et merci pour la thune. Dis, t'aurais pas une binouze, des fois ?

— Non.

— Une p'tite clope ?

— J'ai plus rien.

Plus tard, on l'avait pris pour un policier, si bien que, hormis les crachats et les insultes, il n'avait pas récolté grand-chose. Alors, Cheyenne fermement tenue en laisse, il avait tenté sa chance ailleurs et s'était aventuré dans un atelier désaffecté où un groupe de jeunes étaient réunis autour d'un feu. Lorsqu'il leur avait décrit Mickaël, la petite trentaine, maigre aux cheveux longs, une barbe naissante, les quatre garçons avaient été pris d'un fou rire.

— Je crois qu'on n'est pas nombreux à se raser de près, par ici ! lâcha l'un des types.

— Ni à porter des costumes-cravates ! répondit un autre en provoquant l'hilarité du groupe qui avait sans doute un peu forcé sur le crack.

La rue, avec ses étés torrides et ses hivers rigoureux, avait outrageusement ridé leurs visages et maltraité leurs corps. L'agent de sécurité avait songé qu'un jour, avec sa chienne, il pourrait finir ainsi, sans que cette idée l'inquiète. Petit à petit, Damien en était presque venu à envier Mickaël et sa destinée de saltimbanque, sûrement pas idéale, mais pas pire que la sienne, pas pire, en tout cas, que la profonde solitude qui rythmait son quotidien. Les heures avaient ainsi défilé puis, à bout de forces et conscient que sa quête serait aussi longue que difficile, il était rentré chez lui en projetant de la poursuivre plus au nord la nuit suivante.

Quand le vigile s'étira, il fit sursauter Cheyenne.

— Tout doux, ma belle. Chuuut…

Dans un soupir, il jeta un œil à sa montre. Il lui restait encore deux heures à tirer. À la recherche d'un peu de distraction, il saisit son portable, fit défiler les actualités d'un site d'information et se figea. Là, sous son doigt, un bandeau annonçait : « Révélations de la propriétaire de la maison de l'horreur ». Il ressentit comme une décharge électrique dans tout son corps. Et cliqua sur le lien.

Sa fébrilité s'amplifia au fil de la lecture, jusqu'à ce qu'il explose. Un jaillissement d'une incroyable violence. Ses poings s'abattirent sur les parois de la guérite, qui trembla. Après quoi la chienne, apeurée, aboya de concert avec son maître, qui criait. La fureur de l'instant finit par s'apaiser, à mesure que le vigile, couvert de sueur, s'essoufflait. Lentement, il se laissa glisser au sol. *Qu'est-ce qui m'est arrivé ? Qu'est-ce qu'on m'a fait ?*

Ni Madeleine ni Bernard n'étaient plus là pour le lui raconter, mais les carnets, eux, allaient tout révéler et livrer son enfance en pâture à des millions de gens. L'idée le paralysa dans une grimace de terreur. Et un souvenir rejaillit, inattendu. Il y avait un autre responsable à toute cette histoire. Une femme qui était censée le protéger, mais qui n'avait rien fait.

Son visage lui apparut soudain très distinctement. Une blonde qui portait toujours une longue tresse et des pulls en laine bariolés. Lorsqu'elle arrivait chez les Duflot, elle embrassait le couple et écoutait ces deux monstres se plaindre des gosses.

— Je me tue à la tâche pour qu'ils soient propres, mais que voulez-vous, ils doivent avoir la saleté dans le sang. Ils pissent sans cesse dans leur lit et je ne vous parle pas de leurs culottes ! Je frotte, je frotte ! Je ne fais que ça ! Y a toujours de la merde au fond…

— Nous sommes très reconnaissants de ce que vous faites pour ces enfants, Madeleine ! Il nous faudrait davantage de familles comme la vôtre ! lui disait toujours la femme.

Comment s'appelait-elle déjà ? Marie ? Non... Murielle ! Murielle Frandon. Tout lui revenait, à présent. Cette complicité qu'elle entretenait avec ses bourreaux. Son incapacité à voir ce qui se passait réellement entre ces murs. Sa volonté de ne pas entendre… Un jour, en effet, Damien avait pris un gros risque en tentant de lui parler.

Murielle Frandon venait souvent pour de prétendues visites de routine qui étaient surtout l'occasion d'un bon repas. Comme d'habitude, elle s'était longuement attablée avec le couple puis, poussée par Bernard qui y tenait, avait visité l'atelier avec de grands yeux émerveillés.

— Ces gosses, y sont bons à rien ! Mais moi, je les fais travailler ! Comme ça, sûr qu'ils auront un boulot, plus tard !

Pendant qu'elle s'extasiait devant des boîtes en bois qu'aucun des mômes n'avait en réalité jamais touchées, le vieux s'était éclipsé un instant. Damien avait alors saisi sa chance. Il avait foncé sur elle, mais le récit de son cauchemar avait pris la forme d'un immense carambolage verbal qu'elle n'avait pas cherché à comprendre. Pire, elle lui avait dit que raconter des mensonges lui vaudrait un paquet de problèmes.

— Sans eux, tu serais à la rue, pauvre imbécile ! Tiens-toi correctement et arrête d'inventer des horreurs, t'as compris ?!

Oh, oui, le gosse qu'il était avait compris, il lui faudrait donc se taire et attendre d'être un jour libéré de cet enfer. Et, histoire de s'assurer que la leçon avait bien été intégrée, la nuit venue, Madeleine, mise au courant par cette Murielle, lui avait collé une rouste mémorable avec une poêle en fonte. Sonné, il avait entendu sa voix rocailleuse bourdonner à ses tympans : « Sale petite vermine ! »

Comment avait-il pu oublier tout ça ? Et pourquoi sa mémoire lui redonnait enfin accès à ces souvenirs ? À toute cette douleur et cette haine ?

Sevran

Arrivée aux aurores à Meaux, Sevran patienta jusqu'à 7 h 15 avant de se présenter au domicile de la mère de Thibault Levine. La veille, elle avait effectué des recherches qui avaient confirmé que l'enfant, alors âgé de 13 ans, avait disparu deux ans auparavant. Les collègues de la Brigade des mineurs avaient dressé le portrait d'une famille à problèmes où les parents, des toxicomanes qui s'étaient rencontrés dans un foyer et étaient désormais en instance de divorce, ne cessaient de se rejeter mutuellement la faute concernant cette disparition.

« On les a dans le collimateur depuis un moment, mais impossible de les faire craquer… Le père accuse l'amant de son ex-femme, Sandra, et elle, elle dit que c'est lui qui a tué leur fils et qu'il a caché son corps. On a cherché le gamin partout. On a dragué les lacs, organisé des battues… Mais on n'a rien trouvé », avait amèrement expliqué l'enquêteur.

Installée derrière son volant, elle attendait l'heure fatidique en épiant la cage d'escalier de l'immeuble qui s'éclairait au gré des va-et-vient. À 7 h 07, ses longues jambes se déplièrent et elle quitta son refuge. Dehors, une pluie fine faisait bruire les feuillages. Lorsqu'une grappe de gamins, écrasés sous le poids d'énormes sacs à dos, passa devant elle pour rejoindre l'arrêt de bus, elle s'étonna de cet horaire très matinal, puis estima qu'il était temps de commencer son ascension.

Des claquements de porte et des éclats de voix résonnaient contre les murs couverts de tags. Arrivée sur le palier du cinquième étage, la commandant examina les différents autocollants d'extrême droite affichés ici ou là et repéra son objectif. Les aboiements d'au moins deux chiens – qu'elle imagina être des molosses, tant leurs coups de griffes au sol semblaient puissants – la firent frémir, au moment où elle sonna. Puis une femme d'une trentaine d'années, blonde au teint brouillé, apparut dans l'entrebâillement alors qu'un animal tentait de s'échapper.

— King ! Viens ici, putain ! Duke, reste là aussi !

Sevran observait la scène, effarée, pendant que Sandra Picon, la mère de Thibault, tentait vainement de se faire respecter par ses deux bêtes qui, excitées, la poussaient sans ménagement. Au bout de longues secondes, sans trop comprendre comment, elle parvint enfin à contenir les pitbulls dans son appartement et referma derrière eux.

— Ils sont chiants, ceux-là ! pesta-t-elle en scrutant l'enquêtrice du coin de l'œil. Vous êtes qui, vous, la nouvelle assistante sociale ?

La femme portait un jogging noir trop grand pour elle. Ses cheveux plaqués sur sa tête étaient gras et son regard, complètement éteint.

— Non, madame, je suis commandant de police à Versailles. Je viens vous voir au sujet de votre fils Thibault.

Aussitôt, Sandra Picon se mit à pleurer avec l'intensité d'un barrage qui cède.

— C'est mon ex qui l'a tué… Il voulait me faire payer de l'avoir quitté ! articula-t-elle entre deux sanglots.

— Nous ne sommes pas dans les meilleures conditions pour parler de ça. Peut-on discuter tranquillement ailleurs que dans le couloir ?

— Oui, chez Véro, elle habite à côté.

C'est alors qu'une porte s'ouvrit sur une voisine à la chevelure rouge vif qui n'avait pas dû perdre une miette de leur conversation. Sevran prit soudain conscience que la vie privée, ici, ne devait pas le rester bien longtemps. Elle pénétra dans un petit espace chargé de meubles hétéroclites et à l'air saturé de parfum bon marché. Les deux amies échangèrent quelques mots qu'elle n'entendit pas, puis elle s'imposa pour reprendre le cours de leur entretien :

— Quel âge avait votre fils à l'époque de sa disparition ?

— Il venait d'avoir 13 ans.

— Thibault a disparu le 15 avril 2017, alors qu'il était sous la garde de son père, c'est exact ?

— Ouais, c'est ça.

— Quand vous a-t-il annoncé la disparition de votre fils ?

— Je vous fais un café ? les interrompit leur hôte.

— Ouais, s'te plaît, répondit Sandra Picon en se traînant jusqu'à un canapé.

La commandant, qui se sentait épiée par la voisine, se crut obligée d'accepter aussi pour s'assurer un moment de paix. La mère de Thibault profita de cette seconde d'inattention pour se laisser happer par l'émission de télé-réalité que crachait l'écran à côté d'elle.

— Éteignons la télévision, si vous voulez bien. J'ai besoin que vous soyez concentrée.

Malgré sa moue boudeuse, la femme se saisit de la télécommande, s'exécuta et se confia enfin.

— Thibault, y voulait jamais aller chez son père. L'autre, y faisait que lui foutre des torgnoles. Il avait passé une nuit chez lui, y devait rentrer chez moi le lendemain après manger, mais il est pas arrivé. Mon copain il m'a dit : « T'as vu, y fait ça pour te faire chier ! » Alors j'ai été chez l'autre et j'ai demandé à récupérer mon môme. Sauf que là y m'a dit qu'il s'était cassé ! « Il a pris la fuite », qu'y m'a fait avec des grands airs…

— Ensuite, vous êtes allée au commissariat ?

— Ouais. Mais y se sont pas pressés, vos collègues. Genre ils m'ont même pas prise au sérieux, au début.

— Dans sa déposition, votre ex-mari met en cause votre concubin dans cette disparition.

— Mon mec, il a rien fait. Il était avec moi tout le temps !

— Si votre fils était malheureux avec son père, il est possible qu'il ait réellement fugué, vous ne pensez pas ?

— Bah, c'était pas un gamin super sûr de lui, alors franchement, j'y crois pas.

— Il était habillé d'un jean et d'un tee-shirt sombre ce jour-là, c'est bien ça ?

— Ouais.

— Est-ce que vous vous souvenez d'un tee-shirt qu'il aurait porté et sur lequel était cousue une étiquette de mercerie indiquant le nom d'un autre enfant ?

Elle remua la tête, les yeux vides.

— Est-ce qu'il faisait du sport dans un club, participait à des sorties ou des voyages scolaires ?

— Une fois, il est allé en Bretagne avec une assoc'. J'sais plus laquelle.

— Vous avez sans doute signé une autorisation, payé quelque chose… On doit pouvoir retrouver son nom, c'est important.

— J'ai rien payé, j'ai pas les moyens, moi.

— Y était-il avec des amis auprès de qui j'obtiendrais ces informations ?

— Comment j'pourrais me rappeler ça, moi ?

Sur ce, la propriétaire des lieux arriva les mains chargées d'un plateau où étaient posés trois tasses et un paquet de biscuits. Elle intervint aussitôt :

— Vous savez, madame, l'ex de Sandra, c'est un type très violent. Il rabaissait Thibault tout le temps. Sandra, ça la rendait malade.

— Ben ouais, c'est vrai ! J'ai demandé aux services sociaux de m'aider. Je voulais qu'on arrête le droit de garde parce que mon gamin il rentrait toujours en pleurs. Mais y me disaient qu'un enfant, ça a besoin de ses deux parents !

— D'accord. Et où habite Fabrice Levine, aujourd'hui ?

— J'ai plus de relations avec lui, j'veux plus le voir…

Sevran lâcha un discret soupir. Les deux femmes se partageaient déjà les tasses en discutant du programme télévisé. La commandant, elle, réfléchissait intensément à la situation. Quand on lui tendit un biscuit, elle se leva.

— Madame Picon, accepteriez-vous de vous soumettre à un prélèvement ADN pour les besoins de l'enquête ?

— Ben, si c'est pour me ficher, j'ai pas trop envie.

— Non, ça n'a rien à voir, ça concerne votre fils.

— Ah bon… Dans ce cas, j'peux le faire.

— Vous êtes sûre que vous ne voulez même pas un petit café ? insista la voisine. Tout à l'heure, vous…

— Non, merci, la coupa-t-elle. Encore une question. Thibault avait-il un bon copain ici ?

— Ouais. Jordan, à l'étage juste en dessous.

— Très bien. Je vous remercie pour votre aide, madame Picon. Je vous tiens au courant pour le prélèvement.

Sevran dévala l'escalier à toute vitesse et, au quatrième, tomba nez à nez avec un jeune homme qui claquait la porte d'un appartement. Elle tenta sa chance.

— Bonjour, vous êtes Jordan ?

— Ouais, pourquoi ?

— Je suis de la police, j'enquête sur la disparition de Thibault. Sa mère vient de me raconter, bluffa-t-elle, que vous étiez allés en vacances ensemble en Bretagne, vous confirmez ?

— C'est pas un crime, répondit l'adolescent aux épaules voûtées, clairement méfiant.

— Non, en effet. Est-ce que vous vous souvenez de qui organisait ce voyage ?

— La ville.

— D'accord. Et est-ce que Thibault pratiquait un sport, quelque chose en dehors de l'école ?

— Non. Dans le coin, on se contente de pas grand-chose, genre un panier de basket en bas de l'immeuble.

— Avec son père, il paraît que ça se passait mal... Il se confiait à vous ?

— Ouais. À un moment, il m'a parlé d'un type chelou que son daron connaissait.

— Il vous a dit qui était cet homme ?

— Non. Je sais juste qu'il lui foutait la trouille et qu'il était obligé d'aller le voir.

— Pourquoi ? s'étonna la policière.

— J'sais pas. Désolé, mais je dois me casser, là.

Avant même que Sevran ait le temps de réagir et de le retenir, le jeune s'enfuit prestement, mettant fin à leur échange et la laissant sur sa faim.

Elle regagna alors lentement sa voiture, perdue dans ses pensées. La visite surréaliste à la mère de Thibault Levine lui avait laissé un goût amer et elle était en train de se dire que les services sociaux n'étaient décidément jamais bien loin, dans cette histoire, quand, soudain, un ballon de foot la percuta de plein fouet. Abasourdie, elle se retourna et découvrit deux hommes d'une vingtaine d'années qui approchaient avec des démarches de lascars.

— Vous êtes au milieu du terrain, m'dame ! lui reprocha le plus costaud.

— Je marche sur un trottoir, je vous signale.

— Ouais, ben nous, on joue au foot, ici, OK ?

— Vous pouvez aussi vous excuser, ça ne vous écorcherait pas la bouche.

— C'était à vous de faire gaffe ! reprit le second, plus petit et plus teigneux, en s'éloignant, son ballon coincé contre sa hanche, le torse bombé.

La matinée tout juste entamée pesait déjà lourd sur les épaules de la commandant. Incapables de lui apporter des réponses utiles, Sandra Picon puis Jordan l'avaient usée. Ce nouveau combat n'en valait pas la peine…

Dombard

Depuis la discussion animée avec Lemestre la veille, Dombard ne parvenait plus à penser. Sous l'effet des reproches, les boursouflures de son cerveau avaient flétri comme un fruit sec.

Le lieutenant avait toujours eu la bourrade et la gifle faciles, des méthodes de flic à l'ancienne qui, selon lui, avaient fait leurs preuves plus d'une fois. *Bon sang, c'est pas avec des caresses et du miel qu'on coince ces crapules !* Or là, tout était très différent. Il n'avait pas mal agi et il trouvait sa mise à pied parfaitement injuste. *Toujours le même putain de film. J'ai beau dire, j'ai beau faire, y a pas moyen d'avancer, je retourne tout le temps à la case départ comme un con...*

En plein apitoiement, l'image sévère de Sevran lui apparut. Il l'avait déçue, encore, et cette idée était la plus douloureuse de toutes. Sa commandant l'avait toujours couvert, mais, cette fois, elle n'allait pas gaspiller son énergie pour lui. Pas alors qu'elle avait cette affaire épouvantable à gérer. Sevran allait se concentrer sur l'essentiel et le détacher d'elle comme une peau morte. Qu'allait-il devenir, sans sa cheffe ?

Sans celle qui structurait son quotidien depuis si longtemps et lui maintenait la tête hors de l'eau ? Peut-être le changerait-on simplement de brigade… Peut-être le muterait-on dans un coin paumé, condamné à arbitrer de minables querelles de voisinages…

Assis sur un strapontin inconfortable, il observa le long couloir vide. À gauche, il imagina les chefs de l'Inspection générale de la police nationale installés dans de spacieux bureaux. À droite, les chuchotements des subalternes lui parvenaient. Un rectangle en Plexiglas orné d'un drapeau tricolore brillait avec éclat face à lui. *Territoire de l'IGPN, défense d'entrer, « terrain miné »*, railla-t-il intérieurement pour se détendre. En réalité, cette pénible attente le rendait nerveux, d'autant plus que l'audition aurait dû commencer deux heures plus tôt. Ses tripes se nouaient désagréablement et son sixième sens lui soufflait que la journée allait être très longue.

— Lieutenant Dombard, suivez-moi, je vous prie.

Une femme au visage fermé, cheveux courts et gris, lui fit signe. Dans son costume sombre qui épousait à la perfection ses larges épaules, elle avait l'air bien plus solide que lui. Un peu intimidé, il s'exécuta en sentant son cœur pulser jusque dans ses tempes. Ils pénétrèrent en silence dans un bureau où les attendait un homme d'une trentaine d'années.

— Je suis la commandant Vanberg, et voici le capitaine Bruandet qui va m'assister pour cette audition, expliqua-t-elle en s'asseyant devant un dossier. Nous vous avons convoqué ce matin dans le cadre de la plainte déposée par Mme Maria Achenza. Cette dame, que vous avez interrogée hier à son domicile, est actuellement hospitalisée à Versailles. Enceinte de sept mois et demi, elle affirme que vous l'avez menacée puis violemment secouée, ce qui a provoqué des contractions et une mise en danger de sa grossesse. Elle a été transférée par les services d'urgence et se trouve toujours en observation.

La voix de la commandant, naturellement autoritaire, avait énoncé les faits avec une pointe de lassitude. Quand elle eut terminé, elle leva les yeux vers Dombard.

— Tout ça est faux. Je ne l'ai ni menacée ni secouée.

D'un signe, son interlocutrice invita le capitaine à ses côtés à intervenir. Celui-ci se redressa et prit le relais :

— En 2017, M. Eddy Manchester, enquêteur privé entendu par vos soins en auditeur libre, a fait une crise cardiaque dans vos locaux. À cette occasion, vous avez enfoncé votre poing dans une armoire, ce qui a entraîné de multiples fractures des phalanges de votre main. Un peu plus tôt, vous aviez brutalisé un gardé à vue en le cognant au visage à maintes reprises.

— Aucun des deux n'a porté plainte, et je…

— Il y a trois ans, le coupa le capitaine, imperturbable, vous avez fait un usage disproportionné de la force sur un individu suspecté d'avoir commis une série de viols.

— Je signale à toutes fins utiles que j'ai obtenu ses aveux circonstanciés et que, grâce à ça, un jury d'assises a pu le condamner pour ses crimes.

— Il y a six ans, poursuivit le capitaine en décidant de l'ignorer une fois de plus, vous avez fait l'objet d'une enquête administrative…

— Qui s'est soldée par la rédaction d'un rapport et a été classée sans suite, se défendit Dombard.

— Et puis il y a aussi cette affaire de conduite en état d'ivresse. Il y a sept ans, à bord de votre voiture personnelle, vous avez heurté un scooter après avoir perdu le contrôle de votre véhicule. Le conducteur a été blessé. Exact ?

— J'étais en vacances ! La DGPN n'avait pas à être avisée de cette histoire, protesta-t-il, scandalisé.

— Ces faits portent atteinte à la réputation de notre profession et sont passibles de sanctions, rétorqua Vanberg, glaciale.

— C'est un peu tard pour en parler, vous ne croyez pas ? Est-ce qu'on peut revenir au cas de Mme Achenza ?

— On vous a trop souvent couvert.

— C'est que les sanctions n'étaient pas méritées, je suppose.

— Je vous conseille de changer de ton. Un policier doit se comporter de manière exemplaire.

— Je suis d'accord.

— Alors qu'est-ce que vous attendez pour vous tenir à carreau ? s'agaça Bruandet en haussant la voix.

— L'occasion, sans doute. Ou que vous me donniez des cours, peut-être.

— Vous n'avez pas compris ce que je viens de vous dire, ou quoi ? Vous voulez qu'on vous colle une nouvelle enquête administrative au cul ? Cette fois, vous ne vous en sortirez pas aussi bien, je peux vous le garantir ! s'écria le capitaine.

— Bruandet ! intervint Vanberg en fusillant son collègue du regard. Lieutenant, vous et moi, nous savons que, jusque-là, vous êtes passé entre les mailles du filet grâce à la commandant Virginie Sevran…

— Je pense qu'on peut laisser la commandant Virginie Sevran en dehors de ça, lâcha Dombard en se redressant.

— Une forte tête, apparemment.

— C'est une qualité, dans ce métier, il me semble.

— Si vous le dites… Quoi qu'il en soit, aujourd'hui, elle ne sera pas là pour vous porter secours, donc je vous recommande de coopérer ! Maintenant que les choses sont claires, reprenons depuis le début : Mme Achenza vous reçoit. Et ensuite ?

— Je lui explique pourquoi je suis venu.

— Elle affirme s'être sentie harcelée.

— Est-ce que je peux vous donner ma version des faits, s'il vous plaît ?

Vanberg l'invita à le faire d'un coup de menton.

— J'étais passé la veille pour interroger le mari, Pio Achenza, qui a découvert le premier corps dans la maison des Mesnuls. Je leur ai demandé si, en prenant possession de cette bâtisse, ils avaient mis la main sur des souvenirs appartenant au couple Duflot, les anciens propriétaires. Ils ont nié, mais, à leurs attitudes, j'ai compris que, si le mari n'était au courant de rien, l'épouse, elle, savait quelque chose.

— Vous êtes médium ? ironisa Bruandet.

— Seulement bon flic.

— Ça suffit, grinça la commandant. Continuez !

— Le lendemain, je repasse en sachant que le mari est absent.

— Vous vouliez faire pression sur elle, commenta le capitaine.

— Non. Je voulais comprendre ce qu'elle me cachait. Le couple m'a semblé au bord de la rupture, et la présence du mari n'aurait fait que compliquer les choses.

— Pas medium, mais psychologue.

— C'est indispensable sur le terrain, contrairement au travail de bureau qui ne nécessite visiblement aucune finesse.

— Lieutenant, épargnez-nous vos sarcasmes !

Face au regard incendiaire de son vis-à-vis, il acquiesça à contrecœur et poursuivit :

— Je n'ai fait que rappeler à Maria Achenza que, dans le cadre d'une affaire d'homicides comme celle qui nous occupe, il est impératif que les preuves matérielles reviennent à la police.

— Comment lui avez-vous expliqué ça ?

— Correctement. Professionnellement. J'ai juste ajouté que, avec l'arrivée de son bébé, elle n'avait certainement pas besoin d'ennuis avec la police.

— Avez-vous précisé quel type d'ennuis elle risquait d'avoir ?

— Non, je suis resté vague. Je sentais bien qu'elle allait lâcher le morceau. Elle a même demandé à parler à un avocat.

— Et vous l'en avez dissuadée ?

— Ces gens n'arrivent pas à joindre les deux bouts ! Je me suis contenté de souligner que ça allait lui coûter un bras !

— C'est ce qu'on dit : vous l'en avez dissuadée.

— Si vous voulez. Mais je ne l'ai pas touchée. Elle a fini par admettre qu'elle avait vendu les carnets de Madeleine Duflot à une journaliste et, lorsque j'ai essayé de lui tirer un peu plus les vers du nez pour pouvoir réagir rapidement et éviter la fuite d'informations cruciales dans la presse, elle a filé dans la pièce d'à côté, s'est enfermée et a téléphoné à son mari.

— Résultat, son avocat, celui que vous pensiez qu'elle ne pouvait pas se payer, a déposé plainte, résuma Vanberg, acide. Pourquoi vous être rendu seul à son domicile ?

— On est en sous-effectifs, vous n'êtes pas au courant ?

— Pour être franche avec vous, je crois, lieutenant, que vous faites partie de ces éléments qui font tache dans le tableau, et ce malgré les avertissements que vous avez déjà reçus. À mon avis, vous n'avez pas votre place dans nos rangs.

— Écoutez, je vous ai décrit les faits tels qu'ils se sont produits. Cette femme a entravé une enquête criminelle, j'ai peut-être perdu patience, mais je ne l'ai pas touchée. Ce qui ne fait aucun doute non plus, c'est que, du côté de ma brigade, mon absence aurait de fâcheuses conséquences en ce moment. On doit tous être sur le pont pour retrouver le ou les auteurs de ces homicides monstrueux. Mes collègues ont besoin de moi. Je comprends que vous en ayez après mes méthodes, mais j'ai changé depuis deux ans. Je ne bois plus une goutte d'alcool, j'ai renoué avec mes enfants, je suis une psychothérapie. Je ne suis plus le même homme. Vous voulez me sanctionner ? Très bien. Mais s'il vous plaît, ne faites pas ça maintenant. Tout le monde a les yeux rivés sur nous. On ne parle que de cette histoire à la télé. On n'a pas le droit de se planter.

Vanberg et Bruandet échangèrent un coup d'œil. La commandant se pencha sur son dossier, tourna quelques pages en silence, toisa son interlocuteur puis lança une nouvelle grenade :

— Vous avez une activité syndicale, n'est-ce pas ?

— Ah d'accord. C'est donc de ça qu'il s'agit.

Sevran

Cette affaire mettait tour le monde à cran, la commandant y compris. La matinée avait été si éprouvante qu'elle avait décidé de s'octroyer une brève pause. Quelques minutes à peine pour manger sur le pouce et s'éclaircir les idées.

Lorsqu'elle était revenue, Louise de Courbevoie, qui étudiait avec curiosité tout ce qui se présentait à elle, l'attendait dans une salle à l'étage. Sevran l'avait alors interrogée pour la forme, ne songeant qu'à récupérer les carnets et retourner au plus vite à son enquête, mais la jeune blonde, portée par l'élan de son scoop, ne l'entendait pas exactement de cette oreille.

— Je pense souvent que nous aurions tout à gagner à travailler main dans la main. Après tout, nous sommes nous aussi des enquêteurs, et vous devez bien admettre que nous avons un certain talent pour débusquer les témoins et les preuves, non ?

— Aujourd'hui, je vais me contenter de saisir les carnets de Mme Duflot. En revanche, si, au lieu d'atterrir sur mon bureau, de nouveaux éléments se retrouvaient dans vos reportages, nous changerions de ton.

— Je présenterai bientôt un magazine de faits divers sur 7/7, poursuivit la journaliste, loin d'être intimidée. Vos collègues sont friands de ce genre d'émissions, vous savez ? C'est, pour nous, une formidable occasion de saluer le travail des forces de l'ordre. Peut-être pourrions-nous vous recevoir en plateau, prochainement ?

— Cette exclusivité à propos de « la maison de l'horreur » vous a fait gravir quelques échelons, on dirait. Mais malheureusement, non, je ne pourrai pas me joindre à vous. Bonne journée.

Sevran quitta la salle, les mains chargées des journaux intimes. Rien que d'imaginer toutes les atrocités qu'ils devaient contenir, elle en avait la nausée. Du fond du couloir, Kervan avançait à grands pas, droit sur elle.

— On a reçu les résultats ADN du deuxième enfant. Le footballeur. C'est bien Enzo Aidel. Est-ce que tu veux que je convoque les parents ?

— Non, merci. On va s'en occuper, avec Biolet…

— Je me demandais… Dombard est en pleine audition à l'IGPN, comment on va faire s'il est mis sur la touche ?

— On verra bien. Où en es-tu ?

— J'ai épluché les comptes bancaires de Madeleine Duflot. Ce sont ceux d'une vieille dame avec une petite retraite. Il y a certes eu un virement d'un peu moins de 20 000 euros récemment, mais on est loin des 85 000 euros de la vente de la propriété.

— Quelqu'un s'est donc bien servi au passage, souffla Sevran.

— *A priori*, oui. Sinon, je n'ai pas lâché le morceau avec le directeur de l'Ehpad, et il a fini par me dire qu'un homme plutôt jeune était venu la voir quelques fois. Il avait soi-disant oublié parce que sa dernière visite remonterait à un moment. En tout cas, il se présentait comme étant son fils.

— Mais elle n'a pas eu d'enfants, si ?

— Non. Je pense qu'il s'agit d'un des gamins placés.

— OK. Je vais commencer à interroger les quatre hommes que je suis parvenue à retrouver. Il y en a encore trois qui manquent à l'appel. Il faudra aussi qu'on entende les femmes.

— C'est noté. Avec Ortiz, on continue à gratter cette histoire de vente. On a un nom pour la mandataire de tutelle : une certaine Brigitte Buissonière, on va aller la voir.

Sevran la remercia et reprit le chemin de son bureau. Ainsi, Enzo Aidel était bien un des enfants emmurés. Même s'il s'était préparé à cette éventualité, le coup serait dur pour Biolet. L'image de Mohamed Aidel, le père biologique du gamin, flotta dans l'esprit de l'enquêtrice et, avec elle, les souvenirs de sa longue audition. Bien que bouleversé par la disparition de son fils, il avait été incapable d'apporter la moindre information le concernant, comme si aucun lien n'avait jamais existé entre eux. Pourtant, lorsqu'elle lui avait appris qu'Enzo avait eu l'intention de venir le voir, le pauvre homme avait fondu en larmes.

Ces réminiscences ébranlèrent la commandant de longues minutes. Il allait falloir reprendre tous les rapports de l'enquête de 2015 et retrouver chacun des témoins. Le travail était immense. Pour ne pas céder au découragement et aux idées noires, elle décida de se consacrer à une autre tâche qui ne pouvait pas attendre.

Dès qu'elle put enfin s'asseoir à son bureau, Sevran composa le numéro de Franck Garatin qui, selon Kervan, était le juge des tutelles chargé du dossier de Madeleine Duflot.

— On croule sous le travail, vous savez ? lui expliqua ce dernier, sur la défensive, après seulement une minute d'échange. Personnellement, je gère à peu près trois mille dossiers. Si j'ai autorisé la vente de la maison, c'est que les estimations qui avaient été faites par au moins deux agents immobiliers étaient très proches. Après, je vous avoue que je n'ai pas tous les détails en tête…

— Tout de même, 85 000 euros pour une propriété à cet endroit, ça ne vous a pas paru un peu sous-estimé ?

— Non. Je vous ai dit ce qu'il en était. À présent, je suis désolé, mais j'ai beaucoup à faire. Au revoir, commandant.

La communication sèchement interrompue, l'enquêtrice se rembrunit. Qu'il s'agisse des services d'aide à l'enfance ou de ceux censés protéger les personnes âgées, elle découvrait de surprenantes négligences.

Agacée, elle fit glisser un des carnets de la femme Duflot vers elle, prit une inspiration et commença à lire au hasard :

Ces gosses sont répugnants. On nous dit qu'il faut essayer d'en tirer quelque chose, mais y a pas moyen. Il y en a même un, en ce moment, un des derniers arrivés, qui a la gale ! Je dois tout désinfecter, mais la merde reste collée à eux ! Ils braillent, ils s'agitent dans tous les sens, ils se bastonnent comme des chiens !

Une morveuse a pissé au lit cette nuit. Je l'ai cadenassée dans les toilettes au fond du jardin avec ses draps sur la tête. J'espère que ça lui passera l'envie de remettre ça. Je hais ce travail. Je le hais à en crever.

La policière se mordit les lèvres en faisant défiler quelques pages entre ses doigts, puis un autre passage s'imposa à elle :

Je lui ai enfoncé la tête sous l'eau, à cette petite merdeuse. Elle avait bouffé le paquet de biscuits tout entier. Ils savent bien qu'ils n'ont droit qu'à leur ration, mais il leur en faut toujours plus ! Elle se débattait comme un diable, mais je la tenais fermement. Elle avait aucune chance de m'échapper. De temps en temps, je jetais quand même un œil sur le chronomètre. Il faut que je sois prudente…

Sevran fit claquer le carnet en le refermant, se leva et alla ouvrir la fenêtre en grand. Un feu brûlait en elle, aussi l'air hivernal la ranima un peu. Elle devait se ressaisir. Pourtant, l'image des petits corps étendus sur le béton la hantait, celle du visage d'Enzo encore plus. *Qui sont les autres enfants ? Qu'ont-ils eu à subir ?*

Cette question revenait sans cesse, creusait ses galeries souterraines toujours plus profondes.

Il était temps qu'elle s'intéresse au beau-père, Fred Rambier. Elle lança donc immédiatement des recherches et s'aperçut très vite qu'il n'apparaissait nulle part. Sans doute devait-il, comme il l'avait toujours fait, vivre aux crochets d'une femme perdue et s'appliquer à sucer son sang jusqu'à la dernière goutte. Au bout d'un moment, elle abandonna cette quête qui ne la menait nulle part.

— Je suis bloquée. Je dois changer mon fusil d'épaule, murmura-t-elle pour elle-même.

Elle parcourut ses notes et décida d'interroger le premier nom qui figurait sur la liste des enfants placés chez les Duflot.

Pierrick Londin, né le 8 juin 1990.

Cette fois, sa recherche fut fructueuse. Il habitait Sartrouville et gérait une casse là-bas. Elle attrapa manteau et portable et fila à grandes enjambées. Chaque mètre gagné en direction de la sortie lui procurait une sensation de soulagement. Il faut dire qu'il régnait dans les murs du commissariat une tension désagréable qui ne cessait de croître en l'absence de Biolet et de Dombard.

Un panneau annonçait *Londin automobiles* sur fond de ciel rose orangé de cette fin d'après-midi. Les mains enfoncées dans les poches de sa parka, Sevran marcha jusqu'à un conteneur aménagé qui faisait office d'accueil. Les trois hommes qui discutaient bruyamment dedans se turent dès qu'ils la virent. Ils portaient de gros anoraks et des bonnets tire-bouchonnés sur la tête.

— Bonsoir, je souhaiterais parler à M. Londin.

— Et qu'est-ce que vous lui voulez ? demanda, suspicieux, celui qui était affublé d'un couvre-chef rouge.

— C'est personnel, hasarda-t-elle.

Étonnamment, cette réponse sembla convenir au type qui fit le tour d'un comptoir de fortune et prit son téléphone.

— Ouais, Pierrot, y a une petite dame qui te réclame. Je sais pas pourquoi elle est là, elle dit que c'est « personnel », ajouta-t-il en adressant un clin d'œil mutin à ses comparses, qui pouffèrent. T'inquiète, on va bien s'en occuper en t'attendant. Tu nous connais, on est des gentlemen !

Quand il raccrocha, les rires gras meublaient encore l'atmosphère.

— Je vais patienter dehors. Merci.

— Oh, mais il fait frisquet, vous serez bien mieux ici en notre compagnie ! Vous serez pas déçue !

Bien qu'elle fût énervée par l'œil égrillard du plus bavard des trois, elle se retint de faire la moindre réflexion et sortit. Un froid mordant la saisit.

Bon sang ! Comment peut-on être aussi lourd ?

Pour évacuer son agacement et se réchauffer par la même occasion, elle entreprit d'arpenter une allée en terre battue encadrée de carcasses métalliques. Après quelques minutes seulement, une voix grave la fit se retourner.

— C'est pour quoi ?

Dans la pénombre, une silhouette sombre approchait. Elle distingua un sweat blanc et rouge dont l'inscription était en partie masquée par une longue barbe rousse. L'homme retira une casquette en cuir sombre, découvrant ainsi un crâne lisse qui se révéla à la lumière d'un lampadaire.

— Monsieur Pierrick Londin ? Je suis le commandant de police Sevran de la DRPJ de Versailles. J'enquête sur une des familles chez laquelle vous avez été placé, enfant. Les Duflot.

Un silence. Un dandinement nerveux.

— Ouais…

— Pouvons-nous en discuter ?

— Pas là. Il y a un atelier au fond.

— Très bien, je vous suis.

L'enquêtrice lui emboîta le pas. Elle constata alors que, si Londin restait muet, son attitude, elle, trahissait des remous intérieurs. Le cou en avant, il secouait légèrement la tête comme pour marquer sa désapprobation. Cette visite inopinée avait l'air de le chambouler.

Ils pénétrèrent finalement dans un petit entrepôt où des dizaines d'étagères supportaient des phares de voiture de diverses formes. Toutes ces lanternes mortes avaient l'air braquées sur eux. Sevran fit un rapide tour sur elle-même et tomba sur son reflet dans un rétroviseur brisé. Cette image éclatée était la parfaite représentation de son état d'esprit du moment.

— Vous dirigez cette entreprise depuis longtemps ?

— Quatre ans. J'ai commencé en tant qu'apprenti ici, à 16 ans. L'ancien propriétaire est parti à la retraite et il m'a donné ma chance.

— C'est beaucoup de responsabilités pour un jeune homme, non ?

— Ouais.

— Vous avez sans doute entendu parler des récentes découvertes survenues dans la maison des Mesnuls, commença-t-elle doucement. Comment avez-vous réagi à ça ?

— Qu'est-ce que vous voulez que je vous dise ? Celui qui a fait ça doit avoir un sacré grain.

La policière baissa la tête, fixa le bout de ses chaussures.

— En effet. Comment ça se passait, quand vous étiez là-bas ?

— Qu'est-ce que ça peut faire ? Je vois pas le rapport. Et puis d'abord, pourquoi vous vous pointez sur mon lieu de travail en disant à mes gars que c'est personnel ? fit-il, le regard défiant.

— J'ai pensé que vous apprécieriez un peu de discrétion. J'interroge les enfants qui ont été placés chez les Duflot. J'ai besoin d'en apprendre davantage…

— C'est un peu tard pour s'y intéresser, répondit-il, irrité.

— Je sais qu'il y a eu des signalements d'enfants au sujet de violences et que rien n'a été fait à l'époque.

Il se retourna et fit claquer sa casquette dans sa main dans un mouvement nerveux.

— Je lui ai dit, pourtant, à l'autre ! Mais elle m'a pas cru !

— Qui, « elle » ?

— La bonne femme qui venait toujours boire son café ! Elle était tout le temps fourrée chez eux, mais y avait personne pour nous aider. Personne ! Et maintenant, vous vous ramenez avec votre carte de police alors qu'ils sont morts tous les deux et qu'on peut plus rien faire contre eux ? Ils doivent bien se marrer, là-haut, ces deux salopards !

— Je comprends votre réaction.

— Vous pigez que dalle, oui !

Pendant que Londin faisait les cent pas devant elle, la commandant réfléchissait à la meilleure façon de poursuivre l'entretien.

— Cette dame dont vous parlez, c'était l'éducatrice, Murielle Frandon, c'est bien ça ?

En entendant son nom, il s'immobilisa, blême.

— Vous êtes allée la voir ? Vous l'avez interrogée ?

— Non.

— Mais pourquoi ? Pourquoi c'est moi que vous venez faire chier et pas cette cinglée ? Parce qu'elle est folle, vous savez !

— Mme Frandon est morte il y a deux ans et demi. Je viens de l'apprendre. J'ai conscience de réveiller de terribles souvenirs, mais…

Le jeune homme tapa du poing contre une étagère qui se mit à tanguer dangereusement.

— À quoi ça sert, de remuer tout ça maintenant ?

— À comprendre. Trois corps d'enfants ont été retrouvés dans les murs de cette maison qui appartenait aux Duflot, et il y en a peut-être d'autres. Nous devons absolument savoir comment vous viviez là-bas. C'est essentiel pour notre enquête, pour établir d'éventuels liens.

— Je ne veux pas parler de ça. C'est derrière moi.

— Je vous en prie, c'est très important. Prenez tout le temps qu'il vous faut.

Sevran repéra une caisse en bois, elle s'y assit lentement, de peur de l'effaroucher un peu plus. Puis elle patienta en silence, jusqu'à ce qu'il se lance enfin.

— Tous les week-ends, les samedis et dimanches, le vieux me traînait dans une caravane qu'il avait installée dans une forêt. Vous pouvez imaginer la suite.

— Vous devez me la dire, je suis désolée.

Il leva des yeux implorants vers elle, mais, malgré la douleur qui se lisait sur son visage, il poursuivit :

— Il y avait toujours plein de vieux mecs qui défilaient. Parfois, Bernard faisait venir les filles aussi. On chialait, on les suppliait de nous laisser. Une fois qu'ils avaient fini de nous violer, ils nous offraient des bonbons…

— Vous pourriez reconnaître ces gens qui abusaient de vous ?

— Non.

— Bernard Duflot, que faisait-il ?

— Il jouait les maquereaux.

— L'éducatrice était présente ?

— Non.

— Madeleine ?

— Non plus.

La policière évita le regard du jeune homme pour cacher son malaise.

— Les adultes autour de vous, les instituteurs, les médecins, personne n'a jamais rien vu ni su ?

— Un jour, à l'école, j'ai eu tellement mal au bide que j'ai tout raconté à mon instituteur. Il n'a pas bougé. Quant aux médecins, Bernard les a baratinés en expliquant que j'étais taré et que je m'enfonçais des trucs ! Il disait que j'étais un petit pervers, et ils l'ont cru ! Quand il a lâché son mensonge devant Madeleine, elle est devenue folle. Elle m'a brûlé le crâne pour me punir. Honnêtement, je suis pas étonné que, dans le lot, des gosses aient pas tenu le choc !

Il fallut un instant à Sevran pour reprendre son souffle. Ce qu'il lui confiait était d'une telle violence et sa colère était encore si intense…

— Est-ce que vous avez gardé le contact avec d'autres enfants ?

— Non.

— Bien sûr… Bernard vous prostituait, mais abusait-il de vous ?

— Jamais. Il se contentait de prendre le fric.

— Vous pensez que Madeleine connaissait les agissements de son mari et qu'elle le protégeait ?

— C'étaient des animaux, c'est tout. Ils nageaient en plein délire, tous les deux !

— Ensuite, quand vous êtes allé en foyer ? Est-ce qu'il y a eu des gens pour vous aider ?

— Y a jamais eu personne.

Un nouveau silence tendu s'installa comme un mur entre eux.

— Vous avez dit que vous n'étiez pas étonné que des enfants n'aient pas tenu. Qu'est-ce que vous entendiez par là ? Est-ce qu'il y en a qui ont disparu pendant votre séjour chez les Duflot ?

— Pas pendant. Après. J'ai su qu'une fille avait fugué. En même temps, ça allait tellement loin…

— Vous souvenez-vous de son nom ?

— Non.

— Comment l'avez-vous su ?

— Je l'ai su, c'est tout.

— D'accord.

La commandant se leva, soudain fébrile.

— Il va se passer quoi, maintenant ?

— Nous allons poursuivre l'enquête pour retrouver l'identité des victimes et leur meurtrier.

— Mais vous ne comprenez pas, ou quoi ? Ce sont eux, les meurtriers ! cria-t-il d'une voix si désespérée qu'elle en devint éraillée.

Sevran ne répondit pas, elle n'en avait pas le droit. Elle esquissa simplement un mouvement de tête en guise de remerciements et, la nausée pendue aux lèvres, rejoignit sa voiture en hâtant le pas au milieu d'un chaos de tôle froissée.

Dans le dossier de l'ASE, personne ne fait état d'une fugue. Comment est-ce possible ? La mâchoire crispée, elle composa le numéro de la directrice de l'Aide sociale à l'enfance, qui, par chance, était encore à son bureau.

— Bonsoir, madame Bonnefleur, commandant Sevran à l'appareil. Je viens de m'entretenir avec un des anciens enfants placés chez les Duflot, et il a évoqué la fugue d'une jeune fille. Pourtant, rien n'est signalé à ce sujet dans les documents que vous m'avez fournis.

— C'est très étrange…

— Oui, c'est aussi mon avis. Avez-vous une explication à ça ?

— Si j'en crois le fichier que je consulte à l'instant, l'assistante sociale de l'époque a eu un arrêt maladie de plus de trois ans, et il semblerait que personne ne l'ait remplacée.

— Attendez, juste pour être sûre de bien vous suivre : vous êtes en train de m'expliquer que les Duflot ont pu cacher cette fugue, ou plutôt cette disparition, à vos services ?

— Malheureusement. Et si à son retour elle ne s'est pas inquiétée de l'absence de la jeune fille, c'est que celle-ci avait dû atteindre l'âge de 18 ans. Comme je vous le disais la dernière fois, les enfants quittent nos radars à ce moment-là.

— Vos radars…

Sevran ressentait une profonde colère quand elle raccrocha. Le souffle court, elle scruta la casse plongée dans l'obscurité. *Personne n'a donné l'alerte, tout le monde a fermé les yeux. Ces gamins n'ont fait que croiser des monstres…*

Pio Achenza

Est-ce que les femmes étaient capables de provoquer leurs propres contractions, de commander à leur corps de mettre en péril leur grossesse ou d'expulser un bébé avant l'heure ? Pio n'en avait aucune idée, mais, après avoir vu sa femme prostrée dans son lit d'hôpital, geignarde, la mine cadavérique, ces questions l'obsédaient. Tout ça sonnait terriblement faux. Depuis quelques jours, il découvrait chez sa compagne une facette qui l'effrayait alors qu'il avait toujours pensé la connaître par cœur.

Maria n'avait jamais été une reine de beauté, mais, à 15 ans, une fille à la poitrine généreuse qui ne repoussait pas les garçons valait de l'or. Avec elle, il s'était senti riche comme Crésus. Les fourrés derrière le bâtiment de technologie avaient été le morne décor de leurs innombrables ébats. C'était inconfortable et glacial en hiver, mais ça limitait les préliminaires, qu'elle avait déclarés sans intérêt. Leurs rapports se résumaient donc à des grognements qui accompagnaient la valse des coups de boutoir, jusqu'à ce que la demoiselle interroge sans détour : « Ça y est, t'as fini ? » Pio répondait alors par un grommellement, et se pressait de refermer la braguette de son pantalon.

À cette époque, l'adolescent qu'il était n'avait pas remarqué que le cahier de textes de sa dulcinée regorgeait de photos de bébés. Il y en avait de toutes sortes, mais Maria avait, semblait-il, une préférence pour les clichés en noir et blanc où d'adorables chérubins somnolaient dans les bras velus et musclés d'un type aux abdos parfaits. Pio, trop occupé à l'entraîner dans les broussailles, n'avait pas prêté attention à tout ça. Il baisait à couilles rabattues et vivait un rêve éveillé à l'heure où ses camarades peinaient à humer le parfum des filles.

Puis vint un jour où elle l'attira dans les toilettes avec une drôle de mine. Comme elle fêtait ses 16 ans, il avait naïvement pensé qu'elle voulait améliorer l'ordinaire, s'essayer peut-être à quelques nouveautés…

— J'suis enceinte. Tu vas pas me quitter, hein ?

La descente avait été brutale. La gifle, phénoménale. *Tout finit toujours par se payer…*, s'était-il dit. N'empêche, ça faisait cher la culbute. Il s'était pourtant résigné, et les enfants étaient arrivés les uns après les autres sans que Maria émette le moindre souhait de travailler. Pour s'en sortir, Pio avait dû trimer comme un forçat. Au point que, pendant des années, le même cauchemar l'avait réveillé en sursaut la nuit : il se voyait mort, laissant sa famille sans ressources ni soutien. Le lendemain, invariablement, la peur jouait les contremaîtres, et il retournait à la tâche jusqu'à s'épuiser la santé.

Le plus triste, c'était qu'il ne s'était jamais demandé s'il l'aimait vraiment. Son existence s'était simplement fondue dans celle de Maria par obligation, peut-être par loyauté aussi. Aujourd'hui, il n'était même plus sûr qu'un amour eût jamais existé entre eux.

Ce qui était certain, en revanche, c'était que cela faisait bien vingt ans qu'il n'avait pas pris une seule décision en ne songeant qu'à lui. Il ne vivait que pour sa femme et ses enfants, pour leur confort, leur bonheur, leur sécurité. Il n'y en avait que pour eux. Et malgré ça, Maria parlait de sa vie comme d'un calvaire, d'un parcours du combattant. Sa frustration et son amertume permanentes nourrissaient la culpabilité de son époux.

Pio n'avait jamais compris de quoi elle se plaignait, au juste. Leur vie était si routinière qu'aucune surprise, aucun événement inattendu ne survenait jamais. Ils s'étaient mis à l'abri du mauvais comme du bon, telles des fleurs fanées. Ce n'était pas gai, non, mais c'était rassurant. Du moins jusqu'à ce qu'ils achètent cette bâtisse, jusqu'à ce qu'il ouvre la porte qui menait droit aux Enfers. Là, son essence profonde avait dû s'altérer, car toutes ses perceptions et ses certitudes avaient bougé. Pour certaines, il ne s'agissait que d'infimes modifications, si bien que le paysage ressemblait encore à celui qu'il avait connu, mais pour tout ce qui touchait à Maria, il errait aux confins d'une nouvelle galaxie… Une galaxie qui lui était totalement étrangère, et dans laquelle il avait la sensation qu'il ne pourrait pas survivre.

Cette histoire à propos de prétendues menaces et coups du policier ne tenait pas debout. Ce flic n'était pas si bête et, surtout, il semblait aussi affecté que lui par la découverte des corps emmurés. Contrairement à Maria qui était restée insensible à tout ça. Hermétique. Elle ne songeait qu'à reboucher les trous, ripoliner les murs et emménager sans se poser de questions.

Dans son esprit dérangé, d'affreux cadres bon marché viendraient vite décorer les cloisons, effaçant définitivement les actes atroces qui avaient été commis en ce lieu.

Comment pouvait-on se montrer si insensible ? À présent, Pio était absolument certain de ne pas aimer un tel être, il ne pensait plus qu'à s'en éloigner. Mais avec cet enfant à naître, c'était peine perdue.

L'agent d'entretien gravissait lentement les marches de son immeuble, fatigué par sa journée, lorsqu'il vit, sur son palier, une jeune femme blonde apprêtée accompagnée d'un homme qui tenait une caméra à bout de bras. Dès que ce dernier le vit arriver, il s'adressa nerveusement à son binôme :

— Allez, Louise, on remballe ?

La journaliste scruta le mari et esquissa un sourire maladroit en lançant :

— À bientôt, Maria, et merci pour tout !

Puis, sans s'attarder, les deux étrangers se faufilèrent vers la sortie, laissant Pio seul dans la cage d'escalier, dont la minuterie s'éteignit. Maria se tenait devant lui, debout dans l'entrée. La lumière de leur appartement dessinait son ombre immense sur les dalles carrelées.

— Je te croyais encore à l'hôpital. C'était qui, ces gens ?

— Je nous fais gagner un peu de sous. Tu vas pas te plaindre, si ?

Pris d'une rogne soudaine, il bondit vers elle en la poussant vers l'intérieur. La lourde porte claqua derrière eux.

— Pourquoi tu vas pas travailler, plutôt que de t'abaisser à faire des trucs aussi dégueulasses ?

— Dans mon état ? Comment veux-tu que je fasse ?

— T'as vendu quoi, cette fois ? Ton histoire ridicule avec ce flic ? T'as pas honte ?

— Oh, ça va !

— Mais comment tu fais pour te regarder dans une glace le matin ?

— Tout ce bordel nous fout sacrément dans la merde. J'essaie juste de nous aider un peu.

— Nous aider ? Tu m'aides, moi ?

— Pas toi, les gosses !

— Ils ont bon dos, les gosses ! Tu peux pas bosser parce qu'ils sont là, tu peux pas avoir une vie sociale ni t'habiller un minimum à cause d'eux, tu peux pas baiser parce que ça va les réveiller… Mais tu les voulais, non ? T'as même tout fait pour les avoir, alors pourquoi tu parles toujours d'eux comme de fardeaux ?

— Ma parole, mais t'es devenu complètement cinglé !

— Ouais, c'est vrai, tout ça me fout en l'air. Mais c'est pas moi, le cinglé. C'est de rien ressentir, qui est pas normal. C'est être comme toi, qui est pas normal.

— Tu vas faire comme ce flic ? Me reprocher de penser à mes gosses avant de penser à ceux des autres ?

— Écoute-toi parler, Maria. Tu me dégoûtes…

Fuir. C'était la seule idée qui s'imposait à lui en présence de Maria. Alors il la laissa en plan, dévala l'escalier et surgit dehors comme un boulet de canon. Une bruine larguée par un ciel sale commença à tomber sur son front brûlant. Sa poitrine était oppressée. Des sanglots remontaient dans sa gorge. Il avait tout à coup la conscience aiguë que cette femme, là-haut, n'était plus la sienne.

Dombard

Après des heures d'audition, les deux pitbulls de l'IGPN finirent par lâcher le lieutenant. Pourtant, lorsqu'il fut enfin libre, surpris de découvrir que la nuit était déjà bien installée, il lui sembla que leurs crocs puissants étaient toujours plantés dans sa chair. Le flot ininterrompu de questions l'avait tant abruti qu'il était désormais incapable de réfléchir. Il remonta alors la rue des Pyrénées sans but tout en fouillant dans ses poches à la recherche de son paquet de cigarettes. Ne le trouvant pas, il s'agaça et marqua un arrêt.

— Je vous offre un verre ? Vous avez l'air d'en avoir besoin, et il y a un troquet sympa pas loin…

Dombard cligna des yeux, comme si la jeune femme qui se tenait devant lui ne pouvait être qu'une illusion.

— On se connaît ? s'étonna-t-il.

— Disons que nous avons des connaissances communes. Je vous expliquerai tout ça après un petit remontant !

— Mais enfin, qui êtes-vous ? Que voulez-vous ?

— Je suis journaliste.

— Ah… la fille de 7/7… évidemment. C'est pour ça que votre visage me paraissait familier ! Je n'ai rien à vous dire, lâcha-t-il brusquement avant de reprendre sa marche.

La jolie blonde ne baissa pas les bras pour autant. Elle se planta devant lui, tendit une main ferme et reprit depuis le début :

— Louise de Courbevoie. Enchantée.

— Je vous répète que je n'ai rien à vous dire, souffla Dombard, épuisé.

— Maria Achenza m'a raconté sa version des faits concernant votre échange. Son histoire ne tient pas la route. Quand on m'a appris que vous aviez des soucis avec votre hiérarchie, j'ai foncé ici, je voulais vous rencontrer.

— Vous perdez votre temps.

— C'est idiot ! Qu'est-ce qui nous empêche de discuter un peu ?

— Tout.

— Je n'ai pas l'intention de vous faire parler de la maison de l'horreur. Je sais que vous n'en avez pas le droit.

— Arrêtez de l'appeler comme ça.

— D'accord. Ce bar, là-bas, fait les meilleurs Bloody Mary que je connaisse.

— Je ne bois pas d'alcool.

— Vous pourrez prendre une tisane.

Dombard se laissa finalement entraîner comme un automate. Il n'avait plus envie de lutter. Et puis il devait bien admettre que, depuis que cette femme l'avait accosté, de petites étincelles pétillaient dans son cerveau.

Ils prirent place au fond d'une salle à l'éclairage tamisé, à l'écart des autres clients qui sirotaient déjà leurs boissons et des habitués accoudés au zinc. Le policier s'assit lourdement sur une chaise inconfortable tout en examinant la gestuelle de Courbevoie, occupée à héler une serveuse. Elle avait l'assurance d'un félin dans un corps de ballerine. *Méfie-toi, mon vieux.*

— Un Bloody Mary pour moi et…

— Une tisane verveine-menthe. Merci.

La barmaid, un peu étonnée par cette commande, n'en perdit pas pour autant son sourire aguicheur et regagna le comptoir avec un déhanché que le policier se surprit à suivre du regard.

— Je vous laisserai en bonne compagnie, tout à l'heure…

— Pardon ?

— Je crois que vous avez un ticket avec la serveuse.

— J'ai vingt piges de plus qu'elle.

— Et alors ? lâcha-t-elle en levant les yeux au ciel.

— Bon, qu'est-ce que vous voulez, exactement ?

— Vous êtes sur la défensive, ma parole…

— Sans blague ? Si on me voit discuter avec vous, je vais encore avoir des emmerdes.

— Pourquoi les meilleurs flics ont-ils toujours des ennuis ?

— Ah, la flatterie ! C'est vraiment une technique qui marche ?

— Vous n'imaginez pas à quel point !

— Essayez autre chose.

— Je ne plaisante pas. On m'a dit que vous étiez un excellent flic.

— Ce n'est pas un avis que tout le monde partage…, temporisa-t-il en désignant d'un léger mouvement de tête le bâtiment de l'Inspection générale dont il venait de sortir.

Elle pouffa en croisant les bras.

— Qu'est-ce qui vous fait rire ?

— Ma hiérarchie s'inquiétait de la façon dont j'avais obtenu les carnets de Madeleine jusqu'à ce que les courbes d'audience se transforment en véritables pics ! C'est partout pareil, en fin de compte : on demande la lune au petit personnel, et quand il vous la décroche, on fait la fine bouche.

— Vous ne faites pas tout à fait partie du petit personnel, il me semble.

— Détrompez-vous. Je suis assise sur un siège éjectable.

— J'ai du mal à vous croire.

Les traits du lieutenant se décrispèrent enfin. Elle acquiesça en silence.

— Je n'en reviens pas de me trouver là. J'étais tellement furieux contre vous et votre scoop !

— Je comprends.

— Pourquoi vous faites ça ? À quoi ça sert ?

— Parfois, je me pose la question. (Le lieutenant fit la moue.) Je vous assure que c'est sincère ! Sur le moment, il y a une excitation, une sorte d'adrénaline. On ne réfléchit pas, on court un marathon et on ne pense qu'à la ligne d'arrivée. Puis juste après, le vide s'installe et on songe déjà au prochain coup.

— Une drogue, quoi…

— Un peu.

— Mais ça blesse des gens.

— Soyons honnêtes. Je me fais insulter tous les jours. « Sale journaliste », « sale menteuse », « charognarde »… C'est toujours la même rengaine. Pourtant, quand il se passe quelque chose quelque part, les gens nous appellent souvent avant même d'appeler la police ou les secours. Ils chuchotent au téléphone en essayant de savoir s'ils peuvent monnayer les images dégueulasses qu'ils ont filmées avec leur smartphone. On considère que les journalistes ne font que raconter des mensonges. Par contre, les chaînes d'info sont allumées à longueur de journée dans les salons.

— Mais ce n'est pas parce que les gens sont tordus qu'il faut aller dans leur sens. Votre public veut savoir des choses, d'accord. Vous les informez, ça me va. Mais il y a une limite à ne pas dépasser.

— Laquelle ?

— Tout ce battage médiatique autour de notre enquête est obscène. Vous en oubliez que les victimes sont des mômes. Vous vous délectez d'obtenir les détails les plus sordides. Je suis sûr que vous jubilerez si on trouve d'autres corps.

— Évidemment pas. Ma seule motivation, c'est de comprendre. Tout comme les gens qui se passionnent pour cette affaire et qui ne méritent pas votre mépris. Quelle vie ont eue les Duflot ? Qu'est-ce qui les a poussés à de telles extrémités avec les gamins qu'ils gardaient ? Y a-t-il eu des éléments déclencheurs, et si oui, lesquels ? Est-ce qu'il n'y avait pas quelqu'un dans leur entourage qui aurait pu les arrêter, les dénoncer ? Ce sont ces questions, cette quête de la vérité qui m'animent. Je ne suis pas moins sensible que vous, lieutenant.

— Peut-être. En tout cas, les Achenza ne roulent pas sur l'or. Pas étonnant qu'ils aient préféré vous parler à vous plutôt qu'à moi qui n'avais rien à leur offrir.

— Croyez-le ou pas, c'est la première fois que ça m'arrive de procéder ainsi. J'ai d'ailleurs acheté un document, pas un témoignage, c'est très différent. Et puis, j'ai tout de suite saisi, en échangeant avec Maria, qu'elle cachait quelque chose et qu'elle ne dévoilerait pas ses petits secrets sans rien en échange.

— Vous êtes venue à notre aide, en quelque sorte !

— Le fait est que nous avons souvent plus de doigté que vous avec les témoins…

— Arrêtez un peu, vous n'avez ni règles ni limites.

— Et vous ? Vous avez passé la journée à l'IGPN. Ce n'est pas vraiment le signe que vous les respectez, les règles ! Vous êtes un sanguin. Je me suis renseignée et, apparemment, vous avez une fâcheuse tendance à cogner les prévenus. Mais entre nous, si vous ne l'aviez pas fait, auriez-vous obtenu les résultats que vous attendiez ?

— Cette discussion commence à ressembler à un test, ou à un piège, répliqua Dombard, agacé.

— Non. Pas du tout…, rétorqua la journaliste, vexée.

La serveuse s'approcha d'eux avec leurs boissons. Elle posa la tisane devant le policier.

— Et voilà ! Avec ça, vous dormirez comme un bébé cette nuit ! minauda-t-elle.

— Parfait. C'est ce qu'il me faut, dit-il en portant la tasse à ses lèvres.

Louise, quant à elle, attrapa le sel de céleri dont elle recouvrit la surface de son cocktail, au point qu'il disparut sous une couche épaisse de poudre beige.

Elle touilla ensuite la mixture en silence, commença à la siroter puis reprit :

— Vous et moi avons des contraintes quasiment intenables. On fait avec, comme on peut. Nous ne sommes pas parfaits, mais nous aimons ce que nous faisons.

— Vous pensez réellement qu'on en est à ce degré-là de complicité, vous et moi ?

— Oui.

Un sacré numéro, cette fille.

— Bon, écoutez, je vous ai fait perdre assez de temps pour aujourd'hui et je suis fatigué. Merci quand même pour la tisane, annonça Dombard en se levant.

— Attendez ! Maria Achenza m'a dit quelque chose qui peut vous intéresser. Il y a eu des irrégularités dans la vente de la propriété.

— On est déjà au courant de ça.

— Mais savez-vous ce qui est arrivé à l'agent immobilier ?

— Allez-y, crachez le morceau, souffla-t-il en se rasseyant malgré tout.

— Hervé Creisson, 33 ans, est marié et père d'un enfant de 5 mois. Il vit dans un coquet petit pavillon de banlieue…

— Venez-en au fait, s'il vous plaît !

— Il est en réanimation à l'hôpital. Traumatisme crânien. Deux hommes l'ont sauvagement battu à la sortie d'une discothèque il y a une semaine. Ses agresseurs n'ont pas été retrouvés par vos collègues.

— Je prends note et on va vérifier tout ça, répondit le lieutenant en feignant le désintéressement alors que, sur son visage, on pouvait presque voir les rouages de ses neurones se mettre en branle.

— Il faut savoir parler à Maria. C'est une femme qui ne se sent pas valorisée et qui en souffre. Il suffit de l'écouter, sans la juger.

— Je m'en souviendrai.

— Sans vouloir vous vexer, je ne pense pas que vous aurez d'autres occasions de la revoir. Moi, par contre…

Le lieutenant resta un moment silencieux, le temps de digérer les informations que venait de lui dévoiler la journaliste.

— Pourquoi vous me racontez tout ça ?

— Pour aider à l'avancement de cette enquête.

— Et vous allez me demander quoi en échange ?

— Il y aura forcément des choses que vous pourrez me transmettre sans que leur révélation nuise à votre travail. Je n'attends rien de plus qu'une forme de collaboration amicale.

— Amicale ? Vous ne manquez pas d'air !

Elle se leva à son tour en reboutonnant son manteau.

— Vous n'êtes pas obligé d'accepter. Quoi qu'il en soit, la tisane est pour moi. Passez une agréable soirée, dit-elle en jetant un œil vers le zinc où se tenait la serveuse. Et à bientôt, j'espère.

Dombard la regarda s'en aller puis, dans un mouvement de tête involontaire, croisa le regard de velours de la barmaid qui lui sourit à pleines dents.

Damien Couard

Damien Couard se réveilla avec un essaim d'abeilles niché dans la tête. La nuit avait été épouvantable. Dans la douleur, sa mémoire accouchait de petits diables qui réclamaient vengeance. *C'est l'Aide sociale à l'enfance la responsable ! C'est eux qui doivent payer !* Ce mantra punitif tournait en boucle. Une ritournelle pleine de rancœur qui avait fini, dans la brume matinale, par le conduire tout droit au siège de l'ASE.

Sans bien savoir comment, il était parvenu à contenir suffisamment sa rage pour que l'hôtesse d'accueil lui indique, sans aucune hésitation, la direction du bureau de sa patronne. En revanche, maintenant qu'il était dans l'ascenseur, sa colère, qui avait grandi en silence au creux de sa poitrine durant toutes ces années, ne demandait plus qu'à s'expulser avec fracas. *Ils vont tous s'en mordre les doigts, d'avoir fait confiance à ces deux malades !*

Lorsque les portes s'ouvrirent, un long couloir de moquette marron s'étendit devant lui tel un fleuve boueux. Ses pas entreprirent aussitôt de le remonter, mais un courant puissant semblait le repousser. Ses yeux vifs scrutaient les environs à la recherche de la plaque annonçant le nom de Sylvie Bonnefleur. En même temps qu'il la repéra, il entendit des éclats de rire s'échapper des cloisons, comme une provocation. Dans un mouvement brusque, il se saisit de la poignée, écarta le battant et découvrit deux femmes assises dans le bureau. Le sourire de la plus âgée, une brune à grosses lunettes noires, s'évapora instantanément.

— Qui est la responsable, ici ? demanda-t-il, le front en avant, prêt à charger.

— C'est moi, répondit la concernée pendant que sa collègue filait en rasant les murs.

L'agent de sécurité referma la porte et prit un siège, puis il plongea ses prunelles dans celles de la femme qu'il sentait gagnée par la peur.

— J'ai été un enfant placé chez les Duflot. C'est officiel, maintenant : c'étaient des tarés qui maltraitaient les gosses que vous leur confiiez. Mais vous le saviez déjà, non ?

— Je ne sais pas quoi vous dire, marmonna Sylvie Bonnefleur, tremblante. C'est absolument terrible.

— Quand j'ai osé parler, on m'a dit que je mentais ! On m'a même puni pour ça !

— Ne criez pas, s'il vous plaît, vous m'effrayez…

— Tant mieux. Comme ça, vous savez ce que ça fait !

D'une main, il balaya une tasse et quelques stylos qui traînaient sur le bureau. Un petit cri aigu s'échappa de la gorge de la responsable.

— Comment des gamins ont pu être tués et emmurés dans cette putain de baraque ? Moi, j'avais tout raconté à l'éducatrice !

— Je sais. Elle a fait preuve d'une grave incompétence.

— « D'une grave incompétence » ? C'est tout ce que vous trouvez à répondre ?

— Je n'étais pas en poste à cette époque, je…

— C'est vous qui avez fait ça ! C'est vous, les responsables ! Les Duflot, ils ne cachaient même pas qu'ils étaient dingues ! Ces gens-là détestaient les gosses !

Les sanglots et les gémissements de la femme ne faisaient qu'exacerber sa rage. Damien ne désirait plus qu'une chose : la terroriser.

— Pourquoi on ne nous a pas crus ? hurla-t-il en l'attrapant soudain par le col.

— Je ne sais pas… Je vous en supplie, ne me faites pas de mal…

— Les signalements, où est-ce qu'ils ont fini ?

Il la secouait désormais comme une poupée de chiffon.

— Au secours ! À l'aide !

Lorsqu'il la lâcha enfin, ce fut pour mieux se saisir de l'ordinateur qu'il fracassa au sol, puis il éparpilla les dossiers aux quatre coins de la pièce. Les bibelots, les cadres photo valdinguèrent dans un vacarme qui l'excitait. Il brisa une cafetière sur un coin de meuble, après quoi une chaise traversa la fenêtre et alla s'écraser bruyamment plusieurs mètres plus bas sur le toit d'une voiture, déclenchant une alarme au passage.

En faisant un rapide tour sur lui-même, il constata qu'il était venu à bout de tout ce qu'il pouvait détruire. Que Sylvie Bonnefleur avait disparu. Et que ses nerfs étaient toujours à vif. Ce déluge de fureur n'avait rien apaisé. L'essaim d'abeilles lui vrillait encore les tympans. L'amertume était même plus forte que jamais. Il prit conscience, à cet instant seulement, qu'il ne parviendrait jamais à se venger, que le combat était inégal.

Une chute de tension soudaine l'attira contre un mur, le long duquel il se laissa glisser. Tout à coup, un casque noir puis un bouclier de police apparurent dans l'encadrement de la porte.

— Jette ton arme ! lança une voix depuis le couloir.

— C'est bon, je me rends…, annonça-t-il en levant les mains. Je n'ai pas d'arme…

Un homme en uniforme bondit sur lui et le plaqua au sol avant même qu'il ait le temps de comprendre ce qu'il lui arrivait. *Finalement, rien ne changera jamais, ce seront éternellement les mêmes qui paieront !* pensa-t-il en sentant une douleur irradier dans son dos qu'un puissant genou écrasait.

Sevran

Parmi les huit filles dont les Duflot avaient eu la garde, une adolescente avait un jour manqué à l'appel. Pourtant, aucune alerte n'avait été donnée. Ni son entourage ni l'ASE n'avait jamais effectué le moindre signalement, entrepris la moindre démarche pour la retrouver. Cette gamine avait disparu comme une ombre dans la nuit. Sevran, toujours aussi révoltée que la veille, s'était alors mis à la recherche de son identité dans l'espoir de la rencontrer. Elle était certaine que l'ex-fugueuse pourrait se révéler un précieux témoin pour son enquête.

La commandant décida donc de procéder par élimination. Après tout, elle avait une chance sur huit… Au bout d'une heure et demie, elle était parvenue à contacter six femmes. La plupart des échanges avaient été laconiques, et aucune n'était celle qu'elle espérait. En revanche, une seule, Corinne Besse, accepta d'évoquer cette douloureuse période.

— Vous aviez 11 ans en 2001, lorsque vous avez été placée chez les Duflot, c'est bien ça ?

— Oui, j'ai été libérée en 2005, à mes 15 ans.

— Libérée ?

— Oui, libérée. Ça a été les pires années de mon existence… Madeleine nous battait pour un oui, pour un non. Elle parlait toujours de quitter Bernard et je pense qu'on aurait tous un peu mieux vécu si elle l'avait fait.

— Pourquoi ?

— Ce couple fonctionnait d'une façon très malsaine. Ils entretenaient mutuellement leurs obsessions et leurs penchants pervers. Il arrivait que je les entende discuter, la nuit. Madeleine racontait à son mari les sévices qu'elle nous infligeait. Et lui, il prenait du plaisir à connaître tous les détails. Je les entendais rire ensemble, des rires monstrueux qui me glaçaient. Je peux vous dire que, le reste du temps, dans cette maison, c'était plutôt des sanglots qui résonnaient.

— Comment se conduisait Bernard avec vous ?

— Mal. Il me traînait dans sa caravane tous les week-ends avec les autres. Il y avait ces vieux dégueulasses qui nous tripotaient. On n'avait aucun répit, aucune issue.

— Est-ce que vous vous souvenez d'une jeune fille qui a fugué à cette époque ?

— Oui, bien sûr ! Stéphanie Darré. Une sacrée fille ! Elle me répétait sans cesse qu'elle allait s'enfuir. Elle m'a même demandé de la suivre, mais j'avais trop peur qu'on se fasse prendre. Elle a réussi à quitter cet enfer. Je l'ai longtemps enviée.

— Vous avez eu de ses nouvelles, après ça ?

— Non. Aucune. Mais ça ne m'a pas étonnée. Stéphanie était forte, déterminée. J'imagine qu'elle ne s'est pas retournée et qu'elle a refait sa vie loin d'ici.

— Comment ont réagi les Duflot face à sa disparition ?

— Ils ont expliqué qu'on n'avait pas intérêt à l'imiter. Que si on cherchait à partir, on le paierait cher. Le message est bien passé.

— Savez-vous si elle avait des parents ?

— Oui, je crois que la mère est en institut en région parisienne. Enfin, « était »… ça remonte, cette histoire !

— Est-ce que vous vous rappelez d'autres jeunes qui étaient avec vous à ce moment-là ?

— Juste le prénom d'un seul. Éric. C'était le chouchou. Un peu bizarre, il passait des heures dehors, personne ne comprenait vraiment ce qu'il trafiquait.

— Le chouchou, c'est-à-dire ?

— Il recevait moins de coups que nous et il n'était pas obligé de coucher avec les vieux.

Sevran tenta d'étouffer le malaise que cette dernière phrase venait de créer. Sa manière d'aborder le passé sans pudeur ni colère, sans rien tenter de dissimuler la touchait en plein cœur.

— Et l'éducatrice, comment était-elle ?

— Ah, Murielle ! Toujours collée aux Duflot ! Elle avait l'air larguée, mais elle savait se montrer mauvaise avec nous.

— Mauvaise comment ?

— Ceux qui ont essayé de lui parler l'ont tous regretté.

Quand Sevran raccrocha enfin, elle était bouleversée. Tout ce qu'elle venait d'entendre la catastrophait.

— Ça ne va pas ? demanda Ortiz qui, en arrivant dans le bureau, marqua aussitôt un arrêt devant elle.

— Pas tellement, non.

Elle lui résuma la situation tandis qu'il l'écoutait, bouche bée.

— C'est atroce…

— On doit absolument retrouver la mère de Stéphanie Darré. Elle est peut-être encore dans un institut quelque part.

— Je vais lancer des recherches sur elle et sur la fille, proposa-t-il.

— Parfait. Vois avec l'Assurance maladie, les mutuelles, fais le tour des établissements de santé de la région.

— Je m'y mets tout de suite.

La commandant acquiesça, puis se leva et se saisit de son manteau. Elle ressentait le besoin irrépressible d'aller prendre l'air et cherchait au fond à repousser le moment de téléphoner à Émilie Lachare… Annoncer la mort d'Enzo à sa mère était pour l'heure au-dessus de ses forces. *Quand Biolet sera revenu, on fera ça ensemble.*

Une fois dehors, elle sortit la liste des noms des enfants placés chez les Duflot de la poche de sa parka, posa un regard lourd sur chaque patronyme et décida de poursuivre sa journée en auditionnant les hommes avec lesquels elle n'était pas encore entrée en contact.

Le premier habitait un logement sordide de Vélizy. Dès sa naissance, le 24 janvier 1982, Luc Bruzin avait été ballotté de famille en foyer à un rythme inquiétant, générant certainement chez lui un cruel manque de repères. Quand il avait atteint l'âge de 8 ans, l'ASE, apparemment sensible à son parcours chaotique, avait souhaité un placement de longue durée, et son choix s'était porté sur les Duflot. Pendant cinq ans, le petit garçon avait donc partagé le quotidien d'un couple hautement toxique.

Lorsque l'enquêtrice sonna à sa porte, Bruzin se présenta quasi nu, avec juste un peignoir usé et sale sur les épaules. Il avait l'air comateux et tremblant. Selon les informations qu'elle détenait, l'homme approchant la quarantaine vivait seul dans ce deux pièces aussi sombre que crasseux.

— Commandant Sevran. J'aurais des questions à vous poser, pouvez-vous vous habiller, monsieur Bruzin ? demanda-t-elle en se retenant de fuir à toutes jambes.

Son interlocuteur resserra mollement les pans de son vêtement de bain autour de son corps, puis l'invita à entrer. Il s'assit ensuite sur un tabouret, l'entrejambe à l'air, une cigarette au bec, les yeux dans le vague. Elle comprit qu'elle ne pourrait pas exiger mieux.

— Pouvez-vous me parler des Duflot ?

Un soupir s'échappa des lèvres de son vis-à-vis, avant que ce dernier ne se mette à se gratter nerveusement la nuque.

— Monsieur Bruzin ? La maison des Mesnuls, vous vous en souvenez ?

En dépit des pupilles vides de l'individu, Sevran insista, tout en luttant contre le malaise que ce lieu lui inspirait. Au bout d'une vingtaine de minutes, Bruzin ne lâchant que d'incompréhensibles borborygmes, elle décida de mettre un terme à cette entrevue qui ne menait à rien.

Une fois dehors, elle prit une profonde inspiration. Il lui semblait avoir approché du gouffre creusé par les Duflot. Le visage tendu, l'enquêtrice adressa au ciel un regard chargé d'amertume, puis elle reprit sa quête et, des idées sombres plein la tête, poussa jusqu'au Plessis. Elle espérait y rencontrer Philippe Mayan, un autre orphelin qui avait croisé la route du couple monstrueux et qui, désormais, travaillait au service technique de cette ville.

Le jardinier avait un petit corps solide et un visage souriant quoique très marqué. Il l'écouta calmement, puis lui proposa de le suivre dans un des parcs des alentours où il devait tailler des arbustes. La commandant accepta, non mécontente de ce petit bol d'air et, pendant qu'il poussait une brouette remplie de feuilles et de branches mortes, elle contempla un cygne noir glisser avec élégance sur un étang en créant des ondes parfaitement symétriques. L'odeur de la mousse, des fougères et du lichen réveilla en elle de vieux souvenirs de promenades en forêt. Un étrange et agréable apaisement l'envahit, et elle prit conscience que sa colère, telle une sangsue, l'avait aspirée toutes ces dernières heures.

— Ça fait du bien de se retrouver dans la nature, n'est-ce pas ? lâcha pudiquement Philippe Mayan.

— Vous avez de la chance d'avoir un si beau métier.

— C'est vrai. J'adore ce que je fais. Ici, j'oublie tout.

— Pourtant, votre enfance ne doit pas être facile à oublier, j'imagine…

— En effet. Mais j'ai fait la paix avec le passé. C'était nécessaire.

— Combien de temps êtes-vous resté aux Mesnuls ?

— Je suis arrivé en novembre 1996, et je suis parti en 2002. J'avais 14 ans.

— Avez-vous été maltraité ?

— Oui.

— Par Madeleine et par Bernard aussi ?

— Tous les deux. Ils ne pouvaient pas s'en empêcher. Ça criait, ça tapait…

— Est-ce que Bernard Duflot vous a forcé à… rencontrer des adultes ? lâcha-t-elle dans un souffle, incapable, malgré ses efforts, de rendre la question moins crue.

— Oui. Comme les autres, je pense.

— Vous vous souvenez de quelques-uns des jeunes qui étaient là-bas avec vous ?

— Bien sûr. Il y avait Suzanne Fresse, Marie Guidan, Mickaël Sudre. Slimane Hamouche était le plus jeune d'entre nous. Il avait 3 ans quand il nous a rejoints.

— Vous avez une bonne mémoire.

— Ces années-là m'ont particulièrement marqué, oui…

— Je comprends. Et est-ce que le nom de Stéphanie Darré vous dit quelque chose ?

— Non, je regrette.

— Avez-vous gardé le contact avec les jeunes que vous venez d'évoquer ?

— Je vois Suzanne et Marie de temps en temps. J'ai même été invité à leurs mariages. On se donne des coups de main, on se soutient. Je crois que nous sommes liés à vie par ce que nous avons vécu.

— C'est compréhensible. Que pouvez-vous me dire sur Murielle Frandon ?

— Sourde et aveugle. En un mot : coupable.

Sevran baissa la tête. Le même sentiment de révolte l'étreignait chaque fois. Comment avait-on pu abandonner ces gosses à leur sort ?

— Vous avez entendu parler des corps emmurés ?

Le jardinier posa sa brouette sur son pied métallique, retira un de ses gants épais et, de sa main droite, se frotta le front.

— C'est ma femme qui m'a appelé quand elle est tombée dessus aux informations. Elle sait tout de ce qui s'est passé dans cette maison. J'ai eu un choc, ça, c'est sûr. Pour être honnête, je ne pensais pas qu'ils seraient capables de faire ça. Ils étaient mauvais, sadiques, même, mais de là à tuer de pauvres gamins… ? Je n'aurais jamais pu imaginer une chose pareille.

— D'après vous, qui les a tués ?

— Je ne saurais pas vous dire. Je me suis souvent fait la réflexion que c'était leur union qui enfantait ces horreurs. Seuls, ils n'auraient sans doute pas agi ainsi.

— Est-ce que, comme d'autres enfants, vous avez essayé de vous confier à vos instituteurs ? Aux médecins qui vous auscultaient ?

— Non. Je crois que tout était très clair. Si les adultes avaient voulu savoir, ce n'était pas difficile de se rendre compte de ce qu'on endurait. À 10 ans, je pesais vingt kilos tout au plus, mes cheveux ne recouvraient pas complètement mon crâne, les signes étaient évidents.

— Vous n'avez jamais eu envie de les voir condamnés pour ce qu'ils vous avaient fait ?

— Si, bien sûr, au début, mais comment faire quand personne ne vous croit ? Et puis ensuite, ce désir de vengeance m'a lâché. Je n'avais pas envie de vivre dans la haine. Je me suis suffisamment battu pour survivre, je suis heureux d'être encore là. J'ai des enfants, j'ai une femme que j'aime. C'est tout ce qui compte, désormais.

La commandant resta un moment sans voix. Un oiseau piailla au-dessus de leurs têtes en dessinant des ronds dans le ciel. Philippe Mayan s'abîma dans la contemplation de la cime d'un arbre.

— Lorsqu'elle est arrivée à l'Ehpad Saint-Nicolas, Madeleine Duflot était très affaiblie. Il est donc possible que quelqu'un lui soit venu en aide avant son admission, quand elle vivait seule chez elle. Avez-vous une idée de qui ça pourrait être ?

— Pas moi, en tout cas. J'ai beau avoir fait la paix avec mon passé, si Madeleine agonisait devant moi, là maintenant, je ne l'aiderais pas. Je n'en suis pas fier, mais c'est comme ça. Pareil pour Bernard. Quand les journalistes à la télé ont dit qu'ils étaient morts tous les deux, ça m'a soulagé.

— Je comprends. Nous avons appris qu'un homme lui rendait visite de temps en temps dans sa maison de retraite. Mickaël Sudre et Slimane Hamouche auraient pu prendre soin d'elle, d'après vous ?

— Ça m'étonnerait. On m'a dit que Mickaël avait fait plusieurs séjours en hôpital psychiatrique et qu'il vivait dans la rue depuis des années. C'est un homme brisé. Quant à Slimane, je n'ai pas de nouvelles. Je me souviens simplement que c'était un gamin très malin, très vif… Je me demande si Suzanne n'a pas gardé le contact avec lui.

— Monsieur Mayan, parmi les enfants que nous avons retrouvés dans la maison des Mesnuls, certains ont été tués très récemment, bien après le décès de Bernard en 2010.

— Oh, mon Dieu !

— Un proche des Duflot a pu commettre ces atrocités. Du moins, c'est une des pistes sur lesquelles nous travaillons.

La policière profita de la pause qu'elle ménagea volontairement pour étudier son interlocuteur avec une attention aiguë. Sa pomme d'Adam fit de nombreux va-et-vient. Il était devenu livide. Quelque chose avait l'air de s'écrouler en lui.

— Je ne peux pas croire une chose pareille, murmura-t-il dans un souffle.

— Il y a quelqu'un dans leur entourage direct à qui vous songeriez ?

— Je ne vois pas, je suis désolé.

Sevran patienta quelques secondes, le temps qu'il reprenne des couleurs, avant de le quitter. En s'éloignant, elle imagina la silhouette de Philippe Mayan, égarée au milieu des jardins, et elle espéra ne pas l'avoir trop ébranlé en lui imposant de replonger dans la pire période de sa vie.

Une fois installée au volant de sa voiture, la commandant s'empara de son portable pour appeler William. Son mari était son rempart depuis toujours. Il serait son phare dans ce cauchemar, celui qui l'aiderait à tenir bon.

— Salut, comment vas-tu ? demanda-t-elle d'un ton qu'elle souhaitait le plus neutre possible.

— Bien, je viens de terminer les visites du matin. Qu'est-ce qui se passe ?

— Rien de spécial. J'avais envie de t'entendre et de te dire que j'allais essayer de rentrer tôt, aujourd'hui.

Ce serait l'occasion de passer un peu de temps avec Manon.

— Ce serait super. Tu es sûre que tout va bien ? Tu as l'air bizarre.

— Non, ça va, je t'assure ! Je voulais juste t'embrasser. J'y retourne. Je t'aime.

Émilie Lachare

Quand elle ouvrit les yeux, Émilie se découvrit emmaillotée dans la couette de son fils disparu. La chambre, restée intacte, était le lieu de ses pèlerinages lorsque son moral était en berne. Elle pouvait y passer des heures, abattue par la douleur que ses médicaments ne parvenaient pas toujours à éteindre. Tristement, son regard glissa sur les motifs du tissu fané et atterrit sur un réveil qui indiquait déjà 13 heures.

Pleine d'amertume, elle se leva, s'habilla et, espérant qu'un peu d'occupation lui éviterait de penser, entreprit de se rendre à l'épicerie du coin. Dans la cage d'escalier, à quelques marches du rez-de-chaussée, un jeune homme la bouscula sans lui prêter la moindre attention. Son grand corps efflanqué flottait dans un survêtement remonté jusqu'aux genoux, mais les traits de son visage lui dirent quelque chose. *C'est Messila... Comme il a changé !* songea-t-elle avant que sa mémoire, qu'elle s'appliquait habituellement à bâillonner, ne fasse rejaillir un étrange souvenir.

Cinq ans plus tôt, la cité avait été le théâtre d'un match de foot interminable. Agglutinés contre les grilles du terrain, les enfants avaient veillé tard, passionnés par les rebondissements de cette incroyable partie. Aux balcons et aux fenêtres aussi, les habitants s'étaient enthousiasmés, et leurs cris avaient créé de puissants échos dans la nuit. On avait même approché quelques voitures pour que les phares remplacent les projecteurs en panne. L'ambiance était telle que, lorsque deux hommes avaient hurlé son nom au bord de la pelouse, Messila, alors gardien de but, ne les avait pas entendus.

— Ton père est là, il veut te voir !

Mais dès que cette phrase était enfin parvenue à ses oreilles, il avait quitté son poste, provoquant une vague de protestations du côté des supporters. Un mécontentement qu'il avait décidé d'ignorer. Son géniteur, parti vivre au Mali avec une nouvelle épouse quelques mois plus tôt, n'avait jamais donné de nouvelles. Poussé par la curiosité, l'excitation de le revoir, mais aussi sans doute par une certaine rancœur, Messila avait naturellement suivi les inconnus et était monté à bord de leur véhicule sous les regards médusés et les huées des spectateurs.

Le lendemain, une fois les esprits calmés et en s'apercevant que Messila n'avait pas refait surface, on s'était finalement inquiété de ce départ précipité. Puis, très vite, les rumeurs les plus folles avaient circulé. Des voleurs d'enfants rôdaient dans la cité. Des pédophiles allaient s'en prendre à tous les gosses !

Mariam, la mère de l'adolescent, avait remué ciel et terre pour le retrouver. Des affiches à l'effigie de son fils avaient fleuri aux quatre coins du quartier jusqu'au centre de Clermont. La police avait interrogé des dizaines de témoins. Sans succès. Jusqu'à ce qu'un soir le gosse reparaisse, assis à un arrêt de bus, complètement hagard.

Il avait raconté que des gens qui n'avaient rien à voir avec son père l'avaient retenu quelque part. Pourquoi ? Que lui avaient-ils fait ? Tout le monde avait voulu connaître les détails, savoir si Messila avait effectué un signalement auprès de la police, mais, curieusement, il se murmurait que le jeune était resté muet face aux enquêteurs. Quant à sa mère, elle avait interdit à quiconque de parler de l'affaire.

Au moment de cette disparition, Émilie, elle, avait perçu l'agitation, mais elle était alors bien trop engluée dans son propre marasme pour s'intéresser à quoi que ce soit d'autre. À l'époque, Red lui menait déjà la vie dure et elle s'était simplement dit que ce malheur-là, au moins, ne la touchait pas. Que le sort ne s'en prenait pas qu'à elle. Elle était alors loin d'imaginer que son propre enfant, l'année suivante, disparaîtrait à son tour sans laisser la moindre trace. Dans le fond, Mariam, elle, avait eu de la chance, car Messila était rentré…

La jeune femme déambulait dans les rayons de l'épicerie, les bras chargés de victuailles, l'esprit toujours accaparé par cette histoire.

Quand elle arriva à la caisse, elle remarqua l'étagère de spiritueux qui se dressait dans le dos du gérant. Alors qu'elle s'apprêtait à régler ses achats, elle hésita. Les bouteilles de whisky trônaient là, si désirables, si tentantes. *Je pourrais en prendre une. La dernière. Juste une !*

À contrecœur, elle détourna le regard et, par-delà la vitrine, tomba sur la large silhouette de Mariam, justement. La mère de Messila traînait sur le trottoir un Caddie d'où s'échappaient toutes sortes de légumes. Émilie était loin d'être insensible aux coïncidences. Soudain, elle fut mue par un élan audacieux. Il fallait qu'elle parle à cette femme.

Une fois ses courses payées, elle rejoignit donc son immeuble, le pas ralenti par une forme d'appréhension. Une puissante odeur d'encens et d'épices embaumait le palier près de l'entrée de sa voisine. Le son étouffé d'une radio filtrait à travers le mur décrépi. La peur d'Émilie migra de sa poitrine à son estomac comme un serpent fébrile. *Elle ne voudra jamais discuter avec moi.*

Dans le grand jeu du malheur, Mariam avait toujours été une sérieuse concurrente. Non seulement elle se tuait à la tâche depuis toujours en faisant des ménages de nuit, mais elle avait en plus été quittée par son mari, contrainte d'élever seule ses trois enfants. Récemment, son aîné était mort après une chute depuis un échafaudage, quant à sa dernière fille, on la disait atteinte d'une leucémie. Une vie d'épreuves qu'elle avait su traverser avec une force et un courage remarquables.

— Qu'est-ce que vous faites là ? Qu'est-ce que vous voulez ?

Comme une apparition, Mariam se tenait déjà devant elle.

— Je voudrais vous parler.

— Ça va faire quinze ans que je vis ici et vous n'avez jamais cherché à me parler. En tout cas, si c'est pour le bruit, ça ne vient pas de chez moi. C'est le Polonais d'en face.

— Non, ce n'est pas pour le bruit. Mais c'est important.

— Pour qui ? Pour vous ? J'ai travaillé toute la nuit, je dois préparer à manger.

— S'il vous plaît.

Mariam, bien qu'en poussant un petit soupir, capitula face aux yeux implorants d'Émilie et lui fit signe d'entrer. C'était la première fois qu'elle mettait les pieds dans cet appartement, si bien que la gêne la rendit muette quelques secondes.

— D'abord, je voudrais m'excuser, se lança-t-elle enfin. J'avais un compagnon qui…

— Oui, je sais. Il insultait mes enfants et crachait sur mon palier. Mais il est parti il y a longtemps. Ça va, maintenant.

Émilie tira sur les pans de son tee-shirt qui épousait chacun de ses volumineux bourrelets.

— Je ne suis pas toujours bien réveillée. Parfois, il m'arrive de ne pas vous reconnaître. En fait, je suis souvent à côté de la plaque.

— C'est un truc d'alcoolique, ça, répondit Mariam sans détour ni jugement. Je connais.

Pleine de maladresse, la jeune femme tira de nouveau sur son haut informe en observant sa voisine se diriger vers une fenêtre. Celle-ci entreprit de remonter un store. Le bruit du mécanisme rouillé grinça dans une longue plainte, puis la lumière du jour révéla une pièce pratiquement nue que, jusqu'à présent, seul un néon au grésillement inquiétant éclairait d'une faible lueur jaunâtre.

Mariam, tout en rondeurs, avait un port de reine et un visage aux traits gracieux. Une belle et robuste femme qu'aucun ouragan ne ferait jamais plier. Elle affichait même une morgue amusée qu'elle semblait adresser au destin en le provoquant : « J'en ai vu d'autres, vous savez ? Vous pouvez y aller ! » Tant de puissance intimidait Émilie. Après une hésitation, elle rassembla cependant son courage et se jeta à l'eau :

— Il y a des années, votre fils a disparu. Le mien aussi.

— Je sais, oui.

— Messila est revenu, lui… Est-ce qu'il vous a raconté ce qui s'était passé ?

La voisine eut d'abord l'air de pouffer, après quoi elle fut prise d'un long rire moqueur que rien ne paraissait pouvoir arrêter, pas même le regard plein d'incompréhension de son interlocutrice.

— Pourquoi vous riez ?

— Parce que vous me faites pitié…

La pique assomma la jeune femme. Aucune pensée ne vint alors troubler le vide immense qui s'était soudain créé en elle.

— Laissez tomber. C'était une erreur, je m'en vais, murmura-t-elle finalement en pivotant vers la porte.

— Non, faut pas vous vexer. C'est juste que, pour être honnête, je n'ai pas posé de questions à mon fils.

— Pourquoi ?

— À quoi est-ce que ça aurait servi ?

Les prunelles d'Émilie se mirent à fureter dans la pièce.

— Mais, ceux qui ont fait ça…

— Qui ont fait quoi ?

— Qui ont enlevé Messila…

Mariam leva une main en l'air :

— Et après ? Vous l'avez dit vous-même, il est revenu ! C'est tout ce qui compte ! Je suis désolée, mais pourquoi vous êtes venue toquer à ma porte, exactement ?

— Pour avoir des réponses.

— Mais pourquoi maintenant ?

— Je ne sais pas. Mon enfer dure depuis tellement longtemps… Et ce matin, quand j'ai croisé votre fils dans l'escalier…

— Écoutez, je me souviens très bien de votre petit. Je l'ai même vu ce fameux soir. Je venais de descendre du bus. Il discutait avec un homme qu'il avait l'air de connaître.

Émilie était abasourdie par ce qu'elle entendait, mais, pour une fois, elle se sentait parfaitement lucide.

— Vous avez raconté tout ça à la police, à l'époque ?

— Votre ami, il m'a menacée, alors, non, j'ai rien dit. Et puis je vais être franche, la police, moins je la vois, mieux je me porte. La vie ne m'a pas beaucoup épargnée non plus, j'avais pas besoin d'en rajouter, se justifia-t-elle. Mais croyez-moi, ça ne sert à rien de remuer le passé.

La voisine semblait impatiente de conclure l'échange.

— Le passé…

— Allez, c'est fini tout ça. Mais si vous tenez vraiment à ruminer, cherchez du côté d'un break.

Émilie remonta chez elle en ressassant. Il lui semblait que les longs couloirs vides de son immeuble formaient un labyrinthe dont elle ne pourrait jamais trouver la sortie.

Sevran

Une veine grise s'étendait au milieu de la banlieue pavillonnaire léthargique. Derrière ses fenêtres aux rideaux brodés, hétéroclites, Sevran imaginait une existence pleine de désillusions que l'on s'appliquait à dissimuler. Mais parfois, leurs habitants ne trouvaient plus la force de feindre ou de cacher quoi que ce soit, comme Luc Bruzin, dont l'image pitoyable lui souleva le cœur. L'arrivée à l'hôtel de police allait lui permettre, pensait-elle, de sortir la tête de l'eau. À peine eut-elle franchi le seuil qu'elle croisa Kervan.

— Salut, je mange un bout rapidement et je vous rejoins ! lança la commandant.

— Ne tarde pas trop. Un des anciens des Mesnuls, un certain Damien Couard, a fait une crise de nerfs à l'ASE, ce matin. Il a mis à sac le bureau de la responsable. On le cuisine depuis un moment déjà.

— La responsable, c'est Sylvie Bonnefleur ?

— Exact. Elle porte plainte pour agression.

— Bon, je te suis, soupira Sevran en pensant à regret qu'elle ne pourrait en fin de compte pas profiter de sa fille aujourd'hui, ainsi qu'elle l'avait espéré.

— Tu ne manges pas avant, finalement ?

— Ça ira. Je n'avais pas très faim, de toute façon.

Aussitôt, la commandant se dirigea vers les salles d'audition en luttant contre un profond sentiment de compassion pour celui qu'elle s'apprêtait à interroger. *Comment ne pas perdre les pédales dans une situation pareille ? Après l'enfer qu'il a dû endurer*... Juste avant qu'elle se jette dans l'arène, Ortiz la rejoignit, un café à la main.

— Tiens, tu vas en avoir besoin. Jusque-là, on n'a rien pu en tirer. Agent de sécurité, pas de casier. Il a pété un câble en entendant parler des carnets de Madeleine sur 7/7.

Elle écouta attentivement le compte rendu que son coéquipier lui fit de l'agression et des dégâts occasionnés, le remercia d'un geste, avala une gorgée, puis s'engouffra dans la salle surchauffée.

Damien Couard leva vers elle un visage encore juvénile, mais aux traits creusés. En silence, l'enquêtrice prit place face à lui et posa son gobelet en plastique sur la petite table.

— Vous voulez boire quelque chose ?

— Non merci, répondit-il faiblement en fixant de nouveau ses mains qu'il triturait nerveusement.

— C'est la première fois que vous vous retrouvez en garde à vue ?

— Oui.

Elle croisa les mains sur son menton et se mit à l'étudier.

— Ma chienne, Cheyenne, elle doit s'inquiéter. Qu'est-ce qui va se passer ?

— Ça dépendra de ce que vous allez m'expliquer. Qu'est-ce qui vous a pris ?

— J'ai perdu la tête. Je ne voulais pas faire de mal à cette femme. Je suis désolé.

— Vous n'y êtes pas allé de main morte, pourtant. Son bureau est saccagé, il y en a pour plusieurs milliers d'euros. Le rapport indique même qu'il y a une voiture bonne pour la casse.

— C'est à cause des carnets de Madeleine. Je n'ai pas supporté. Je voulais que quelqu'un paie.

— Et vous avez naturellement pensé que l'ASE était la mieux placée pour ça.

— Ils savaient tout ! Ils nous ont abandonnés. On n'était que des gosses !

Une lueur de colère brilla dans les pupilles du jeune homme.

— Je suis au courant. Restons calmes, d'accord ?

Damien Couard expira bruyamment, comme pour tenter d'évacuer la tension de son corps.

— Vous faites partie de ces enfants qui ont fait des signalements à Murielle Frandon, c'est ça ?

Visiblement, la simple évocation de ce nom ravivait les souffrances passées. Il serra les poings sans pour autant parvenir à contrôler les tremblements de ses mains.

— Cette femme… On ne peut rien faire contre elle ?

— Monsieur Couard, j'aimerais être en mesure de vous dire que vous réussirez à soigner vos blessures grâce à une simple décision de justice, mais ce serait vous mentir. Et je n'ai pas l'intention de vous mentir. Mme Frandon est décédée. Les Duflot sont enterrés. Cette bataille-là est perdue.

— Mais l'ASE ?

— Un avocat pourra vous renseigner, ce n'est pas mon rôle. Moi, j'ai besoin de me concentrer sur l'enquête en cours. Plusieurs enfants sont morts, et je dois retrouver le ou les auteurs de ces assassinats. Vous avez été placé chez les Duflot à l'âge de 9 ans, n'est-ce pas ? Avez-vous des souvenirs de cette période qui pourraient m'aider ?

— Il y a des choses qui reviennent doucement, mais rien de précis.

— Parlez-moi de Bernard.

— Il avait ses têtes.

— C'est-à-dire ?

— Il y a des gosses qu'il aimait bien et d'autres qu'il détestait. Avec Madeleine, c'était plus simple : elle nous détestait tous.

— Comment était-il avec vous ?

— Violent. Méchant. Manipulateur. Quand j'étais chez eux, il y avait aussi un garçon qui s'appelait Mickaël. Il a subi des trucs moches.

— Mickaël Sudre ?

— Oui, je crois ! Une fois, Bernard nous a embarqués dans sa camionnette. Il s'est garé dans un bois. Il m'a dit d'attendre et il est parti avec lui. Quand ils sont réapparus, environ une heure après, Mickaël pleurait. Il avait des bonbons plein les mains.

— Pendant ce moment où vous êtes resté dans la voiture, est-ce que vous avez vu quelqu'un ?

— Non.

— Savez-vous pourquoi vous avez été mis à l'écart ?

— Non.

— Bernard était menuisier. Est-ce qu'il lui arrivait de se déplacer ? Pour des chantiers, par exemple.

— Oui. Maintenant que vous le dites, je me souviens de périodes où il n'était pas là. Pendant quelques jours, parfois une semaine. Madeleine nous avait formellement interdit d'en parler autour de nous.

— Pourquoi ?

— J'imagine que ça leur aurait valu des problèmes.

— Ces chantiers, ils devaient être éloignés, s'il s'absentait plusieurs jours.

— Sûrement…

Damien était soudain plus hésitant, presque distant, ce qui n'échappa pas à la commandant.

— Quelque chose vous est revenu ?

— Non.

— Monsieur Couard, essayez, s'il vous plaît.

Un silence plana entre eux quelques secondes.

— Il se déplaçait pas mal à droite, à gauche…

— Quelqu'un devait l'assister ? Un apprenti, peut-être ?

— À un moment, il a eu un type dans le genre. Il devait avoir dans les 20 ans et il l'aidait. Très grand et très maigre, avec une drôle de tête.

— Qu'entendez-vous par « drôle de tête » ?

— Un bec-de-lièvre ou une cicatrice. Il me faisait peur. Je n'avais que 8 ou 9 ans, alors…

— Il vivait là ?

— Je ne crois pas. Je ne me souviens pas. Par contre, quand Bernard rentrait, il s'engueulait beaucoup avec Madeleine. Elle hurlait qu'il était malade et qu'elle allait partir.

Sevran retenait son souffle face au jeune homme qui semblait fournir un effort considérable pour tirer le fil de sa mémoire.

— Je crois qu'il s'appelait Elmer. Oui, Elmer.

— Qui ça ? L'apprenti ?

— Oui. Elmer… Avec un nom qui sonnait allemand ou alsacien. On ne l'a plus revu après l'accident.

— Quel accident ?

— Bernard a fait une sortie de route. En tout cas, c'est ce qu'on nous a raconté.

— Et Elmer était avec lui ?

L'agent de sécurité eut une absence.

— La Folie…, marmonna-t-il.

— Pardon ?

— Je ne sais pas pourquoi, mais je me souviens de ça : La Folie.

— Attendez, je ne vous suis pas, monsieur Couard.

— Je suis désolé. Je fais ce que je peux. Je pense que le coin où c'est arrivé s'appelait « La Folie quelque chose ».

— « La Folie » ? répéta-t-elle en clignant des yeux. Quelque part en France ?

— Plutôt région parisienne.

— Et Elmer était avec Bernard dans le véhicule ?

— Je crois, oui…

— À quand remonte cet accident ?

— Je ne me souviens pas précisément. (Il reporta son attention sur les petites peaux autour de ses ongles avant de plisser les paupières.) Pendant des jeux Olympiques, peut-être bien.

— Lesquels ?

— Je ne sais pas…, souffla-t-il, éprouvé par l'interrogatoire qui ne lui laissait aucun répit. Je me rappelle simplement la cérémonie d'ouverture. Une chanteuse était habillée d'une robe immense qui recouvrait tous les athlètes. Ça ressemblait à un océan, c'était beau…

— C'était Björk. Athènes, en 2004, dit Sevran en souriant.

Elle s'empara de son portable pour lancer une recherche. Une vidéo apparut.

— C'est ça, confirma-t-il. Ça m'avait bluffé à l'époque, c'était impressionnant. En plus, ça a été un moment particulier parce que, avec les autres gamins, on n'avait jamais le droit à la télé. Madeleine nous a collés devant uniquement parce qu'elle a dû s'absenter à cause de l'accident.

— Mis à part Mickaël Sudre, vous vous souvenez de quelqu'un ?

— Honnêtement, non.

— Une jeune fille du nom de Stéphanie Darré a fugué entre 2001 et 2004, est-ce que ça vous évoque quelque chose ?

— Absolument rien.

— Il est possible que les récents événements réveillent des souvenirs. Si c'est le cas, contactez-moi, d'accord ? Nous devons vraiment retrouver toutes les personnes qui gravitaient autour des Duflot dans ces années-là.

— Pourquoi ?

— C'est un peu prématuré d'en parler et compliqué à expliquer… Parmi les enfants dont les corps ont été découverts emmurés, certains ont été tués assez récemment. Nous n'avons pas encore de détails, les autopsies sont toujours en cours. En tout cas, on ne peut pas exclure que le ou les assassins aient vécu dans cette maison. D'après vous, d'ailleurs, est-ce qu'un jeune aurait pu créer un lien avec Madeleine au point de lui porter secours lorsqu'elle est tombée malade et vivait seule chez elle ?

— Quel dingue aurait fait ça ?

— Je l'ignore. Mais c'est une éventualité que nous n'excluons pas…

— Je n'aurais jamais fait une chose pareille !

— Je ne pensais pas à vous, monsieur Couard. L'épisode d'aujourd'hui m'en a convaincue.

Lorsqu'elle quitta la salle d'audition, la commandant se sentait enveloppée d'un manteau de tristesse. Pourtant, même si elle avait été très touchée par la détresse du jeune homme, elle décida d'inscrire ce nouveau témoin sur la liste des personnes à placer sur écoute. L'expérience lui avait appris que les émotions étaient de bien mauvaises conseillères…

Sans tarder, elle regagna son bureau. Là, l'obscurité qui régnait lui fit prendre conscience du temps qui s'était écoulé et, aussitôt, le besoin irrépressible de rejoindre les siens la poussa à quitter le commissariat au pas de charge. Il était grand temps de s'échapper de l'horreur, au moins pour quelques heures.

Le lendemain, Sevran arriva tôt. Le deuxième étage, encore vide, était plongé dans une pénombre que quelques écrans d'ordinateurs en veille teintaient de bleu. Avant d'appuyer sur l'interrupteur de sa lampe, elle s'assit dans son fauteuil et écouta le silence. Quelque part dans son dos, de l'eau coulait dans un tuyau d'évacuation. Plus loin, le bruit des voitures qui circulaient sur l'avenue lui parvenait. Son regard scruta la petite pièce sombre, jusqu'à ce que la vision fugace des trois jeunes victimes s'impose à elle. Elle se prit alors la tête entre les mains, marmonna d'inaudibles paroles, puis alluma la lumière d'un coup sec, comme pour chasser ces fantômes.

Elle commença la lecture des différents rapports que ses collègues avaient déposés sur sa table la veille. Kervan, qui était parvenue à localiser la mère de Stéphanie Darré dans une maison de repos des Yvelines, avait l'intention de lui rendre visite pour l'interroger. Ortiz, lui, avait récupéré l'adresse du père de Thibault Levine. Fabrice Levine habitait aux abords de Corbeil-Essonnes et avait été prié de se présenter dans leurs locaux le plus rapidement possible. Il avait aussi inscrit Fred Rambier sur la liste des personnes recherchées.

La commandant poursuivit avec un mail que Dombard lui avait adressé dans la soirée après s'être penché sur la vente de la maison des Mesnuls. Apparemment, l'agent immobilier qui s'en était chargé avait récemment subi une agression qui lui avait valu un traumatisme crânien, un fait qui n'était, selon lui, peut-être pas sans intérêt. En tout cas, les dernières investigations du lieutenant accréditaient la thèse d'une spoliation de Madeleine, même si Kervan et Ortiz, de leur côté, n'avaient pas réussi à obtenir d'éclaircissements de la part de la tutrice, Brigitte Buissonière.

Sevran prit note de tous ces éléments et se fit la réflexion qu'il était maintenant grand temps d'identifier celui qui avait aidé la tortionnaire dans ses vieux jours. Et vu le néant social qu'avaient unanimement décrit les anciens enfants placés quand il avait été question d'évoquer la vie des Duflot, il ne subsistait plus beaucoup de doutes sur le fait qu'il devait s'agir de ce même « fils » qui s'était présenté quelques fois à l'Ehpad et dont l'identité demeurait un mystère.

— Pierrick Londin, Luc Bruzin, Philippe Mayan, Damien Couard… Peu de chances que ce soit l'un d'eux… Il faut mettre la main sur Mickaël Sudre, Slimane Hamouche et le dernier : Éric Caze. Où es-tu passé, toi aussi ?

— On va tous les trouver.

Biolet venait de pénétrer dans la pièce alors qu'elle se parlait à elle-même, aussi silencieux qu'un chat en chasse.

— Tu m'as fichu une de ces trouilles ! s'exclama-t-elle dans un sursaut.

— Désolé.

— Comment ça va ? s'enquit-elle en le serrant dans ses bras.

— Je suis heureux. Crevé, mais tellement heureux. Ça valait vraiment la peine d'attendre ce petit bonhomme… Il est magnifique. Par contre, huit biberons par jour, ça ne laisse le temps pour rien d'autre !

Il s'affala sur son siège en s'étirant, un sourire aux lèvres.

— C'est bien résumé ! Et tu n'as pas encore eu le meilleur : les coliques du nourrisson, les premières dents, les terreurs nocturnes…, le taquina-t-elle.

— Tu n'arriveras pas à m'effrayer, s'amusa-t-il. Je suis prêt pour tout ça. J'ai l'impression d'être sur un petit nuage. Dire que j'avais peur des responsabilités que ça impliquait, alors qu'en réalité tout est si simple, si naturel. C'est étrange, en le voyant, d'un coup, j'ai été sûr d'une chose : je serai toujours là pour lui ! Comme une évidence qui ne m'avait jamais effleuré l'esprit.

— Tu as l'air tellement épanoui… D'ailleurs, tu aurais pu rester quelques jours de plus en famille. Tout le monde l'aurait parfaitement compris.

— Julie me répète à longueur de journée que je la stresse. Elle a besoin que je lui laisse un peu d'air. Et puis, je pense que je ne serai pas de trop sur cette enquête.

— Non. En effet. En tout cas, je suis vraiment ravie pour vous.

— Merci. Je peux ? demanda-t-il en désignant les différents documents éparpillés sur la table.

— Bien sûr, acquiesça-t-elle, tout à coup très sérieuse. Je n'ai pas voulu t'ennuyer avec ça, mais on a eu les résultats ADN. Enzo Aidel est bien le footballeur.

Son équipier se figea. Puis il reprit ses esprits :

— On appelle les collègues de Clermont. Ghemzi pourra annoncer la nouvelle à la mère et…

Sevran ne l'écoutait plus. Le visage et l'allure adolescente de Ghemzi lui revinrent en mémoire. La jeune femme qu'elle avait croisée à ses débuts à la DRPJ de Clermont-Ferrand avait beau présenter toutes les qualités d'une bonne enquêtrice à l'époque, elle ne pouvait pas se résoudre à l'envoyer au front à sa place. Elle sentit ses côtes se resserrer comme un étau sur son cœur.

— Je crois qu'on devrait y aller et le lui annoncer nous-mêmes. On a lancé une recherche sur Fred Rambier, le beau-père, mais rien n'est sorti : ni adresse de domicile ni ligne téléphonique. Peut-être qu'elle aura des informations à nous communiquer.

— Émilie Lachare était toujours complètement stone. Elle ne s'occupait même pas de ses gosses. Cette femme ne risque pas de nous apprendre grand-chose.

— C'était il y a quatre ans. Elle a pu changer…

— J'en serais bien étonné, mais si tu penses qu'on doit faire un saut à Clermont, alors c'est moi qui conduis. Je suis père de famille, maintenant, il faut que je rentre entier à la maison ! plaisanta-t-il.

L'apparence de son partenaire était toujours la même, pourtant Sevran le sentait profondément transformé. Comme si une lumière venait de s'allumer en lui et ne le quitterait plus. Elle le trouvait très touchant, dans son nouveau rôle de père.

— On va sûrement devoir dormir sur place, ce soir, tu es sûr que ça ira ?

— Aucun problème. La mère de Julie est encore dans le coin, donc elle ne sera pas seule. C'est le plus important. Je vais juste la prévenir. Dis-moi, est-ce que, toi aussi, tu penses toujours à ta fille ?

— Tout le temps. Je me demande ce qu'elle fait, si elle a besoin de moi… J'ai hâte de la retrouver. Tu vas voir, c'est de l'amour puissance dix mille !

Il acquiesça, tout sourires.

La logistique de leur départ fut réglée en un temps record et, une fois qu'ils furent lancés sur l'autoroute, Sevran finit par souffler un peu avant de faire part à Biolet des avancées de l'enquête ainsi que de ses réflexions. La commandant se demandait notamment si l'agression de Creisson, l'agent immobilier, était un règlement de comptes ou un pur hasard. Elle souhaitait aussi rapidement éclaircir les circonstances de l'accident qu'avait eu Duflot avec son apprenti en 2004. Biolet l'écoutait, concentré. Même si Théo ne quittait pas ses pensées.

Jason

Le *Cyrus Field* filait à vingt nœuds sur une mer lisse comme la peau d'un bébé. Depuis que le cargo avait dépassé le golfe d'Aden, le risque de subir des assauts de pirates avait disparu, si bien que l'équipage pouvait de nouveau s'offrir de courtes pauses sur la coursive. Là, trois Philippins tendaient d'ailleurs leurs visages au soleil tout en partageant une cigarette et en discutant d'une voix forte, pendant que le cuisinier français les scrutait du coin de l'œil, à l'écart.

Cela faisait deux mois maintenant qu'il était en mer, bien loin de la métropole et de ses turpitudes. La boîte d'intérim qui s'occupait de ses contrats lui avait proposé de prendre un petit congé après sa dernière mission en Amérique latine, mais il avait refusé et était finalement monté à bord de ce monstre d'acier, direction l'Asie, une semaine et demie plus tôt. Depuis, il travaillait sans relâche, sept jours sur sept, dans la chaleur des cuisines. Un boulot qui grignotait son énergie et ses muscles, mais dont il ne se plaignait pas. Pour lui, la vie en mer était une parenthèse de sérénité. Ici, rien ne l'atteignait plus. Et il n'était pas question de se lier à qui que ce soit. Il observait même avec curiosité le besoin de contact des autres au fil des milles nautiques.

Les hommes, en général, se réunissaient le soir devant un large écran pour une soirée DVD ou devant une table pour jouer aux cartes. Leurs gloussements et leurs éclats de rire l'empêchaient souvent de trouver le sommeil sur sa bannette. Il se prenait alors à les écouter, mais leur complicité lui semblait factice. Quant aux femmes, elles faisaient tant d'efforts pour surnager au milieu de toute cette testostérone qu'elles en devenaient ridicules. Il les toisait ouvertement avec mépris. Et elles, elles l'évitaient.

Il faut dire qu'elles étaient toutes laides et sans charme alors que lui était plutôt beau garçon avec ses jolis yeux verts intenses, légèrement en amande, capables de soutenir n'importe quel regard. Bien bâti, il avait des cheveux châtain clair, une mâchoire carrée, un front large et des pectoraux superbes. Un physique plein de caractère qui ne laissait personne indifférent.

Au fond, il n'y avait que son prénom qui le chagrinait, aussi avait-il décidé d'en changer. Ici, il s'appelait Jason, et il tenait à ce qu'on le prononce à l'anglo-saxonne. Car, dans la biographie qu'il s'était constituée au cours des années, il était le fils d'un industriel et d'une mannequin américains, morts tous les deux dans un accident de Jet alors qu'il n'avait pas 5 ans. La famille, pourtant richissime, avait tout perdu à cause de hasardeux placements dans l'industrie pharmaceutique. Cette histoire terrible, qu'il étoffait régulièrement de petits détails glanés à droite, à gauche, avait le mérite d'expliquer sa situation actuelle plutôt modeste et son caractère peu sociable. Un caractère qu'il devait au traumatisme de la disparition de ses parents et à la vieille tante peu chaleureuse qui l'avait ensuite élevé en France.

Il jeta son mégot et observa sa chute jusqu'à ce qu'il s'écrase contre la proue où il se fit aussitôt dévorer par une vague écumante. L'image électrisa son cerveau. De temps en temps, sans qu'il comprenne pourquoi, ce phénomène se produisait. Il ressentait comme des petites bouffées d'impétuosité incontrôlables… Moins souvent que sur terre, cependant.

Le cargo ralentit pendant que, sur le pont, des techniciens s'agitaient autour de la charrue enfouisseuse. L'engin allait être mis à l'eau pour creuser un sillon dans le sol marin. Les câbles de fibre optique jaune et noir sortaient déjà des cales, prêts à peupler les fonds aquatiques pour un paquet d'années. Avec un objectif de rendement de pose de onze kilomètres à l'heure, une fièvre s'était emparée des techniciens. Ça grouillait dans tous les sens, comme des abeilles aux abords d'une ruche. Des milliards de fils pas plus gros que des cheveux allaient bientôt être capables de transmettre les communications à la vitesse de la lumière, ou presque, d'un bout à l'autre du globe. L'idée avait beau faire briller les yeux de tout le monde, ici, elle lui semblait dérisoire, car lui n'avait jamais eu besoin de personne.

La cheffe qui menait l'intervention, une robuste Germanique, était occupée à discuter avec le représentant d'un opérateur téléphonique italien. Jason les étudiait avec intensité, car il avait décelé quelque chose entre eux. Une forme d'attirance réciproque que leurs gestuelles trahissaient. La veille, au mess, l'homme avait renversé son verre d'eau sur elle, et le rapprochement avait pris des airs de parade nuptiale. Pendant qu'il déployait crânement son plumage, les joues de la fille s'étaient gonflées comme deux grosses billes rouges prêtes à exploser. Qu'avaient-ils fait dans leurs cabines, le soir ? Une image crue, pornographique, lui traversa l'esprit. Une suée inonda son dos. Tout son être se raidit quelques secondes, puis son excitation retomba aussi sec, comme un fruit mûr.

Se mêler à quelqu'un, selon lui, revenait à fondre, se dissoudre et se perdre. Il n'y avait que les imbéciles qui ne saisissaient pas ça. Toutes ces caresses dégoulinantes qu'il voyait dans les films, ces soupirs parfois même en pleine rue, ces désirs charnels, ce n'était pas seulement écœurant, c'était dangereux. Jason le savait, il ne pouvait pas se permettre ce genre d'écart. Personne ne devait atteindre son essence profonde. Personne.

Deux hommes en tee-shirt noir avec un casque rouge sur la tête le frôlèrent en silence et, tandis qu'ils s'éloignaient, il remarqua le coup d'œil de l'un d'eux vers lui.

Je ne veux pas me mêler à vous. Je resterai un étranger ici et ailleurs.

Quand l'Allemande au dos large déploya une carte géologique, un petit groupe se forma autour d'elle. Elle avait l'air d'un pasteur faisant un sermon à ses ouailles, car tout le monde écoutait religieusement ses instructions. Jason, lui, profita simplement du rassemblement pour toiser techniciens et ingénieurs. Après quoi il prit une profonde inspiration, comme s'il s'apprêtait à plonger en apnée, et s'éloigna pour rejoindre sa cabine, son petit royaume que personne n'osait jamais venir troubler.

Dombard

À son arrivée au bureau, Dombard fit rapidement le point avec Kervan et Ortiz avant que chacun entame sa journée.

— Tu le sais peut-être déjà, mais Sevran et Biolet sont partis à Clermont-Ferrand pour rencontrer la mère d'Enzo Aidel, l'informa Kervan. Quant à nous, on va rendre visite au notaire qui a signé la vente. Tu t'occupes de l'agent immobilier, toi, c'est ça ?

— Ouais, mais, d'après ses médecins, il n'est pas encore en état de répondre à nos questions. Du coup, je vais lancer les recherches sur ce gars, Elmer, expliqua-t-il en agitant une note écrite par Sevran à ce sujet.

— Très bien, enchaîna Ortiz. Sinon, on n'a toujours rien de neuf du côté de Fred Rambier, le beau-père d'Enzo. Il a habité Clermont de 2003 à 2016, et ensuite il s'est volatilisé. D'après ce que dit Biolet, ce type se colle à des femmes un peu paumées. Il s'incruste chez elles comme un parasite et vit totalement à leurs crochets.

Le lieutenant se frotta la nuque et marmonna :

— Un vampire… Bon, en tout cas, je pense que les résultats ADN de Sandra Picon devraient tomber aujourd'hui ou demain. S'ils concordent avec le deuxième garçon, on tape immédiatement une perquise et on ramène le père par la peau des c…

— Je crois qu'on a compris l'idée, le coupa Kervan en se levant et en se saisissant de son manteau, aussitôt suivie par son équipier. Nous, on file !

Dombard les étudia d'un air amusé en songeant que ces deux-là perdaient leur temps à nier l'évidence : ils ne pouvaient pas se passer l'un de l'autre. *Si ce n'est pas de l'amour, ça y ressemble sacrément…*

À présent seul dans le bureau en désordre, le flic prit conscience qu'il avait le cœur lourd. Sa vie depuis quelque temps avait un goût de pénitence, elle était imprégnée d'une forme de gravité qui plombait tout. Même la petite serveuse de l'autre soir n'avait pas réussi à prendre le dessus sur cette morosité. Elle avait eu beau harponner ses prunelles avec avidité et manifesté son attirance sans détour, il avait été flatté, mais, bien que très jolie, la fille n'avait rien éveillé en lui.

Depuis un long moment déjà, il faisait des efforts surhumains pour tenter de se conformer, de rentrer dans le moule. Il n'avait jamais été le type responsable et droit que l'on attendait. Il avait plutôt été joueur et fuyant. Impulsif et inconséquent, aussi. À cette époque pleine d'insouciance, son existence avait eu une saveur sucrée, et un peu acide. Mais aujourd'hui, la fadeur écrasait toutes les nuances. Et si la psychiatre qui le suivait parlait d'une phase, assurait que tout ça ne durerait pas, lui commençait à douter…

Au plus profond de lui, une corde se mit à vibrer, produisant un écho inquiétant. Il fallait vite l'interrompre et se concentrer sur Elmer. La commandant avait l'air de penser que le témoignage de l'ex-apprenti permettrait d'éclairer quelques-unes des zones sombres de l'affaire. Il lança donc une recherche sur un accident survenu en 2004 impliquant Bernard Duflot.

Les souvenirs plus que flous de Damien Couard rendaient sa tâche difficile. *La Folie quelque chose, en région parisienne. Voyons ça...* Ses yeux traquaient son écran d'ordinateur pendant que ses doigts glissaient sur le clavier. *La Grande Folie et La Petite Folie sont deux lieux-dits de Saint-Germain-lès-Arpajon...*

Espérant tenir une piste sérieuse, il composa le numéro de la gendarmerie la plus proche de la commune de l'Essonne, à Égly. Après quelques minutes d'attente au son d'un concerto pour piano de Beethoven, un officier, disposé à l'aider, prit la communication.

— L'accident a causé la mort du passager, vous dites ? demanda le gendarme.

— Je n'ai pas de certitude à ce sujet. Ça a eu lieu en août 2004. Le véhicule était au nom de Bernard Duflot.

— Très bien, une minute, s'il vous plaît... Ah, voilà, ça y est. Le 13 août 2004, à 20 h 05, sur la nationale 20 dans le secteur de Leuville-sur-Orge, au niveau de La Petite Folie. Tiens, c'est bizarre, d'ailleurs...

— Qu'est-ce qui est bizarre ?

— C'est une longue ligne droite, ce n'est pas sur cette portion que nous avons le plus de problèmes.

— Que s'est-il passé, d'après le rapport ?

— Sortie de route. Perte de contrôle de la camionnette qui a foncé dans un mur de clôture. Le conducteur,

Elmer Kroetz, était gravement blessé, il a été transporté aux urgences par les pompiers.

— Quel âge avait-il ?

— 22 ans.

— Et Bernard Duflot, comment allait-il ?

— Il s'en est tiré avec une bonne commotion cérébrale. Il avait deux grammes d'alcool dans le sang.

— Le conducteur avait bu aussi ?

— Apparemment non.

— Très bien. Je vous remercie.

Le lieutenant consulta ensuite le fichier TAJ commun à la police et à la gendarmerie qui répertoriait tous les antécédents judiciaires. Parmi les quelque dix-huit millions de fiches, il espérait trouver des informations sur l'apprenti, et il ne fut pas déçu. Il découvrit en effet que la base de données contenait bel et bien des informations sur Kroetz, mais en tant que victime.

Le jeune homme avait subi une violente agression à son domicile en 2009. Battu et ligoté, Kroetz, paraplégique depuis l'accident, avait été séquestré pendant plusieurs heures par deux malfaiteurs que les gendarmes n'avaient jamais pu identifier. Il habitait dans une maison à Villers-sous-Saint-Leu, dans les Hauts-de-France. Dombard fronça les sourcils et regarda l'heure. Ce n'était pas la porte à côté, mais il lui semblait que le jeu en valait la chandelle.

Il se gara sur un chemin de terre cabossé et observa la campagne silencieuse. Les bois alentour formaient un nid aux teintes rouille, au milieu duquel la maison avait l'air d'un oiseau blessé. La toiture ondulait dangereusement. Les murs de briques rouges avaient été rafistolés à l'aide de parpaings gris. Quant aux fenêtres, elles avaient l'air de trous noirs. À première vue, Kroetz vivait chichement.

L'enquêteur poussa une grille de fortune qui se dégonda et lui tira un juron. Puis, une fois le portail remis en place, ses pas cherchèrent à éviter les flaques de boue. Une mission délicate qui se solda par un échec quand un corbeau s'envola, à quelques mètres de lui, dans un sinistre croassement, le faisant sursauter. Le flic examina d'un œil noir la série de giclures marron qui mouchetaient son jean, après quoi il releva la tête vers la maison et constata qu'un visage aux orbites creusées et marqué d'un bec-de-lièvre le fixait derrière un carreau sale. Il fouilla alors les poches de son blouson pour en extraire sa carte de police qu'il brandit.

Alors qu'il accélérait le pas pour aller à la rencontre de l'homme, la porte s'ouvrit sur une grande pièce au plafond bas envahie par la pénombre. Kroetz, assis dans son fauteuil roulant, la retenait d'une main.

— Monsieur Kroetz ?

— C'est moi.

— Je suis le lieutenant Dombard. Commissariat de Versailles. J'ai quelques questions à vous poser.

Sans répondre, son interlocuteur manœuvra pour le laisser entrer. Dedans, une vieille femme habillée d'un tablier bleu les toisa, les mains sur les hanches, puis s'éclipsa en maugréant.

— Qui est-ce ?

— Ma mère.

Kroetz atteignit une petite table près de laquelle se trouvaient deux chaises et un panier rempli de bois. Un feu mourait au fond d'une large cheminée recouverte de suie. D'un geste las, il envoya une bûche dans le foyer, provoquant des étincelles de braises rougeoyantes.

— Qu'est-ce que vous voulez ?

— Qu'est-ce que vous pouvez me dire au sujet de l'accident que vous avez eu en 2004 ?

Un silence plana quelques secondes.

— Mon patron avait trop bu.

— Mais ce n'est pas lui qui conduisait, n'est-ce pas ?

— Non. Tout ce dont je me souviens, c'est mon réveil à l'hôpital, plusieurs jours après. Je ne pouvais plus bouger les jambes.

— Il y a eu une dispute dans la camionnette ? Pourquoi avez-vous perdu le contrôle du véhicule en pleine ligne droite ?

Kroetz resta muet. *Aussi calme qu'un lac de montagne.*

Quelque chose dans l'attitude de l'ex-apprenti intriguait Dombard. Peut-être était-ce son visage pâle, complètement inexpressif…

— Excusez-moi, vous avez la télévision ou une radio, ici ?

— Non.

— Personne ne vous a parlé des récentes découvertes qui ont été faites dans la maison des Duflot ?

— Non.

— Ce couple était famille d'accueil. Comment ça se passait, quand vous travailliez là-bas ?

L'espace d'un instant, un rictus souleva un coin de la bouche de Kroetz, puis s'évanouit aussitôt. Le lieutenant se frotta le nez, signe que la nervosité commençait à le gagner.

— Dites-moi exactement ce que vous cherchez, inspecteur.

— L'expression est datée, précisa le lieutenant, dans une vaine tentative pour détendre l'atmosphère. Il n'y a plus d'inspecteur dans la police depuis un moment.

— Je côtoie peu les policiers.

— Pourtant, en 2009, votre agression à votre domicile a fait l'objet d'une enquête poussée. Vous avez côtoyé des collègues à cette occasion, j'imagine.

— Gendarmes…

— Pardon ?

— Les gendarmes sont venus. Pas les policiers.

— Je vois. Et sinon, pour quelle raison vous êtes-vous disputé avec Bernard Duflot avant l'accident ? insista l'enquêteur, certain que son intuition le menait dans la bonne direction.

— Quelle importance ?

— C'est à moi d'en juger. J'ai fait un petit bout de chemin pour discuter avec vous, j'ai l'intention de repartir avec des éclaircissements.

— Je pense que cet entretien ne vous conduira nulle part.

— Les gendarmes ont identifié vos agresseurs ?

— Vous connaissez déjà la réponse.

— C'est une voisine qui a donné l'alerte après vous avoir retrouvé nu et ligoté, c'est bien ça ? (Kroetz semblait hypnotisé par le feu.) Votre mère n'était pas là ?

Face à l'absence de coopération de Kroetz, Dombard bouillait intérieurement. L'idée de le secouer lui traversa l'esprit comme une fulgurance, mais il se contint. Le spectre de l'IGPN planait encore sur lui.

— Je pourrai très bien vous envoyer une convocation, si vous préférez. Dans votre état, vous rendre au commissariat de Versailles ne me semblait pas très pratique, mais si c'est la seule solution…

— J'attends votre convocation, lieutenant. Ça vous laissera le temps de peaufiner vos questions.

Le flic serra son poing dans la poche de son manteau avant de se pencher sur ce type qui semblait éprouver un malin plaisir à le pousser à bout.

— À quoi tu joues ? murmura-t-il pour ne pas être entendu de la vieille femme qu'il imaginait être en train de les espionner derrière la porte.

— Moi ? Je ne joue plus depuis longtemps.

Le flic regarda le retroussement labial qui laissait entrevoir deux dents jaunes.

— Le Bernard, paraît qu'il y avait tout un tas de trucs qu'il aimait pas. Ce que t'as là, souffla Dombard en désignant la bouche de Kroetz, je suis sûr qu'il a bien dû t'emmerder avec ça ! Il devait se foutre de toi et te coller des beignes en te disant que t'étais un bon gros raté ! Pas vrai ? Il t'a traité de monstre ? Et Madeleine, elle s'y est mise aussi, non ? Faut dire que c'est horrible, ce machin ! Pourquoi tu t'es pas fait opérer ? Ça te donne une voix de fausset, en plus, c'est pas très viril… J'imagine que ça devait être terrible, avec Bernard. Il a dû te punir, t'écraser, t'humilier.

— Arrêtez.

La peau de l'ex-apprenti brillait à la lumière des flammes.

— J'arrêterai quand t'auras parlé.

— Je ne sais rien.

— En travaillant chez eux, je suis certain que t'as assisté ou participé à des choses. T'avais dans les 20 ans, t'étais majeur !

— J'ai jamais rien fait ! se défendit Kroetz, alors que ses longs doigts serraient si fort les accoudoirs de son fauteuil qu'il semblait prêt à se lever. Duflot était un malade. C'était un obsédé.

— Raconte.

— C'est parce que j'ai refusé d'être complice que je suis dans cet état.

— Vas-y, accouche !

— Avec les gosses des services sociaux, il y avait un problème. Je sais pas ce qu'il trafiquait, mais quand un nouveau arrivait, Bernard courait dans tous les sens. Il me laissait tout le boulot pendant plusieurs jours.

— Où il allait ?

— Pas sur des chantiers, en tout cas.

— Dis-moi le fond de ta pensée, joue pas aux devinettes !

— J'en sais rien, je vous dis.

— Et Madeleine ?

— Elle était toujours après eux, à les faire chialer, à les frapper.

— Je suis déjà au courant de ça. Donne-moi autre chose.

— Après un chantier, je lui ai dit que j'arrêtais.

— Pourquoi ?

— On faisait une rénovation à Charleville-Mézières. Je dormais sous une tente près de la maison qu'on retapait. Lui, il dormait dans la camionnette. Un matin, très tôt, j'ai été réveillé par le bruit du moteur. Sur le coup, j'ai pas tilté. Mais quand on a commencé à travailler, je suis allé chercher mes outils dans le véhicule et j'ai vu des traces de sang. Il avait dû s'en prendre à un gosse dans la nuit. J'ai flippé.

— Pourquoi t'as pensé ça ?

— Je ne sais pas.

— Ce sang, ça pouvait être celui d'un adulte ou même d'un animal ! Pourquoi t'as pensé à un enfant ?

— Putain, mais j'en sais rien, moi !

Le lieutenant se passa une main dans les cheveux pour calmer son impatience.

— Où il aurait trouvé un gosse en pleine nuit ? Tu me prends pour un abruti ?

— Non !

— Il avait dû le repérer, ce môme ! Peut-être le gosse d'un commerçant ou d'un ouvrier avec lequel vous avez bossé… Réfléchis.

— Je jure que j'ai pas remarqué d'enfant dans les alentours, à l'époque. Par contre, j'ai senti qu'il avait fait une connerie.

— S'il a tué un gamin, qu'est-ce qu'il a fait du corps, d'après toi ?

— J'en sais rien.

— Je ne te crois pas.

— C'est vrai, pourtant.

— C'était quand, ce chantier ?

— Quelques semaines avant l'accident.

— T'es pas allé voir les flics ?

— Il me foutait la trouille…

— Il a dit quoi, Bernard, quand tu lui as expliqué que t'en avais assez ?

— Il a rien dit du tout. Il s'est contenté de me coller dans ce fauteuil à vie ! s'emporta soudain l'ex-apprenti.

— Je vais faire des vérifications. Mais je te préviens, on ne va sûrement pas en rester là.

— Faites-les, vos vérifications. Je n'ai rien à me reprocher.

Kroetz soutenait le regard du policier, de nouveau impassible. Sa colère s'était estompée aussi vite qu'elle était venue. Dombard croisa les yeux apeurés de la mère, dont le visage venait de s'encadrer dans l'entrebâillement de la porte, et précipita son départ. Non seulement il brûlait d'investiguer sur les déclarations de l'ex-apprenti, mais en plus il souhaitait s'éloigner le plus rapidement possible de l'endroit et de ses habitants.

Sevran

La commandant et son équipier venaient de prendre place dans le petit salon encombré de la mère d'Enzo. Un peu nerveuse, cette dernière s'installa sur une chaise devant eux, comme une enfant sage. Ses mains étaient sans cesse occupées à repousser une mèche qui tombait dans ses yeux et à tirer sur son tee-shirt rose pâle un peu trop petit. Son visage, en revanche, n'exprimait rien.

— Je suis le policier qui…

— Je me souviens de vous. Vous avez retrouvé Enzo ? l'interrompit-elle.

Biolet posa son bras contre celui de Sevran, qui sentit son pouls s'accélérer. Annoncer de mauvaises nouvelles était un aspect de leur métier auquel ils ne s'habitueraient jamais.

— Enzo est mort. Nous avons découvert son corps. Nous sommes désolés…

Émilie Lachare les fixa un instant de ses billes claires aux paupières ourlées de rouge vif. Alors qu'elle accusait le coup dans un silence intenable, Sevran scruta la pièce. Elle semblait propre et assez ordonnée, rien à voir avec la description que lui en avait faite son collègue des années plus tôt. De son côté, celui-ci regardait la femme avec une tristesse froide.

— Madame Lachare, nous allons tout reprendre de zéro. Avez-vous des nouvelles de Fred Rambier ? demanda Sevran.

Une vague ondula sur la bouche de cette mère désormais en deuil, les veines de son cou se firent soudain saillantes, comme si elle réprimait un cri. Les flics baissèrent la tête, gênés. Puis une petite voix finit par jaillir, dissonante et chevrotante.

— C'est ma faute, tout ça…, murmura-t-elle. Le fils de ma voisine a disparu, lui aussi. Elle sait des choses, mais elle ne veut rien me dire.

— Votre voisine ?

— Celle du dessous. Son fils, Messila, a été enlevé, mais il est revenu, lui…

Les flics échangèrent un coup d'œil perplexe.

— On va aller lui parler, promit Biolet. Avez-vous une idée de l'endroit où habite Fred Rambier aujourd'hui ?

— Non. Où est mon fils ?

— Son corps a été retrouvé dans une maison.

— Dans une maison…, répéta-t-elle, incrédule.

— Nous allons faire le maximum pour vous le rendre au plus vite, ajouta la commandant.

— Comment c'est possible ? Vous pensez que c'est mon ex qui a fait ça ?

— Nous sommes à sa recherche. Nous avons besoin de l'interroger de nouveau. Il ne vous a pas indiqué comment le joindre, lorsqu'il est parti ?

De grosses larmes glissèrent sur les joues rebondies d'Émilie Lachare, contournèrent son nez empourpré par le chagrin et des années d'alcoolisme et s'accrochèrent à son pâle menton.

— Je ne suis plus très sûre, mais je crois qu'il m'avait demandé de lui envoyer des choses. Je ne l'ai jamais fait.

— Avez-vous noté son adresse quelque part ?

— Je suis désolée… Je ne me rappelle pas…

— Ces affaires, vous les avez gardées, peut-être ?

Les policiers affichaient une mine sombre, tous deux en quête d'un élément susceptible de raviver sa mémoire. Puis, soudain, sa voix fluette se remit à vibrer :

— S'il reste des trucs qui appartiennent à mon ex, ils sont forcément à la cave. Je n'ai touché à rien, je n'en avais ni l'envie ni la force.

— Très bien. Pouvons-nous y aller, ma collègue et moi ?

— Je dois retrouver la clé…

Émilie Lachare promena un regard perdu autour d'elle, s'approcha du meuble qui lui faisait face et entreprit de fouiller les tiroirs pleins de paperasse. En vain. Après quoi elle se mut lourdement en direction d'une autre pièce dans laquelle elle disparut pendant plusieurs minutes. Des chutes d'objets et des chuchotements ponctuèrent ses recherches. Puis elle les rejoignit enfin, un trousseau de clés pendant au bout de ses doigts.

— Merci. Nous allons tout de suite y jeter un œil.

— J'ai toujours pensé qu'Enzo était devenu un ange… Au fond, je savais que je ne le reverrais plus, dit-elle distraitement. J'ai été tellement aveugle…

Sevran songea alors à l'immense gâchis qui avait conduit à la mort du jeune garçon.

— Nous allons faire tout notre possible pour découvrir la vérité.

— Oui, ce serait bien…

Ses grands yeux implorants s'inondèrent aussitôt comme des aquarelles.

Les deux équipiers se rendirent dans le sous-sol humide de l'immeuble où, dans la pénombre, ils se mirent en quête de la cave qui les intéressait. Une fois devant, Biolet ouvrit la porte pendant que sa collègue, armée de son portable qui lui servait de lampe torche, examinait le mur froid dans l'espoir de dénicher un interrupteur sur lequel elle ne tarda pas à tomber.

— Parfait. Je m'occupe du côté gauche, toi du droit. D'accord ?

— Ça marche. C'est vraiment encombré, ici. Il va falloir qu'on dégage quelques trucs dans le couloir.

Sevran se saisit d'un vélo d'enfant qu'elle fit rouler jusqu'à l'extérieur. La pièce ne devait pas excéder six mètres carrés. Une fois débarrassés des jouets, trottinettes et autres accessoires de puériculture, il ne resta plus que des boîtes de rangement en plastique et quelques sacs à inspecter. La commandant commença alors par une valise pleine de vêtements de petite taille, puis, en soulevant un autre bagage, remarqua un carré de papier poussiéreux qu'elle déplia. Une adresse était inscrite en lettres capitales au crayon.

— « F. Willem, 4, rue de Villeneuve, à Maurepas ». C'est à quelques kilomètres des Mesnuls, constata-t-elle.

Biolet approcha et lança sans tarder une recherche Internet. La page Facebook de Florence Willem apparut.

Visiblement, la cinquantenaire à l'abondante chevelure brune et au regard pénétrant était propriétaire d'un gîte dans la ville.

— Alors là, je ne vois pas le rapport. Ce n'est pas du tout le genre de candidates de Rambier.

Il tendit l'écran à Sevran qui fit défiler quelques photos, pensive.

— Non, mais t'as vu l'allure de sa maison ? Cette femme ne peut pas être sa nouvelle proie !

Curieux, tous les deux se mirent à fouiller les profondeurs du gros sac de voyage. La commandant en extirpa un smartphone et un gros bloc de résine de cannabis. Son équipier, un couteau à cran d'arrêt et un sachet plastique contenant une dizaine de comprimés de couleur.

— MDMA… je rêve ! Cet abruti pensait vraiment se faire envoyer ça par la poste !

Après en avoir inspecté toutes les coutures, les doigts de la policière atteignirent le double fond du bagage et tombèrent sur quelques revues *Sniper Magazine*. Quand, intriguée, elle les feuilleta, des photos s'échappèrent d'entre les pages et chutèrent au sol. La loupiote au plafond éclaira crûment deux portraits d'Enzo Aidel.

— Et merde…, souffla Sevran, la gorge soudain serrée.

— C'est pas possible ! On a fait toutes les perquisitions possibles et on n'a jamais rien trouvé ! fulmina Biolet.

Il se saisit d'un cliché qu'il se mit à étudier.

— Pourquoi a-t-il caché ces photos d'Enzo au milieu de sa drogue et de ses revues de guerre ? murmura l'enquêtrice comme pour elle-même.

— Je ne sais pas, mais on va devoir annoncer ça à sa mère.

Son équipier, abattu par leur découverte, s'adossa au mur. La commandant se redressa avec lenteur. Lorsqu'elle se retourna vers l'entrée de la cave, Émilie Lachare se tenait sur le seuil, interdite, dans la pénombre.

Émilie Lachare

Les médicaments. La gazinière. La jeune mère les imagina comme l'unique porte de sortie de cette vie misérable pendant que les deux policiers la regardaient avec une tristesse immense. Sans doute, en effet, valait-il mieux organiser son grand départ et mettre enfin un terme à ses erreurs et ses échecs cuisants. Elle avait livré son fils à un pervers qui l'avait tué. Maintenant qu'elle en avait la quasi-confirmation, jamais Émilie ne pourrait vivre avec ça sur la conscience.

— Madame Lachare, venez avec moi.

Sevran lui prit le bras et l'entraîna dans l'obscur dédale du sous-sol.

— Je me sens mal.

— C'est normal. Tenez-vous à mon bras. On va remonter et vous allez vous allonger quelques minutes. Vous êtes vraiment très pâle.

Dès que je serai seule, je ferai ce qu'il faut. Je n'en peux plus. Émilie était épuisée. Et elle était bien consciente que, une fois que les enquêteurs la quitteraient, il n'y aurait plus personne, sur cette planète, pour lui prendre la main, la lui caresser doucement. Cette idée lui déchira le cœur.

— Je vais me tuer, annonça-t-elle, l'air complètement hagard.

— Ne dites pas ça. Ça va aller.

— Je veux vraiment me tuer. Et je ne veux pas qu'on m'en empêche !

Sevran l'aida à s'asseoir dans un fauteuil du salon, puis se dirigea vers la cuisine. Elle en revint avec un verre d'eau à la main, pleine de compassion.

— Buvez un peu. Vous êtes sous le choc.

— Je n'ai plus envie de vivre.

La policière s'agenouilla devant elle.

— Vous avez des enfants qui ont besoin de vous.

— Je ne les vois même plus. Ils ne viennent jamais. Ils me détestent.

— Mais ils ont quand même besoin de vous. Il faut vous accrocher ! C'est une épreuve terrible que vous vivez, mais vous devez vous battre. Je suis certaine que vous voulez savoir qui a fait ça à Enzo ! Et puis vous voulez voir cet assassin jugé, n'est-ce pas ?

Émilie était totalement perdue. Biolet avait été si dur avec elle, quelques années auparavant… Elle se rappelait parfaitement qu'il l'avait accusée sans détour, qu'il lui avait lancé des horreurs au visage. Une phrase, en particulier, résonnait encore dans sa tête : « Une bouche en moins à nourrir, ça vous arrange bien ! » À présent, l'attitude de la police avait changé, mais c'était presque pire. Parce que ça signifiait qu'il n'y avait plus rien à sauver, rien qui vaille la peine.

— C'est fini. Ça suffit, reprit Émilie dans un murmure.

— De quoi parlez-vous, madame Lachare ? demanda Sevran, désarçonnée face à la détresse de cette femme.

Celle-ci ne lui répondit pas, mais, quand elle l'entendit marmonner un discours décousu dans lequel il était question de médicaments, d'alcool et d'une cuisinière à gaz, la commandant se leva. Elle signifia discrètement à Biolet qu'elle comptait sur lui pour veiller sur la mère suicidaire, s'éloigna de quelques pas et composa un numéro de téléphone.

— Votre collègue, elle appelle qui ?

— Ne vous inquiétez pas, ça va aller.

— Non, ça ne va pas aller ! J'en peux plus, vous comprenez ? C'est trop dur !

Sur ces mots, elle éclata en sanglots. Son désespoir poussa le flic à poser une main sur son épaule. Puis, le prenant par surprise, elle s'enfonça soudainement dans ses bras. L'étreinte était si forte, la douleur de cette femme si puissante que, submergé par l'émotion, il ne put s'empêcher de chuchoter de tristes encouragements à ses oreilles, comme s'il souhaitait apaiser ses remords de l'avoir si hâtivement jugée…

Quelques minutes plus tard, deux médecins apparurent dans l'encadrement de la porte du salon. Leurs chasubles blanches annonçaient une menace. Immédiatement, la mère d'Enzo sut qu'elle ne pourrait pas mettre son plan à exécution. Pas tout de suite, du moins. Des étrangers avaient décidé qu'elle n'en avait pas le droit.

Elle se laissa donc entraîner dehors sans opposer de résistance et aperçut, en descendant, les enquêteurs qui discutaient avec sa voisine Mariam. Tous les trois lui adressèrent un regard soucieux et plein de compassion.

Pourtant, elle se sentit trahie. Lâchée, mais pas surprise. On l'avait si souvent abandonnée qu'elle en avait l'habitude. Dans l'ambulance, elle se conforma ensuite avec docilité aux demandes fermement formulées par l'équipe médicale. Avala un cachet de Bromazepan qui se fraya un chemin dans sa gorge serrée en déposant son empreinte amère un peu plus loin, quelque part dans son œsophage. *Mais c'est pas grave. Plus rien n'est grave, maintenant.*

Sevran

La commandant et son équipier décidèrent de passer la nuit à Clermont-Ferrand, histoire d'avoir le temps de se replonger dans les archives de l'enquête sur la disparition d'Enzo. Ils profitèrent ainsi de la fin d'après-midi pour éplucher les rapports et relire quelques procès-verbaux, sans toutefois y déceler les réponses à leurs nombreuses interrogations. En arpentant les couloirs du commissariat, Sevran retrouva l'atmosphère si particulière de la DRPJ, mais elle se sentit vite comme une intruse en ces lieux peuplés de nouvelles recrues.

Après une journée pareille, où les tensions accumulées tels des petits cailloux formaient à présent des sacs pesants, Ghemzi et Navard, les anciens membres de leur groupe, insistèrent pour passer la soirée en leur compagnie. Tous les quatre refirent alors le monde en dégustant un aligot dans un restaurant du centre-ville. L'occasion, pour Sevran, de constater à quel point Ghemzi avait perdu son allure d'adolescente… La jeune femme était désormais une policière endurcie, à l'autorité naturelle. Quant à son binôme, à en croire sa carrure toujours plus imposante, il était aussi fidèle aux salles de sport qu'autrefois. Dans l'ambiance chaleureuse du dîner, Sevran et son équipier étaient enfin parvenus à oublier l'enquête, si bien que le visage de Biolet irradiait de bonheur. Et le fait d'avoir reçu des photos de son bébé et de Julie avait achevé de le détendre. Il avait cette qualité, qui faisait tant défaut à la commandant, d'avoir su dresser une solide séparation entre son métier et sa vie privée, de façon à préserver l'une comme l'autre. L'unique exception avait sans doute été l'affaire Enzo Aidel, qui l'avait personnellement touché.

Alors que les portraits de Théo défilaient devant les yeux rieurs et attendris de Navard et que l'ambiance autour de la table était joyeuse, Sevran, elle, était encore tenaillée par les émotions de la journée. Le désespoir de la mère d'Enzo la tourmentait.

Abandonnée dans une unité psychiatrique, Émilie Lachare chercherait tout de même, et par tous les moyens, à mettre fin à ses jours. Des infirmiers usés s'empresseraient de lui administrer un puissant cocktail de tranquillisants pour ne pas entendre sa détresse. Le lendemain, on s'occuperait certainement de lui coller une pathologie psychiatrique sur le dos pour justifier son internement. Pourtant, vouloir mourir était une réaction normale dans sa situation. Peut-être aurait-il mieux valu qu'elle n'apprenne jamais la mort de son enfant…

— Ça ne va pas ? s'enquit Ghemzi en la voyant plongée dans ses pensées.

— Si, si, tout va bien. Je vais aller me coucher. La journée a été longue… Bonne soirée à tous, c'était un plaisir de vous revoir.

— Bonne soirée ! Un dernier verre et je rejoins mon lit aussi, s'empressa d'ajouter Biolet.

— Pas de biberons à donner, cette nuit, profites-en ! lui lança son équipière en quittant le restaurant.

Le lendemain matin, elle retrouva son binôme dans le hall de l'hôtel, prêt à reprendre la route en direction de Maurepas où ils comptaient rencontrer Florence Willem. Si cette dernière faisait bien partie des conquêtes de Fred Rambier, elle pourrait peut-être les mettre sur sa piste. La commandant s'installa au volant pendant que Biolet finissait d'engloutir une brioche chocolatée.

— J'ai faim tout le temps, en ce moment, je ne sais pas ce qui m'arrive.

— C'est ta couvade. Rien de grave !

— Tu trouves que j'ai grossi ?

— Je te fais marcher ! Tu es très bien comme tu es.

— Mais tu me le dirais ? Je n'ai pas envie de devenir un « papa gâteau »...

— Et pourquoi pas ?

— J'ai l'intention de rester le mec séduisant que j'ai toujours été.

La réflexion fit pouffer Sevran, qui démarra aussi sec.

Pendant près de quatre heures, les deux enquêteurs échangèrent sur l'affaire au rythme des rafales qui secouaient leur véhicule sans ménagement. Ces gifles imposées par la météo donnaient à la commandant l'impression d'être une naufragée au milieu d'un océan de doutes. Sans cesse, elle revenait au point de départ. Les Duflot. La maison des Mesnuls.

Enfin arrivés à destination, à proximité du domicile de Florence Willem, la policière se gara, descendit de voiture et déplia lentement ses membres endoloris par le trajet. Son coéquipier l'imita et s'alluma une cigarette en se dégourdissant les jambes dans les allées qui jouxtaient le parking. Puis tous deux se dirigèrent vers une petite porte dissimulée sous un épais feuillage qui habillait un haut mur de pierre. Là, la commandant actionna une clochette.

— C'est champêtre, ma parole ! J'imagine mal Rambier dans cet endroit, s'étonna-t-elle encore.

— C'est sûr que ça change de la cité de Croix-de-Neyrat.

Après une bonne minute, le battant s'entrebâilla dans un grésillement électronique. Ils pénétrèrent alors dans un jardin parfaitement entretenu et remontèrent un chemin qui les conduisit à une maison de style normand récemment rénovée.

— Je me verrais bien vivre ici… ! s'exclama Biolet.

— Tu m'étonnes !

La propriétaire apparut derrière une porte-fenêtre qu'elle ouvrit. Elle portait un pantalon en cuir noir, un chemisier moulant et des talons si hauts que l'enquêtrice ne put s'empêcher de les fixer un instant.

— Bonjour… Je suis désolée, mais je ne reçois pas les représentants de commerce.

— Nous n'en sommes pas, la rassura Sevran, amusée. Êtes-vous Mme Florence Willem ?

— Oui, c'est moi-même, répondit-elle en croisant les bras sur sa poitrine dans un déhanché aguicheur.

— Nous travaillons à la DRPJ de Versailles et nous recherchons M. Frédéric Rambier. Vous le connaissez, je crois ?

— Je le connais bien, en effet.

— Est-ce qu'il est là ?

Un large sourire se dessina sur le visage de la femme.

— Vous allez devoir m'en dire davantage. Red n'aime pas trop la police, minauda-t-elle, quoique sur la défensive.

— Nous enquêtons sur un homicide, déclara la commandant d'un ton ferme. Nous souhaitons interroger M. Rambier, toutes affaires cessantes. Est-il là, oui ou non ?

— Un homicide ?

— Êtes-vous son épouse ?

— Plutôt sa patronne.

— Bien. Nous n'avons donc pas à entrer dans les détails.

Au vu de la tournure que prenait la conversation, la femme finit par céder dans un rictus condescendant.

— Il se repose à l'étage. Je vous prie de patienter, je vais le prévenir.

Les deux flics échangèrent un regard.

— Il est devenu gigolo ? Comment il a fait ? interrogea Biolet.

— C'est pas bien compliqué, je t'expliquerai…

En découvrant la silhouette de Fred Rambier, Sevran se tendit. Il approchait vers eux d'un air défiant, le visage renfrogné. Sous son pantalon et son gilet de cuir noirs saillaient de puissants muscles qu'il faisait rouler. Une tête de serpent tatouée sur son biceps dépassait de son tee-shirt de heavy metal. Ce type, décidément, avait toute la panoplie du gros dur.

— Tiens, revoilà les flicaillons, lança-t-il. Toujours aussi minables ?

— Toujours, répondit Biolet.

— On a retrouvé la dépouille d'Enzo Aidel à quinze kilomètres d'ici, annonça la commandant avec gravité.

Forcément, on a pensé à vous. Surtout en apprenant votre nouvelle adresse. Du coup, on vous place en garde à vue.

— Et puis quoi encore ? Vous avez quelles preuves ?

— On se doutait un peu que vous poseriez la question… En fait, on a rendu visite à Émilie Lachare hier, et elle avait conservé un sac en souvenir du bon vieux temps. Et ce sac était vraiment très intéressant. Outre la drogue et l'arme non déclarée, il contenait des photos d'Enzo… Ça vous dit quelque chose ?

— Encore ce gosse ! Je l'avais dans le pif, mais je l'ai pas tué !

— On va discuter de tout ça au commissariat.

— Vous me les brisez, à la fin ! J'ai rien à voir avec cette histoire !

— Faisons ça calmement, monsieur Rambier. Apparemment, vous vous êtes rangé, ce serait dommage de tout gâcher, vous ne croyez pas ?

Sevran était devenue glaciale. Quant à Florence Willem, elle s'était approchée avec une discrétion féline, visiblement à bout de patience.

— Que se passe-t-il, Red ?

— Nous allons devoir emmener votre employé.

— Et pourquoi ça, je vous prie ? s'exclama-t-elle, outrée.

— Appelle ton avocat. Vite ! lui lança-t-il.

Dans la salle d'audition, une fois tout le monde installé, Sevran, Biolet et Rambier s'épièrent un long moment avant que la commandant commence très posément.

— Quelle profession exercez-vous ?

— Coach personnel.

— Et où êtes-vous domicilié ?

— Maurepas.

— À l'adresse de Florence Willem ?

— Ouais. C'est un problème ?

— Un habitant de la Croix-de-Neyrat a assisté à l'enlèvement d'Enzo dans un break sombre, enchaîna-t-elle sans relever. Cette personne était prête à nous parler à l'époque, mais elle dit que vous l'aviez menacée.

— Pas la peine de tourner autour du pot. Je vois très bien qui c'est.

— Et qui est-ce ?

— Mariam Bâ. Elle a jamais pu me blairer.

— C'est sans doute dû au fait que vous vous en preniez régulièrement à ses enfants, non ? releva Biolet, plein de morgue.

— Ces gosses-là sont pas éduqués, j'y peux rien.

— Pourquoi l'avez-vous menacée ? demanda Sevran afin de reprendre les rênes, voyant que son équipier risquait de s'emporter.

— Je l'ai pas fait. Elle ment. Et jusqu'ici, je vois rien de solide dans votre histoire, s'impatienta-t-il.

— Vous avez causé l'hospitalisation d'Enzo Aidel, quelques semaines avant sa disparition. Vous lui avez cassé les os. C'est vous aussi qui avez organisé son enlèvement.

— P'têt. P'têt pas. Sans preuve, comment savoir ? C'était y a longtemps.

La flic jeta un coup d'œil à son partenaire, puis enchaîna :

— Vous suivez l'actualité ?

— Pas vraiment, non…

— « La maison de l'horreur », ça ne vous dit rien ? Les Mesnuls, ce n'est pourtant pas très loin du petit nid douillet de votre patronne…

— Si, j'ai entendu des trucs là-dessus, fit-il d'un air détaché. Vous comptez me coller ça sur le dos ? Je vous préviens, ça va pas le faire !

— Et pourquoi « ça va pas le faire » ?

— Non mais, vous êtes tarés, ou quoi ? s'énerva soudain le gardé à vue en se levant d'un seul élan.

— Monsieur Rambier, rasseyez-vous immédiatement !

— J'ai rien à voir avec ça ! insista-t-il tout en obtempérant.

— Enzo a été retrouvé là-bas.

— Vous me faites marcher.

— Non. C'est la vérité. La dépouille du fils de votre ex-compagne a été découverte dans les murs de cette baraque.

Rambier se frotta fébrilement le crâne des deux mains. Contre toute attente, il paraissait sincèrement affecté.

— Merde. Qui est le barge qui a fait ça ? marmonna-t-il comme pour lui-même.

Les deux flics l'étudiaient en silence, chacun imaginant les pensées de l'autre. Après un instant, Sevran reprit :

— Vous avez des enfants, n'est-ce pas ?

— À droite, à gauche…

— Vous n'avez pas de relations avec eux ?

— Les gosses, c'est encombrant. Les miens, ceux des autres, c'est pareil.

Son émotion s'était déjà dissipée, et il affichait de nouveau une inquiétante froideur.

— Vous avez déjà eu envie de leur faire du mal ?

— Les raclées, ça a jamais tué personne.

— On ne parle pas de ça !

— Je les ai boxés des fois, p'têt bien… Mais moi, quand y a plus rien à tirer de ces morveux, j'abandonne, je les bute pas. Et ça, c'est pas un crime, à ce que je sache.

— Ces photos d'Enzo, poursuivit la commandant en sortant des clichés du dossier posé devant elle, pourquoi les aviez-vous ?

— Franchement, j'en sais rien. C'est sûrement sa mère qui les a mises là. Vous l'avez envisagé, ça, au moins ? Elle est complètement rongée, cette gonzesse !

— Pourquoi aurait-elle fait ça ?

— Parce qu'elle veut un responsable, et que c'est moi, le méchant ! C'est moi qui l'ai plaquée ! Mais je vais être clair avec vous : à cette époque, je trafiquais, je dealais, je déconnais. Fallait pas que les flics fouillent dans mes affaires. C'est tout ce qui comptait. Le reste, ça a jamais été mes oignons.

— Vous n'êtes pas allé à cette convention de tatoueurs, n'est-ce pas ?

— Non, c'était du flan pour avoir la paix. Le gosse, il pensait plus qu'à se tirer chez son père. Il pouvait plus sentir sa mère, ils faisaient que s'engueuler. Elle était tellement avinée que je la retrouvais à dormir dans le couloir de l'appart' ! Un jour, il lui a dit qu'elle était bonne qu'à se faire tringler. Elle lui a foutu une gifle. Il s'est barré. Pas longtemps après, moi aussi j'en ai eu ras le bol, et j'ai suivi le mouvement. Ce que je comprends pas, c'est pourquoi vous vous êtes jamais intéressés à son paternel… C'est lui qui est louche, dans cette histoire !

— On a fait ce qu'il fallait, ne vous inquiétez pas pour ça. Il n'a rien à se reprocher, lui expliqua l'enquêtrice avant de refermer son dossier.

— Ça vous fait quoi d'apprendre qu'Enzo a fini comme ça ? s'enquit Biolet.

— Qu'est-ce que vous voulez que je vous dise ? Je trouve ça… atroce, fit-il en donnant l'impression d'être parcouru d'un frisson.

D'un coup d'œil, l'enquêtrice signifia à son partenaire la fin de l'audition. En sortant, tous les deux se dirigèrent instinctivement vers la machine à café.

— Émilie Lachare a en effet pu planquer les photos dans le sac pour l'accuser, soupira Sevran.

— Ne perdons quand même pas de vue que ce type est un manipulateur. Il a l'air moins cinglé qu'il y a quatre ans, mais je ne lui ferais pas confiance pour autant. Il faut absolument qu'on le cuisine sur ses anciennes copines. Il a peut-être un lien avec les autres enfants.

Ensemble, ils s'adossèrent au mur, le temps de déguster leur café en silence. Lorsque le numéro du labo s'afficha sur son portable, Sevran s'éloigna vers son bureau.

— Henri, bonjour. Je vous écoute.

— L'ADN que vous nous avez communiqué correspond au deuxième garçon retrouvé aux Mesnuls. Celui de sa mère, Sandra Picon, je crois.

L'enquêtrice, incapable de prononcer le moindre mot, s'assit lentement dans son fauteuil.

— Commandant ?

— Oui, Henri… J'ai bien noté. Je vous remercie.

Cette annonce l'ébranlait. Elle tira vers elle un portrait de Thibault Levine qui traînait au milieu de toute la paperasse. Le gamin apparaissait coincé entre ses deux chiens énormes. Ses petits yeux enfoncés dans leurs orbites lui donnaient un air las. Sa bouche charnue esquissait un sourire de façade. Cet enfant transpirait la tristesse et la solitude. Sa fragilité écorcha le cœur de la commandant.

Pauvres gosses, songea-t-elle. *Comment on en est arrivé là ? Quel monstre leur a fait subir ça ?* Quand Biolet la rejoignit et l'interrogea du regard, elle fit un effort terrible pour reprendre le dessus sur ses émotions, sur cette vague de désolation qui ne cessait de gagner du terrain.

— Thibault Levine est le deuxième garçon des Mesnuls. On a la confirmation ADN.

Un soupir échappa à son équipier qui se dirigea vers le tableau pour épingler la photo de l'adolescent à côté de celle d'Enzo.

— Les deux mômes ont le même profil. Leurs parents sont paumés, ils sont suivis par les services sociaux, commenta Sevran. Physiquement, il y a quelques ressemblances. Ils sont bruns aux yeux foncés. Ils ont presque la même taille.

— On va y arriver, la rassura son partenaire qui partageait son amertume et sentait son découragement. On va trouver le lien entre eux et l'ordure qui leur a fait ça. Je te le promets.

Elle se laissa guider par cette voix amie même si les encouragements lui parvenaient de façon lointaine. En réalité, toute l'équipe avait espéré que la confirmation de l'identité du deuxième garçon éclairerait l'enquête, mais elle ne faisait que l'assombrir davantage…

Damien Couard

Une brume tenace obsurcissait l'esprit du vigile quand il quitta l'ascenseur de son immeuble, le tenant comme à distance de la réalité. Son acte de vandalisme et ses menaces à l'encontre de l'ASE lui avaient valu de fastidieuses heures de garde à vue, suivies d'une comparution immédiate dont il était ressorti avec une peine de six mois avec sursis et plusieurs milliers d'euros d'amende à payer.

Son regard croisa celui de Cheyenne, et il prit conscience que seule sa chienne le maintenait désormais à flot. La veille, lorsqu'il l'avait enfin retrouvée, rassuré de voir que les policiers ne lui avaient pas menti et qu'on avait pris soin d'elle en son absence, elle avait bondi sur lui, à la fois apeurée et soulagée. Son cœur battait contre sa poitrine, son haleine chaude enveloppait son visage. Damien l'avait serrée fort en lui susurrant des excuses, lui jurant de ne plus jamais lui refaire un coup pareil.

La tête baissée, la chienne avait timidement acquiescé en lui jetant une de ses œillades évocatrices. Puis Damien avait enlacé son cou musclé, l'odeur de sa fourrure un peu grasse avait inondé ses narines, et la force de poursuivre son chemin lui était revenue.

Il était ainsi occupé à se remémorer cet émouvant moment quand des aboiements le ramenèrent à l'instant présent. Cheyenne, furieuse, montrait les crocs, le poil hérissé, prête à attaquer l'individu recroquevillé contre les boîtes aux lettres de l'entrée.

— Ferme-la, sale clébard ! cria l'homme qui, même s'il cachait son visage avec son bras, sembla vaguement familier à Damien.

— On se connaît ? demanda-t-il d'ailleurs, intrigué, alors qu'il attrapait sa chienne par son collier.

L'homme se redressa doucement.

— C'est moi ! Mickaël. Des Mesnuls, lâcha-t-il, tentant de se faire entendre malgré les aboiements puissants du berger allemand qui résonnaient dans le hall.

— Assez ! ordonna Damien.

Immédiatement, l'animal prit un air contrit et s'assit aux pieds de son maître.

— Elle est dingue, cette bête ! J'ai cru qu'elle allait me bouffer !

— T'as rien à craindre d'elle. Qu'est-ce que tu fais ici ?

— À toi de me le dire ! Paraît que t'as distribué du fric et des clopes pour que les gens te rencardent à mon sujet !

Damien Couard, confus, ne sut pas quoi répondre. Bien sûr, il l'avait cherché. Plusieurs fois, il était sorti la nuit et avait arpenté tous les trous à rats de la ville dans l'espoir de tomber sur lui, mais le voir ainsi devant lui le désarçonnait.

— Alors ? Qu'est-ce que tu me veux ?

— Comment tu as fait pour me trouver ?

— Moi, je suis un malin. On me prend toujours pour un con, mais on a bien tort. J'observe. J'entends. Je capte tout ce qui se passe.

La nervosité de Mickaël était évidente. Tout comme son aigreur, presque agressive. Sa voix était devenue sifflante, ses jambes fléchies un peu tremblantes. L'agent de sécurité pensa d'abord le repousser. Mais Mickaël disait vrai : cette rencontre, il l'avait souhaitée…

— Écoute, je dois aller bosser, là. On se voit plus tard, OK ?

— OK, frérot, dit-il en fixant la cime d'un cyprès devant l'entrée, l'air vexé.

— Qu'est-ce que t'as dit, là ?

— Hein ?

— Ne m'appelle pas comme ça, d'accord ?

— Comment ?

— Frérot.

— OK.

La tension entre les deux hommes grimpa si vite que les grognements de Cheyenne reprirent de plus belle, incitant Damien à faire redescendre la pression.

— Bon, j'y vais, je suis à la bourre. Mais repasse ce soir.

— Tu te fous de moi, ou quoi ? s'énerva Mickaël, soudain hargneux. Tu crois quoi ? Que je suis à ta dispo ? Moi, j'ai nulle part où aller, alors je te suis !

Un malaise s'empara de Damien. Il lui semblait que le sang qui irriguait ses veines s'était transformé en lave visqueuse. *Mais qu'est-ce qui m'a pris de chercher ce mec ?*

Depuis des années, il n'avait eu à composer avec personne d'autre que sa chienne qui lui obéissait au doigt et à l'œil. Une solitude confortable qui l'avait amené à craindre que quelqu'un, un jour, ne pénètre dans sa forteresse. Et c'était exactement ce que l'orphelin des Mesnuls s'apprêtait à faire. Il en escaladait même déjà les murs. Or, tout ça était sa faute…

— Allez, grouille ! Faudrait pas que tu perdes ton taf ! lui lança-t-il avec un sourire mauvais.

Le vigile conduisit en silence en jetant de temps en temps un regard vers Cheyenne à travers le miroir de courtoisie. Depuis le début du trajet, Mickaël Sudre tapait sur ses cuisses comme pour marquer le rythme d'une musique imaginaire. Cette attitude crispa davantage l'agent de sécurité, au point qu'il ne pensait plus qu'à en finir au plus vite.

— T'as entendu parler de ce qui se passe aux Mesnuls ? demanda-t-il. Tu savais, toi, que Madeleine était morte ?

Sans lui répondre, son passager souffla bruyamment. Puis il accéléra ses percussions avant de poursuivre son petit numéro sur le tableau de bord, de plus en plus fort. Désormais, la chienne gémissait d'inquiétude.

— Arrête, s'il te plaît !

Alors que les jappements de Cheyenne se renforçaient, Damien trouva à se garer en urgence sur le bas-côté d'une départementale, en bordure d'un bois. Dans la foulée, Mickaël bondit hors du véhicule, comme possédé. L'agent de sécurité songea à abandonner l'intrus là, seul au milieu de rien. Pourtant, les mains agrippées au volant, il lui était impossible d'effectuer le moindre geste. *Je ne devrais pas me laisser emmerder par ce type... Je pourrais lui casser les jambes ! Ici, maintenant. Personne n'en saurait rien !*

Après quelques minutes, le vigile s'obligea à sortir aussi. L'autre faisait toujours les cent pas dans les broussailles, jusqu'au moment où il s'approcha pour se poster juste devant lui. Pris de court, le vigile sentit une vague de peur déferler. Ils étaient si proches l'un de l'autre que Damien pouvait observer le teint rouge du type, ses pores dilatés, les ridules au coin de ses yeux vitreux. Quelques cheveux blonds formaient des petites boucles qui lui tombaient sur le front. Sa bouche fine et large ressemblait à une entaille.

— Je sais tout..., chuchota Mickaël.

— À propos de quoi ?

— Non, pas tout de suite ! répondit-il en remuant la tête. Faut qu'on y retourne.

— Hein ?

— À ton boulot !

Sudre, toujours agité, s'engouffra dans l'utilitaire en claquant vivement la portière derrière lui. Damien eut de nouveau la désagréable impression d'assister à la scène en spectateur. Il était désarmé, incapable d'agir, de se protéger de ce passé qui ressurgissait et le paralysait. À travers la fenêtre, il scruta un instant le profil anguleux de son encombrant visiteur qui se mit à dessiner un pendu dans la buée. C'était comme si un démon enfui de ses cauchemars venait de prendre place sur le siège passager.

De là où il se tenait, les aboiements nerveux de Cheyenne lui parvenaient désormais de manière assourdie. Et, tout à coup, une sensation, brève, puissante, comme un vertige, le saisit. La nuit, aux Mesnuls, alors que les chiens affamés pleuraient en se jetant sur le grillage de leur cage, des pas lourds approchaient de son lit. Recroquevillé comme un fœtus, il bloquait alors sa respiration en pensant : *Je suis mort ! Ne me touchez pas, je suis mort !*

Lorsque Damien s'aperçut qu'il avait finalement rejoint le véhicule et s'était glissé, sans trop se rappeler comment, derrière le volant, Mickaël le fixait de ses yeux opaques.

— Qu'est-ce que t'as l'intention de faire ? lança le vigile dans le silence de l'habitacle, reprenant possession de ses moyens malgré le flash effrayant qui venait de le secouer.

— Pour commencer, je me suis déniché un nid douillet. Pour un mec comme moi, c'est quelque chose ! Ça se fête !

— Ne t'imagine pas que tu vas crécher chez moi.

— Je fais plus qu'imaginer, frérot. Je ne vais plus te quitter. Roule !

Intérieurement, Couard se maudit. Voilà ce qui arrivait quand on cherchait à déterrer les souvenirs. Il pensa à son coffre, au sac qui y traînait et qui contenait tout un tas d'armes de poing et de sangles. Il se rassura en songeant qu'il n'aurait aucun mal à se débarrasser de ce parasite, quitte à faire usage de la force.

— C'est ici, indiqua l'agent de sécurité en pénétrant dans la zone industrielle et en ralentissant. Il faut que tu partes, je ne veux pas d'histoires avec mon patron.

— Ouais, bien sûr, logique.

Mais, plutôt que d'obtempérer, Mickaël bondit à l'arrière du véhicule.

— Attends, qu'est-ce que tu fous ?

Damien le vit se saisir d'une couverture en laine qui se trouvait là. Il la déplia et la jeta sur Cheyenne qu'il écrasa de son corps. L'animal hurlait en se contorsionnant.

— Ne la touche pas ou… !

— Ou rien du tout. Maintenant, frérot, tu vas bosser. (Un rictus étira ses lèvres, comme un élastique.) Moi, je vais piquer un somme. T'inquiète, je vais bien m'occuper d'elle, fais-moi confiance.

Aussi imprévisible que Madeleine, aussi dangereux que Bernard... Le vigile, qui n'avait toujours pas bougé, était sidéré. Ce type était complètement fou…

— Je travaille avec ma chienne, elle doit être avec moi !

— Pas aujourd'hui. Allez, dégage !

Damien réfléchit rapidement aux options qui s'offraient à lui, mais il n'y en avait pas. En tout cas aucune qui ne mît Cheyenne en danger. L'espace clos dans lequel elle était confinée ne se prêtait pas à l'attaque, et il était hors de question de prendre le moindre risque. Alors il capitula et descendit dans l'allée bordée de hangars blancs. Au-dessus de sa tête, le ciel était devenu laiteux. En s'éloignant de sa camionnette, il eut le sentiment que le passé se fondait dans le présent. Insécurité. Abandon. Tels avaient été les compagnons de son enfance. Des compagnons qu'il voyait aujourd'hui revenir vers lui.

Damien s'était plié à ses obligations sans faire de vagues, dans l'espoir naïf que tout rentrerait rapidement dans l'ordre. Une fois le service terminé, il se rendit à l'endroit où il avait stationné son véhicule, mais une implacable anxiété reparut quand il vit que l'allée était déserte. Sa chienne adorée était l'otage d'un fou qui avait pris la fuite… Il pensa à appeler les flics, se ravisa. Son doigt fit défiler la petite liste des contacts de son téléphone. Ni son patron ni les quelques collègues à qui il adressait peu la parole ne pouvaient l'aider.

Très vite, la détresse le submergea. Le rythme de sa respiration s'était déjà considérablement accéléré, sa vision commençait à se brouiller. Soudain, il eut la sensation qu'une main glaciale se refermait sur sa nuque. Damien eut un mouvement de recul, comme pour s'arracher à cette emprise. Puis des odeurs l'assaillirent. De nouveaux flashs aussi. Une nausée. Tout lui tomba dessus d'un coup comme un torrent d'ordures. Les yeux exorbités, il revivait, avec une acuité déroutante, une scène terrible. Une scène durant laquelle il avait eu la tête recouverte d'un sac en toile de jute puant la sciure pendant que quelqu'un touchait son corps.

Lorsqu'il reprit brutalement pied dans la réalité, sans bien comprendre d'où ce souvenir avait surgi, Mickaël Sudre le toisait depuis le volant de sa camionnette.

— Allez, frérot, grimpe !

— Où est Cheyenne ? demanda le vigile en approchant.

— Bien à l'abri.

— À l'abri de quoi ? Qu'est-ce que t'en as fait ?

— T'en parles comme de ta meuf, tu te rends compte de ça ? Tu serais pas un peu taré ?

Il l'a tuée ! Il a tué la seule famille que j'aie jamais eue ! Sans prévenir, le poing droit de Couard s'élança et atterrit avec violence au beau milieu du visage de Sudre.

Aussitôt, son nez se mit à saigner abondamment alors que sa tête pendait comme un poids mort. L'espace d'une seconde, Damien examina la chair rougie, la cloison nasale sans doute cassée, les hématomes se former à toute vitesse. Il le secoua. Un râle accompagna le mouvement. Puis il traîna Mickaël à l'arrière du véhicule, attrapa une corde et lui lia fermement les mains. Il n'avait pas eu l'intention de le frapper si fort. Et il le regrettait d'autant plus que ça n'avait en rien apaisé sa colère.

— Où elle est ?

— Je te le dirai pas…, gémit Mickaël.

— Tu sais quoi ? J'ai plus besoin de toi, finalement. Tu peux crever.

Un éclat de terreur traversa les yeux de Sudre.

— Attends, je l'ai pas tuée, je… Je te jure !

— Alors je veux la récupérer ! Tout de suite. T'entends ?

— Mais je pisse le sang, je…

— Je m'en fous. Tu restes derrière, je veux pas d'ennuis. Indique-moi le chemin, grouille !

— Les Mesnuls.

— La police garde la baraque. Impossible.

— T'es pas obligé de me croire.

L'agent de sécurité regagna l'avant de sa camionnette et démarra aussi sec. Cheyenne occupait toutes ses pensées, à présent, il s'accrochait à elle comme à une bouée de sauvetage. Mickaël, lui, grognait et crachait des filets de sang en tentant désespérément de se faire pardonner.

— Je suis désolé. Je voulais plus être seul ! Tu comprends ? Me laisse pas ! Je sais des choses ! Je peux t'aider…

Les supplications durèrent, dans l'indifférence totale, jusqu'à leur arrivée à destination. Là, des branches d'arbres se détachaient du paysage cotonneux comme des bronches en quête d'oxygène. Et, même si quelques rares flocons de neige fondue s'écrasaient maintenant mollement sur le pare-brise, les essuie-glaces continuaient à s'agiter dans un rythme effréné. Une peur primitive, enfantine, tordait le ventre de Damien. Une fois garé en lisière de forêt, il jeta un regard mauvais à son encombrant passager.

— C'est où ?

Après plusieurs essais, ce dernier parvint à se redresser et à se hisser sur les genoux, les mains dans le dos. Son visage était tant tuméfié qu'il en était méconnaissable, ce qui n'éveilla pourtant aucune pitié chez le vigile.

— Dans les bois, là, pas loin…, indiqua-t-il avec la tête.

Damien enclencha la première, patina sur un chemin boueux, puis s'enfonça dans un massif épais, si bien que, très vite, le ciel disparut derrière les arbres immenses aux silhouettes noueuses et tourmentées. Au bout d'une dizaine de minutes, le véhicule s'arrêta à proximité d'une caravane délabrée.

Il cligna des yeux, incrédule. L'endroit isolé ressemblait aux entrailles d'un monstre. La roulotte devant lui devait avoir été blanche jadis, mais sa carrosserie rongée par l'humidité et les spores était à présent recouverte d'une couche de mousse noire. Un arbrisseau s'échappait même d'une fenêtre…

— Cheyenne ! Où es-tu, ma belle ? appela-t-il en descendant de sa camionnette.

Un froissement de feuilles suivi de l'envol d'un oiseau résonnèrent dans le silence lugubre qui l'environnait. Son pas s'accéléra, guidé par l'inquiétude. Après avoir scruté l'intérieur de la caravane, en vain, il retourna auprès de son otage et le saisit par le col.

— Il fallait que tu viennes ici ! Il le fallait…, sanglotait-il, roulé en boule pour éviter les coups qui allaient pleuvoir.

— Où est Cheyenne ? hurla Damien à s'en casser la voix.

— Je te l'ai dit, elle est à l'abri ! Détache-moi, s'il te plaît ! Je dois te montrer un truc.

— Qu'est-ce que tu lui as fait ?

Le vigile, hors de lui, appuya sa main sur le nez cassé de Sudre qui perdit connaissance durant quelques secondes. Il le secoua ensuite vigoureusement, puis le traîna comme un vieux sac jusqu'à la roulotte où il le jeta sur un fauteuil en skaï éventré.

— On était ici. Tu t'en souviens ? lâcha Mickaël entre deux interminables quintes de toux.

— De quoi tu parles ?

— On était ici, quand ils ont tué la fille…

— Mais qu'est-ce que tu racontes, bordel ?

— Elle… Elle s'appelait…

Mais Mickaël s'effondra brusquement sur la banquette. Couard s'agrippa à lui dans une vaine tentative de le maintenir conscient. Jusqu'à ce qu'un étourdissement le fasse à son tour s'effondrer sur le lino sale et glacé.

La panique le privait d'oxygène. Il avait besoin de sortir de là, de prendre l'air. Il rampa au sol. Au fond, sous une banquette, de petites formes scintillaient faiblement, comme des étoiles. Il tendit des doigts tremblants vers elles et découvrit, dans la paume qu'il ramena à lui, des emballages brillants et colorés de bonbons…

Jason

Jason avait mal dormi. Les fantaisies avaient repris. Toujours du même genre, mais avec une petite variante cependant. Cette fois, c'était l'ingénieure allemande qui avait le second rôle. Il arrivait dans la salle des machines alors qu'elle se tenait devant un écran de contrôle. Là, il l'attrapait par-derrière. Dans le vacarme incessant des turbines, personne n'entendait ses cris. La fille était clouée au sol et devait se déshabiller sous la menace d'un couteau. Alors qu'elle le suppliait de ne pas la toucher, ses vêtements formaient un petit tas froissé près de lui. Ensuite, il s'offrait le plaisir d'observer sa panique en silence. Puis la lame entrait en contact avec son épiderme lisse et pâle, jusqu'à ce qu'un trait sanguinolent apparaisse entre ses nichons tout blancs en provoquant des tremblements semblables à des convulsions. Son désespoir et ses sanglots lui avaient fait du bien. Sa tête toute rouge et son regard plein de détresse aussi. Après ces visions, il se sentait plus calme, comme après une bonne séance de sport.

Dans sa jeunesse, Jason avait été incommodé par ces fulgurances. Il s'était demandé si les autres cerveaux fonctionnaient comme le sien, si cette rage en fusion qui bouillonnait au fond de lui parfois était le lot de tout un chacun. Parfois, il se rêvait en reptile affublé d'une apparence humanoïde, c'est dire à quel point il se sentait étranger à ce monde. Mais cet état ne l'inquiétait nullement. Il lui suffisait de se rendre invisible au groupe pour que tout se passe bien, ce qu'il parvenait à faire avec un certain talent.

Sur ce cargo, par exemple, du moment qu'il remplissait les assiettes deux fois par jour, on se moquait bien de son physique, de sa personnalité, de ses orientations politiques ou sexuelles. Son rôle se limitait à satisfaire les estomacs. Et il s'y appliquait quotidiennement dans ses cuisines minuscules et surchauffées où l'on ne voyait ni le ciel ni la mer. Là, sans aucun repère, la sensation d'isolement pouvait être totale, claustrophobique, asphyxiante, même. Pour Jason, elle était délicieusement jouissive.

Les temps de repos, en revanche, pouvaient se révéler stressants car, sur les coursives, on croisait toujours quelqu'un. Et Jason savait, pour s'être fait piéger à ses débuts, qu'il n'y avait rien de pire qu'un marin rouillé par la solitude, en mal de compagnie… Mais à présent, personne ne cherchait plus son contact, et il était enfin libre de se nourrir de lui-même dans une forme d'équilibre et de paix. Avec son don inné pour le contrôle, son esprit avait su créer une place pour chaque chose, toutes bien cloisonnées avec des parois étanches. C'était ça, le secret.

Par l'étroit hublot, il scruta longuement la mer grise et le ciel velouté qui s'étendait sur elle. Ses doigts palpèrent son tee-shirt. Il empestait. Ce matin-là, ses propres effluves l'écœuraient. Il faut dire que la nuit avait été agitée ! L'Allemande lui avait donné du fil à retordre, mais elle avait évidemment cédé. Et c'était tout ce qui comptait.

Avant de quitter sa cabine, il fit son lit au carré, se saisit de revues automobiles qu'il rassembla soigneusement, en tapotant plusieurs fois du plat de la main les quatre côtés de la pile ainsi formée. Rien ne devait dépasser. Pas même d'un cheveu. Il le savait, le bon agencement de son environnement lui procurait une sensation d'harmonie. Le déséquilibre, au contraire, attirait les énergies négatives, qui créaient toujours des problèmes.

Après avoir rangé les magazines dans le petit espace dédié de son étagère, il fit un tour sur lui-même. La bannette était en ordre. Il pouvait y aller.

Ce fut un air chargé d'embruns qui le cueillit lorsqu'il arriva sur le pont. De là, la côte birmane ressemblait à une langue de sable. Peut-être y aurait-il une escale, bientôt ? Les autres devaient le savoir, mais il n'avait pas l'intention de demander quoi que ce soit à qui que ce soit.

En fouillant les environs du regard, il aperçut l'Italien des télécoms. Le type discutait avec des techniciens, un sourire pendait à ses traits comme un échafaudage branlant sur une façade d'immeuble. L'accouplement avec l'Allemande avait eu lieu la nuit dernière, c'était évident. Soudain, une vague de tension naquit au creux de ses reins. Un nouveau film le troubla… Il tendait tranquillement la main vers le gars, jusqu'au moment où, subitement, il lui arrachait le cœur. Les yeux révulsés et le visage boursouflé, sa victime tombait alors au sol tel un oiseau tué en plein vol. L'action était rapide, chirurgicale.

Jason se délectait de tous ces scénarios qui agissaient sur lui comme un baume puissant contre ses frustrations profondes. Le bien-être qu'il en retirait, bien que temporaire, était exquis. Il était d'ailleurs encore occupé à profiter des bienfaits de sa rêverie quand quelqu'un l'interpella de l'étage inférieur :

— On mange quoi, aujourd'hui ? demanda un homme qui se tenait tout près de l'Allemande.

Aussitôt, celle-ci leva également le nez vers lui avec curiosité. Le cuisinier, pris par surprise, en resta muet quelques secondes, concentré sur les traits de la femme, sur son teint bien rose, sur son regard clair et rieur qui lui firent l'effet d'une lame qu'on lui enfoncerait dans le cœur. *Tu ne te souviens pas de moi, ou quoi ? Je ne t'ai pas fait assez peur ?*

— Alors ? insista le marin.

— Lapin à la moutarde.

L'ingénieure et son collègue affichèrent une mine outrée car l'animal était maudit dans la marine. Il se racontait que des lapins échappés de leurs cages avaient, quelques siècles auparavant, rongé les cordages en chanvre d'un navire et provoqué son naufrage. Jason connaissait la superstition, bien sûr, mais il s'en moquait.

Les deux membres de l'équipage se détournèrent finalement et reprirent leur tâche. Lui, en revanche, continua à fixer la femme sans comprendre. Comment pouvait-elle se tenir debout après tout ce qu'il lui avait fait subir durant la nuit ? Comment pouvait-elle sourire, même ? Le doute s'infiltrait en lui, menaçant de le noyer. Il tapa du poing sur ses tempes comme pour ranimer une vieille machine. Il fallait qu'il se ressaisisse, au risque de perdre son précieux contrôle.

Dombard

Les doigts trapus de Dombard couraient avec dextérité sur le clavier. Sa visite chez Elmer Kroetz, deux jours plus tôt, l'avait rendu fébrile, et cet état de fièvre durerait tant qu'il n'aurait pas fait la lumière sur les événements qui s'étaient déroulés durant l'été 2004, à Charleville-Mézières. Il était donc toujours obnubilé par ses recherches lorsque son téléphone sonna.

— Lieutenant, c'est Louise, de 7/7... Je sais que vous êtes très pris par votre enquête et que vous n'avez sans doute pas de temps à perdre, mais je voulais vous inviter à dîner.

— Pardon ?

— Je vous propose de dîner ensemble. Un de ces soirs. Pour être très honnête, je n'imaginais pas qu'une affaire puisse autant m'atteindre. Je pense que c'est aussi votre cas. Et comme je ne peux pas en parler avec mon entourage, je me disais...

— Il y a des tonnes de psychologues qui peuvent vous prendre en charge, vous savez ?

— Je n'ai pas besoin d'un psychologue, j'ai besoin d'échanger avec quelqu'un qui vit la même chose que moi.

Le silence de Dombard s'étira. Décidément, il était incapable de cerner cette fille. Elle pouvait être si rentre-dedans et en même temps paraître si sincère. C'en était déroutant !

— Bon, désolée, lança-t-elle après quelques secondes. Oubliez ça, c'était idiot de ma part.

— Non, c'est que, vous l'avez dit vous-même, je suis débordé en ce moment.

— Bien sûr. Moi aussi, d'ailleurs.

— Demain soir ?

— Ne vous sentez pas obligé. Je suis sur le quai du RER, mais je n'ai pas l'intention de sauter.

— 20 heures. On se rappelle pour l'adresse. Allez, bon courage.

— Merci, lieutenant. À demain.

L'échange terminé, des plis creusèrent le front du policier qui se perdit dans ses pensées un instant, puis il retourna à ses investigations avec une attention redoublée. Il était hors de question de se laisser distraire maintenant.

En consultant les milliers de fiches recensant les mineurs recherchés, il finit par s'attarder sur celle d'une gamine de 12 ans. Christelle Robert. Disparue le 9 juillet 2004 à 19 h 15, à deux pas de la place Ducale, alors qu'elle patientait dans la voiture devant le domicile de son père. Vêtue d'un jean blanc et d'un tee-shirt rose à volants d'après le signalement, qui précisait aussi qu'elle était blonde aux cheveux longs et portait des lunettes de vue à monture bleue.

Sans attendre, Dombard entreprit de contacter ses collègues de la Brigade des mineurs qui lui confirmèrent que tout avait été mis en œuvre pour retrouver l'enfant.

L'équipe cynophile avait ratissé les quartiers alentour le soir même, et le grand centre-ville avait été passé au peigne fin dès le lendemain. L'hypothèse de la fugue ayant été rapidement écartée, les gendarmes, secondés par les militaires du 3e régiment, s'étaient même associés aux recherches. Malgré ça, l'enquête s'était enlisée. La mère, désespérée, s'était donné la mort un an et demi plus tard.

Le lieutenant raccrocha après avoir remercié son interlocuteur pour tous ces renseignements et s'enfonça dans son fauteuil, préoccupé. Si Bernard Duflot s'en était pris à cette gosse, sa dépouille ne faisait toutefois pas partie des corps emmurés. En effet, d'après Clopo, l'adolescente qu'ils y avaient découverte était morte depuis seulement quelques mois. Peut-être, d'ailleurs, que la disparition de la petite Robert n'avait aucun rapport avec l'enquête…

Pourquoi Kroetz m'aurait-il raconté des salades ? Après tout, la date correspond... Si ça se trouve, le cadavre de cette enfant est encore dans la maison des Mesnuls. Ou peut-être qu'elle est enterrée ailleurs ?

Le policier commençait à fatiguer de tourner en rond. À bout de patience, il rédigea une convocation en bonne et due forme pour auditionner Kroetz dans les locaux de la police judiciaire, seul moyen selon lui d'obtenir des informations, à défaut d'aveux. Une fois le document prêt, il fit le nécessaire pour que celui-ci lui soit remis en main propre. La piste de l'apprenti s'arrêtait là pour aujourd'hui.

Dombard soupira. À la manière d'une braise qui rougeoie au milieu des cendres, une énergie toujours vivace se cachait derrière son épuisement. Aussi, il se leva, attrapa son blouson en cuir et se dirigea à petites foulées vers le parking de la DRPJ.

L'hôpital ne l'avait pas appelé au sujet de l'agent immobilier, mais une intuition le poussa tout de même à se rendre là-bas. En habitué des lieux, il parcourut les couloirs bleu pâle. Une fois arrivé au service de réanimation, il se planta devant le local des infirmières.

— Dombard, PJ. Je viens voir Hervé Creisson.

— Vous avez de la chance, vous, il s'est réveillé il y a seulement quelques heures !

— Et vous n'avez pas jugé bon de me prévenir ?

— On n'a déjà pas le temps de s'occuper de nos patients, alors de vous…

— Bien sûr, ronchonna-t-il en suivant la femme en blouse blanche.

— Par contre, allez-y mollo, il a morflé, recommanda-t-elle au moment où elle lui indiqua la bonne porte.

Le policier, avare de remerciements, opina du chef, entra dans la chambre et approcha du blessé. La majeure partie de sa tête était recouverte d'épais bandages.

— Monsieur Creisson. Lieutenant Dombard, Brigade criminelle de Versailles. Je pense que vous devez avoir du mal à parler dans votre état. Voilà ce qu'on va faire : je vais commencer par vous dire ce que je sais, OK ?

L'homme se contenta d'acquiescer.

— Vous sortiez de discothèque sur le coup de 3 heures du matin environ lorsque deux hommes cagoulés vous ont tabassé avant de s'enfuir dans un van Volkswagen noir. Exact ?

Hervé Creisson cligna des paupières.

— Vous avez une idée de qui ça peut être ?

Cette fois, le clignement sembla plus appuyé.

— Ça veut dire non, ça ?

Le type acquiesça.

— Bon..., soupira Dombard en installant un siège près du lit. Il y a un truc qui nous chagrine. On a des irrégularités dans la vente de la propriété de Madeleine Duflot. Quelqu'un s'est servi au passage. Elle n'a reçu que 20 000 euros sur les 85 000 qui auraient dû lui revenir. Comment ça se fait ?

— Bri... gitte..., articula péniblement l'agent immobilier.

— Brigitte Buissonière ? C'est la tutrice qui a tout organisé, c'est ça ? En fait, toi, t'y es pour rien, tu te fais fracasser la gueule par deux mecs sans comprendre ce qui t'arrive. Dis, tu me prends pour un con, ou quoi ?

Face au silence d'Hervé Creisson, Dombard marmonna un juron.

— On va vérifier tes comptes bancaires et ceux de la tutrice. On va remonter jusqu'au fric volatilisé, c'est sûr. Après, honnêtement, les vols de petits vieux, je trouve ça minable, mais je bosse à la crim' et j'en ai vraiment rien à battre. Par contre, Madeleine avait quelqu'un qui veillait sur elle. Un mec que t'as peut-être croisé. Quelqu'un qui a peut-être même eu connaissance de tes magouilles avec la tutrice. C'est lui qui m'intéresse et qui devrait te faire flipper.

Une lueur apparut au fond des pupilles de l'agent immobilier.

— Écrire..., murmura-t-il dans un souffle.

Le policier chercha un morceau de papier dans ses poches puis le lui tendit avec un stylo. Le type tenta de se redresser. Ses grognements se muèrent alors en sanglots à peine contenus. Une scène pathétique qui laissa Dombard de marbre. Quand, enfin, Creisson parvint à extirper sa main gauche des profondeurs des draps pour la poser sur son abdomen, le flic était déjà à bout de patience.

— Tu veux pas essayer de parler, plutôt ?

Mais l'autre ne répondit pas, trop concentré sur la mine du stylo qu'il peinait à dompter. N'y tenant plus, le flic se leva, histoire de faire quelque chose.

— HA-M-O ? Slimane Hamouche ?

Le blessé acquiesça, soulagé de ne pas avoir à poursuivre.

— Et alors, quoi ?

L'agent immobilier soupira et se remit à écrire.

— « Harcelé » ? lut le lieutenant.

Creisson, visiblement très nerveux et agacé de ne pas pouvoir communiquer librement, devint tout rouge et paraissait prêt à exploser. Un borborygme semblable à celui d'un enfant en colère s'échappa de sa bouche tuméfiée.

— Calme-toi. Ce Slimane Hamouche t'a harcelé, d'accord. Mais quand et comment ? C'est parce qu'il ne voulait pas vendre ? supposa le policier.

Épuisé, son vis-à-vis hocha la tête.

— Et tu crois qu'il est lié à ton agression ?

Nouvelle confirmation. Le lieutenant considéra l'homme en silence tout en réfléchissant à ce que ce nouvel élément apportait à l'affaire. Puis, sans adresser un seul regard au type qui souffrait le martyre dans son lit, il tourna les talons et quitta la chambre, la note manuscrite fermement serrée dans sa main. Qui était vraiment ce Slimane, ce gamin qui avait été placé chez les Duflot et dont ses collègues n'étaient toujours pas parvenus à retrouver la trace ?

Quand il sortit de l'hôpital, le jour baissait en accentuant les contrastes. Il restait encore beaucoup à faire, mais Dombard était certain que, une fois son travail accompli, il n'aurait pas envie de rentrer chez lui. Alors, en pénétrant dans son véhicule glacial, il décida d'avancer son rendez-vous avec la journaliste.

— Allô, Louise ? C'est Dombard. Dure journée pour moi aussi finalement, vous ne voulez pas qu'on dîne ensemble aujourd'hui plutôt ?

Damien Couard

Assis dans un garage humide, Damien Couard guettait le réveil de Mickaël Sudre en triturant de petites peaux mortes autour de ses ongles. À un moment, un rayon de soleil se fraya un chemin par un soupirail, et il en profita pour déplier sa main dans la lumière pour observer le sang qui perlait comme des pierres précieuses sur ses doigts meurtris. Il se dégageait de cette vision une forme de poésie qui parvint à le distraire quelques minutes. Puis, soudain, le pied du blessé racla le sol en dessinant une trace dans la poussière.

Le mouvement entraîna aussitôt une vive angoisse chez le vigile qui examina le corps étendu, le cœur battant. Lentement, Sudre commençait à remuer. L'agent de sécurité l'avait traîné jusqu'ici dans la nuit dans le seul but de savoir ce qu'il avait fait de Cheyenne. L'idée lui avait pourtant traversé l'esprit de le laisser agoniser dans la caravane perdue en forêt. Il avait même envisagé de le tuer, tant ce garçon l'inquiétait par sa capacité à réveiller ses peurs enfouies. Mais sa chienne occupait toutes ses pensées et il lui fallait la retrouver au plus vite. Après, il pourrait se débarrasser de ce parasite.

— Réveille-toi, maintenant. On va chercher Cheyenne.

Le vigile se leva d'un coup, tel un ressort. Ce spectacle lamentable l'insupportait à présent, il était temps de passer à autre chose. Mais Mickaël Sudre en avait décidé autrement et repartait dans ses délires.

— Stéphanie… était jolie… Avec des longs cheveux bruns… Pas comme nous…

En réalité, l'histoire que Sudre avait commencé à raconter à propos d'une fille disparue avait laissé une marque, comme une petite griffure, dans les méninges de l'agent de sécurité. Tout ça lui foutait une sacrée trouille. De deux choses l'une : soit Sudre se moquait de lui dans le seul but de s'incruster chez lui, soit tout était vrai. Mais cette hypothèse était bien trop grave, trop sombre pour qu'il l'admette aussi facilement. Au fond, tout ce qu'espérait Damien, c'était de se tirer de cette situation avec le moins de casse possible. Mais il devait savoir…

— Qu'est-ce qui s'est passé avec elle ?

Un éclair de vivacité apparut sur la figure amochée.

— Fallait pas y toucher. C'était le petit bijou du vieux. Paraît que… Elle valait de l'or…

Sudre finit par se redresser complètement. Damien l'observait dans le contre-jour en se disant que la vérité ne valait finalement pas la peine qu'il s'encombre de ce type plus longtemps.

— Allez, arrête de jacasser et presse-toi. Tu m'amènes jusqu'à ma chienne. Après, on se sépare.

— Bernard, il nous avait bien dit de ne pas parler d'elle. À personne !

— Je t'ai demandé de te taire !

— Madeleine… elle disait que t'étais qu'un fouteur de merde, continua Sudre, visiblement bien décidé à bousculer sa mémoire.

L'expression produisit un écho inquiétant chez l'agent de sécurité, qui se tenait aux aguets.

— Quel rapport avec ton histoire ?

— Fallait qu'on la boucle… Mais toi…

— Ça suffit. Si je te laisse ici, tu feras pas de vieux os. Alors amène-toi.

— Je vais te dire où elle est, ta putain de chienne ! Mais d'abord, je veux qu'on cause de ça !

— Mais de quoi ?

— T'as voulu jouer les héros et on l'a tous payé.

Le vigile tenta de se raisonner : Sudre était un genre de manipulateur, il ne fallait surtout pas le prendre au mot, encore moins l'encourager à poursuivre. Il devait, au contraire, vite colmater la brèche qu'il sentait se créer. Ne pas se laisser entraîner dans la folie de ce type. Après tout, il pouvait très bien se satisfaire de ses souvenirs d'enfance en pointillés. Il avait été capable de vivre ainsi jusque-là, la mémoire amputée.

Soudain, une pulsion aussi imprévisible que puissante le saisit. Avant même qu'il ait pris conscience de son geste, il avait bondi sur Sudre, et ses doigts se refermaient sur sa gorge palpitante. En quelques secondes, la jugulaire enfla sous sa paume. La vie de cet homme quittait son grand corps tordu comme l'air d'un ballon percé. Les yeux gris de Mickaël étaient exorbités. Ils se firent accusateurs, puis implorants. Alors, les griffes de l'agent de sécurité lâchèrent lentement leur prise.

— Cheyenne. Accouche. Elle est où ?

Au bord de l'apoplexie, Sudre tomba par terre comme un sac. Son souffle trop court n'annonçait rien de bon, mais Damien l'étudiait toujours avec froideur. Cet élan de violence s'était imposé à lui, mais il n'en ressentait aucune culpabilité.

Quand son otage eut l'air de s'endormir, Damien lui administra une paire de gifles, sans effet. Puis un cri surgit du fond de ses entrailles, plein de rage et de désespoir. Quelque chose enfla dans sa poitrine. Une panique incontrôlable. Il était en train de perdre les pédales. Des pleurs le secouèrent de longues minutes et, lorsque le calme revint, la mort avait posé son voile d'horreur sur le visage de Sudre. Damien Couard s'imprégna de cette vision atroce avant de quitter le garage à la hâte. À bord de sa camionnette, il ne pensait qu'à fuir le fantôme de l'orphelin des Mesnuls.

Sevran

Fabrice Levine avait une grosse tête rouge, des sourcils en forme d'accent circonflexe et une barbe qui ressemblait à un collier en cuivre. Ses cheveux longs tombaient en une cascade grasse sur ses épaules. La raie au milieu comme un trait blanc était traversée d'une large veine bleue. Sevran étudiait le père de Thibault pendant que Biolet s'échinait à l'interroger. À l'annonce de la mort de son enfant, une grimace d'incrédulité était apparue, suivie d'un plissement de paupières. Ce que les enquêteurs avaient pris pour une marque d'émotion ou de stupeur s'était pourtant évaporé plus vite que des empreintes de pas dans le sable un jour de tempête.

— Occupez-vous de sa salope de mère et de son mec ! éructa l'homme. J'ai rien à ajouter. Maintenant, j'aimerais juste qu'on me foute la paix avec cette histoire !

— Votre fils s'est plaint d'un homme que vous fréquentiez et qui lui faisait peur. Il était obligé de lui rendre visite. Qui est-ce ?

— Lâchez-moi, bordel ! Ce gosse, c'était qu'une mauviette !

Biolet insista avec une détermination sans faille. Levine lui donnait l'impression d'avoir atteint les limites de l'intelligence et de l'humanité. Ses propos décousus transpiraient la haine, sentiment qu'il dirigeait tantôt vers son ex-femme, tantôt vers les services sociaux. La police n'était pas en reste, d'ailleurs. Eux-mêmes avaient essuyé quelques insultes depuis le début de l'audition.

— Bon, ça suffit.

Sevran se leva, excédée, et quitta la pièce. Biolet la rejoignit dans leur bureau dix minutes plus tard. Il paraissait épuisé.

— J'ai tout tenté. On n'arrivera à rien.

— Je sais. Il est tellement idiot qu'il aurait tué son fils en pleine gare RER aux heures de pointe. Fabrice Levine ne peut pas être celui qu'on recherche.

Songeuse, elle se mit à ranger machinalement les rapports éparpillés devant elle.

— À quoi tu penses ?

— Le profil de notre tueur est clair : il s'agit d'un dangereux psychopathe. Il doit être méticuleux, organisé, capable aussi de maîtriser ses nerfs, ce qui n'est le cas ni de Fred Rambier ni de l'autre abruti.

— Je suis d'accord avec toi pour Levine. Pour Rambier, pas si sûr.

— Je te l'accorde, on doit encore creuser de ce côté-là, mais tu vois ce que je veux dire…

— Oui. Je vois, soupira Biolet en s'asseyant.

Quand Kervan, Ortiz et Dombard les rejoignirent, tout le monde s'installa. Depuis plusieurs jours, chacun se démenait pour que l'enquête avance, mais il était temps de faire un point sur les dernières découvertes de chacun.

— Commençons par les gamins placés chez les Duflot, lança Kervan. Éric Caze est mort dans l'incendie de sa caravane il y a quatre ans. On doit recevoir le rapport d'enquête.

— Où est-ce que ça a eu lieu ? interrogea Sevran.

— Dans les Ardennes.

— Il habitait là-bas ?

— Depuis quelque temps seulement, il avait un petit boulot dans une supérette. Son corps était dans un sale état, mais les analyses ADN sont formelles, il s'agissait bien de lui.

— Un de moins sur la liste, donc, grommela Biolet.

— C'est ça. Mais il nous manque encore Mickaël Sudre, Slimane Hamouche et une fille, Estelle Tauve, dont il semble qu'elle a fini à la rue, elle aussi, intervint Ortiz en lisant son calepin.

— Il faut qu'on les retrouve, et vite, lâcha la commandant. Tout porte à croire que Madeleine a reçu l'aide d'un homme qui se fait passer pour son fils. Or, entre cette pseudo-filiation et le fait que Madeleine et son mari semblaient très solitaires, je pense qu'on peut sérieusement envisager qu'il s'agisse d'un des garçons qui ont été placés chez eux, même si ça paraît étonnant vu le traitement qu'ils y ont reçu.

— Après tout, l'un d'entre eux a pu chercher à hériter et oublier les vieilles rancœurs…, ajouta Ortiz pour appuyer cette hypothèse.

— On va creuser cette piste. Concernant la spoliation, on a quoi ?

— L'agent immobilier et Brigitte Buissonière, la tutrice, ont bien détourné les fonds de la vente à leur profit. J'ai vérifié. Ils étaient amants, ils ont monté le coup ensemble avec la complicité du notaire. D'après Creisson, Slimane Hamouche est celui qui se serait présenté comme le fils. Il refusait la vente, mais n'avait aucun droit dessus, leur apprit Dombard.

— Il avait peut-être peur qu'on mette la main sur le charnier..., supposa Sevran. On a son portrait ?

— Non. Pas de casier pour lui non plus. Et rien dans les carnets de Madeleine, qui n'était visiblement pas très portée sur les photos de famille..., ironisa Kervan.

— Tant pis, revenons aux victimes. Quel lien y a-t-il entre Enzo Aidel et Thibault Levine ? Comment expliquer que ces enfants aient fini emmurés dans la maison des Mesnuls ? Vous avez appris quelque chose à ce sujet ?

— Pas vraiment. Enzo Aidel a disparu alors qu'il venait de quitter Clermont-Ferrand avec l'intention de se rendre chez son père, Mohamed Aidel, à Mantes-la-Jolie. Pour rappel, à l'époque, c'est lui qui a donné l'alerte, car son fils n'est jamais arrivé à destination. Enzo a été scolarisé à Clermont-Ferrand, à Alphonse-Daudet. Il jouait au foot dans l'association sportive de la Croix-de-Neyrat et n'a, semble-t-il, jamais été en vacances nulle part, résuma Kervan.

— Quant à Thibault Levine, embraya son binôme, il a suivi sa scolarité à Meaux. Pas d'activités sportives en club, mais un séjour en Bretagne en 2016, quinze jours payés par la ville. *A priori*, il n'y a donc pas de lien entre ces jeunes, si ce n'est leur âge, leur milieu et quelques ressemblances physiques : bruns, yeux noisette, sensiblement la même taille.

— Leur point commun, ce sont les services sociaux. On doit chercher parmi le personnel d'Auvergne et celui de Meaux. Je sais le boulot que ça représente, mais il nous faut la liste de tous ceux qui ont été amenés à les suivre de près ou de loin. Et autre chose : je ne crois pas avoir eu l'occasion de vous dire qu'on avait eu un retour du labo concernant les cheveux prélevés sur les corps des gamins. La personne à qui ils appartiennent n'est pas fichée, mais il s'agit d'une femme.

— Pourquoi on ne prélève pas l'ADN des filles qui ont été placées chez les Duflot pour faire une comparaison ? interrogea alors Dombard.

— Parce qu'on va nous tomber dessus en nous expliquant que ça coûte une fortune… En revanche, Kervan, Ortiz, vous les avez bien toutes auditionnées ?

— Presque. Seule Estelle Tauve est introuvable. Au pire, on pourra toujours les soumettre au test, mais franchement, vu ce qu'elles nous ont raconté, je ne pense pas que ce soit l'une d'elles.

— Tu as raison. D'ailleurs, à ce stade, c'est surtout avec Madeleine et Murielle Frandon que la comparaison ADN aurait du sens. Or, toutes les deux sont mortes et on ne va pas exhumer leurs corps. Je vais essayer de mettre la main sur des proches de l'éducatrice qui pourraient témoigner. Il y a quelque chose de pas net. On a besoin de savoir ce qu'elle trafiquait avec les Duflot.

— Tu crois que ses enfants, si elle en a eu, nous raconteront à quel point elle était incompétente ? lança Dombard, perplexe.

— On n'est jamais sûr de rien. Autant tenter. Ortiz, vous en êtes où avec la mère de Stéphanie Darré ?

— C'est une vieille femme grabataire. On n'a rien tiré d'elle. Mais on a pu lui faire un prélèvement salivaire.

— En attendant, on n'a toujours aucune idée de l'endroit où est sa fille…, réfléchit Biolet à haute voix.

— Dombard, continue de creuser cette affaire de disparition dont t'a parlé Kroetz et interroge-le de nouveau. Kervan et Ortiz, établissez la liste des éducateurs sportifs et sociaux qui se sont occupés d'Enzo Aidel. *Idem* pour Thibault Levine. Biolet et moi, on va se rapprocher de l'entourage de Murielle Frandon et faire notre possible pour remonter jusqu'aux orphelins qui nous manquent. Allez, on s'y remet, et on ne baisse pas les bras !

Une mission en chassait une autre, et Sevran avait bien l'intention de s'intéresser de près à la famille de Murielle Frandon. Elle lança donc une recherche sans perdre de temps et, comme plusieurs résultats apparaissaient sur son écran, Biolet et elle entreprirent de les appeler un par un. Ils en étaient au quatrième nom lorsqu'un collègue de l'accueil pénétra dans le bureau.

— Commandant, on a un certain Damien Couard à l'accueil. Il dit qu'il vient de tuer un homme. Il est complètement paniqué. Vous pouvez descendre ?

Biolet et elle s'éjectèrent de leur siège, traversèrent les couloirs et dévalèrent trois étages avant de découvrir le vigile prostré sur un strapontin. Sevran adressa un signe de tête au policier qui se tenait à ses côtés, lui signifiant qu'il pouvait disposer.

— Monsieur Couard, suivez-nous, s'il vous plaît.

L'air impassible, ce dernier s'exécuta. Quand ils pénétrèrent finalement dans une petite salle plongée dans la pénombre, il n'avait toujours pas prononcé le moindre mot. La commandant alluma la lumière et s'assit en analysant l'agent de sécurité. Biolet s'appuya contre le mur avant d'intervenir d'une voix blanche :

— Nous vous écoutons. Que s'est-il passé ?

— J'ai tué Mickaël Sudre.

Aussitôt, les enquêteurs échangèrent un regard grave.

— Nous le cherchons depuis plusieurs jours. Comment l'avez-vous trouvé ?

— C'est lui qui m'a trouvé. Ce type était dingue. Je l'ai tué parce qu'il a enlevé Cheyenne. Il ne voulait pas me dire où il l'avait mise…

— Attendez, reprenons calmement, l'interrompit le flic. C'est lui qui a pris contact avec vous, mais comment ?

— Cette histoire aux Mesnuls, ça a réveillé pas mal de choses et j'ai voulu savoir ce qui m'était arrivé quand j'étais gosse. Mickaël, c'était le seul dont je me souvenais. Je l'avais vu dans un squat il y a des années, j'ai traîné par là-bas plusieurs nuits de suite, mais personne ne le connaissait. Et puis, l'autre matin, il était dans le hall de mon immeuble. Il avait changé. Il était bizarre.

— D'accord. Poursuivez…

— Il m'a dit qu'il allait s'incruster chez moi, qu'il était content d'avoir un toit. Il me lâchait plus. Il m'a même obligé à aller travailler sans Cheyenne. Mais moi, sans ma chienne, je suis foutu…

— Ensuite ?

— Après mon service, Cheyenne était plus avec lui… J'ai pété un câble. Je l'ai frappé. Je voulais qu'il me dise où elle était. Il m'a fait croire qu'il l'avait amenée dans une vieille caravane. On y est allés, mais c'était faux. Je suis parti en vrille…

— C'est-à-dire ?

— Je l'ai étouffé.

— Où avez-vous laissé le corps ?

— Dans un garage que je loue à une dizaine de kilomètres…

Une heure plus tard, Sevran et Biolet encadraient Damien Couard qui les guidait dans le sous-sol d'une tour de banlieue où des odeurs d'essence, de cannabis et d'urine planaient lourdement. La plupart des tubes au néon avaient été brisés, si bien que l'obscurité régnait.

L'agent de sécurité marchait rapidement, le regard fixe. Au détour d'un énorme pilier en béton couvert de tags, il s'arrêta devant un vantail en aluminium gris. Chacun des flics posa discrètement la main sur son holster, prêt à dégainer au besoin.

Sans prêter attention à eux, le vigile s'agenouilla pour insérer sa clé dans une petite serrure, puis tira sur la poignée. Le panneau se souleva alors dans un bruit assourdissant puis treize mètres carrés de béton léchés par la lumière d'un soupirail se dévoilèrent.

— Mais… Je ne comprends pas ! Il y avait du sang partout… Et le corps…

Damien longea les cloisons comme un fou qu'on aurait enfermé dans une cage. Après quoi, il se laissa glisser au sol.

— Monsieur Couard, ne restons pas là, intervint Sevran.

— Je l'ai tué ! Je vous jure que je l'ai tué ! s'exclama-t-il.

— En tout cas, comme vous pouvez le constater, il n'est pas ici.

— J'ai besoin de voir Cheyenne… Où est Cheyenne ?

— Nous ne savons pas où est votre chienne, venez.

Bouleversé, complètement désorienté, il ne résista pas lorsqu'ils l'entraînèrent dehors et l'installèrent à l'arrière de leur véhicule. L'épisode laissa un goût amer à la commandant.

— Il décompense, tu ne crois pas ? demanda-t-elle à son binôme, perplexe.

— Après tout le battage qu'il y a eu autour de la découverte des corps, ce ne serait pas étonnant.

— Par contre, il a parlé d'une caravane, tout à l'heure. Deux autres orphelins des Mesnuls, Pierrick Londin et Corinne Besse, m'en ont parlé aussi. Essayons de fouiller sa mémoire, pour voir s'il peut nous y conduire.

Damien Couard

L'agent de sécurité était parvenu à retrouver le chemin menant à la vieille caravane. Il avait observé les policiers tourner autour puis pénétrer dedans l'un après l'autre, en quête d'indices. Lui était resté adossé à leur voiture. Ses tremblements, de petites convulsions régulières, le tendaient un peu plus de minute en minute. Son obsession pour Cheyenne l'empêchait de penser. Pourtant, il fallait bien qu'il se concentre un peu, car tout ce qui était en train de se produire dépassait l'entendement.

Il avait bel et bien tué Mickäel Sudre. Il en était certain ! Ensuite, pris de panique, il s'était enfui. Il n'avait plus beaucoup de souvenirs de la journée du samedi. Il avait erré, assommé par la violence de son crime, par le désespoir qu'avait engendré la disparition de sa chienne, et avait fini, ce matin-là, au réveil, par prendre la direction du commissariat de Versailles. Alors pourquoi le corps de Sudre n'était-il plus dans ce foutu garage ? Est-ce que quelqu'un l'avait sorti de là puis avait effacé toutes les traces de sang ?

Mais comment ? Et pour quelle raison ? Il avait l'impression de devenir fou.

— C'est ici que Bernard Duflot amenait les enfants pour les prostituer, n'est-ce pas ?

La voix de la commandant le fit sursauter.

— Oui… Je crois.

— Pourquoi Mickaël Sudre vous a conduit dans cet endroit ?

— Il voulait me parler d'une fille qui s'appelait Stéphanie…

— A-t-il donné son nom ? Expliqué qui elle était ? s'enquit Biolet, qui venait à son tour de se rapprocher.

— Non. Il a juste dit qu'elle vivait avec nous, et qu'elle avait été tuée là.

Les deux flics avaient l'air de retenir leur respiration.

— Nous savons qu'une jeune fille a cherché à fuguer. Elle s'appelait Stéphanie Darré. Ça ne vous évoque rien ?

Le vigile tourna son visage vers un amas broussailleux. Il semblait se concentrer pour forcer sa mémoire à lui rendre ce qui lui appartenait.

— Je ne sais pas si ce sont des choses inventées, des films ou la réalité. Je suis complètement perdu. J'ai des images qui passent, mais…

— Lesquelles ?

— On m'a puni parce que j'ai raconté des trucs à l'éducatrice. Je me souviens de Bernard et Madeleine qui deviennent cinglés, qui nous battent tous plus fort que d'habitude. Ils nous racontent qu'une fille est partie, que c'est très grave. Madeleine veut m'ébouillanter les jambes. Après, c'est le trou noir.

Biolet ferma les paupières. Lorsqu'il les rouvrit, ses pupilles formaient deux gros cailloux sombres.

— Est-ce que les noms de Slimane Hamouche et d'Éric Caze vous rappellent quelque chose ? le relança Sevran. Caze devait avoir sensiblement votre âge. Un garçon replié, très secret, d'après ce que l'on sait. Slimane était plus jeune, un enfant plutôt gai.

Le vigile entrouvrit la bouche, hagard.

— Caze ? Slimane…, répéta-t-il.

— Oui. Vous vous en souvenez ?

Soudain, il se mit à frissonner de manière inquiétante.

— Ça ne va pas ?

— Non… J'ai si froid…, articula-t-il en luttant contre une brutale chute de tension.

À le voir ainsi, la commandant comprit qu'il avait atteint ses limites et qu'il était temps pour eux de renoncer à en apprendre davantage. Elle l'aida donc à reprendre place dans le véhicule où il se blottit contre une porte pour éviter le spectacle de cette forêt angoissante. L'absence de Cheyenne était plus douloureuse que jamais. Il ne souhaitait rien d'autre que la serrer contre lui, à présent.

Dombard

Dombard détestait les dimanches, et la veille n'avait pas fait exception à la règle. C'était une journée où tout tournait toujours au ralenti, un enfer pour quiconque tentait d'obtenir des réponses ou des informations… Rapidement, il avait constaté qu'il lui serait impossible d'avancer sur son affaire de disparition et, quand il avait voulu seconder Kervan et Ortiz, ça n'avait été que pour constater leurs propres difficultés à contacter les éducateurs sportifs et sociaux. Ce lundi matin-là, le lieutenant plaçait donc beaucoup d'espoir dans la nouvelle audition d'Elmer Kroetz.

L'ex-apprenti de Bernard Duflot se présenta à la convocation en fin de matinée, après s'être fait déposer par un taxi devant les marches de l'hôtel de police. Aussitôt, deux agents vinrent lui prêter main-forte, car le bâtiment ne disposait pas des équipements nécessaires à l'accueil des personnes handicapées. Pendant que les deux hommes manipulaient son fauteuil sans ménagement, Kroetz, lui, affichait un air de mépris.

Une fois qu'il fut installé dans une salle, les collègues, essoufflés, allèrent prévenir Dombard que son témoin l'attendait. Le flic le rejoignit sans attendre, déterminé, enclencha la caméra et débuta l'audition :

— La dernière fois que nous nous sommes vus, vous m'avez parlé du matin où vous avez découvert du sang dans la camionnette de Duflot. Vous avez conclu au meurtre d'un enfant.

— Oui.

— Christelle Robert, ça vous dit quelque chose ?

— Non, rien.

— C'est une petite fille qui a disparu environ un mois avant votre accident à Charleville-Mézières.

— C'est possible.

— C'est tout ce que ça te fait ? Elle avait 12 ans !

— Je sais simplement que Bernard rôdait toujours autour des gosses…

— C'était un pédophile ?

— Je crois que c'est évident, non ?

— Non, justement. Si je me fie aux informations dont je dispose, il ne touchait pas aux gamins que l'ASE plaçait chez lui. D'autres s'en occupaient. T'es forcément au courant de ça.

— Les garçons peut-être, mais pas les filles, d'après ce que j'ai entendu dire. Enfin, moi, je travaillais dans l'atelier toute la journée, j'apercevais tout juste les gamins.

— Tu devais bien sortir de ton trou, parce qu'il y en a qui se souviennent de toi. Un grand type louche avec une gueule qui leur faisait peur. Avec ta tronche, tu croyais vraiment qu'ils t'auraient oublié ?

Kroetz referma ses longs doigts sur les accoudoirs de son fauteuil. Le flic, lui, avait une furieuse envie d'appuyer là où ça ferait mal.

— Stéphanie Darré.

— Connais pas, lança le type alors que tout, dans son attitude, indiquait le contraire.

— Bizarre. Elle était là à ton époque. Une belle fille avec du caractère. Brune, cheveux longs.

— Non, ça ne me dit rien…

— Tu joues la comédie comme un pied ! T'étais là ! Mets-toi à table, sinon je te jure que je vais t'en faire baver ! s'énerva Dombard en tapant du poing sur la table.

— Je crois qu'elle voulait partir et qu'elle est venue me demander de l'aide, hésita-t-il.

— Et qu'est-ce que t'as répondu ?

— Que je ne pouvais rien pour elle.

Une grimace de dégoût déforma un instant la figure du lieutenant.

— Qu'est-ce que vous imaginez ? rétorqua Kroetz. J'étais leur otage, moi aussi !

— T'avais 20 ans, abruti ! Ça t'aurait coûté quoi, d'apporter un peu de soutien et d'humanité à ces gosses ? Bon, et il s'est passé quoi, ensuite ?

— Elle a réussi à s'enfuir.

— Pourquoi personne n'a rien signalé ?

— Les Duflot ne voulaient pas que ça se sache. Ils auraient perdu le fric de l'ASE.

— Mais ils l'ont cherchée, hein ? Il ne fallait pas que les flics la trouvent et qu'elle parle ?

— Non, fallait pas.

— Qu'est-ce qu'elle aurait pu raconter ?

— Paraît qu'elle était enceinte…, déclara Kroetz en baissant la tête.

Sous le coup de la surprise, l'enquêteur recula sur sa chaise, un peu sonné.

— Enceinte ? Mais de qui ?

— Bernard, évidemment ! De qui d'autre ?

Un rictus souleva un coin de sa bouche.

— Pourquoi tu souris ? Ça t'amuse de te rappeler ça ? Une gamine enceinte, c'était pas bon pour ses petites affaires. Ça devait pas être lui, le père… Tu sais ce que je pense, moi ?

— Je ne sais pas, non.

— Je pense qu'elle te plaisait bien, cette fille. Elle était jolie et… Remarque, à moins que t'aimes pas les filles ?

— Si.

— Alors ?

— C'est vrai qu'elle était belle, mais…

— Mais quoi ?

— Bernard se la gardait pour lui.

— Je crois pas un mot de ton histoire. C'est certain qu'il la prostituait. Cette gosse mignonne comme un cœur, c'était un excellent moyen de se faire du blé. Mais enceinte, elle devenait un problème. Bernard Duflot aurait jamais pris le risque de nuire à son propre business !

L'ex-apprenti s'humecta les lèvres. À présent, il était totalement blême.

— Non, c'est pas possible ! s'exclama tout à coup le lieutenant, comme traversé par une illumination.

— Quoi ? s'inquiéta Kroetz.

— Pourquoi j'ai pas percuté plus tôt ? C'est tellement évident ! Et ça expliquerait bien des choses… La colère de Bernard, l'accident !

— Je comprends pas.

— C'est pourtant simple ! C'était toi, le père.

— Ça va pas, non ? Vous êtes complètement taré, ou quoi ?

— C'est pour ça que vous vous êtes disputés sur cette longue ligne droite, à La Folie !

— Non !

— Tu sais que tu aurais tout intérêt à parler, maintenant. Parce qu'on va te faire un prélèvement, et quand on aura mis la main sur le cadavre de cette gamine, il suffira d'une simple comparaison génétique avec le fœtus pour obtenir la confirmation de mon hypothèse. Et là, tu seras dans une belle merde. Je peux te garantir que ce sera sacrément difficile de nier la complicité, voire l'homicide volontaire.

— C'est bon. Qu'est-ce que vous voulez ?

— Toute l'histoire, depuis le début.

Kroetz se redressa et entama sa lente descente aux Enfers.

Sevran

Durant toute la matinée, Sevran s'était échinée à essayer de donner du sens aux propos délirants de Damien Couard. En vain.

La veille, le jeune homme était resté muet et prostré pendant tout le trajet du retour. Puis il avait fait un malaise devant l'entrée de l'hôtel de police, si bien que Biolet s'était porté volontaire pour le ramener chez lui. Il était évident qu'il présentait des signes de fragilité psychique qui empêchaient la poursuite d'une quelconque audition.

Depuis, la commandant s'interrogeait. Sur la soudaine apparition de Mickaël Sudre dans la vie de Damien. Sur le récit de leur querelle. Sur l'absence de cadavre, surtout, qui était des plus intrigantes. Pour le moment, le SDF semblait s'être volatilisé, mais des recherches étaient en cours, et elle espérait bien en obtenir des réponses. Quoi qu'il en soit, les hypothèses étaient peu nombreuses : ou celui-ci était vivant et il fallait l'interroger au plus vite, ou il était mort, auquel cas ils devaient retrouver son cadavre.

Sevran se sentait étouffer dans l'atmosphère de la pièce devenue suffocante. Elle s'apprêtait à aller ouvrir la fenêtre quand Dombard débarqua en trombe.

— Je tiens un truc ! Elmer Kroetz a craché le morceau. Stéphanie Darré était enceinte. Et sais-tu qui était le père ?

— Je ne sais pas, répondit-elle, prise au dépourvu. Bernard ?

— Elmer Kroetz lui-même ! Il m'a raconté une histoire d'amour débile. Je pense plutôt qu'il l'a violée. En tout cas, quand le vieux a appris pour le bébé, il a pété les plombs. Et apparemment, le même jour, il a su qu'un des gamins avait parlé aux services sociaux. Je te laisse imaginer dans quel état ça l'a mis… Selon Kroetz, Bernard a tué la fille devant les gosses. Les garçons uniquement. Pour leur donner une leçon. Ensuite, il les a forcés à l'enterrer quelque part du côté de la propriété de Barnabé Fouque.

— Le voisin…, souffla-t-elle, abasourdie. On risquait pas de découvrir son corps, on a creusé à des centaines de mètres de là. J'appelle la Scientifique immédiatement.

Les pieds dans la glaise, Sevran grelottait aux côtés de Biolet pendant que les pelleteuses retournaient la terre dans la nuit. Inlassablement. Chaque coup de godet dans le sol était suivi du bruit métallique des cailloux chutant bruyamment dans la benne. Les puissants projecteurs tournés vers les bois donnaient aux arbres l'allure d'une armée de morts-vivants, l'ombre du balancier de l'engin, celle d'une faux vengeresse. Kroetz, qui avait été sollicité pour orienter les fouilles, était assis dans un fauteuil, à l'écart. Il assistait au spectacle, parfaitement impassible, une couverture sur les jambes. En lui jetant un regard, Sevran ne put s'empêcher d'éprouver un malaise. Mais celui-ci se dissipa rapidement quand elle aperçut la voiture du commissaire se garer à distance.

— Lemestre arrive…, soupira-t-elle.

— Accompagné d'Edelman.

— Manquait plus que lui !

Instantanément, elle se crispa. Elle savait qu'elle allait devoir rendre des comptes, et ça l'épuisait d'avance.

— Quand ils seront partis, je te conseille de rentrer chez toi, dit-elle en enfonçant davantage son cou dans un lainage.

— Hors de question. Pas cette nuit. Je verrai mon fiston demain matin.

— Comme tu voudras… Bonsoir, monsieur le procureur.

— Du nouveau ?

— Toujours rien.

— Vous êtes sûrs de l'info, au moins ?

— Le témoin, Elmer Kroetz, est là-bas, lui indiqua-t-elle d'un coup de menton. Il affirme que le corps a été enterré ici.

Dombard, qui dirigeait jusque-là les recherches au plus près de la pelle mécanique, les rejoignit, l'air préoccupé.

— On est coincés. Il y a un arbre remarquable dans le périmètre qui nous intéresse.

— Pardon ?

— On n'a pas le droit de creuser, quoi.

— C'est une blague, rassure-moi !

— Qu'est-ce que c'est que ces conneries ? renchérit Lemestre.

— Barnabé Fouque a un document qui prouve que cet arbre est classé. On va devoir faire un paquet de demandes d'autorisations. C'est fini pour cette nuit, expliqua le lieutenant, impuissant.

Sevran se tourna vers Edelman.

— Monsieur le procureur, vous pouvez peut-être faire quelque chose pour débloquer la situation...

Celui-ci lâcha un soupir, se contenta de la fixer froidement, puis s'éloigna en direction des engins.

— Décidément, personne ne se sera jamais intéressé à ces pauvres gosses, maugréa Biolet. Un arbre vaut plus que la vérité concernant leur assassinat, j'en ai la nausée.

Il enfonça une main dans sa poche à la recherche d'une cigarette qu'il coinça entre ses lèvres dans un geste plein d'amertume et de dégoût, en proie à une colère à peine contenue. La commandant partageait son sentiment, mais plaçait tous ses espoirs dans la négociation que menait le magistrat avec le voisin. Cet homme que Kervan avait décrit comme sénile ne semblait pourtant pas manquer de vigueur et, brandissant son document officiel, il était en rogne.

— Espérons que le proc' arrive à ses fins...

— Ce foutu chêne doit avoir des racines qui courent sur plusieurs mètres..., se lamenta Dombard tout en jetant un œil à Kroetz, qui n'avait toujours pas bougé.

La cheffe de groupe était inquiète. Non seulement la discussion se prolongeait, ce qui n'augurait rien de bon, mais l'heure tournait, et les techniciens montraient tous des signes de fatigue.

— S'il parvient à obtenir l'autorisation de creuser, j'espère pour vous qu'on retrouvera le corps de l'adolescente, assena Lemestre. Sans ça, on se fera souffler dans les bronches !

— Commissaire, Kroetz, ici présent, nous assure que Stéphanie Darré est enterrée là depuis une quinzaine d'années. Je ne peux donc pas ignorer son témoignage. Mais si on se trompe, vous pourrez bien sûr me faire porter la responsabilité d'avoir déraciné un arbre pour rien !

De rage, elle s'éloigna en retirant son bonnet et ses gants. Ce système dénué de toute humanité l'usait. Même si elle s'engluait dans la glaise avec ses bottes trop grandes, elle accéléra le pas pour atteindre une large pierre où elle s'assit pour composer le numéro de William. Pendant l'attente, elle leva le nez vers la cime des conifères qui se découpaient comme autant de fines lames dans la nuit claire. Un croissant de lune parfait brillait au firmament.

— Salut ! Comment ça va ? demanda-t-elle dès qu'il décrocha.

— Manon dort comme un loir. Elle m'a tanné toute la journée pour qu'on aille voir les jouets dans les magasins.

— Noël approche, normal. J'avais complètement oublié, soupira-t-elle en baissant les yeux. Vous vous êtes baladés un peu, alors ?

— Oui, un petit tour en ville. Tu nous as manqué. Tu rentres bientôt ?

— Ça dépend si j'obtiens l'autorisation de déraciner un arbre.

— Comment ça ?

— Je t'expliquerai. Mais promis, on ira voir les vitrines avec Manon dès que possible. Allez, j'y retourne. Je t'embrasse. Je t'aime.

Sitôt raccroché, un sentiment de culpabilité commença à s'insinuer en elle. Elle se fit pourtant violence pour rejoindre ses collègues. Là, rapidement, l'agitation régna de nouveau lorsque le procureur leur donna le feu vert inespéré pour la reprise des fouilles. Chaque technicien regagna donc son poste. Le bruit des pelleteuses se remit à rythmer le silence de la nuit. Sevran, elle, adressa un sourire poli à Edelman, auquel il répondit en levant un sourcil plein de condescendance.

Des heures et des heures passèrent dans le brouhaha de l'engin de chantier, jusqu'à ce que quelqu'un crie. La commandant se précipita au bord du trou profond d'environ un mètre cinquante. Avec cette glaise, elle ne parvenait pas à voir ce qui avait provoqué l'arrêt de la machine.

— Là ! indiqua un technicien en combinaison qui glissa dans le trou avec précaution.

De sa main recouverte de latex, il déblaya délicatement le contour d'une forme sombre.

— On y est…, murmura-t-elle.

— C'est pas possible !

Biolet se prit la tête entre les mains. Quant à Dombard, il paraissait hypnotisé par la zone éclairée à ses pieds.

Lentement, le corps remonta à la surface. Des os d'abord, puis des paquets de cheveux qui semblaient se détacher du crâne. L'IJ s'affairait méticuleusement autour de la dépouille pendant que la commandant et ses collègues assistaient, silencieux, à la scène. Lorsqu'elle put enfin détourner le regard, elle remarqua Clopo qui arrivait. À cet instant seulement, elle comprit que la petite ritournelle de l'horreur, une fois de plus, faisait entendre sa sinistre mélodie.

Émilie Lachare

Le pâle visage d'Émilie se tourna vers une fenêtre protégée par une grille cadenassée, tandis que de la fente de ses lèvres gercées s'échappait un filet de bave. Ses vêtements imprégnés de sueur lui collaient à la peau, des sangles lui entravaient les membres et la maintenaient au lit. La chambre était vide de meubles et de décoration. Les murs vert pisseux étaient tristes à pleurer.

Voilà ce qu'on récolte quand on se rebelle, murmura sa voix intérieure, toujours prompte à la critique. Elle se souvint alors de son agitation à son arrivée ici. Fermement encadrée par deux infirmiers, elle avait pourtant cherché à prendre la fuite. Bien mal lui en avait pris. La sanction était tombée, implacable. Des médicaments lui avaient été administrés de force, après quoi elle s'était sentie glisser à la surface d'une mer de lait.

La sensation apaisante l'avait agréablement surprise. Le puissant cocktail chimique avait créé un petit espace dans son cerveau, une sorte de pièce blanche où elle avait pu se retrancher et esquiver le monologue interminable de sa maudite conscience. La lumière rose inondait tant le lieu qu'elle s'était crue au paradis. Son corps avait navigué, léger, à l'abri des perturbations extérieures, jusqu'à ce qu'un doux sommeil l'étreigne.

Au réveil, le calme, cet amant infidèle, avait disparu, la laissant seule en proie au malaise. Car la jeune femme avait à présent l'impression d'être observée. Pas par le personnel derrière le hublot de sa chambre d'hôpital verrouillée. Non, par autre chose. Par quelque chose de plus inquiétant. Une silhouette mouvante comme un reflet sur l'eau se matérialisa. Puis un visage. *Enzo.*

Cette prétendue fugue qu'elle avait servie à la police était le fruit de son imagination. En réalité, non seulement elle avait éjecté son fils de chez lui comme un malpropre, mais elle avait en plus tardé à donner l'alerte quand elle avait compris qu'il s'était volatilisé. Quarante-huit heures étaient ainsi parties en fumée. Deux jours qui avaient cruellement manqué aux enquêteurs pour reconstituer l'itinéraire du garçon. Mais les forces de l'ordre n'étaient pas dupes, si bien que la Brigade des mineurs avait très vite passé le relais à la Criminelle.

Émilie avait pris tout ce temps pour tenter de gérer le quotidien qui l'aspirait comme une turbine et se remettre d'aplomb avant de faire face aux questions. Pas une seconde elle n'avait eu une pensée pour son fils… Plus tard, sous le feu des auditions, elle s'était même demandé comment une telle chose avait pu se produire. Comment elle avait pu écarter si rapidement son enfant de son existence sans éprouver la moindre culpabilité… Jamais elle n'était parvenue à faire la lumière sur ça. En revanche, il avait été évident à ses yeux qu'elle avait provoqué ce drame. Peut-être pas consciemment ou intentionnellement, mais c'était tout de même elle qui avait dû modifier l'aiguillage, entraînant ainsi sa perte.

Désormais, une étincelle de colère brillait au fond des pupilles d'Enzo. Il lui en voulait d'avoir laissé les enquêteurs le chercher au mauvais endroit. Ils avaient toqué aux mauvaises portes, dragué les lacs et les rivières en pure perte.

« Ma mort a été atroce, semblait-il lui dire. Et tu en es la responsable. »

Émilie avait toujours rejeté toutes les fautes sur Red, sur la violence qu'il avait fait entrer chez elle. Pourtant, au fond, elle se savait fautive. Elle avait ramené toutes ses conquêtes à la maison, fière comme une gamine qui aurait réussi à attraper le pompon au manège. Mais très jeune déjà, Enzo avait manifesté sa réprobation. Il avait beau être haut comme trois pommes, il ne se laissait pas intimider par les lascars qui partageaient le lit de sa mère. Et c'est sans doute dans cette attitude qu'avait germé le mal. L'idée mauvaise que ce gamin l'empêcherait par tous les moyens de vivre sa vie, qu'il serait toujours au mieux un frein, au pire un obstacle.

— Non ! protesta-t-elle en s'adressant au plafond qui semblait si bas, à présent. Non, c'est faux ! Je l'aimais, mon gamin ! Je n'ai jamais voulu qu'il lui arrive ça…

Quarante-huit heures ! Autrement dit, le temps nécessaire pour que les radars perdent définitivement sa trace. Elle avait entendu dire, un jour, que, après soixante-douze heures, les chances de retrouver un enfant devenaient presque nulles. Les flics avaient perçu ça chez elle, cette volonté de ralentir les recherches. Et elle avait eu beau s'en défendre avec vigueur, à présent, sa conviction s'effritait. Elle était là, sur son lit, taraudée par sa conscience. Tout était si limpide et si monstrueux ! Elle ancra alors son regard dans celui d'Enzo, immobile devant elle. Son silence disait tant des souffrances qu'il avait endurées et de sa détresse qu'elle dut fermer les yeux.

— Parle-moi ! chuchota-t-elle, épuisée. Qui t'a fait du mal, mon chéri ?

Lorsqu'elle s'éveilla de nouveau, la jeune femme avait le visage sombre. Elle songea à sa voisine, à ce qu'elle lui avait révélé sur la disparition de son fils. À cette voiture dans laquelle elle l'avait vu monter. Émilie n'avait jamais pensé à ça. Elle n'avait jamais réfléchi à l'énergie qu'Enzo avait dû déployer pour rejoindre son père, un foyer dans lequel on lui ferait une place. Mariam avait mentionné un break… Or, il y avait un homme dans la cité dont la voiture était reconnaissable entre mille. Une Nevada vert métallisé dont raffolaient les gamins du quartier, car elle regorgeait de babioles et de jouets en tout genre. Son propriétaire, Nino, était commerçant ambulant. Et l'hypothèse selon laquelle ce dernier avait aidé son fils à rejoindre sa destination lui paraissait plus vraisemblable que jamais.

Nino était l'un des nombreux habitants de la cité qui avaient eu maille à partir avec Red. Il n'y avait donc rien d'étonnant à ce qu'il ait accepté de sortir Enzo de cette impasse. D'autant que, deux fois par mois, il se rendait en région parisienne à bord de son vieux break pour se réapprovisionner. Lorsqu'il revenait, le véhicule était plein de sacs plastique au travers desquels on pouvait voir sa camelote : pistolets à eau fluorescents, scoubidous, couronnes de princesse pailletées et peluches à gogo. Les enfants collaient alors leur museau à ses vitres en formant des ronds de buée.

Nino était un grand homme sec dont la figure tannée par le soleil semblait avoir été taillée à la serpe. Il avait une chevelure grise attachée en catogan et des iris bleu turquoise. Son gilet en cuir et ses cravates américaines lui donnaient l'air d'un Indien. Finalement, son allure imposait naturellement le respect, mais lui, en revanche, n'avait jamais eu la moindre considération pour Émilie.

— Alors, encore enceinte ? lui avait-il lancé un jour où elle tendait une pièce pour acheter un de ses gadgets.

La question s'était fichée dans sa chair à la manière d'une flèche vénéneuse. Elle s'était sentie humiliée et coupable. *On ne reproche pourtant jamais aux hommes de semer des gosses là où ils passent !* s'était-elle défendue en silence. Dès lors, combien de fois avait-elle croisé son regard accusateur en traînant ses poussettes au pied des tours ?

Non, il n'y avait plus aucun doute, ce type avait prêté main-forte à Enzo, qui cherchait à échapper à son beau-père tyrannique. Cette révélation avait un goût amer. Car lui non plus n'avait jamais parlé à la police. *Comment a-t-il pu garder un secret pareil ? Il devait sacrément me haïr, pour faire ça*... Un long sanglot se coinça dans sa gorge. Douloureux. Elle s'agita un peu malgré ses sangles, puis tourna la tête vers la porte. Derrière le hublot, l'œil torve d'un infirmier l'analysait.

Jason

Une intoxication alimentaire avait contaminé une dizaine de membres de l'équipage, si bien que la pose de câble dans les eaux birmanes avait pris beaucoup de retard. Le *Cyrus Field* avait, depuis, l'air d'un vaisseau fantôme à l'atmosphère moite et oppressante. Et une odeur fétide, accentuée par la chaleur, flottait dans toute la cale.

Le capitaine, que ce coup d'arrêt aux opérations avait rendu d'une humeur massacrante, s'en prenait à tous ceux qu'il sentait gagnés par la fièvre. Du coin de l'œil, le cuisinier observait les effets de la fatigue et de la déshydratation sur les êtres et les rapports humains. Regards vitreux, visages grimaçants… Cette détérioration accélérée aurait été fascinante à étudier s'il n'avait pas été l'objet d'une attention aussi impromptue qu'inquiétante. Depuis peu, les marins le regardaient de travers, chuchotaient sur son passage. La rumeur pointait son doigt sale vers lui. On le disait à l'origine de l'épidémie.

Dans le fond, Jason s'en moquait, du moment qu'il n'était atteint par aucun symptôme. Mais tout de même, la situation commençait à créer un malaise. S'il n'avait tenu qu'à lui, il aurait passé ses journées seul dans sa cabine, loin de ces individus répugnants. Malheureusement, il lui incombait de les nourrir… *Vous pouvez tous crever sur ce rafiot, ça m'est égal !* En fait, plus il cherchait à se cacher, plus sa présence semblait se révéler à l'équipage. Jamais il n'avait eu un tel sentiment de vulnérabilité. Il était l'empoisonneur, et il ne faudrait pas plus d'une semaine avant que tout le monde s'en prenne réellement à lui.

Une telle ambiance favorisait les visions effroyables qui lui parasitaient l'esprit. Il les voyait tous broyés, déchiquetés sur un champ de mines. Et, quand ces morts en sursis rampaient vers lui, il les achevait, tel l'archange saint Michel combattant le dragon. Finalement, la réalité le rattrapait toujours et hurlait à ses oreilles qu'il était en grand danger et que, ici, il ne parviendrait pas à se sauver…

Jason rasa les murs pour rejoindre son antre. Une fois dans sa cabine, il s'allongea sur le sol froid, puis rampa maladroitement sous le lit. L'espace était si minuscule qu'il sentait ses côtes lui enserrer les poumons, au point d'entraver légèrement sa respiration. Il faisait noir, là-dessous, et ça sentait la poussière. Une suée soudaine trempa son corps, accompagnée de nombreux spasmes. C'était toujours la même chose au début. Un peu comme si l'organisme résistait de toutes ses forces, refusant l'immobilité, l'obscurité et la peur. Mais ensuite, au fil des minutes, une forme de sérénité l'envahissait. Il avait découvert cette pratique alors qu'il était enfant, ou plutôt, on la lui avait fait découvrir. Depuis, il ne pouvait plus s'en passer. Chaque pic de stress, chaque contrariété devait se conclure ainsi.

Un jour, il y avait des années de ça, il était resté vingt-quatre heures enfermé dans un meuble. Les gens n'imaginaient pas la force et la détermination nécessaires pour endurer une telle expérience. Physiquement, d'abord. Mais aussi psychologiquement. Car les idées morbides l'assaillaient, et il fallait sans cesse jouer avec elles pour les apprivoiser : les caresser, les enlacer puis les repousser avec violence quand il le fallait. Peu de gens étaient capables de supporter ça. Jason l'était.

Au bout d'une vingtaine de minutes, il glissa jusqu'au centre de la cabine et se retourna pour faire face au plafond. Il transpirait tant qu'il paraissait sorti des flots. La lutte avait alourdi ses traits, terni son teint. Il examina les recoins de sa chambre de ses immenses billes émeraude inondées de mélancolie. Cet état de dysphorie était sa bête noire. Pourquoi la jouissance devait-elle toujours être si fugace ?… Elle entraînait tant de tristesse dans son sillage ! Jason pensa réintégrer l'espace sous la bannette pour remédier à l'insatisfaction, mais se ravisa en entendant du bruit en provenance de la coursive.

Les pas titubants d'un membre de l'équipage lui parvenaient. L'individu se dirigeait vers lui, si bien qu'une nouvelle pulsion électrisa le cuisinier. Il avait subitement une envie irrépressible d'étrangler le fauteur de troubles. Il perçut un frottement contre la porte en acier inoxydable, puis quelqu'un glissant au sol de l'autre côté de la paroi dans un long râle. Jason retenait sa respiration. Le silence s'imposa de nouveau. Étrange. Jason prit brusquement conscience qu'il n'était plus hermétique à ce qui se passait autour de lui. Et cette sensation était effrayante.

Sevran

Sevran, Biolet et Dombard se tenaient debout près de la table d'autopsie, écrasés par les sentiments que provoquait la vision de la dépouille étendue devant eux. Pendant que Clopo faisait une synthèse des différents examens pratiqués, la commandant ne cessait de songer à la jeune fille qui avait habité ce corps. Et plus encore à l'enfant que Stéphanie Darré attendait au moment de son meurtre. Rien, dans ce cadavre méconnaissable, rongé par la terre acide et les larves, ne permettait pourtant de penser que celui-ci avait un jour abrité la vie.

L'enquêtrice se hissa discrètement sur la pointe des pieds dans l'espoir de détendre ses muscles. Le légiste expliquait alors que des racines avaient percé en de nombreux endroits le blouson que revêtait l'adolescente le jour de sa mort. Des bribes de son discours lui parvenaient comme en sourdine, elle peinait à se concentrer.

— L'état du corps est compatible avec une disparition qui serait survenue en 2004.

— Et les causes ? demanda-t-elle par automatisme, consciente qu'il fallait qu'elle se ressaisisse.

— Strangulation. Des radiographies du larynx ont permis de déterminer la présence d'une fracture de la corne droite de l'os hyoïde et de la corne supérieure gauche du cartilage thyroïde.

Elle se déplaça pour observer le crâne.

— Cette fracture, ici, est-ce qu'elle résulte d'un coup porté à la tête ?

— Non. Le corps a été inhumé il y a tant d'années que cette fêlure et quelques autres déformations sont simplement liées à la pression de la terre.

— OK.

— Par contre, j'ai noté autre chose. Et c'est la première fois que je vois une chose pareille… Il semble que l'accouchement ait eu lieu *post mortem*.

Tous ouvrirent des yeux ronds.

— Les gaz de décomposition ont probablement été à l'origine de l'expulsion du fœtus. Mais en l'absence de contractions musculaires, cette expulsion n'a été que partielle. (Biolet plaça son poing sur sa bouche.) D'après le périmètre crânien et la dimension du pied de l'enfant, je dirais qu'elle était au terme de sa grossesse, environ trente-huit semaines.

— Quelle horreur…, souffla Dombard.

— Est-ce qu'on peut établir une quelconque relation entre la mort de Stéphanie Darré et celle des enfants emmurés ?

— Certaines méthodes de strangulation ne laissent aucune trace, notamment chez les jeunes sujets… Si les adolescents emmurés ont été étranglés, ils l'ont été à l'aide d'un tissu large et souple. Ce qui peut expliquer que je n'aie pas trouvé de fractures ou de luxations visibles.

— Donc les méthodes divergent ?

— Dans le cas de Stéphanie Darré, la strangulation s'est faite à la main, ce qui implique que son assassin se tenait face à elle. Il a appuyé sur le larynx et a dû la contempler alors qu'elle était en train de mourir. Dans le cas de l'étranglement au tissu, le tueur se place généralement derrière. On appelle ça le « coup du père François ». La perte de conscience des victimes intervient dans les dix à quinze secondes. Ça demande peu d'efforts, c'est rapide, efficace et discret. Je ne me risquerai pas à affirmer que nous avons deux meurtriers bien distincts, mais tout est possible.

Après de brèves salutations, les trois flics reprirent le chemin du commissariat en silence, chacun plongé dans ses réflexions. Puis, une fois arrivés dans la cour de l'hôtel de police, ils firent un rapide point dans la voiture avant de se séparer. Dombard allait à présent s'occuper d'avancer sur Slimane Hamouche, le gamin placé chez les Duflot sur lequel ils n'avaient toujours pas réussi à mettre la main. Suzanne Fresse, une autre orpheline des Mesnuls, leur avait appris qu'il était parti vivre en Algérie quatre ans plus tôt. Quant à Sevran et Biolet, ils filèrent sans tarder. Ils avaient rendez-vous avec le fils de Murielle Frandon.

La commandant et son binôme pénétrèrent dans un salon étroit éclairé par une grande fenêtre aux rideaux brodés qui représentaient une enfant et un chien. Ils s'assirent à une table ronde recouverte d'une nappe en plastique fleurie, balayèrent des yeux l'espace simple et ordonné pendant que le fils de l'éducatrice, d'une voix mal assurée, leur proposait une tasse de café, qu'ils acceptèrent. Une atmosphère pesante accompagna sa préparation dans une kitchenette attenante, jusqu'à ce que Sevran, impatiente, intervienne :

— Monsieur Frandon. Nous avons besoin de recueillir le maximum d'informations sur votre mère. Elle était responsable des enfants placés chez un couple qui…

— Les Duflot, l'interrompit-il en s'installant devant eux avec un plateau, les mains un peu tremblantes.

— Tout à fait. Elle vous en a parlé ?

— Elle m'a tout raconté peu de temps avant sa mort. Ce qu'elle m'a dit m'a secoué, avoua-t-il sans oser les regarder. En fait, c'était tellement horrible que je n'ai pas voulu la croire, mais maintenant tout fait sens, avec cette histoire de « maison de l'horreur ».

— Nous vous écoutons. Prenez votre temps…, l'encouragea Biolet.

— Ma mère était quelqu'un d'instable. Mon père est mort dans un accident quand j'avais 5 ans. Elle a sombré dans une grave dépression pendant deux ans avant de reprendre son emploi d'éducatrice. Ce métier ne la rendait pas heureuse. Elle se sentait lâchée par sa hiérarchie et elle pleurait souvent. (Il remua tristement la tête.) Nous étions très isolés, à l'époque, sans soutien de la part de la famille ou d'amis, et les Duflot se sont rapidement imposés dans sa vie. Ils se sont mis à lui offrir des petites choses. Des légumes, des œufs. Des cadeaux. Parfois même un billet quand ils apprenaient que les fins de mois étaient difficiles. J'ignore d'où ils sortaient cet argent, mais ce qui est sûr, c'est qu'ils l'ont endormie comme ça.

— Vous les avez rencontrés ?

— Une fois. J'avais l'âge des gamins qu'ils gardaient. Mes souvenirs sont très flous. Par contre, je me rappelle qu'ils m'ont fait peur. Je les ai trouvés malsains. J'ai refusé d'y retourner.

— Que s'est-il passé ensuite ?

— Ma mère a eu un long congé maladie et, à son retour, elle a compris que quelque chose de grave s'était produit. Des gosses lui ont confié qu'une fille avait disparu.

— Et qu'a-t-elle fait ?

— Les Duflot l'ont convaincue qu'elle était partie avec un homme dont elle était tombée amoureuse et qu'il n'y avait pas de quoi rameuter la police. Ma mère leur a fait confiance, et comme sa responsabilité était engagée, elle s'est tue.

— Elle n'a jamais eu de doutes ?

— Si. Une semaine avant sa mort, elle m'a avoué qu'elle en avait toujours eu. Elle pensait qu'ils avaient tué la fille.

— Pourquoi ?

— Je ne sais pas. Mais elle se torturait l'esprit avec ça. Elle me disait que les enfants avaient raison et qu'elle ne les avait pas crus. Sur la fin, la culpabilité la rongeait.

— Mais pourquoi est-elle restée muette tout ce temps ?

— Elle était terrorisée à l'idée de perdre son emploi et qu'on finisse à la rue. Et puis, je crois qu'elle était complètement sous leur emprise. Ils se mêlaient de tout. Vous ne pouvez pas imaginer ! À un moment, par exemple, un de mes instituteurs s'est rapproché de ma mère. Je l'aimais beaucoup, un type vraiment bien.

D'ailleurs, ça fonctionnait entre eux. Moi, je rêvais qu'on redevienne une famille, mais les Duflot ont tout fait pour qu'elle mette un terme à cette relation.

— C'est-à-dire ?

— Ils l'ont persuadée qu'il ne s'intéressait pas à elle, mais à moi. Ils avaient soi-disant appris par des gendarmes qu'il y avait eu des plaintes déposées contre lui pour agression sexuelle. Que c'était un pervers. Ils ont fait capoter l'histoire en moins de six mois. Elle n'a pas eu de chance, la pauvre…

Biolet se mordit la lèvre en jouant du bout des doigts avec sa tasse de café. Son équipière observa le bouquet de fleurs séchées posé sur la télévision avant de reprendre :

— Est-ce que votre mère vous a parlé d'enfants en particulier ?

— Pas à cette période, mais avant son décès, oui. Il y en avait un qui avait un comportement bizarre. Les autres en avaient très peur. Du genre violent, limite psychopathe. Quand elle en a discuté avec Madeleine et Bernard, ils ont minimisé les choses en disant que les autres étaient jaloux, que ce gamin-là était beaucoup plus malin qu'eux. Elle n'a pas cherché plus loin.

— A-t-elle donné son nom ?

— Sans doute, mais je ne m'en souviens pas, désolé. Ses confessions ont duré des heures.

— Slimane Hamouche, Mickaël Sudre, Damien Couard, Éric Caze… Ces noms ne vous évoquent rien ? tenta tout de même Biolet.

Frandon leva des yeux lourds vers lui.

— Non, sincèrement, je ne pourrai rien vous dire de plus.

Les deux policiers gardèrent le silence quelques instants, convaincus que le jeune homme en savait plus que ce qu'il prétendait. Puis, face à cette impasse, ils le remercièrent de les avoir reçus. Le fils de l'éducatrice semblait trop remué par toutes ces confidences pour qu'ils en tirent davantage ce jour-là.

Sur le chemin les ramenant à Versailles, le ciel s'obscurcissait de plus en plus. Son équipier au volant, la commandant observait distraitement le déplacement d'une grappe de nuages prêts à larguer une pluie glacée au-dessus de leurs têtes. Désormais, ils savaient qu'un des gamins présentait à l'époque des troubles psychiatriques, mais Sevran se fit la réflexion qu'ils ne rencontraient pas beaucoup d'esprits sains depuis le début de cette enquête… Trop impatiente de savoir si Dombard avait pu avancer sur Slimane Hamouche, elle composa son numéro.

— Alors, tu as du nouveau ? lança-t-elle dès qu'il eut décroché.

— J'ai retrouvé la trace de notre gars. Il a une boîte de déménagement à Alger. Il donne dans la location de conteneurs et de camions avec chauffeurs. Je tombe sans arrêt sur un répondeur et j'ai déjà envoyé deux mails plus un message sur sa page Facebook. On peut toujours demander l'aide des autorités sur place, mais…

— Attendons un peu avant de solliciter la police algérienne et jetons déjà un œil du côté des douanes et des dépôts de déclaration de marchandises. Sinon, rien de neuf sur Sudre ? Il n'a toujours pas refait surface ?

— Rien pour le moment, désolé.

Le regard de la commandant se perdit dans les traces sombres de poussière recouvrant sa vitre. Elle en venait à se demander si son intuition l'avait trompée au sujet de Damien Couard. Le jeune homme avait l'air brisé, mais peut-être cachait-il une autre personnalité ? Quant à Hamouche et Caze, le fait de ne rien savoir à leur sujet la plongeait dans un abîme de doutes. Son équipier étouffa un bâillement. Elle lui adressa un sourire triste.

— On est complètement débordés, mais j'ai vraiment hâte de faire la rencontre de Théo, tu sais. Manon aussi, d'ailleurs. Elle est excitée comme une puce !

— Pourquoi vous ne passeriez pas ce soir ? Je suis certain que ça fera plaisir à Julie ! Je pense qu'on a tous bien besoin de se changer les idées, tu ne crois pas ?

— Je suis d'accord ! Si c'est bon pour toi, tu me déposes au commissariat, le temps de faire deux ou trois choses, et on arrive.

— Parfait !

Une fois seule dans la cour de l'hôtel de police, Sevran profita d'une minute de répit dans le silence. Elle contempla les fenêtres des bureaux qui projetaient de petits rectangles lumineux sur le sol. Puis elle appela William pour lui faire part du projet de la soirée. Son mari se montra ravi à la perspective de voir enfin le bébé de Biolet, mais ce n'était rien à côté de l'enthousiasme de Manon. Reboostée à l'idée de ces quelques heures de légèreté qui se profilaient, la commandant remonta à l'étage que ses collègues avaient déserté. Là, elle alluma sa lampe qui éclaira vivement un document posé bien en évidence.

« Rapport d'enquête, incendie du 18 décembre 2015. Route de Revin. Les Mazures. » Elle le feuilleta jusqu'au chapitre consacré aux causes du sinistre, chapitre qu'elle lut en diagonale pour aboutir aux conclusions de l'expert. Ce dernier faisait état d'une carbonisation extrême. En toute logique, Sevran s'attarda ensuite sur les résultats ADN qui avaient permis l'identification d'Éric Caze. Il n'y avait là rien de surprenant ou qui méritât qu'on ratiocine, aussi dirigea-t-elle son regard vers la nuit noire qui l'attirait comme un aimant.

Il était temps que la journée se termine. Pourtant, un sentiment de frustration la tenaillait. Depuis le début, elle pensait que la racine du mal était les Duflot. Il était en effet plus que probable qu'un des enfants maltraités soit le meurtrier des adolescents retrouvés emmurés. Cependant, plus elle se rapprochait du cœur de l'affaire, plus elle avait la sensation qu'une puissante force la repoussait et l'empêchait de toucher au but. À l'instant où elle s'apprêtait enfin à capituler et à éteindre la lumière, ses yeux tombèrent sur une photo d'Enzo Aidel, et un frisson glacé la parcourut.

Pio Achenza

Devant lui, dans un angle de la pièce aux murs sales, une toile d'araignée se gonflait comme une voile sous l'effet d'une brise légère. Pio Achenza était tout à sa contemplation de cette œuvre de la nature quand apparut l'arachnide. Une patte surgit d'une faille presque invisible, puis une autre. Et la bestiole fila vers la porte contre laquelle il se tenait. En prenant d'abord soin de placer sa cigarette entre ses lèvres, Pio tendit une main vers elle. Elle se figea, raide sur ses échasses. Le face-à-face parut durer une éternité.

Pio venait de terminer son service. Il pouvait désormais rentrer chez lui. Mais il n'en avait pas envie. Retrouver sa femme et ses récriminations était au-dessus de ses forces. La veille, il avait bien essayé de la quitter, ou du moins l'en avait-il menacée. Il avait alors tracé sa route sur dix kilomètres à bord de son Opel Corsa, puis, à un carrefour, il s'était demandé où le menait cette fuite. Personne autour de lui ne pouvait l'accueillir ne serait-ce que quelques jours avec ses enfants, et comme il était inconcevable qu'il en soit séparé, il avait rebroussé chemin, réintégré la couche parentale et ravalé sa fierté. Dans le silence insupportable de la nuit, à peine troublé par le froissement des draps et la respiration sèche de Maria, il avait songé au piège qui s'était refermé sur lui au fil des années.

L'araignée s'était désormais rapprochée de sa toile où elle avait l'air de s'affairer auprès d'un moucheron que le vent avait dû semer là. Pio se hissa sur la pointe des pieds, curieux d'observer la destinée du minuscule insecte. Une destinée qui ressemblait tristement à la sienne. Le spectacle le subjugua jusqu'à ce que sa cigarette se soit totalement consumée. Il éteignit alors le mégot en le frottant contre le mur et le plongea dans sa poche après avoir essuyé la trace de cendre laissée sur la pierre. Avec ce geste anodin, on pouvait deviner quel homme il était. Pio réparait ce qui pouvait l'être, il recousait les lambeaux avec patience et abnégation, inlassablement, jusqu'à l'épuisement parfois. Ce désir puissant d'arranger les choses l'animait et lui procurait de la satisfaction, peut-être même un peu de fierté.

Soudain, il constata avec soulagement que ses pensées avaient enfin cessé de l'assaillir. C'était étrange et reposant à la fois. Dans un tel état d'apesanteur, aucune des piques de sa femme ne l'atteindrait. Il était prêt à y retourner, à reprendre sa place dans ce quotidien éprouvant et à repousser l'échéance d'un changement.

Pio trouva l'appartement vide. Passa d'une pièce à l'autre avant de parcourir le couloir étroit et sombre jusqu'à la dernière chambre au fond, pour s'en assurer. Maria devait lui tailler un costard à sa mesure quelque part dans l'immeuble. Au milieu des sanglots, une de ses copines compatissantes lui caressait sûrement le dos en lui susurrant à l'oreille des sentences définitives sur les hommes... Pauvre chérie ! Elle qui ne voulait que le bonheur de ses enfants, voilà que son mari envisageait de la quitter à son septième mois de grossesse ! Ce minable. Ce lâche. En se concentrant un peu, il pouvait presque entendre ses récriminations lui taillader le cœur. *Mais tu ne dis jamais vraiment la vérité, Maria...*

Adossé à la cloison, les mains dans les poches, il apprécia le calme ambiant. Il était si rare qu'il soit seul chez lui... L'endroit était le domaine exclusif de sa compagne, elle y avait organisé chaque pièce selon ses désirs sans jamais le consulter. Pio se demanda comment elle était parvenue à lui dissimuler si longtemps l'existence des carnets des Duflot. Ils avaient dû rester ici pendant des semaines avant d'être vendus à la journaliste. D'ailleurs, son épouse avait peut-être mis la main sur d'autres vestiges pendant qu'il se cassait le dos dans cette infâme baraque...

Sans hésiter, ses pas le menèrent à la salle de bains. Il y avait une trappe dans la baignoire, et il ne doutait pas une minute qu'elle en ait fait son petit jardin secret. Maria n'était vraiment pas une femme subtile. Cette planque trop évidente pour le commun des mortels avait dû lui paraître idéale. Lorsqu'il l'atteignit, il l'ouvrit et glissa sa main droite dans l'espace sombre qui venait d'apparaître. Un rictus se dessina sur son visage au moment où ses doigts palpèrent une boîte métallique. Il s'en saisit et, dedans, il découvrit toutes sortes de babioles dont il ignorait la provenance, des bijoux anciens, deux louis d'or, une liasse de billets et une lettre.

Quand je ne serai plus, tout ce qui m'appartient sera à toi. Tu as toujours été mon préféré. Si ta mère, cette bonne à rien, ne s'y était pas opposée, je t'aurais adopté il y a longtemps. Je t'ai sans cesse protégé. Tu le sais, n'est-ce pas ? Les autres n'ont pas eu ta chance. N'oublie jamais ça. Maintenant, écoute-moi bien. Si tu ne te manifestes pas rapidement, il n'y aura rien pour toi. Tu te caches et tu me fuis, mais ton attitude ne t'apportera que du malheur. Il n'y a qu'à moi que tu peux montrer ton vrai visage. Que moi qui te comprenne et qui t'aime. Méfie-toi des autres.

De dégoût, Pio lâcha la missive qui retomba sur le sol dans un bruissement de papier. Cette Madeleine Duflot était une folle, c'était certain. Mais sa femme à lui n'était pas mieux. Que comptait-elle faire de ce truc ? Le vendre, encore ? Mais à qui, cette fois ? Quel plan tordu avait-elle échafaudé ? Il se mit à compter les billets distraitement. 1 500 euros. Il aurait aimé connaître l'existence de cette petite cagnotte plus tôt. Ça l'aurait peut-être un peu soulagé. Soudain, le pas traînant de Maria, accompagné de longs soupirs exténués, interrompit ses réflexions. Elle venait d'entrer dans la cuisine. Il rangea les billets et les bijoux avant de fourrer la lettre dans la poche de son jean.

— Pio, t'es là ? lâcha-t-elle dans une plainte.

Il la rejoignit, la mine lugubre, s'assit sur une chaise puis posa la boîte devant lui.

— C'est quoi ? Où t'as trouvé tout ça ? demanda-t-il sans préambule.

— La lettre, elle est où ? Tu l'as pas jetée, au moins ?

— C'est ce qu'il y avait de plus précieux pour toi, là-dedans ?

— Qu'est-ce que tu as fait de cette lettre ?

— Je l'ai lue, figure-toi. Et je parie que 7/7 te l'achètera pas. Elle a aucune valeur.

— Qu'est-ce que t'en sais, toi ?

Maria se retourna pour s'activer devant l'évier plein de vaisselle sale.

— J'en sais rien, t'as raison. Mais puisque t'es plus futée que tout le monde, tu vas m'éclairer : tu crois qu'elle vaut combien ? 100 ? 300 ? T'es pas mauvaise en négociation, remarque, t'en tireras peut-être plus ! T'as pas honte ? Des squelettes de gamins ont été découverts chez nous. Moi, j'ai le cœur qu'à pleurer. J'ai plus envie de rien ! Et toi…

— C'est bien ce que je te reproche ! T'es qu'un faible ! Mais ressaisis-toi un peu, bon Dieu !

— En fait, t'es complètement malade…

— Rends-moi cette lettre.

— D'abord, je veux savoir pourquoi elle compte autant pour toi…

Elle bondit sur lui en essayant de fouiller ses poches. Pris de court, il la repoussa vivement et la fit tomber. Un hurlement jaillit alors de la gorge de sa femme.

— Maria ! Ça va ? Parle-moi, ça va ? Je voulais pas te faire mal, ni au bébé, je te jure.

— Me touche pas ! cria-t-elle. Je veux juste que tu me rendes cette lettre !

Elle tendait la main vers lui. Elle avait l'air féroce, à présent. Il recula puis, en la dévisageant, se saisit du morceau de papier qu'il lui présenta. Elle rampa vers lui. Son acharnement le répugnait.

— Mais explique-moi, bon sang !

Elle s'adossa au mur, le teint pâle, les cheveux trempés de sueur.

— Je dois la donner à quelqu'un, lâcha-t-elle enfin, à bout de forces.

Il l'étudia en silence, une peur tapie au creux du ventre.

— À qui, Maria ? Dis-moi la vérité et j'appellerai les secours…

— Quelqu'un que je connais, c'est tout !

— C'est qui ? Et puis comment tu peux connaître des gens qui sont liés d'une façon ou d'une autre à ces horreurs ?

— C'est un garçon que j'ai fréquenté au lycée… Aide-moi, maintenant ! Je vais perdre notre bébé !

Pio décida qu'il en savait assez pour le moment. Il contacta les secours et entoura les épaules de son épouse en attendant leur arrivée. Un instinct presque animal dictait ses gestes. Pourtant, dans ce tourbillon d'émotions, une idée l'obsédait. Pas celle de perdre son enfant ou sa femme. C'était presque pire que ça. Celle qui lui soufflait que son épouse était liée de près ou de loin à la maison des Mesnuls. Et c'était pire que tout.

Dombard

Dès le début, Dombard s'était jeté à corps perdu dans l'affaire, mais ces derniers jours, l'enquête piétinait. L'impatience et l'épuisement général avaient même poussé Sevran à inciter son équipe à faire un break. Elle devait espérer que chacun en revienne avec les idées plus claires. Le lieutenant s'apprêtait donc à organiser cette journée de pause, non sans une certaine appréhension.

Lorsqu'il était en couple avec Candice, il disait volontiers que la solitude était un luxe qu'il ne pouvait pas s'offrir. Il l'imaginait comme une terre accueillante et lumineuse. Le flic l'idéalisait. Mais maintenant qu'il vivait sur ce bout d'île aride, rien ne l'angoissait davantage que d'être éloigné de son travail. Il jeta un œil sur le programme télé dont la pauvreté l'affligea, se traîna jusqu'au frigo où un yaourt périmé et un reste de poulet l'attendaient. Il se dit qu'il pourrait profiter de ce temps libre pour se rendre à la salle de sport du quartier et se défouler un peu sur le sac de frappe, avant d'y renoncer. Puis il envisagea d'appeler la journaliste avec laquelle, malgré ses réserves, il avait passé une soirée très agréable quelques jours plus tôt…

Louise de Courbevoie s'était en effet révélée bien plus intéressante et sensible qu'elle n'en avait l'air. Elle lui avait expliqué que l'affaire des Mesnuls avait fait voler en éclats ses certitudes, si fort qu'elle en était comme étourdie et confuse. Il ressentait la même chose : un désespoir diffus qui n'empêchait pas de vivre, mais qui attaquait à l'acide toute forme de légèreté et de joie. Le même sentiment devait peser sur Sevran. Pourtant, chaque jour, elle reprenait le combat avec obstination sans rien laisser paraître de ses remous intérieurs. D'où lui venait cette force dont il était dépourvu ?

À 10 heures du matin, Dombard tournait déjà en rond. Le désœuvrement l'oppressait. Il en avait des brûlures d'estomac. Quand le téléphone sonna, il en éprouva un réel soulagement.

— Lieutenant Dombard ?

— Oui, qui est-ce ?

— Pio Achenza.

Le policier observa sa propre mine étonnée dans un reflet de la vitre du salon.

— Je vous écoute…

— Je suis désolé de vous déranger, mais j'ai quelque chose d'important à vous dire.

— Qu'est-ce que vous faites en ce moment, on peut se parler quelque part ?

— Oui, on peut. Il y a un troquet en bas de chez moi.

— Très bien. On s'y retrouve dans une demi-heure.

Le lieutenant, aussitôt ranimé, se saisit de sa veste et de ses clés, porté par un pic d'adrénaline à l'idée que les informations d'Achenza puissent l'aider à dissiper le brouillard de cette enquête. Sans tarder, il rejoignit sa Ford Fiesta, s'autorisa un demi-tour sportif puis fonça.

Ses yeux plissés pétillaient encore lorsqu'il se gara devant le Bistrot des tours, une cigarette aux lèvres. D'une chiquenaude, il jeta son mégot en direction d'une bouche d'égout et alla s'installer à une petite table de laquelle il avait vue sur l'entrée. La serveuse, une jeune femme au visage encadré de deux mèches aux pointes bleutées, vint prendre sa commande. Il s'entendit demander un jus de tomate, ce qui entraîna une nouvelle pensée fugace pour la journaliste et son Bloody Mary de l'autre soir. Après quoi Pio Achenza apparut derrière la vitrine, emmitouflé dans une parka kaki et une longue écharpe en tricot jaune. Il approcha timidement.

— Excusez-moi. Vous aviez sûrement mieux à faire.

— Ne vous inquiétez pas pour ça.

— Je ne sais pas par où commencer, dit simplement l'homme en s'asseyant. C'est difficile, ces temps-ci. Ma femme est de nouveau à l'hôpital.

— Ah bon ?

— C'est ma faute. Je me suis emporté contre elle. Je n'aurais jamais dû. D'après les médecins, elle peut accoucher d'un moment à l'autre.

— Et vous ne devriez pas être auprès d'elle, plutôt qu'ici ?

— Non…

Le policier marqua une pause. Visiblement, Pio Achenza était au fond du trou. Ce type lui faisait de la peine et il eut envie de lui tendre la main.

— Vous voulez qu'on mange un morceau ?

— Je ne voudrais pas abuser.

— Ça va. Je ne suis pas en service aujourd'hui. J'ai tout mon temps.

Un instant, Achenza scruta l'esplanade qui s'étendait devant eux au-delà de la baie vitrée. Un voile douloureux s'était posé sur ses traits.

— Je ne la reconnais pas. Pourtant, ça fait vingt ans qu'on est ensemble. C'est très étrange.

— Pas tant que ça, vous avez vécu un choc. Cette histoire vous touche. Tout le monde peut comprendre ça.

— Mais pas elle. Pourquoi ?

— Elle est sans doute moins sensible que vous.

— D'après elle, je suis faible.

— Ce n'est pas du tout ce que j'entendais par « sensible ».

— J'aimerais tellement partir, mais je ne veux pas être éloigné de mes gosses… Vous êtes père, vous aussi ?

— Oui, mais contrairement à vous, je suis parti sans me retourner pendant trois ans.

— Et vous le regrettez ?

— C'est la pire connerie que j'aie jamais faite.

La serveuse se présenta de nouveau. Ils commandèrent de concert un steak-frites, puis Pio quitta lentement sa parka et son écharpe.

— J'ai des doutes sur Maria.

— Vous avez découvert quelque chose ?

— Oui. Hier, je suis tombé sur une boîte en fouillant notre appartement. Dedans, il y avait une lettre de Madeleine Duflot. Je vous l'ai photographiée, la voilà.

Le flic se pencha sur l'écran de téléphone de Pio. Son visage s'assombrit.

— Elle n'a pas l'intention de la vendre à 7/7, précisa-t-il. Elle compte la remettre à son destinataire.

Les deux assiettes leur furent servies, et Achenza se tut par discrétion. Lorsqu'il reprit, son souffle parut plus court.

— En fait, elle m'a avoué qu'elle connaissait personnellement un des gosses qui avaient été placés chez les Duflot. J'ai l'impression qu'on n'a pas acheté cette maison par hasard. Vous vous rendez compte de ce que ça signifie ?

— Votre femme devait ignorer ce qui s'y était produit, vous ne croyez pas ?

— Maria sait des choses, j'en suis sûr.

— Mais vous n'en avez pas la preuve, n'est-ce pas ?

— Non…

— Dites-moi le fond de votre pensée, Pio.

— Depuis hier, je me répète en boucle que ma femme connaît le monstre qui a fait ça.

— Et vous avez des informations sur lui ? Son nom ?

— Rien. Je l'ai mise en danger, elle et notre bébé, pour apprendre ce que je vous confie là. C'est une drôle de femme, vous savez ? Rien que d'y penser, j'en ai la chair de poule.

Le trouble du propriétaire des Mesnuls était tel que Dombard ne put s'empêcher de compatir. Finalement, son intuition concernant Maria Achenza était bonne, mais l'interroger de nouveau était exclu. Et il était hors de question que ses collègues s'en chargent à sa place. Cette femme était *son* problème. *On n'en a pas fini tous les deux, ma chère. Je vais te faire cracher tes petits secrets. Tu ne paies rien pour attendre…*

Sevran

Quand elle débarqua au commissariat sur le coup de 8 heures, après s'être offert un grand café, Sevran prit conscience à quel point le répit de la veille avait été le bienvenu.

Elle avait enfin découvert Théo au cours d'une agréable soirée chez Biolet, et la joie que lui avait procurée ce moment ne l'avait plus quittée, même lorsque le lendemain, avec William et Manon, ils avaient écumé les magasins de jouets surpeuplés. Au milieu de la marchandise criarde, l'émerveillement illuminait le visage de sa fille. Manon était vive, pleine de détermination et d'humour. Sevran était très fière d'elle et de son caractère bien trempé.

Tout en se remémorant cette journée un peu hors du temps, la commandant s'installa à son bureau. Elle consulta ses mails et se plongea dans la lecture du rapport concernant la mort d'Éric Caze. Elle avait le sentiment qu'il lui fallait s'attarder sur ces lignes. Qu'elle était sûrement passée à côté de quelque chose. *C'est forcément là, juste sous mes yeux*… Elle étudia donc le document en analysant chaque élément comme si elle le découvrait pour la première fois.

Les pompiers, alertés par un jeune de retour de discothèque, étaient intervenus à 4 h 27 du matin. Selon l'expert, la température dans la caravane avait atteint les 1 300 degrés. L'incendie, qui avait duré plusieurs heures, expliquait l'état de carbonisation totale du corps. Le légiste avait simplement réussi à prélever un minuscule morceau de chair au niveau de la mâchoire, suffisant pour identifier le cadavre. En tout cas, le suicide ne faisait aucun doute. Outre le carburant qui avait servi à la mise à feu, une lettre signée de Caze avait été découverte dans sa voiture, à proximité. Décidément, si quelque chose lui avait échappé, elle ne parvenait pas à mettre le doigt dessus…

L'arrivée d'Ortiz la sortit un instant de ses réflexions. Un peu de compagnie était la bienvenue.

— Salut ! Comment ça va ? demanda-t-elle.

— Pas terrible. J'ai aidé Kervan à monter une armoire, hier. Je crois que je me suis bloqué le dos.

— Quand est-ce qu'on fête votre installation ensemble, les tourtereaux ?

— Arrêtez, avec ça ! C'est de l'amitié, c'est tout. Sinon, pour changer de sujet, j'ai du nouveau.

— Je t'écoute !

— Le vigile, Damien Couard, il perd vraiment la boule. On m'a confirmé il y a une heure que Mickaël Sudre était mort d'une overdose dans un squat en février 2015. On va recevoir une copie de l'avis de décès dans la matinée.

Sevran manqua de s'étouffer de surprise.

— Tu es sûr ? Je veux dire, parfois, les sans domicile fixe ne sont pas bien identifiés…

— Lui, oui. Par sa propre mère et un de ses amis.

Ses yeux sondèrent le mur et ses armoires métalliques remplies de dossiers colorés devant elle.

— Ne reste plus que Slimane Hamouche sur notre liste, alors, en déduisit la commandant.

Les paroles d'Ortiz tournaient en boucle dans la tête de Sevran. Que s'était-il donc passé dans l'esprit de Damien Couard ? Et qu'est-ce que cet épisode délirant révélait de sa personnalité ? Tandis qu'elle poursuivait la lecture des rapports, ces questions continuaient de la tarauder. Elle s'en ouvrit d'ailleurs à Biolet dès qu'il pénétra dans le bureau.

— En fait, si je résume, Couard a vu un fantôme, c'est ça ?

— Je ne sais pas. En tout cas, je ne le crois pas capable d'avoir pris part à ce qui s'est passé dans cette maison. Il est trop…

— Fragile.

— Oui, et bien trop bouleversé.

— Pour le moment, les écoutes vont dans ton sens. Ce type est aussi seul qu'un ermite. Il n'y a que son patron qui l'appelle. Mais gardons-le à l'œil au cas où…

Elle hocha la tête en silence, puis poursuivit les investigations du côté de Slimane Hamouche. Dombard avait commencé à interroger les douanes, mais celles-ci n'avaient aucune trace de passage de son entreprise à la frontière. Quant aux compagnies aériennes, personne n'avait enregistré un passager à ce nom les six derniers mois. En désespoir de cause, Sevran décida d'examiner le profil Facebook de la société. Un post y avait été rédigé la veille : « Hamouche Déménagements, la garantie d'un transport sans souci. » L'image associée représentait un camion dans une rue quelconque, ouvert sur de nombreux cartons soigneusement empilés. Elle fit défiler la page à la recherche de contenus plus anciens et tomba sur la même photo publiée un an plus tôt avec ce commentaire : « Hamouche a toujours une solution pour votre déménagement ! »

Elle avait espéré mieux. Au fond, il n'était pas étonnant qu'une PME n'ait pas les moyens d'animer un site et ses réseaux sociaux au quotidien. D'ailleurs, aucun élément lié à la société ne figurait sur le cliché : ni logo sur le camion ni inscription sur les cartons. C'était dire le niveau d'amateurisme. Ses doigts pianotèrent alors rapidement sur le clavier jusqu'à ce que s'affiche le site de la Chambre de commerce et d'industrie d'Alger, mais celui-ci était apparemment en maintenance.

— La boîte d'Hamouche ressemble à une coquille vide…, lâcha-t-elle, perplexe.

— Qu'est-ce qui te fait dire ça ?

— Pour commencer, n'importe qui peut piloter le site Internet et la page Facebook de l'entreprise à distance. Ensuite, les douanes devraient avoir une trace des dépôts de déclarations à l'importation ou à l'exportation, or, il n'y en a aucune sur ces deux dernières années. Et enfin, on compte une cinquantaine de « Slimane Hamouche » en Algérie.

— Et à Alger ?

— Aucun. J'en ai à Sétif, Oran, Tizi Ouzou. Bref, un peu partout sauf là où on devrait le trouver.

Son coéquipier l'observa de ses yeux sombres.

— Tu crois qu'il est toujours en France ?

— Peut-être. Je ne sais pas. J'ai réussi à dénicher deux photos de lui sur les réseaux sociaux. Je voudrais les montrer à l'une des filles placées chez les Duflot.

— Suzanne Fresse ?

— Oui, on dirait qu'elle est la seule à pouvoir nous renseigner sur lui. Après, on ira voir Creisson pour le recuisiner un peu. Ça te va ?

En guise de réponse, Biolet se contenta de saisir son manteau. Leur binôme était bien rodé. Ils avaient l'habitude d'aller à l'essentiel. En un temps record, ils s'engouffrèrent dans la voiture, puis, comme pour faire taire les doutes et les inquiétudes qui les rongeaient, la conversation glissa sur la soirée qu'ils avaient passée ensemble deux jours plus tôt. Sevran lui avoua qu'elle avait été impressionnée par le naturel désarmant avec lequel il s'était fondu dans son costume de jeune père. Ce moment avait été une parenthèse d'amour et de douceur. Une respiration plus que nécessaire pour faire face au caractère sordide de l'affaire.

— J'ai fait une photo de Théo dans les bras de Manon. Ils sont trop mignons, tous les deux !

Sevran jeta un œil attendri au cliché et approuva.

— Vous resplendissez, Julie et toi. Vous étiez faits pour ça.

— Quels trésors, les enfants ! Heureusement qu'on les a !

Une ombre traversa pourtant ses traits à cet instant.

— On a beaucoup de chance de les avoir mais aussi beaucoup de responsabilités. Il suffit de penser à notre enquête pour se rendre compte à quel point ils sont innocents et vulnérables.

— Est-ce que Manon sait sur quoi on travaille ?

— Non, elle est encore trop jeune pour qu'on en discute. Ça arrivera bien assez tôt. Et puis, je crois que je crains que, en apprenant toutes ces horreurs, elle perde… sa lumière.

Biolet acquiesça d'un lent mouvement de tête. Il comprenait…

Quelques minutes plus tard, Sevran et Biolet étaient installés dans la cuisine de Suzanne Fresse. Pendant que son équipier présentait à cette dernière les photos d'Hamouche glanées sur Internet, la commandant étudia discrètement la jeune femme. Son visage allongé affichait deux cernes profonds qu'elle imagina creusés par des larmes. Elle était habillée d'un chandail gris et d'une jupe crayon simples. Ses cheveux châtains étaient attachés en queue-de-cheval et de fines perles de culture ornaient ses oreilles. Quant à son environnement, une imposante machine à coudre trônait au milieu de la table qui elle-même regorgeait de tissus piqués de centaines d'aiguilles placées à intervalles réguliers. Un travail minutieux et impressionnant.

— Ce n'est pas lui, répondit-elle après avoir pris le temps d'analyser les clichés. Je ne l'ai pas vu depuis longtemps, mais je peux vous assurer qu'il ne ressemble pas à cet homme. Par contre, je crois que j'ai un portrait de Slimane quelque part. À une époque, il m'écrivait des lettres. Je vais vous les chercher.

Les enquêteurs étaient soulagés de constater que leur interlocutrice coopérait. Ils paraissaient avoir enfin toqué à la bonne porte… Ce dont ils eurent la confirmation quand elle reparut, les mains pleines d'enveloppes qu'elle posa en tas sur la table, avant de tendre une photographie à Sevran.

— Depuis quand n'avez-vous plus de nouvelles ? l'interrogea-t-elle en étudiant le regard clair, la peau mate et le sourire charmeur d'Hamouche.

— Depuis fin 2015. Il m'a annoncé son départ en Algérie, et ensuite, plus rien. Ça m'a étonnée, mais j'ai imaginé qu'il devait être très pris par son entreprise.

— Pouvez-vous nous montrer sa dernière lettre ?

— C'était un mail d'à peine trois lignes. En le lisant, je me suis dit qu'il avait dû prendre sa décision précipitamment. On peut le consulter sur mon ordinateur qui est à l'étage.

Ils la suivirent jusque dans une petite chambre lumineuse où un vieil appareil était branché dans l'ombre d'une armoire en chêne. Dès que l'écran en veille s'alluma, sa propriétaire se rendit sur sa boîte aux lettres électronique. Le dernier courrier d'Hamouche datait du 3 décembre 2015.

Salut Suzanne,

J'ai entendu parler d'une opportunité en Algérie. Je vais m'y installer dans quelque temps pour monter une boîte de transport. Je te donnerai des nouvelles bientôt. Je n'ai pas encore d'adresse là-bas.

Sli.

Suzanne Fresse, qui se tenait debout devant le clavier, eut une hésitation puis se lança :

— Slimane se confiait beaucoup à moi, il était plutôt bavard. J'ai été un peu surprise qu'il m'en dise si peu. Ce n'était pas son genre.

— Après ça, il n'est plus jamais entré en contact avec vous ?

— Non. J'ai essayé de communiquer plusieurs fois avec lui, mais il n'a jamais répondu. J'ai pensé qu'il voulait couper les ponts, que je lui rappelais peut-être trop de mauvais souvenirs… Quand il est arrivé aux Mesnuls, il avait 3 ans, j'en avais 15. Je l'ai pris sous mon aile. C'était comme mon petit frère.

— Vous êtes la seule à avoir été si proche de lui ?

— Oui. Même lorsqu'on a été séparés, on n'a jamais perdu ce lien très fort. On s'est toujours beaucoup protégés l'un l'autre. Ça nous a aidés à supporter les placements en famille et en foyer, ajouta-t-elle avec pudeur.

— Bien sûr. Merci beaucoup de nous avoir accordé de votre temps. Si nous apprenons quoi que ce soit, nous vous le ferons savoir.

Quand ils furent seuls, les deux équipiers partagèrent enfin leurs réflexions. Ils avaient préféré rester discrets devant Suzanne Fresse, mais, cette fois encore, ils étaient sur la même longueur d'onde : quelque chose ne collait pas.

— Hamouche écrivait systématiquement des lettres de quatre pages. Il n'a pas pu rédiger ce mail si succinct. En tout cas, pas à celle qu'il considérait comme sa confidente ! affirma Biolet.

— Il s'est peut-être passé un truc juste avant son départ en Algérie… Ou il a peut-être, en effet, eu envie de couper les ponts avec son passé…

— Mais pourquoi si brutalement ? Et pourquoi avoir harcelé l'agent immobilier au moment de la vente ?

Perplexes, les policiers prirent la direction de l'hôpital où ils découvrirent un Hervé Creisson fidèle à la description qu'en avait faite Dombard. Son état ne s'était apparemment pas amélioré, et aucun de ses borborygmes douloureux ne permit d'en apprendre davantage sur Hamouche. Pleine d'impatience et d'espoir, Sevran lui tendit le portrait qu'elle avait photographié avant de quitter Suzanne.

— Pas lui.

— Vous en êtes absolument sûr ?

L'homme acquiesça. Biolet tenta alors d'obtenir des détails susceptibles de les aider à réaliser un portrait-robot. En vain. À tout hasard, il lui présenta même un cliché de Damien Couard. La réponse de l'agent immobilier fut la même. Le visage ne lui disait rien. L'entrevue ne les menant nulle part, les deux collègues décidèrent de l'écourter.

— Je ne comprends pas qui pourrait se faire passer pour Hamouche et pourquoi…, s'agaça Sevran dans le couloir.

— Pas Damien Couard. Cette piste au moins est écartée… Je suis un peu paumé aussi, je t'avoue, répondit Biolet.

Imperceptiblement, la commandant se redressa, et une lueur passa dans son regard.

— Qu'est-ce qu'il y a ? demanda Biolet. Tu as la tête de quelqu'un qui a une idée tordue…

— Tu me connais trop bien, c'est pénible, répondit-elle en souriant. C'est trop tôt pour en parler, mais je dirais que tu as raison, c'est une idée assez tordue.

Damien Couard

Les policiers avaient beau lui avoir expliqué qu'il n'avait pas assassiné Mickaël Sudre, Damien Couard ne les croyait pas. Le film qu'il ressassait inlassablement avait de tels accents de vérité et il se voyait bien l'étrangler… Aussi s'était-il forgé une logique bien à lui : si le type était mort, c'était qu'il l'avait tué. Que ce soit deux jours ou des années plus tôt, ça revenait au même, il l'avait tué, c'était certain.

Sans doute à cause des traumatismes répétés, son esprit se fissurait et d'étranges sensations en résultaient sans qu'il puisse dire s'il s'agissait du fruit de son imagination ou de souvenirs. En tout cas, la violence des flashs générait d'épouvantables angoisses. Et, ces derniers temps, ils se multipliaient. Beaucoup tournaient d'ailleurs autour du mystère de la mort de Stéphanie Darré. Il sentait que se rassemblaient peu à peu les pièces du puzzle de sa mémoire éparpillée.

La furie de Bernard. Les hurlements de la fille. Une brûlure insoutenable sur la peau. Un regard perçant. Ces yeux… Damien y pensa dans un frisson. Ils avaient tous été réunis dans les bois pour recevoir une bonne leçon. *Plutôt une punition*... Punition... Le mot revenait sans cesse, mais son évocation était trouble, confuse. Bernard avait tué l'adolescente, bien sûr. Il était fou et cruel. Alors pourquoi ne revoyait-il pas la scène en elle-même ? Pourquoi son cerveau refusait-il de lui donner accès à ses traumatismes de l'enfance alors qu'il en avait tant besoin pour avancer et se reconstruire ?

Prostré contre un mur de son appartement, le vigile, en sueur, se balançait d'avant en arrière. Soudain, une intuition le traversa, aussi diffuse qu'un point minuscule à l'horizon, aussi fugace qu'un éclair, et, lorsqu'il chercha à la retenir, elle lui échappa. Pendant de longues minutes, il se concentra pour rattraper ce mirage, jusqu'à ce qu'il n'y ait plus aucun doute possible. Sur le ventre rond, il avait senti les mouvements de l'enfant, le petit corps bouger sous la peau fine de Stéphanie. Dans une grimace effarée, il étudia ses mains.

Nom de Dieu ! Cette réminiscence le pétrifia. La terreur était telle qu'il eut tout juste le temps d'atteindre les toilettes avant d'expulser toutes les émotions qui remontaient d'un coup à la surface.

« Ce sera ta faute si elle crève ! » La voix puissante de Bernard hurla dans ses tympans. Ensuite, le film atroce se déroula. Insupportable.

Pendant trois jours, les Duflot avaient isolé et affamé la fille. Dans les fondations de la maison, il y avait une cave aveugle. C'était là qu'ils punissaient les gamins récalcitrants. Ils avaient entendu Stéphanie crier, pleurer, puis plus rien, à tel point qu'ils l'avaient crue morte. Pourtant, le quatrième jour, Bernard l'avait traînée dans la caravane au fond des bois avant de réunir les garçons dans le but de démasquer le père du gosse.

À bout de forces, l'adolescente sanglotait, implorait qu'on la laisse partir pendant que les autres se défendaient et s'accusaient les uns les autres. L'apprenti, lui, semblait lointain. Avec sa grande carcasse voûtée et ses cernes bleutés, il assistait au déferlement de violence sans broncher. Duflot, qui ne contrôlait plus rien, avait fini par exploser dans une fureur terrifiante. Secouer la gamine ne suffisait pas à la faire parler, alors il avait ordonné qu'on la cogne.

Le calme était instantanément retombé dans les bois. D'abord stupéfaits, aucun des garçons n'avait obéi. Jusqu'à ce que, pour échapper à la tension insoutenable qui s'était installée dans le groupe, l'un d'eux s'exécute. Un coup de poing était parti, puis une bourrade. Stéphanie avait hurlé de douleur. Rapidement, le sang s'était mêlé aux larmes. Et lorsque Madeleine était arrivée, elle avait réclamé davantage :

— Tuez-la. Et enterrez-la. Vous serez tous complices et comme ça, vous fermerez vos gueules.

Mickaël pleurait, Damien pleurait. Kroetz, lui, avait l'air d'un fantôme. Tous si sales. Si minables. Tous si honteux de cette tragédie qui les empoisonnerait jusqu'à la fin de leur vie. Tous sauf un… Excité par la haine, dopé par les hurlements, tel un possédé, on ne l'arrêtait plus, à tel point que Bernard et Madeleine avaient dû l'attraper par la nuque et le jeter à l'écart. Afin que leur plan soit parfait, tous les gamins devaient participer. C'était le seul moyen pour que personne ne témoigne jamais de ce qui s'était passé ce jour-là. Alors, en bourreaux obéissants, tous avaient pressé le frêle cou de Stéphanie, jusqu'à ce qu'elle ne se débatte plus.

Après, ils avaient creusé la terre dans un silence lugubre, éclairés par le faible halo des lampes torches des Duflot. Une fois le corps de l'adolescente recroquevillé dans la fosse, ils s'apprêtaient à l'enfouir quand un des jeunes, toujours le même, avait sauté dedans. Pareil à un charognard, il en était ressorti en cachant quelque chose, un horrible trophée sans doute, dans les pans de son blouson. Pour Damien, ç'avait été la goutte de trop. Il avait bondi sur lui en lui empoignant le bras, mais l'autre avait riposté comme un diable. Puis tout était brutalement retombé tel un soufflet quand une large pierre s'était écrasée sur le crâne de Couard. Un trou noir l'avait alors aspiré jusqu'au petit matin.

Lorsqu'il avait repris conscience, il était seul. La dépouille de la fille était recouverte de plusieurs mètres cubes de terre et de feuilles mortes. Et, parce que l'idée de subir un sort semblable l'effrayait, il était retourné chez les Duflot en comptant les jours qui lui restaient à endurer avant de quitter l'enfer…

Le processus avait été long, mais la mémoire de Damien Couard avait fini sa sale besogne. Cette histoire infâme enfouie au plus profond de lui, cet odieux fardeau enseveli si longtemps avait enfin rejailli.

Sur ses jambes, sa peau parcheminée portait la trace d'anciennes brûlures. Les cicatrices se réveillaient d'un long sommeil, plus piquantes que jamais. Même morte, Madeleine avait encore le pouvoir de le faire souffrir.

Dombard

Lorsque le lieutenant avait quitté Pio Achenza, deux jours plus tôt, il avait aussitôt contacté Louise de Courbevoie. Au cours de leur dîner, la journaliste avait proposé une collaboration amicale et, bien que l'idée lui eût paru saugrenue sur le moment, elle présentait un intérêt depuis les confessions du propriétaire de la maison des Mesnuls. Dombard n'avait en effet plus le droit d'approcher Maria, mais il voulait dissiper un doute. Et pour cela, il avait besoin d'obtenir son ADN pour le comparer à celui que la police scientifique avait relevé sur les corps des enfants emmurés. Mais il souhaitait aussi la déposséder de sa précieuse lettre qui la liait au criminel. Le lieutenant agissait en dehors de tout cadre légal, et sa volonté féroce d'élucider l'enquête risquait fort, au contraire, de la mettre en péril. Il savait tout ça, pourtant il poursuivait dans cette direction, aveuglé en quelque sorte par son intime conviction. Ayant appris que Maria était rentrée chez elle après avoir subi de nouveaux examens médicaux à l'hôpital, le flic s'était donc présenté le soir même au domicile de la journaliste afin de lui faire part de son plan. Et elle l'avait écouté, l'œil pétillant.

— OK, donc vous voulez que je lui tire les vers du nez. Quoi d'autre ?

— Je veux la lettre. Vous ne l'obtiendrez pas facilement, mais il me la faut absolument.

— Très bien. C'est tout ?

— Non. J'ai autre chose à vous demander… C'est un peu délicat.

— Dites toujours.

— Un prélèvement de salive.

— Pour une analyse ADN à son insu ?

— On ne peut décidément rien vous cacher, avait-il répondu avec un sourire.

— Vous ne m'expliquerez pas à quoi ça va vous servir, n'est-ce pas ?

— Non. Je vous en ai assez dit avec la lettre, je crois.

Louise avait siroté un verre de vin d'un air absent, puis opiné du chef.

— Vous risquez gros si ça s'apprend, lieutenant.

— En effet.

— Pourquoi cette soudaine confiance ? L'autre jour, ça semblait inenvisageable qu'on puisse s'entraider !

— Mais ensuite nous avons discuté, et vous m'avez convaincu que vous cherchiez la vérité, vous aussi. (Elle pouffa.) Qu'est-ce qu'il y a de si drôle ?

— Vous avez raison. Si c'est la solution pour démasquer le malade qui a fait ça, je suis avec vous. Vous me préciserez ce que je peux dévoiler dans mes reportages. C'est un marché honnête, non ?

À présent, le lieutenant patientait avec une certaine fébrilité. Louise l'avait prévenu qu'elle n'aurait pas la possibilité de rencontrer Maria avant aujourd'hui, pour autant, il commençait à trouver le temps long. La nervosité gagnait du terrain. Il s'apprêtait à sortir de nouveau des clous, mais son intuition était trop puissante pour qu'il renonce à la suivre.

En attendant, puisque Sevran et Biolet étaient occupés sur d'autres fronts, il lui incombait de faire avancer les recherches sur Slimane Hamouche. Ce qu'il s'acharnait à faire depuis la veille, sans grand résultat. Le greffe du tribunal de commerce d'Alger était injoignable. Il avait par ailleurs contacté la police algérienne et demandé une collaboration, mais l'opération prendrait sûrement des jours ! Enfin, il avait réussi à dénicher le numéro d'une connaissance à l'OCLCTIC[1] et venait à l'instant d'obtenir une vérification du site Internet du déménageur. Comme il agissait sans commission rogatoire, le policier de l'Office n'était pas entré dans les détails, mais ses observations allaient dans le sens d'un site fantôme : les mentions légales étaient inexistantes, quant à l'adresse IP, son utilisateur passait par un VPN qui rendait son identification et le contenu de son trafic impossibles à tracer. En raccrochant, Dombard soupira. Il était en train de songer à poursuivre ses investigations au niveau de l'hébergeur du site quand un appel de Louise le tira de ses réflexions.

— Ça y est. Vous m'en devez une !

— On avait conclu un marché…

1. Office central de lutte contre la criminalité liée aux technologies de l'information et de la communication.

— Je plaisante, détendez-vous ! Maria est au bord de la crise de nerfs.

— Vous avez la lettre ?

— Absolument, et j'ai aussi de quoi extraire son ADN. On se voit quand ?

Le flic consulta sa montre. Il était près de 11 heures.

— Tout de suite ?

— Vous n'avez donc aucune patience… Vous savez que j'ai un métier, moi aussi ?

— OK. Quand, alors ?

— Invitez-moi à dîner !

— Un café, je préférerais. On se retrouve à la gare à 13 heures ?

— C'est bon pour moi.

À la seconde où la communication prit fin, Dombard s'aperçut des risques inconsidérés qu'il prenait. Ses mains moites et son front brillant en étaient la preuve. Pouvait-il vraiment faire confiance à cette fille ? Elle se faisait de plus en plus familière, mais il devait bien avouer qu'il appréciait assez la tournure que prenait leur relation… *Professionnelle*, s'empressa-t-il de penser.

Peu de temps après, Sevran et Biolet pénétrèrent dans le bureau. La commandant le salua d'un coup de menton puis s'affala dans son fauteuil.

— On n'a pas encore eu l'occasion de se croiser, mais je voulais te dire, hier, à l'hôpital, Creisson n'a pas reconnu Slimane Hamouche. Tout porte à croire que quelqu'un s'est fait passer pour lui au moment de la vente de la propriété.

Le lieutenant ne cacha pas son étonnement. Comme ses collègues, la logique de leurs découvertes lui échappait totalement. En revanche, il profita du moment pour informer Sevran de son entrevue avec Pio. Il avait laissé un peu d'avance à Louise, mais il était temps de mettre ses collègues au courant.

— Commençons par surveiller ses lignes téléphoniques et reprenons les carnets de Madeleine en parallèle. La réponse se trouve forcément à l'intérieur. Un gamin qu'elle préférait aux autres, ou du moins, qu'elle haïssait moins…

— Un gosse qu'elle était prête à adopter, ajouta Biolet. Dans le groupe des garçons, il n'y en a pas un qui sort du lot ?

Sevran survola ses notes :

— Le 31 janvier 2000, Mickaël Sudre arrive chez les Duflot. Il n'a que 7 ans. À compter de ce jour, Madeleine le prend en grippe parce qu'elle le croit très limité intellectuellement. Damien Couard est placé trois ans plus tard, le 24 mars 2003, à l'âge de 9 ans. Il est décrit comme un gosse susceptible de leur valoir des problèmes. Les autres sont plus difficiles à identifier. J'ai malgré tout réussi à repérer Pierrick Londin, gamin sur le crâne duquel elle avait pris l'habitude d'écraser ses cigarettes, et Philippe Mayan, qu'elle affamait. Par contre, aucune trace de Caze et Hamouche dans les carnets. Mais rien de très étonnant puisqu'il manque des pages dedans…

— Ah bon ? s'étonna Dombard.

— Oui. À quoi tu penses ? l'interrogea Sevran, intriguée par sa réaction.

— Au fait que Maria Achenza a eu le temps de lire les carnets et de faire le ménage.

Sevran et Biolet se redressèrent. Tout le monde s'observa en silence pendant quelques secondes.

— Pourquoi aurait-elle fait ça ?

— Je n'en sais rien, mais il est évident qu'elle nous cache quelque chose, non ?

— Il faudrait l'auditionner, mais elle est à deux doigts d'accoucher, c'est peut-être même déjà fait..., temporisa Biolet.

— Ça ne l'empêchera pas de parler, trancha la commandant, toujours aussi déterminée.

Dombard sentit une vague l'aspirer. Il était évident que Maria allait lui échapper, que Sevran et Biolet se chargeraient ensemble de l'audition. L'idée de son éviction lui était si insupportable qu'il attrapa son blouson et fila en prétextant un rendez-vous urgent, sous les regards médusés de ses deux collègues.

Après avoir déambulé dans les rues pour se calmer, il arriva à la gare à l'heure prévue et y retrouva la journaliste. Dès qu'ils furent installés à une table, il lui fit le récit des récents événements et de ses contrariétés, but une gorgée d'eau puis tourna la tête vers la vitre constellée de petites gouttes brillantes. Derrière, la ville royale semblait attendre de connaître la tournure que prendrait cette enquête aux multiples rebondissements. Les quelques voitures qui traversaient l'avenue roulaient au ralenti. Le policier s'était épanché. Trop, peut-être. À présent, le silence le gênait. Il lui demanda si elle était parvenue à tirer quelque chose de la rencontre avec Maria.

— Son premier enfant ne serait pas de Pio. En revanche, elle a refusé de me donner le nom de l'homme que vous recherchez. Elle ne le lâchera pas facilement.

— Mais pourquoi elle protège ce monstre ?

— Je n'ai pas réussi à le savoir.

Louise sortit la lettre de son sac. Elle avait pris soin de la glisser dans un sachet en plastique. Puis elle déposa un second sachet sur la table.

— Elle était très agitée durant notre entretien. Elle n'arrêtait pas de faire et défaire sa queue-de-cheval. En partant, j'ai pu récupérer discrètement son élastique à cheveux. Elle ne s'est rendu compte de rien.

— Merci, Louise.

— Faites attention, lieutenant.

Comme il haussait un sourcil interrogateur, elle crut bon de préciser sa pensée :

— Votre entêtement peut faire capoter l'enquête, non ? Et de toute façon, vous ne pourrez jamais utiliser les informations que vous obtiendrez avec ces éléments. N'importe quel juge refusera d'en entendre parler.

— Je sais quand je dois m'arrêter. Et je sais ce que je fais.

— Très bien.

— Laissez-moi quelques jours avant de diffuser quoi que ce soit. Mes collègues n'interrogeront sûrement pas Maria avant demain. Ça vous va ?

— Ça me va. Mais n'allez pas croire que je fais tout ça par intérêt. Ça me ferait de la peine.

Sur ce, elle se leva et quitta les lieux, aussi aérienne qu'un papillon. Dombard la suivit du regard en se demandant quand il la reverrait.

Sevran

Pendant le trajet en direction de l'Institut médico-légal, Sevran et Biolet tentèrent de mettre en perspective les éléments de l'affaire. Mais de trop nombreuses choses leur échappaient encore…

— Et le fait que Mickaël Sudre, Éric Caze et Slimane Hamouche disparaissent à quelques mois d'intervalle, tu ne trouves pas ça étrange, toi ? questionna la commandant.

— Peut-être. Mais Hamouche n'est pas mort, à ce qu'on sache.

— En effet. Par contre, il s'est volatilisé en décembre 2015, soit juste après le décès de Caze et de Sudre. Et bizarrement, une de ses relations très proches n'a plus de nouvelles depuis.

— Simple coïncidence…, lâcha Biolet sans conviction.

— Peut-être… En attendant, retrouver Slimane Hamouche reste notre priorité.

— Ça nous aiderait bien aussi de comprendre le lien qui existe entre les gosses emmurés. Kervan et Ortiz ont l'air de ramer, de ce côté.

— Je confirme. Et il nous reste à identifier la jeune fille, soupira Sevran en se garant sur le parking.

La sensation de ne pas avancer commençait réellement à les plomber. Ils longèrent les couloirs en silence jusqu'au bureau de Clopo, qui, comme à son habitude, écoutait une musique techno à plein volume. La commandant le salua, puis, sans réaction de sa part, prit l'initiative de couper le son.

— Merde, vous m'avez fait une de ces peurs ! sursauta-t-il, la main sur le cœur.

— Vous finirez sourd, vous.

— Vaut mieux ça qu'un paquet d'autres trucs, si vous voulez mon avis ! Qu'est-ce qui vous amène ?

— Vous m'avez laissé un message. Vous disiez que la reconstitution faciale de notre dernière victime était terminée.

— Oui, désolé. Un petit café avant ? proposa-t-il.

— Non, merci. On est un peu pressés, répondit Biolet.

Ignorant le refus, le légiste se dirigea l'air absent vers un local qui faisait office de kitchenette. Il en revint en leur tendant une boîte de biscuits aux éclats d'amandes. Les deux équipiers piochèrent finalement dedans sans se faire prier.

— Dites, Clopo, vous avez déjà travaillé sur des cadavres carbonisés ? lança soudain Sevran.

— Pourquoi, vous en avez un à me refiler ? demanda-t-il, méfiant.

— Pas cette fois, non. Mais j'ai reçu un rapport sur une affaire qui a eu lieu dans les Ardennes en 2015.

— Et qu'est-ce qui vous chiffonne, commandant ?

— La carbonisation totale du corps… J'avais cru comprendre que c'était rare.

— Pas si vous faites monter la température à 1 800 degrés dans un four, que votre corps est morcelé et disposé un peu en hauteur pour que tous les membres soient uniformément brûlés. Ajoutez à ça une victime obèse, et vous avez la configuration parfaite. Les gros brûlent beaucoup plus facilement.

Biolet ouvrit de grands yeux, alors le légiste précisa :

— La graisse ravive le feu. Un autre biscuit ?

— Non, merci. Et dans une caravane ? enchaîna la policière.

— Dans ce cas, faut que ça crame vraiment longtemps…

— Plusieurs heures. 1 300 degrés.

— Personne n'a donné l'alerte ?

— Tardivement, *a priori*.

— Vous me ferez passer votre rapport ?

— Dès que je rentre au bureau.

— OK, j'y jetterai un œil et je vous donnerai mon avis. Quelles sont les conclusions ?

— Suicide.

— Et l'incendie est la cause du décès ?

— Je ne suis pas certaine d'avoir lu cette information dans l'expertise. En même temps, dans une carbonisation totale, comment faites-vous pour le savoir ?

— Un peu comme des archéologues, il faut retourner plusieurs fois sur les lieux de l'incendie et relever tout ce qu'on peut. C'est un boulot de dingue.

— Dites, on peut en revenir à notre victime, s'il vous plaît ? intervint Biolet.

— Bien sûr, suivez-moi.

Tous les trois pénétrèrent dans un espace qui ressemblait davantage à un laboratoire qu'à une salle d'autopsie. Sur une paillasse en inox se tenait un buste que la policière observa avec attention.

— Nous n'avons aucun élément sur la couleur des yeux, mais apparemment, elle avait les cheveux blonds mi-longs.

Biolet se pencha pour observer le visage de plus près.

— Comment avez-vous fait pour savoir qu'elle avait le menton un peu en avant ?

— Nous avons procédé à tout un tas de mesures sur le crâne et sur les radios. Ensuite, les angles ont été calculés par un logiciel. Résultat : léger prognathisme.

— C'est étrange…, murmura Sevran. Quel est le pourcentage d'erreur de cette méthode ?

— C'est de l'approximation faciale, mais la plupart du temps, les gens sont capables de reconnaître un proche. De la même manière, si vous voulez, qu'une caricature vous fait penser à l'original.

— Bien. Nous allons diffuser son portrait.

— Je vous ai envoyé les clichés de face et de profil par mail.

— Merci, Clopo. Ça devrait vraiment nous aider.

— Je vous en prie. Et n'oubliez pas, j'attends votre document sur le carbonisé. Vous avez titillé ma curiosité.

Sevran lui adressa un sourire, puis se dirigea vers la sortie.

— Je sais précisément ce que tu as en tête ! lui lança son collègue dans les couloirs.

— Ah oui ?

— Oui. Et franchement, je ne parierais pas grand-chose sur cette idée…

— Combien tu mises ?

— Rien du tout, fit-il avec un clin d'œil. Je me souviens de toutes les fois où tu as eu des idées complètement dingues. Et…

— Oui, et ? l'interrompit-elle, amusée.

— Disons que tu ne t'es pas toujours trompée. Donc je préfère ne pas me mouiller.

— Il t'est arrivé d'être un tout petit plus encourageant, tu sais ?

— Je te fais toujours part de mes doutes, mais je ne te lâche jamais, vrai ou faux ?

— Vrai ! répondit-elle en le gratifiant d'une tape amicale dans le dos.

Émilie Lachare

L'homme qui se tenait derrière son imposant bureau en cerisier avait une allure glaciale, quelques fins cheveux plaqués sur le crâne et une peau que le soleil n'avait jamais dû caresser de ses rayons. Depuis qu'ils avaient commencé à échanger, il s'était appliqué à créer une tension désagréable, reprenant chacune des interventions d'Émilie pour en modifier subtilement le vocabulaire. Cela sans autre but, apparemment, que de la déstabiliser. Alors qu'il l'analysait d'un regard délavé, la jeune femme lisait les titres des nombreux ouvrages de la bibliothèque qui atteignait le plafond. *Schizophrènes au quotidien*, *Critique de la raison psychïatrique*, *Éthologie et psychiatrie*...

Malgré tout son savoir, ce type n'a aucune idée de ce que je ressens...

— Comment envisagez-vous votre vie, désormais ?

— Comme avant, pourquoi ?

— Je vous demande si vous avez des projets.

— Non. Pas de projets.

Il baissa son visage agacé vers un tas de feuilles blanches, en souleva quelques-unes, en repoussa d'autres.

— Si vous retombez dans vos mauvaises habitudes, je crains que l'on ne se revoie très vite. Il faudrait que vous vous ressaisissiez, vous comprenez ?

— Je n'ai plus l'intention de me tuer. C'est mon seul projet.

— Je ne parle pas que de ça. Le désœuvrement risque de créer de l'anxiété et de vous faire replonger. Comptez-vous chercher du travail ?

— Oui.

— Et où en êtes-vous avec les hommes ?

— Nulle part.

Il afficha une mine dédaigneuse.

— Bon… Je vais prendre la responsabilité de vous renvoyer chez vous. Je ne sais pas si vous prenez la mesure de ce que cela signifie.

— Si, bien sûr…

— Non, je ne crois pas. Au moindre pépin, ma chère, c'est vers moi que l'on se tournera, comprenez ? Alors dites-moi que vous allez vous donner les moyens de vous en sortir.

— C'est le cas. Je vais me trouver un emploi et m'occuper de mes enfants. Plus d'alcool ni de médicaments. Plus d'hommes. Tout ça, c'est fini.

— Je n'en demandais pas tant. C'est parfait.

Un étourdissement s'empara d'elle quand elle se leva et se dirigea vers la porte, mais le médecin ne lui prêtait déjà plus attention. Elle rassembla quelques affaires dans sa chambre puis, un instant plus tard, franchit timidement le seuil de l'hôpital, accueillie par les teintes roses de la fin d'après-midi. Après avoir fait l'objet d'une intense surveillance, voilà qu'on la lâchait comme une enfant dans la foule, et cette soudaine liberté, au fond, était plus angoissante que joyeuse. D'instinct, elle grimpa dans un bus qui venait de s'arrêter devant elle et élabora un plan dans son esprit un peu cotonneux. Il lui fallait de nouveaux repères. Surtout, il lui fallait un but. Elle décida alors de se mettre à la recherche de Nino. Émilie arpenterait la cité et les marchés autour de Clermont si nécessaire, mais ce type lui parlerait.

Arrivée Croix-de-Neyrat, elle descendit du bus. Pendant deux bonnes heures, elle sillonna le quartier avec une acuité nouvelle. Aucun visage croisé, aucune voiture garée n'échappait à son puissant radar. Et elle finit par débusquer le vieux break fatigué à côté d'un garage. Elle s'en approcha, en fit le tour et scruta les environs. Après quoi elle se laissa glisser contre un mur, là, tout près, bien résolue à attendre le camelot. Un épais silence s'installa tandis que les allées autour d'elle se vidaient. C'était comme si le temps se figeait pour laisser s'opérer un changement souterrain mais radical. Une mutation cellulaire qu'Émilie observait sans crainte, car elle lui donnait enfin l'opportunité de comprendre.

— Qu'est-ce que vous foutez là, vous ?

La voix revêche de Nino fit émerger Émilie d'un profond sommeil. Le bout rougeoyant de la cigarette de l'homme qui se dressait au-dessus d'elle luisait comme une étoile dans l'obscurité.

— Je vous attendais.

Le vendeur de foire feignit de l'ignorer, contourna son véhicule, se mit au volant puis alluma le plafonnier. Son visage apparut alors. Vu qu'il avait l'air sur la défensive, la mère d'Enzo se leva doucement en s'expliquant à travers la vitre passager :

— Je veux seulement vous parler.

— J'ai du boulot. Un marché à soixante bornes. Pas le temps de bavasser, lâcha-t-il en enclenchant déjà le contact et en faisant vrombir le moteur de son break.

— Vous vous souvenez sûrement d'Enzo…, lâcha-t-elle.

L'homme se détourna et jeta son mégot d'une chiquenaude.

— Bien sûr, que je me souviens de votre gamin.

— J'essaie de savoir ce qui lui est arrivé. Ça doit vous paraître étrange, mais j'en ai besoin. S'il vous plaît.

Nino la scruta, sourcils froncés, puis annonça :

— Comme j'ai dit, j'ai du boulot. Ça va pas être possible.

— Je peux vous accompagner. Je vous aiderai, si vous voulez.

— C'est quand même bizarre de voir une mère s'inquiéter pour son gosse avec des années de retard, lança-t-il avec une pointe de mépris. Mais bon, si vous y tenez… Grimpez.

Penaude, Émilie obéit sans discuter en coinçant avec maladresse ses mains jointes entre ses cuisses. Une boule grossit dans sa gorge quand elle imagina que son fils, un jour, s'était tenu à sa place. C'était ici, songea-t-elle, qu'il avait vécu ses derniers moments avant de s'évaporer dans la nature.

— Enzo vous a demandé de l'amener loin ? interrogea-t-elle timidement.

Nino, occupé à s'éloigner de la cité, ne répondit pas sur-le-champ. Il saisit une nouvelle cigarette qu'il embrasa puis, après quelques bouffées distraites, il la toisa avec la même sévérité qu'autrefois.

— Il m'a parlé de votre compagnon. Il a dit que vous étiez paumée et que vous ne feriez jamais rien pour le protéger. Pauv' môme. Il m'a fait pitié. Je l'ai aidé comme j'ai pu.

De grosses larmes coulaient à présent sur les joues de la jeune mère. Elle aurait voulu disparaître, fuir la lumière orange des réverbères qui exposait sa détresse. Pourtant, elle poursuivit d'une voix éteinte :

— Où est-il allé ?

— Il m'a fait promettre de rien dire.

— Enzo est mort. Il a été tué.

Le vendeur de foire ouvrit la bouche, prêt à répliquer, mais le coup de massue qu'il venait de recevoir empêcha les mots de sortir.

— Votre gamin, je l'ai pas laissé tomber. Je vous le jure, murmura-t-il.

Une prudence excessive le poussait à fixer la route. Il était toutefois évident que l'annonce de la mort d'Enzo commençait à provoquer des secousses en lui. Nino prenait conscience avec effroi qu'il était le dernier à avoir vu l'enfant en vie.

— Je ne sais pas ce que vous cherchez au juste… Vous êtes là pour me coller la mort de votre gosse sur le dos, c'est ça ? Vous voulez me faire chanter ?

Après un silence pesant, Émilie lui expliqua :

— Il y a quelques jours, la police est venue chez moi pour m'informer que le corps de mon fils avait été retrouvé emmuré dans une maison quelque part en région parisienne. Je veux savoir comment c'est arrivé. Je veux rien d'autre.

Le regard du commerçant fouilla la nuit comme s'il essayait de donner un sens à tout ça. Cette nouvelle l'ébranlait, mais sa froideur à l'égard d'Émilie demeurait intacte, et celle-ci n'avait même plus besoin qu'il les formule à voix haute pour entendre tous ses reproches. Comme Red et tant d'autres, pensa-t-elle, Nino était de ces hommes qui ne faisaient au fond que juger les femmes et les abandonner à leur triste sort à la première occasion.

Jason

Les premiers symptômes étaient apparus deux jours plus tôt. Depuis, comme les autres, Jason se vidait sur le cargo. Une atmosphère moite, irrespirable, l'étreignait sans lui laisser de repos. Il n'y avait plus la moindre brise, plus le moindre filet de vent pour qu'il reprenne son souffle, comme si l'oxygène avait fui ailleurs, remplacé par une puanteur acide. Quant au ciel incroyablement laiteux, il filtrait à peine les rayons d'un soleil devenu tyrannique, si bien que l'équipage, la petite armée disciplinée des premiers jours, était à présent décimé.

Mais le pire, pour Jason, c'étaient les chutes de tension qui le laissaient exsangue. Cette soudaine vulnérabilité était insupportable. Son corps le lâchait, et son esprit ne se portait pas mieux. Il n'avait pas le souvenir d'avoir été aussi perturbé un jour. Des visions étranges et inquiétantes surgissaient sans prévenir, comme des démons rampants. La réalité semblait se distordre. La veille, accroupi sur le pont, un trou immense s'était mis à absorber l'océan sous ses yeux hébétés. Il avait assisté au phénomène, en pleine crise de panique, agrippé à une rampe qu'il devinait prête à céder, convaincu de vivre les derniers instants de la Terre.

Une fois calmé, il avait regagné sa cabine où, sur une étagère étroite, derrière les revues soigneusement empilées, se trouvait une photo. Elle le représentait jeune adolescent, seul dans un champ de pommes de terre. Dans son haut de survêtement en Lycra noir et son jean trop grand usé jusqu'à la corde, il affichait un sourire sans chaleur. Ses yeux plissés pleins d'assurance disaient déjà tout de celui qu'il deviendrait.

Il y en avait eu, des épreuves, pour arriver jusque-là. Mais Jason était un survivant, un invincible, et ce cliché était là pour le lui rappeler. Il était une ronce qu'on avait maintes fois coupée, mais qui n'avait fait que gagner en vigueur et s'étendre. Il était de la race des seigneurs, et ce n'était pas cette épidémie qui allait avoir raison de lui. *J'ai tant de choses à accomplir encore...*

Son visage avait des airs christiques, pourtant. La déshydratation sculptait sa peau comme un maillet modèle le marbre. Les veines étaient saillantes, les creux plus prononcés et le regard las, lointain. Brusquement, la nausée l'envahit de nouveau, accompagnée d'une suée et de suffocations. Il avait beau se sentir trop mal pour glisser sous la bannette, l'envie de se retirer du monde le rongeait. Mais grâce à l'évocation de ces moments précieux, une faible lueur naquit dans ses yeux. Son corps pouvait presque percevoir la pression et le poids paralyser ses muscles, perturber son souffle. Bientôt, il le savait, son esprit divaguerait et finirait par se concentrer sur la fine ligne qui séparait la vie de la mort. Oui, il revivrait cela encore. Cet instant exquis et grisant.

Enfant, la punition avait été une révélation. L'angoisse et la peur l'avaient tenaillé au début, puis le sentiment de puissance était né et avait grandi sans obstacle. Lorsque les adultes avaient compris, trop tard, qu'il avait pris goût à la sanction, il les avait dépassés depuis longtemps dans la folie. Ces imbéciles le croyaient comme eux. Mais il était plus sournois, plus intelligent, plus libre. Lui, aucune voix ne lui dictait ce qu'il devait faire. Seul son désir le portait et, parfois, ses fantaisies se réalisaient. *Après un long travail et beaucoup d'efforts...*

Un nouveau spasme le saisit. À bout de forces, il décida malgré tout de rejoindre la coursive, puis le pont, et se soulagea par-dessus la rambarde. Une brise légère et fraîche le caressa enfin. Bienfaitrice. Après quoi il fut surpris par un bruit dans son dos. Lentement, il se retourna pour découvrir l'Allemande qui tâtonnait vers lui, livide. Où était passé son ingénieur italien, maintenant qu'elle crachait sa bile en pleurant ? Sans doute prostré dans sa cabine, comme les autres ! Les sanglots bruyants de la fille le ramenèrent à la réalité. Tout son corps paraissait traversé par de puissants soubressauts. À ce rythme, elle finirait par tomber par-dessus bord !

— *Help me*..., murmura-t-elle.

La supplication provoqua un petit feu d'artifice dans le cerveau du cuisinier. Elle avait tant foi en lui, soudain, et son désespoir était si immense... Enfin, elle le voyait. Son air de pietà était sublime, au point qu'il se traîna vers elle sous le soleil devenu brûlant. La distance, pourtant ridicule, quatre mètres, peut-être moins, semblait impossible à parcourir. La proue fendait l'écume blanche et étouffait ses murmures. Les paupières closes, elle glissa son corps lourd contre un pilier tandis que Jason approchait, essoufflé.

Il était presque arrivé à son niveau quand ses tripes se tordirent de nouveau. C'était comme si un poignard s'enfonçait dans son ventre, déchirait et lacérait tout sur son passage. Son front atterrit sur le sol métallique aussi bouillant que l'enfer. Il avait besoin d'un peu de répit, d'un minimum d'énergie pour s'occuper d'elle. Mais, brutalement, alors qu'elle tentait de se relever, une intense convulsion agita la fille, elle perdit l'équilibre et chuta dans la mer. Sans un cri. Sans un bruit. En une fraction de seconde, l'Allemande ne fit plus partie du monde des vivants, une tragédie face à laquelle Jason ne ressentit rien d'autre que les échos de son malaise encore pesant. C'était d'ailleurs étrange, cette sensation. Une impression de plein puis de vide, comme si la matière avait disparu et qu'elle s'était déplacée ailleurs.

Il ne faudra rien dire aux autres. On va débarquer, il y aura une quarantaine, puis une enquête, sans doute. En tout cas, songea-t-il, il quitterait bientôt cette montagne de ferraille pour retrouver sa vie et ses petites habitudes. Une fois remis sur pied, il aviserait, et tout rentrerait enfin dans l'ordre.

Émilie Lachare

Les kilomètres s'étaient fondus les uns aux autres, favorisant les confidences teintées de regrets. Dans la voix de Nino, si imposante au début du voyage, le doute avait fini par composer une partition un peu dissonante. Émilie s'était concentrée sur ses paroles autant que sur ses silences, semblables à des murs épais. Puis, sur le grand front du camelot, s'étaient creusés de petits sillons, signe que les remords étaient à l'œuvre.

— Je suis désolé, avait-il finalement lâché. Je ne voulais que son bien, je vous le jure. Si j'avais su…

Sa phrase s'était étirée péniblement, au point de rendre l'atmosphère asphyxiante. La terrible nouvelle avait provoqué une confusion telle qu'il n'y avait, en bout de course, même plus de place pour le mépris. En tout cas, l'émotion de Nino, sa tristesse écorchée avaient eu l'air si sincères et si pures qu'Émilie aurait voulu les toucher et y plonger. Simplement pour se sentir moins seule.

— Enzo a dû vous parler pendant le trajet. Qu'est-ce qu'il vous a raconté ?

— C'était qu'un gosse. Il rêvait juste d'une vie meilleure, avait-il soupiré avant d'entreprendre un long récit aux accents d'acte de contrition.

Enzo ne prévoyait pas de s'installer durablement chez son père biologique. Il craignait d'y revivre les mêmes déceptions que chez sa mère. En réalité, il voulait apprendre un métier et se débrouiller par lui-même. Touché par son attitude volontaire, le vendeur avait donc poussé le voyage plus loin que prévu, jusqu'à Nemours, et plus précisément jusqu'au Relais, un foyer pour jeunes travailleurs. Il l'avait laissé là, un matin de février 2015, avec 20 euros en poche. Nino avait convaincu le directeur de la structure, un vieux camarade, de prendre soin de lui malgré le paquet d'ennuis qu'il encourait en accueillant Enzo alors qu'il n'avait que 13 ans.

Nino s'était souvenu du gosse, de son survêtement noir, de ses lourdes baskets rouges et de sa détermination au moment de leurs adieux. Plus tard, il avait cherché à avoir des nouvelles. Une fois ou deux. Mais comme celles qu'il avait obtenues n'allaient pas dans le sens de ce qu'il avait espéré, il s'était lentement détourné du garçon, l'abandonnant à son destin.

— Qu'est-ce qu'on vous a dit ?

— Il traînait et posait des problèmes à tout le monde. Faut croire qu'il avait changé. Parfois, il suffit d'une mauvaise rencontre…

— Je veux aller à Nemours. Déposez-moi à une gare, s'il vous plaît, avait demandé Émilie.

— Après le marché, je vous y emmènerai. Je vous le promets.

Mais elle avait insisté pour s'y rendre seule et, finalement, il avait accepté de faire un crochet par une petite ville où elle avait pris un billet en direction de la Seine-et-Marne. Au moment de leur séparation, le trouble du camelot l'avait un peu consolée. Ses excuses aussi.

— Je n'aurais jamais dû me permettre de vous parler si mal. Excusez-moi. J'ignorais tout de votre situation et de vos difficultés. Ce n'était pas juste.

Lorsque, après des heures de TER, elle posa enfin le pied à Nemours, elle s'y sentit aussitôt fragile, comme le verre d'une ampoule près de se briser. Le malaise qui l'envahit était tout aussi surprenant que désarmant, aussi décida-t-elle de marcher le long du canal du Loing afin de recouvrer un peu ses esprits. Puis ses pas la conduisirent devant le foyer. Là, elle étudia longuement la façade avant d'oser en franchir le seuil.

À l'intérieur, une femme replète se trouvait dans un minuscule bureau dont la porte entrouverte indiquait qu'il s'agissait de l'accueil. En dépit de l'atmosphère hostile qui y régnait, Émilie avança pour se présenter, incapable de savoir par où commencer. Tant d'années après, comment les gens réagiraient-ils face à sa curiosité ? La réponse ne se fit pas attendre. La secrétaire, cinglante, refusa d'effectuer la moindre recherche.

La mère d'Enzo recula alors en scrutant les murs sales et le long boyau sombre qui devait desservir les studios minuscules, puis son regard s'attarda sur de jeunes hommes qui traversaient le hall. L'hébergement dans ce foyer étant limité à deux mois, les voisins de chambre de son fils avaient quitté les lieux depuis bien longtemps. Sans doute était-il ridicule d'espérer découvrir quoi que ce soit ici. Une vague de découragement la submergea et la poussa dehors. Mais dans sa tête une petite voix se fit entendre, lui signifiant qu'elle avait le droit de savoir et que nul ne devait l'empêcher d'accéder à la vérité. Aussi rebroussa-t-elle chemin et exigea-t-elle de rencontrer le directeur.

— Il ne recevra personne aujourd'hui, on est dimanche.

— Mon fils a été admis sans mon autorisation alors qu'il était mineur. Ça ne doit pas être très légal. C'est un ami à lui qui lui a demandé de l'accueillir. Je veux juste lui parler.

Sans répondre, la secrétaire appuya sur une touche de son téléphone, présenta brièvement la situation à son interlocuteur, et signala à Émilie d'un coup de menton qu'une audience lui serait accordée. Soulagée, celle-ci s'assit sur une chaise et attendit jusqu'à ce qu'un homme ventripotent et chauve d'une soixantaine d'années apparaisse. Il l'invita à le suivre, puis, une fois seuls dans une pièce qui devait faire office de débarras, il s'adressa à elle :

— Vous avez menacé ma secrétaire ?

— Pas du tout. Je suis la mère d'Enzo Aidel. Il a vécu quelque temps ici il y a environ quatre ans. C'est votre ami Nino qui l'a amené.

— Peut-être…

— Qu'est-ce qui est arrivé à mon fils ?

— Comment voulez-vous que je le sache ?

— Mon enfant est mort. Il a été assassiné. Et la dernière fois qu'il a été vu, c'était chez vous.

— Assassiné ? Vous ne croyez quand même pas que c'est quelqu'un du foyer qui l'a tué !… Écoutez, je me souviens d'Enzo comme de chacun des gosses à qui on est venus en aide. C'était un bon gamin, mais il faisait beaucoup d'histoires.

— Comment ça, quel genre d'histoires ?

— Il se plaignait d'être harcelé… Il était tellement agité qu'on a même enquêté. Mais il n'y avait rien du tout.

— Qui a enquêté, la police ?

— Madame, nous faisons le maximum pour ces jeunes et je ne compte pas me justifier auprès de vous, rétorqua-t-il, crispé. J'ai accepté de vous recevoir par courtoisie, mais maintenant, ça suffit. Ma famille m'attend.

Avant même qu'elle ait trouvé la force de protester, il l'entraîna jusqu'à la porte du foyer. Sur le seuil, elle s'imprégna un instant de la ville qui s'étalait devant elle. *La mauvaise rencontre, c'est ici qu'il l'a faite…*

Après avoir déambulé un long moment, elle décida qu'il était temps d'appeler le flic qui lui avait mené la vie si dure autrefois. Émilie se saisit donc de son portable et composa le numéro de Biolet. Celui-ci décrocha à la première sonnerie. Elle crut sentir un peu de réprobation dans son ton une fois qu'elle eut terminé de lui exposer ses récentes découvertes. Bien sûr, lorsqu'il lui ordonna de cesser immédiatement ses recherches, elle acquiesça avec docilité. Autant éviter de se le remettre à dos. Mais elle avait bien l'intention de poursuivre ses investigations et de ne plus se laisser dicter sa conduite par personne.

Dombard

— Salut, Henri, ça va ? J'ai des billets pour le match PSG-OM du week-end prochain. De très bonnes places.

— Qu'est-ce que tu veux, Dombard ? Me gâcher la journée ? Il est à peine 9 heures du matin…

— J'ai besoin d'une analyse ADN en catimini.

— Tu te fous de moi ?

— Non. Mais je sais que t'es un footeux et que t'as pas assez de thunes pour te payer les places que je m'apprête à t'offrir. Et ça me fend le cœur, tu vois ? Rien que d'y penser, je suis tout triste.

— Putain, tu fais chier.

— Tribune ouest, au plus près du terrain.

— Vas-y, balance, soupira l'autre.

— Tu me fais ça rapido ?

— Et puis quoi encore ?

— Y a aussi une place pour ton gamin. Après, c'est toi qui vois, je peux la donner à Carbin de la B.R.I.

— À ce con de Carbin ? Même pas en rêve. Tu l'auras dans maximum vingt-quatre heures. Mais je te jure que c'est la dernière fois !

— Super, je te fais parvenir tout ça. Et ne me remercie pas, Henri, c'est inutile.

Le sourire qu'affichait le lieutenant s'éclipsa sitôt la conversation terminée. Il devait maintenant s'occuper de l'appel à témoins de la jeune fille retrouvée aux Mesnuls, celle dont Clopo était parvenu à reconstituer le visage. Comme toujours, le week-end avait sévi, leur faisant perdre un temps précieux. Et s'il avait passé deux jours à ronger son frein, il était à présent soulagé de pouvoir enfin avancer.

— « Les policiers de la Brigade criminelle de Versailles cherchent à identifier le cadavre d'une adolescente, lut-il à voix haute tout en tapant sur son clavier. Si vous avez des informations susceptibles de les aider, contactez les enquêteurs de la DRPJ de Versailles. Par courrier… Par téléphone, au numéro vert… Par mail… Blablabla. L'anonymat sera garanti. »

Il relut la fiche, ajouta la photo fournie par le légiste et, une fois satisfait, la diffusa sur les réseaux sociaux. Après quoi toutes ses pensées se tournèrent de nouveau vers Maria Achenza. Il lui restait quelques semaines avant le terme et son bébé semblait en bonne santé. Elle avait donc été convoquée pour une audition qui devait se dérouler le jour même vers 11 heures. Le lieutenant pesta intérieurement en songeant qu'il n'y prendrait pas part. Sans doute l'enverrait-on vérifier une broutille à l'autre bout de la ville pour lui éviter de la croiser dans les couloirs. La frustration était immense et ne se tut que lorsque Sevran apparut.

— Faut que je te parle, lança-t-il en se disant qu'elle n'allait pas conserver son air détendu bien longtemps.

Et il ne se trompa pas. Aussitôt, il sentit qu'elle se contractait. Il la connaissait par cœur. La commandant s'attendait à ce que son lieutenant lui raconte sa dernière boulette. Au fond, elle ne parut même pas surprise d'apprendre qu'il entretenait des relations avec Louise de Courbevoie.

— Il existe des cercles d'amitié un peu partout, tu sais ? Des sites de rencontres aussi, d'ailleurs. Franchement, Dombard, une journaliste... Et Louise de Courbevoie, par-dessus le marché ! Elle t'a fait son numéro et tu es tombé dans le panneau, c'est ça ?

— Pas du tout. Elle m'a informé d'un truc qui va te servir dans moins de trois heures, figure-toi.

— Encore une intox, sans doute.

— Le premier gamin de Maria n'est pas de Pio, mais de l'un des orphelins des Mesnuls.

— Quoi ?

Sevran s'était redressée comme un ressort, soudain très attentive.

— Elle n'a pas voulu dire de qui il s'agissait. À toi de lui faire cracher le morceau.

— C'est un peu gros, non ?

— Plus c'est gros, plus ça passe, comme on dit.

— Bon sang ! souffla la commandant en s'affalant dans son fauteuil. Remarque, ça fait sens avec ce que le mari t'a raconté.

— Exactement.

— Je sais que tu rêves de l'interroger, mais que les choses soient claires : c'est hors de question. Elle ne doit même pas te croiser, tu comprends ?

— Je vais donner un coup de main à Ortiz et Kervan.

— Bonne idée. Eh, Dombard, t'es un super flic. Et j'apprécie tous les efforts que tu fais pour rester dans les clous. Je sais que c'est dur, pour toi.

Le flic se crispa mais il se contenta d'acquiescer. Qu'allait-elle dire lorsqu'elle apprendrait, pour l'analyse ADN commandée en cachette ? Parce qu'elle le saurait forcément…

Son mensonge par omission l'oppressait encore quand Kervan passa une tête dans leur bureau.

— On y va, Dombard ? lança sa collègue. Tu conduis ? J'ai mal au crâne.

— Et où est Ortiz ?

— Déjà dans la voiture.

Pendant qu'ils rejoignaient ensemble la cour du commissariat, le lieutenant songea aux heures de bavardages pénibles qui l'attendaient dans les foyers pour jeunes de la région. Il les appréhendait d'autant plus que, selon lui, les véritables avancées auraient lieu ici, à la PJ, avec l'interrogatoire de Maria. En s'éloignant des locaux, il eut un pincement au cœur, pareil à celui qu'éprouverait un enfant trop sévèrement puni après une bêtise.

Sevran

La commandant résuma la situation à Biolet dès son arrivée. Son équipier resta muet, mais l'on pouvait imaginer ses méninges s'activer rien qu'à voir son air concentré.

— Les cheveux de femme retrouvés sur les corps des gamins, tu crois que…

— Je t'arrête tout de suite, lui coupa-t-elle la parole. Maria Achenza refusera le test ADN. Et son avocat va tout faire pour l'éviter.

Dans l'attente de l'audition, les deux collègues se postèrent devant un tableau blanc sur lequel ils notèrent les éléments dont ils disposaient, une fois encore. Sevran tenait à ce que chaque point de l'enquête soit régulièrement repris depuis le début. Ses équipiers estimaient parfois la technique fastidieuse, mais elle avait, selon elle, l'avantage de mettre en évidence les oublis et les zones qui méritaient toute leur attention. Ainsi les visages des enfants furent-ils épinglés sur la partie supérieure. Suivirent les portraits de Madeleine et Bernard Duflot qu'ils positionnèrent au milieu après avoir scruté leurs traits, essayant d'y déceler quelque humanité.

Enfin, les photos de Fred Rambier, Elmer Kroetz et Fabrice Levine s'ajoutèrent sur la gauche, accompagnées de celles de Damien Couard et Slimane Hamouche sur la droite. Les autres orphelins des Mesnuls furent représentés par des carrés à l'intérieur desquels figuraient leurs noms. Biolet acheva la synthèse en dessinant deux croix au feutre noir pour signifier les décès de Mickaël Sudre et d'Éric Caze. Puis les équipiers contemplèrent le tableau en silence quelques minutes.

— Dombard, Kervan et Ortiz font la tournée des foyers pour jeunes de la région, aujourd'hui. On cherche toujours ce qui relie Enzo Aidel et Thibault Levine… Quant à notre troisième victime, l'appel à témoins est diffusé sur les réseaux sociaux depuis un peu plus d'une heure. Espérons qu'on aura du nouveau bientôt.

— Oui, espérons. Surtout que la dernière audition de Rambier n'a rien donné de ce côté non plus… Impossible de déterminer un lien entre ses ex-conquêtes et les gamins emmurés.

Les flics en étaient là de leurs pensées, bras croisés sur la poitrine, quand un collègue en uniforme se manifesta.

— Mme Achenza est arrivée.

La nouvelle propriétaire des Mesnuls était déjà installée dans la petite salle d'audition quand ils y pénétrèrent à leur tour. Elle leva alors vers eux son visage joufflu. Ses cernes, comme deux trous profonds, entouraient ses yeux fatigués. Biolet prit place face à elle et disposa sur la table un épais dossier.

— J'ai des contractions, j'espère que vous n'en avez pas pour longtemps.

— Les médecins nous ont rassurés sur votre état, précisa immédiatement la commandant pour mieux entrer dans le vif du sujet. Pourriez-vous nous raconter ce que vous avez appris en lisant les carnets de Madeleine Duflot avant de les vendre à 7/7 ?

— Rien. Je ne les ai pas lus.

— On n'appelle pas la première chaîne d'info sans raison. Il faut connaître un peu la marchandise pour la refourguer, lâcha Biolet.

— J'ai juste jeté un œil…

— Vous disiez que vous vouliez que ça soit rapide. Alors mettez-y un peu du vôtre, d'accord ? Qu'avez-vous appris ?

— Que là-bas les gosses étaient pas bien traités.

— Mais ça, vous le saviez déjà, je crois.

— Comment ça ?

— Arrêtez de jouer avec nous. Vous connaissiez cette maison et ses propriétaires bien avant de l'acheter.

— C'est Pio qui vous a dit ça ? Il ment ! s'exclama-t-elle en posant une petite main aux ongles rongés sur son ventre.

— Doucement. Il n'y a pas lieu de s'énerver. Nous ne vous avons pas fait venir pour rien, madame Achenza. Nous sommes au courant de certaines choses, à commencer par la relation que vous avez entretenue avec un orphelin placé chez les Duflot. De qui s'agit-il ?

Bouche bée, elle les observa l'un et l'autre, désemparée.

— J'ai raconté ça à la journaliste, marmonna-t-elle, mais c'était pour me faire mousser, c'est tout.

— Pourquoi ?

— Parce qu'elle s'intéressait à moi. Et puis, à 7/7, ils paient bien quand on file des infos sur cette affaire.

— Mais ils n'aiment pas les mensonges. Et nous non plus, d'ailleurs, intervint Biolet, acide.

La femme eut une petite grimace de douleur.

— Selon nos sources, vous avez gardé une autre lettre.

— Elle ne vous intéressera pas.

— C'est à nous d'en juger. Que comptiez-vous en faire ?

— Je voulais la donner à quelqu'un.

— À qui ?

— Je peux pas en parler.

À cet instant, le flic se leva et commença à tourner lentement autour de Maria.

— Vous risquez gros. Votre maison va faire l'objet de nombreuses fouilles, et je peux vous garantir que vous n'êtes pas près de vous y installer avec votre famille. Vous allez bientôt accoucher, mais les tensions dans votre couple n'ont jamais été si fortes. Votre mari lui-même est venu nous parler. Et il a de sérieux doutes vous concernant… (Il marqua un arrêt pour approcher son visage au plus près du sien.) Vous avez une idée de ce qui va se passer si vous persistez à nous cacher des choses ?

— Je cache rien ! protesta-t-elle.

— Par votre silence, vous protégez quelqu'un qui a commis plusieurs infanticides. C'est un homme dangereux, et il pourrait apprendre que nous vous avons auditionnée dans le cadre de cette enquête…

— J'ai mal au ventre. Je…

— Dans votre état, c'est normal, répondit Sevran d'un ton sec.

— Dites son nom, qu'on en finisse, renchérit Biolet.

— S'il vous plaît, je peux pas !

Face aux deux flics qui la fusillaient du regard, elle prit conscience que le rapport de force n'était pas en sa faveur et capitula, déconcertée :

— Slimane…

— Nous le cherchons, expliqua la commandant. Où est-il ?

— J'en ai aucune idée.

— Où comptiez-vous envoyer la lettre ?

— En Algérie, à l'adresse de son entreprise.

— Quand l'avez-vous vu pour la dernière fois ?

— Je l'ai pas vu depuis des années !

— Il est pourtant venu à l'occasion de la vente des Mesnuls.

— Je savais pas.

— Il ne voit jamais son enfant ? s'enquit Biolet.

Maria Achenza, qui commençait déjà à être éprouvée par l'interrogatoire, devint livide.

— La journaliste m'avait juré que ça resterait entre nous !

— Vous confirmez donc qu'il est le père de votre premier enfant… Voyons, vous êtes née en 1993, autrement dit, quand vous aviez 16 ans, Slimane Hamouche en avait… 13, c'est bien ça ?

— Sans doute, je ne me souviens plus trop.

— C'est un peu jeune pour devenir père, non ?

— Il faisait plus vieux que son âge.

— Bien sûr. Le problème, c'est que celui qui s'est présenté auprès de M. Creisson, l'agent immobilier, comme étant le fils de Madeleine n'est pas Slimane Hamouche. C'est quelqu'un qui se fait passer pour lui.

— Je suis pas au courant de ça.

— Pourquoi vous avez acheté cette maison ?

— Il y avait de la surface et le prix était intéressant.

— Vous saviez pourtant ce qui s'était produit là-bas.

— Non !

— Bien. Nous souhaiterions vous soumettre à un test ADN, enchaîna Sevran sans transition, en refermant le dossier posé devant elle.

— Jamais ! Mon avocat m'a précisé que je devais refuser.

— Il a tort, ça pourrait vous aider.

— Vous me croyez coupable ?

— Nous pensons que vous avez un rôle dans cette abominable affaire, même si nous ne saisissons pas encore bien lequel…, admit la commandant en la sondant.

— En tout cas, ce manque de collaboration de votre part, ce n'est pas bon pour vous, renchérit Biolet. Pas bon du tout.

À présent, la jeune femme paraissait totalement catastrophée.

— Je vous jure que ça fait des années que je suis sans nouvelles de lui, se défendit-elle. Et que j'ai jamais été dans la maison du temps des Duflot. J'ai jamais su que Slimane et les autres vivaient un enfer là-dedans !

— Vous mentez, lâcha le flic, péremptoire.

— Il est violent ? demanda l'enquêtrice.

— Qui ?

— Slimane.

— Oui. Écoutez, je veux rentrer chez moi, maintenant. Je me sens pas bien.

— Bon, on va s'arrêter là. Par contre, ne vous éloignez pas !

Biolet mit fin à l'enregistrement. Maria s'apprêtait à se lever, en pleurs, mais il la retint encore une seconde d'une main sur l'épaule.

— On va interroger tous vos anciens camarades du lycée technique pour savoir avec qui vous couchiez à l'époque. Je peux vous assurer qu'on le fera. On passera votre appartement au peigne fin, on désossera votre ordinateur. Pas un de vos sales petits secrets ne va nous échapper. On vous a à l'œil, Maria. À très bientôt.

Pio Achenza

À son retour à l'appartement, Maria était en larmes. Plus ses gémissements duraient, plus l'irritation de Pio enflait. Lors de la découverte des corps emmurés, elle n'avait pas versé une larme. Son air bouleversé et ses gros sanglots n'étaient dus, ce jour-là, qu'à sa visite chez les flics. Ils n'avaient visiblement pas été tendres avec elle, mais ils avaient bien eu raison de la bousculer un peu.

Il se surprit à épier sa femme depuis leur chambre tandis qu'elle s'affairait dans la cuisine. Toute cette comédie l'insupportait, car, dans le fond, elle ne ressentait pas un dixième de sa peine à lui. Maria disparut derrière une cloison, et il en éprouva un bref soulagement. Il se prit la tête entre les mains, se frotta énergiquement les paupières comme après un rêve agité. Rassembler ses pensées et faire le tri dans ses émotions était si difficile, à présent…

Quand Pio se ressaisit, il tendit l'oreille, comme à l'affût. Prenant soudain conscience qu'un silence inhabituel venait de s'installer dans l'appartement, il se leva, parcourut le couloir puis se figea dans l'embrasure de la porte quand il découvrit une Maria inanimée, gisant au sol. Le sang inondait son jogging. Il lui fallait réagir. Immédiatement. Il appela le 15, sans parvenir toutefois à juguler sa panique. Après quoi, en attendant le SAMU, Pio resta assis loin d'elle, traquant le moindre mouvement, écoutant sa respiration saccadée. Il ne souhaitait ni la toucher ni lui porter secours…

Lorsque les médecins arrivèrent, ils prodiguèrent, sous son regard impassible, les premiers soins à son épouse. Ensuite, l'équipe se mit en branle, chargeant le corps lourd et toujours inconscient de Maria dans le véhicule d'urgence. À contrecœur, son mari suivait, une marche après l'autre, hébété par ce nouveau coup du sort. Malgré les propositions répétées des soignants, il refusa de l'accompagner jusqu'à l'hôpital. L'idée de lui tenir la main le répugnait. Sans compter qu'une pensée aussi affreuse que tenace s'insinuait dans son esprit : sa femme était un monstre, et le bébé qu'elle portait dans son ventre ne pourrait s'en tirer indemne. Ce serait l'enfant du malheur.

Plus tard, alors qu'il errait chez lui comme une âme en peine, on le contacta pour lui annoncer que son garçon était né. Son sens du devoir reprit alors le dessus et le conduisit à la maternité. Dans l'unité mère-enfant, on lui tendit une blouse blanche et des surchaussures avant de l'entraîner jusqu'à la pouponnière. Là, juste derrière la vitre, les nouveau-nés somnolents étaient recroquevillés dans leur couveuse. On le rassura sur l'état de santé de sa femme. Mais, désormais, toute son attention était concentrée sur le frêle prématuré qu'il ne quittait pas des yeux. Après quelques secondes, il le saisit de ses larges mains. Instinctivement, il posa ses lèvres sur son front. Il semblait si fragile…

— C'est papa…, chuchota-t-il. Je vais te protéger… Je te le promets, mon petit ange…

Ces paroles d'amour lui donnèrent alors le sentiment d'ériger une puissante forteresse contre Maria. Tandis que trois soignantes l'observaient, affichant un sourire attendri, il profita de ce moment de sérénité à deux, de cette précieuse communion avec son fils. Jusqu'à ce que l'une d'elles rompe la magie de l'instant.

— Vous pouvez rendre visite à votre épouse, à présent ! On prend soin de votre petit Malo !

Pio frémit en entendant le prénom. Pourquoi Maria avait-elle appelé leur bébé ainsi ? Malo, mal, mauvais. Sa femme avait les mêmes origines latines que lui, et ce choix en disait long sur elle. Poussé par la haine, il se dirigea alors vers la chambre. Dès son entrée, il fut incommodé par la chaleur étouffante de la pièce où planait l'odeur si caractéristique de sa femme. Son dégoût à peine contenu, il la scruta comme une curiosité, désormais persuadé qu'il ne réussirait jamais à percer sa véritable personnalité. *De quoi est-elle capable, au fond ?*

— Tu m'as trahie. T'as parlé aux flics, lâcha-t-elle sans ciller.

— Qu'est-ce que t'as fait, Maria ? Qui es-tu ?

Tandis que son visage terne se tournait vers lui, il crut percevoir une lueur inquiétante dans ses prunelles. Le peu d'humanité qui lui restait semblait l'avoir désertée.

— Il va venir me chercher.

— Qu'est-ce que tu racontes ? Qui va venir ?

Un silence douloureux s'installa entre eux. Ce n'était pas l'échec de son mariage qui le terrorisait, mais l'idée de perdre ses enfants. Et il ne doutait pas qu'elle mettrait toute son énergie à le priver de ce qu'il avait de plus cher au monde.

— Bonjour, je vous appelle au sujet d'une jeune fille. J'ai vu sa photo aux informations.

— Oui, je vous écoute, monsieur.

— C'est ma petite-fille. Je l'ai reconnue tout de suite. Elle a disparu du jour au lendemain. Ses parents n'étaient jamais à la maison. Ils ne s'en occupaient pas beaucoup. La gamine passait son temps dehors.

— Comment s'appelle-t-elle, monsieur ?

— Liseron.

— Et son nom de famille ?

— Alvarez.

— Très bien. À quand remonte sa disparition ?

— À cet été.

— Pouvez-vous me dire quel âge elle avait à ce moment-là et où elle habitait, s'il vous plaît ?

— Elle avait 15 ans. Elle habitait Grand-Quevilly.

— En Normandie ?

— Oui...

— Connaissez-vous le nom de l'établissement scolaire qu'elle fréquentait ?

— Non, je ne sais pas. Elle était en apprentissage.

— Elle effectuait peut-être un stage dans un établissement. Avez-vous entendu parler de ça ?

— Elle faisait du service de table, un truc comme ça.

— Elle étudiait dans un lycée hôtelier ?

— C'est bien triste, ça m'a fait un choc de la voir au journal...

— Monsieur, est-ce que votre petite-fille étudiait dans un lycée hôtelier de votre région ?

— Possible, mais je ne suis sûr de rien. On avait tellement peu de relations... Pauvre gamine ! Tout ça, c'est à cause de son père. Il est routier, toujours en vadrouille. Enfin... sa mère ne vaut pas beaucoup mieux.

— Puis-je prendre un nom, un numéro de téléphone, peut-être ?

— Non. Y avait écrit que ça pouvait être anonyme. Je ne veux pas qu'ils sachent que j'ai appelé. Je ne veux plus rien avoir à faire avec eux.

— Je comprends. Je vous remercie, monsieur. Nous allons poursuivre nos recherches.

Sevran

La commandant mâchait un chewing-gum en attendant que le portable de l'épouse Achenza, que l'on avait pris soin de placer sur écoute, reprenne son activité. Elle avait cru que le petit numéro de Biolet porterait rapidement ses fruits et commençait à trouver ce silence étonnant. D'autant que Maria avait quitté le commissariat en panique, la veille… Mais sans doute cette femme était-elle aussi insaisissable que la décrivait son mari.

Son équipier, lui, était pendu au téléphone avec Le Relais de Nemours qui semblait traîner les pieds pour transmettre la moindre information utile. Il avait déjà obtenu une première liste des employés présents au foyer en 2015, mais le directeur rechignait à divulguer l'identité des jeunes qu'il avait accueillis à l'époque où Enzo Aidel y avait séjourné. Il ne parvenait même pas à savoir combien de temps l'adolescent avait résidé là-bas.

Biolet était en train d'élever la voix, signe qu'il perdait vraiment patience, lorsqu'un des stagiaires de l'École nationale supérieure de la police se planta devant Sevran. Rémi Lambale avait une petite trentaine d'années, des cheveux négligemment coiffés et une barbe naissante, mais, surtout, il affichait un air volontaire et paraissait vouloir se frotter à la réalité du terrain.

— Commandant, il y a quelque chose d'intéressant du côté de l'appel à témoins. Je viens de parler à un vieux monsieur. Tenez, voici la transcription de notre échange, expliqua-t-il en lui tendant une feuille.

Sevran se redressa immédiatement et parcourut le document.

— Liseron Alvarez ?

En consultant les fichiers centralisés, elle constata que personne n'avait jamais signalé la disparition de la jeune fille aux services de police. Son nom n'apparaissait nulle part.

— Ça te dit, de mettre les mains dans le cambouis ? s'enquit-elle auprès du stagiaire.

— Je n'attends que ça !

— Parfait, lâcha-t-elle, distraite, en effectuant une recherche sur Internet. Apparemment, le lycée hôtelier de Canteleu est le plus proche de Quevilly. Tu les contactes et tu leur demandes si Liseron Alvarez faisait partie de leurs effectifs. Si oui, je veux les noms de tout le personnel de l'établissement. Profs, employés administratifs, intervenants extérieurs. Tout le monde. Je veux aussi les noms de tous ceux qui étaient en cours avec elle et de ceux qu'elle fréquentait. Si elle a été en stage, je veux savoir où et avec qui. Compris ?

— C'est comme si c'était fait, commandant.

De son côté, l'enquêtrice appela l'ASE de Normandie pour savoir si la famille Alvarez était suivie par les services sociaux. La réponse tomba une heure et demie plus tard : « Inconnue de nos services ». Décidément, aucune logique ne se dégageait de cette affaire… Elle réfléchissait, perplexe, quand elle reçut un message indiquant que Maria Achenza utilisait enfin son téléphone. Aussitôt, elle se connecta à son ordinateur en plaçant des écouteurs dans ses oreilles.

« Salut. Je suis à l'hôpital… J'ai accouché hier. Je sais que tu veux pas que je te contacte, mais fais gaffe. Les flics sont au courant. Ils sont sur la piste de Slimane. »

Un frisson parcourut Sevran, ce qui n'échappa pas à son équipier, qui venait de raccrocher en pestant. Il l'interrogea du regard.

— Tiens, écoute ça. Le bébé des Achenza est né, mais ce n'est pas le plus intéressant, dit-elle en lui tendant une oreillette.

Quelques secondes plus tard, il ouvrait à son tour des yeux ronds.

— Putain, elle s'est bien foutue de nous ! On se goure complètement en essayant de remonter jusqu'à Hamouche !

— Faut croire. En tout cas, il est clair que ce n'est pas à lui qu'elle parle. Je vais demander une recherche à partir du numéro. Sinon, le foyer t'a appris quelque chose au sujet d'Enzo ?

— Le directeur du foyer confirme que certains jeunes posaient des problèmes à l'époque. Il a parlé de vols et de petites bagarres, mais il ne se souvient d'aucun gamin en particulier. Ça n'aura pas été sans mal, mais il collecte un maximum de données et me les envoie le plus vite possible.

— OK. Pour info, on a eu un retour sur l'appel à témoins. Liseron Alvarez, disparue cet été. Aucun signalement n'a été fait. Lambale est en train de contacter son lycée. Moi, je vais trouver la mère et lui passer un coup de fil. Elle a peut-être une explication à nous donner, qui sait ?

Trois numéros correspondaient au nom de famille de la jeune fille à Quevilly. Après une première tentative infructueuse, Sevran tomba sur une femme du nom de Mélina Alvarez qui, lorsqu'elle lui présenta l'objet de son appel, répondit avec une voix grave de fumeuse :

— Liseron… J'ai toujours eu du mal avec elle. Son père est jamais là. C'est pas facile de tenir une adolescente comme ça.

— Qu'entendez-vous par là, madame Alvarez ?

— Elle découchait tout le temps. On n'arrivait pas à suivre, quoi…

— Depuis quand n'avez-vous plus de contact avec votre fille ?

— Un bout de temps, c'est sûr. Elle a quitté la maison cet été en gueulant qu'elle voulait plus jamais me revoir.

— Que s'était-il passé ?

— Elle traînait avec un type âgé qu'elle avait rencontré en stage. J'étais pas d'accord. Il devait avoir dans les 45 ans, alors je lui ai dit qu'il méritait la prison pour ça ! Elle s'est mise en colère et elle est partie.

— Vous auriez pu alerter les autorités au moment de son départ. Elle était mineure, quand même, madame Alvarez !

— J'espérais qu'une fois qu'elle aurait lâché ce gars, elle reviendrait. Elle revenait toujours.

— Comment se prénommait cet homme ?

— Rudy… Barreau, je crois.

L'enquêtrice inscrivit le nom sur son calepin tout en réfléchissant à la façon d'exposer la situation à cette mère.

— Une personne nous a contactés en disant avoir reconnu le visage de votre fille sur l'un de nos appels à témoins.

— Ah bon, un appel à témoins ? Je comprends pas…

— Nous ne sommes encore sûrs de rien. Pouvez-vous vous rendre au commissariat le plus proche de chez vous ? Mes collègues vont tout vous expliquer. On se reparlera lorsque vous serez sur place.

— Mais, je…

— S'il vous plaît, madame Alvarez, faites-le, c'est important.

Dès qu'elle raccrocha, la commandant lança une nouvelle requête dans son ordinateur. Deux hommes du nom de Barreau possédaient des véhicules identifiés dans la région de Canteleu. Le premier avait à peine 25 ans, le second, âgé de 47 ans, correspondait au signalement. Il était d'ailleurs connu des services de police pour infractions sexuelles sur mineures. Grâce aux fichiers des cartes grises, elle retrouva son adresse, qu'elle nota rapidement. Elle passa ensuite un coup de fil au commissariat de Grand-Quevilly pour les informer des grandes lignes de son enquête et de l'arrivée de Mélina Alvarez dans leurs locaux.

Quelques minutes plus tard, Sevran faisait crisser les pneus de son véhicule de fonction en quittant le parking de la PJ. Son équipier et elle avaient le sentiment de s'approcher doucement d'un feu et d'en ressentir déjà la chaleur.

Après une heure et demie de route qui passa comme un songe, elle se gara dans une rue étroite, devant un immeuble de trois étages. En sortant de la voiture, son regard se posa instinctivement sur un homme adossé à un balcon, une cigarette à la main. Il portait un jean noir d'où pendait une chaîne argentée. Quelque chose, dans son allure, lui fit tout de suite penser qu'il s'agissait de celui qu'elle recherchait. Après avoir fait un signe discret à Biolet, qui l'épia à son tour, tous deux pénétrèrent dans le bâtiment et s'engagèrent dans l'escalier. Devant la porte, la commandant préféra taper bruyamment plutôt que de sonner.

— C'est quoi, ce bordel ! s'exclama le propriétaire des lieux en ouvrant.

— Bonsoir, monsieur Barreau. Brigade criminelle. Pouvons-nous entrer, s'il vous plaît ?

— C'est une blague, ou quoi ?

L'homme fut déboussolé quelques secondes, et les flics en profitèrent pour le faire reculer et s'immiscer dans le logement. Dans la foulée, Sevran lui présenta le portrait fourni par le légiste après son laborieux travail de reconstitution.

— Reconnaissez-vous ce visage ?

— Qu'est-ce que c'est que ce truc ?

— Ça vous dit quelque chose ou pas ?

— Non. Désolé.

— Et Liseron Alvarez, c'est un nom qui vous cause ? lança Biolet.

— C'est une perquise, là ?

— Pas encore. Alors, Liseron…, insista la commandant.

— Ouais. Une blondinette. Joli petit cul, mignonne.

— Elle est morte.

Barreau accusa le coup puis, encore sous le choc, guida les policiers jusqu'au salon où une table ronde croulait sous la paperasse et les prospectus.

— Merde alors, lâcha-t-il enfin. Mais j'y suis pour rien, moi !

— On a pourtant appris que Liseron s'était enfuie pour vivre le grand amour avec vous.

— C'est vrai que ça collait bien entre elle et moi. Mais bon, moi, je m'attache pas. C'était juste une passade…

— OK. Pour votre information, la perquisition commence maintenant.

Après avoir pris contact avec la juge et demandé des renforts, ils entreprirent leur travail de fourmis. Sans doute accoutumé à voir son appartement retourné par la police, Rudy Barreau s'assit en silence et patienta.

Biolet, au salon, vérifia chaque lettre, magazine, DVD qui jonchaient la table. Il remarqua notamment des publications pour adultes, y jeta un œil désabusé, et enchaîna avec la cuisine, mollement suivi par le quadragénaire. Sevran, elle, s'attaqua à la chambre. Avec ses gants en latex, elle soulevait sans ménagement les draps et les dessous féminins dépareillés qui se trouvaient sur son chemin lorsqu'elle tomba sur une tablette numérique dans un tiroir rempli de chaussettes. Elle héla son équipier qui arriva sur-le-champ, suivi du suspect.

— Le code, s'il vous plaît.

— 1, 2, 3, 4.

Une fois l'appareil déverrouillé, elle se rendit dans la bibliothèque de photos et fit défiler des portraits de jeunes femmes. Elle s'arrêta sur un cliché.

— C'est elle ?

— Ouais.

Liseron Alvarez se tenait, souriante, entre deux hommes : Barreau, hilare et rougeaud à sa gauche, et un type d'allure sévère à sa droite.

— Qui est-ce ? questionna-t-elle.

— Un cuisinier.

— Comment il s'appelle ?

— Je sais pas, c'est un mec qui bossait avec la gamine dans le resto où je traînais.

— Ils se connaissaient ?

— Ouais, un peu. Ce type, je le sentais pas. Elle m'a dit qu'il lui avait proposé de l'amener voir sa grande maison.

— Où ça, la grande maison ?

— J'en sais rien, je vous jure ! Écoutez, moi, je tripote un peu, j'aime bien mater, mais c'est tout. Je tue pas les gamines.

— Il y a un début à tout, rétorqua Biolet d'un ton sec.

À cet instant, la commandant décida de laisser ses collègues de la PJ gérer la suite et s'éloigna pour passer un coup de fil au commissariat de Grand-Quevilly. On l'informa alors que Mélina Alvarez avait identifié sa fille sur la photo qu'elle leur avait transmise. Sevran fut alors prise d'une profonde empathie pour cette mère à qui elle allait annoncer la pire des nouvelles. En serrant le combiné contre son oreille, son appréhension se mua brutalement en une forme de désespoir. Après un silence sidéré, Mélina Alvarez fondit en larmes à l'autre bout de la ligne, dévastée. Sa douleur, insupportable, tailladait le cœur de la commandant. Elle se sentait si abattue qu'elle ne trouvait rien à dire, rien qui fût susceptible de soulager la peine immense de cette femme, comme si les mêmes paroles maintes fois répétées avaient fini par se vider de leur sens.

Quand elle raccrocha enfin, éprouvée par la discussion, ses collègues traînaient Barreau sans ménagement par le bras en direction de la sortie. Biolet s'approcha de sa partenaire, perplexe.

— Il n'a pas vraiment le profil…

— Je suis d'accord. Mais il connaît sûrement celui qui l'a, le profil, répondit-elle en cherchant à calmer ses pulsations cardiaques.

Dombard

Le lieutenant était rentré au bureau après une nouvelle longue journée passée à interroger le personnel des foyers de la région en compagnie de Kervan et d'Ortiz. Le froid et l'humidité l'avaient attaqué jusqu'aux os. Quant à sa motivation, elle avait pris un sacré coup aussi. Tous leurs interlocuteurs lui avaient semblé désemparés, parfois même déprimés par la tâche qui leur incombait et le peu de moyens qui leur étaient alloués. Pour couronner le tout, les décors ternes s'étaient succédé dans un camaïeu de beiges plein d'ennui.

Dombard se sentait fatigué et amer, le genre d'état d'esprit qui l'amenait autrefois à enchaîner les verres. Heureusement, le boulot l'aidait à lutter contre ses vieux démons. Sevran, tout juste de retour de Normandie, venait d'ailleurs de l'informer des récents événements et elle souhaitait que tout le monde se tienne sur le pied de guerre pour lancer de nouvelles réquisitions tous azimuts. Ils allaient reprendre les auditions des protagonistes de l'affaire pour tenter de trouver la faille. Sans compter qu'il restait aussi à éplucher la liste du personnel et des élèves du lycée technique de Liseron

Alvarez, celle des employés et des jeunes du foyer de Nemours et celle des encadrants de la colonie de vacances de Thibault Levine. Un travail considérable qui allait les occuper des jours et des nuits.

Pour commencer, la commandant et lui se chargèrent de l'audition de Barreau, que l'on avait transféré à Versailles dans la foulée de la perquisition. D'après le type, Liseron était une adolescente paumée qui cherchait à fuir sa famille et s'était jetée dans les bras du premier venu. Il ne voyait pas pourquoi la police le suspectait, d'autant qu'elle avait menti sur son âge et qu'il ignorait donc qu'elle était mineure. Liseron l'avait allumé puis s'était prostituée sans qu'il puisse, prétendait-il, lui faire entendre raison. L'enquêtrice, agacée par ses réponses fumeuses, tenta de le faire dévier sur ses relations et les habitués du restaurant où il avait rencontré l'adolescente.

— Ce cuisinier, c'est qui ?

— Je vous ai dit que je le connaissais pas !

— On finit pas sur des photos avec des inconnus ! Crache ta Valda, sinon c'est la maison d'arrêt. Et pour les gens comme toi, c'est souvent un très mauvais moment à passer. Mais je crois que tu le sais déjà, non ? s'énerva le lieutenant.

— Putain, je vous jure que j'ai rien fait !

— Qui est ce type ? insista Sevran.

— Il est pas d'ici. C'est un genre de cuistot itinérant. Il raconte qu'il est le fils de riches Américains.

— De riches Américains ? C'est quoi, cette histoire, encore ?

— Je suis d'accord avec vous. Moi non plus, je l'ai pas cru. Je suis pas si con. En tout cas, il lorgnait bizarrement la gamine.

— Mais de quoi tu parles ? Toi, t'agresses les filles, et tu te permets de donner ton opinion sur un autre pervers ? T'es juste un pauvre type, en fait !

— Dombard…, tempéra sa supérieure.

Puis elle reporta son attention sur Barreau :

— Expliquez-nous comment il la regardait.

— On aurait dit qu'il voulait la bouffer.

Les deux policiers échangèrent un coup d'œil, puis la cheffe de groupe reprit la parole :

— Cet homme ne travaille plus au restaurant, n'est-ce pas ?

— Non. Il est parti un peu avant Liseron. Moi, j'ai pensé qu'elle l'avait suivi. Il lui avait promis des trucs.

— C'est-à-dire ?

— Je sais pas vraiment, j'imagine, quoi !

— Évite d'imaginer, espèce d'imbécile, et tiens-t'en aux faits ! éructa le lieutenant.

Malgré le recadrage, Rudy Barreau continua sur sa lancée, entre jugements à l'emporte-pièce et approximations, mettant à vif les nerfs des policiers, qui sortirent de concert. Une fois dans le couloir, Dombard souffla bruyamment pour expulser toute la tension accumulée. Rien ne le révulsait davantage que les pervers jouant les innocents. Au point qu'il eut du mal à se concentrer sur les propos de sa supérieure quand elle lui indiqua qu'il devrait à son tour se rendre en Normandie, le lendemain à la première heure. Elle espérait que des habitués de ce fameux restaurant se souviendraient de Liseron ainsi que du curieux cuisinier.

Il faisait déjà nuit lorsqu'ils rejoignirent leurs collègues qui épluchaient les différents documents dans une ambiance studieuse. Rémi Lambale, le stagiaire, s'occupait de vérifier le listing des élèves du lycée hôtelier de Liseron Alvarez, mais il était aussi parvenu à accéder aux archives de l'établissement qu'avait fréquenté Maria Achenza, archives dans lesquelles le nom d'un des orphelins des Mesnuls pouvait peut-être figurer. Et il fallait bien admettre que sa tâche était particulièrement délicate puisque rien n'était encore informatisé à l'époque où Maria batifolait avec les garçons. La jeune recrue devait donc se coltiner l'analyse de centaines de dossiers, ce qui n'était pas pour déplaire à Dombard qui détestait avoir affaire aux futurs cadres de l'école de police.

Après de fastidieuses recherches, noyé dans toute cette paperasse, Lambale se manifesta. Son ton enthousiaste tira une grimace au lieutenant.

— Ça y est, commandant, je l'ai trouvé !

— Slimane Hamouche ?

— Non ! Éric Caze.

Dombard s'empressa alors de rappeler qu'Éric Caze avait été réduit en cendres dans l'incendie de sa caravane. La moue qu'afficha sa supérieure en guise de réponse le refroidit. Avec la fatigue, le doute s'immisçait partout. La cheffe de groupe s'accorda donc une petite pause et consulta le site de la chaîne 7/7 sur lequel un nouveau bandeau défilait : « Révélations : la propriétaire de la "maison de l'horreur" suspectée par la police. » Un sourire sardonique étira ses lèvres. Dombard, intrigué, approcha.

— Merde…, lâcha-t-il en observant l'écran.

— Non, au contraire, celui que Maria protège ne va sûrement pas apprécier ce coup de pub. C'est un mal pour un bien !

Lui n'en était pas si sûr. Il devait bien admettre qu'il avait complètement oublié l'accord qu'il avait passé avec Louise de Courbevoie. D'ailleurs, il soupçonna Sevran de chercher à le couvrir une fois encore.

À 22 h 30, le flic déclara forfait et quitta le commissariat avec une raideur dans la nuque. Son cerveau en ébullition allait certainement l'empêcher de dormir avant un bon moment, mais la journée avait été interminable et il avait besoin de repos. En rentrant chez lui, il jeta un coup d'œil à son téléphone dont l'écran notifiait les nombreux appels de la journaliste ainsi que le SMS qu'elle avait fini par lui laisser :

J'espère que mon reportage ne vous causera pas de tort. Je m'en voudrais sincèrement si ça devait être le cas...

Cette attention délicate créa une onde agréable en lui. Il gagna sa chambre en semant ses habits derrière lui, se saisit de son radio-réveil et régla l'alarme. 5 heures du matin... C'était tout simplement indécent. Ses batteries sérieusement à plat risquaient fort de manquer de temps pour se recharger.

Le lendemain, dès qu'il ouvrit les yeux, il sauta hors de son lit, récupéra ses frusques après avoir pris soin de changer de caleçon et d'enfiler un tee-shirt propre et, sans même qu'il en prenne conscience, il se retrouva à bord de sa Ford Fiesta, les cheveux en bataille, une cigarette au coin des lèvres. Comme convenu la veille au soir avec sa cheffe, avant de filer sur l'A13 quasi déserte, il fit un détour par le commissariat pour embarquer Lambale. Le stagiaire l'attendait dans le hall, parfumé et rasé de frais. Décidément, ce jeune loup commençait à l'horripiler.

En réalité, avec son bagage universitaire conséquent, son allure de beau gosse et son ambition assumée, le lieutenant considérait le stagiaire comme un blanc-bec pour ne pas s'avouer qu'il le craignait. Il ne lui avait pas adressé la parole depuis son arrivée, état de fait que ni le trajet ni la journée passés ensemble n'allaient changer. Dombard n'aimait pas les gradés de la police et détestait leurs successeurs en culottes courtes. Il prenait d'ailleurs un malin plaisir à les rudoyer dès que l'occasion se présentait. Mais pas cette fois. L'affaire était trop grave, son énergie trop précieuse. Il se contenta donc de lui demander de brancher le GPS. Son acolyte obtempéra, et la voix suave de l'appareil meubla le silence. Il fallait lui reconnaître cette qualité : contrairement à ses collègues de l'ENSP, Lambale, au moins, ne cherchait pas à sympathiser.

Une fois arrivés à Canteleu, ils n'eurent aucun mal à localiser le restaurant La Chouette. Le lieutenant jeta un regard froid à son partenaire et lui intima l'ordre de ne pas parler, puis tous les deux pénétrèrent dans l'établissement vide qui ressemblait à une chaumière. Des bruits de casseroles provenaient d'une pièce éclairée, au-delà d'une grande salle rustique où planait une odeur de graillon. Dombard s'y dirigea si prestement que le cuisinier en plein travail sursauta en les voyant.

— Je suis désolé, messieurs, mais le restaurant est fermé !

— Police. On voudrait s'entretenir avec le propriétaire.

— M. Flochard ? Il est chez lui, à cette heure-ci !

— Appelez-le, et dites-lui de rappliquer.

Le commis s'exécuta, fébrile. Puis, une fois le coup de fil passé, il se planta devant eux, comme s'il n'osait pas reprendre son activité.

— Vous connaissez Liseron Alvarez ?

— Non, je ne crois pas.

— Elle a travaillé ici. Elle débutait dans le service.

— Ça ne me dit rien.

— Vous êtes en poste depuis quand ? intervint Lambale en bravant les ordres de son supérieur.

— Une semaine…

— OK. Vous pouvez continuer à bosser, on va patienter, trancha Dombard.

Même s'il sentit la crispation de son collègue, le jeune flic embraya. Il n'avait pas dit son dernier mot.

— Vous êtes apprenti ? lança-t-il.

— Oui.

— Vous étudiez au lycée hôtelier de Canteleu ?

— Oui.

— La jeune fille dont on parle était là en juin-juillet, apprentie elle aussi, et suivait sa formation dans le même établissement que vous. Ça ne vous dit vraiment rien ? Blonde, yeux clairs, jolie…

— Ah, oui ! J'en ai entendu parler.

— Et qu'est-ce qu'on t'a raconté sur elle ? aboya le lieutenant, vexé qu'on lui coupe l'herbe sous le pied, et cherchant à reprendre la main.

— Paraît qu'elle a été harcelée par un type.

— Qui ?

— Un mec qui bossait ici.

— Un employé ? Il faisait quoi ?

— Un cuisinier, je crois.
— De qui tu tiens cette info ?
— D'une serveuse.
— Comment elle s'appelle ?
— Aline Bourdin. Elle devrait pas tarder.
— Parfait, lâcha Lambale en s'adossant à un meuble en inox. On va attendre tout ce beau monde.

Dombard se tut un instant, tout occupé qu'il était à contenir un mélange d'agacement et de contrariété qui bouillait au fond de lui. En revanche, quand le propriétaire, Flochard, se pointa enfin, ce fut lui qui prit les devants. Si le gérant prétendait ne rien savoir, il fut sommé de présenter son registre des employés. L'enquêteur s'en saisit avec la vivacité d'un aigle affamé. Son index glissa sur les lignes jusqu'au nom « Jason Borne » qui lui fit lever une mine exaspérée :

— Il vous a pris pour un con ! Jason Borne ? Franchement ? S'il avait choisi « Bourne », vous auriez tilté, j'espère !
— Je suis désolé, je ne comprends pas ! répondit l'autre en interrogeant Lambale du regard.
— Peu importe, fit le flic, agacé. Où sont les copies des documents qui ont permis d'établir le contrat de travail ?

Flochard se pressa de regagner son bureau où de nombreux trophées de chasse décoraient les murs couleur de boue. Après s'être saisi d'une large chemise cartonnée rouge, il fallut moins d'une minute au gérant pour extraire les pièces réclamées : carte d'identité, attestation d'affiliation à la Sécurité sociale et RIB. À première vue, tout semblait en règle.
— Merde alors, marmonna le lieutenant.

Pendant qu'il réfléchissait en silence, Lambale, lui, s'entretint avec le patron au sujet de la serveuse, Aline Bourdin. Ils n'eurent cependant pas l'occasion d'échanger longuement, car, quelques minutes plus tard, une petite femme brune franchit la porte du restaurant. Dans la foulée, Dombard et le stagiaire se dirigèrent vers elle.

— Bonjour, lança le lieutenant en approchant. Nous sommes policiers à la DRPJ de Versailles et nous enquêtons sur la disparition de Liseron Alvarez.

— Liseron a disparu ? C'est pas possible ! Elle a passé deux mois ici au service. C'était une fille un peu fragile, pas vraiment bien dans sa peau.

— Vous connaissez un certain Rudy Barreau ?

— Oui, c'est un habitué. Je n'ai pas compris comment ni pourquoi, mais ils avaient l'air de sortir ensemble.

— Il paraît que, selon vous, elle se serait fait harceler.

— C'est elle qui me l'a raconté. Le cuisinier de l'époque, Jason, lui faisait peur. Un jour, il a mis une photo obscène maculée de sang dans ses affaires. Elle en a parlé à M. Flochard, mais je ne crois pas qu'il ait fait grand-chose.

Elle lança alors un coup d'œil plein de mépris vers le gérant qui se trouvait toujours dans la pièce d'à côté. Avant de poursuivre, le lieutenant signifia à Lambale, d'un geste muet, d'aller interroger le patron à ce sujet. Une fois seul avec la jeune femme, il retrouva ses moyens.

— Dites-moi tout ce que vous savez sur ce Jason.

— Il était discret, ne se mélangeait pas aux autres. Il prétendait être le fils d'un banquier américain… Une histoire ridicule que pas mal de gens ont crue, ici.

Il avait une forme de magnétisme. Le genre d'homme qui a une présence très forte, presque intimidante.

— Il se comportait comment avec vous ?

— Je ne l'intéressais pas. Liseron, par contre, il la déshabillait du regard. Il la rendait nerveuse.

— Cette photo obscène, elle vous l'a montrée ?

— Oui. C'était vraiment répugnant. J'ai pensé qu'il fallait qu'il ait de gros problèmes psychologiques pour faire un truc pareil.

— Est-ce qu'il vous a dit où il allait, après ce contrat ?

— Apparemment, il comptait faire le tour du monde. Mais bon, on rêve tous de voyager, non ?

Le lieutenant la remercia, puis il s'éclipsa dehors, le portable vissé à l'oreille. Lorsqu'il eut Sevran en ligne pour lui résumer la situation, il l'entendit pianoter avec énergie sur son clavier, sans doute à la recherche d'une éventuelle information sur ce fameux Jason Borne. À bout de patience, il finit par demander :

— T'as quelque chose ?

— On se rappelle, lâcha-t-elle simplement avant de raccrocher.

Comme souvent depuis quelque temps, il sentit qu'elle était sur la réserve avec lui, et la frustration le cloua sur place.

Jason

À cause de la vétusté des infrastructures birmanes, le *Cyrus Field* avait dû être dérouté vers Singapour, où le cuisinier avait débarqué deux jours plus tôt. Sitôt le pied posé à terre, et après quelques médicaments administrés dans un hôpital flambant neuf, Jason n'avait plus pensé qu'à quitter le territoire au plus vite. Mais c'était compter sans l'enquête qui venait de s'ouvrir au sujet de la disparition de l'ingénieure allemande…

Plusieurs fois, des flics tatillons, secondés par un interprète, l'interrogèrent avec une pugnacité qui lui fit craindre qu'ils n'aient des doutes sur lui. Il n'en menait pas large, d'autant que la police singapourienne était connue pour son inflexibilité et sa redoutable efficacité… Comme on le menaçait de coups de bâton et de prison, régime de base du justiciable sur l'île, il finit par leur raconter une version des faits bien éloignée de la réalité, version qui ne sembla malheureusement pas les convaincre. Les mêmes questions revenaient en boucle sans qu'aucune de ses réponses ne parvînt à les satisfaire. Sa confiance s'étiolait, mais quand on lui apprit que deux marins avaient assisté à une dispute entre la fille et l'Italien deux jours avant qu'elle ne se volatilise, enfin il sentit les tenailles de la suspicion se desserrer. Ce qui se confirma dès le lendemain, quand on lui rendit sa liberté.

Jason déambula alors sans but dans le quartier malais où des petits bâtiments colorés abritaient d'innombrables commerces et restaurants. Au bout des ruelles, cependant, contraste saisissant, surgissaient d'impressionnants gratte-ciel comme autant de lames de verre prêtes à le blesser. Le centre-ville en comptait des milliers qu'il chercha rapidement à fuir, aussi poursuivit-il en direction de Little India, un havre de paix où poussaient de graciles palmiers. Le quartier ressemblait à un foyer rougeoyant pris dans un énorme bloc de glace. Plus loin, au détour d'une avenue, il croisa un panneau de la police qui arborait fièrement son palmarès de deux cent cinquante-quatre arrestations sur Orchard Road dans les six derniers mois... *Dire qu'on pratique la peine de mort par pendaison, ici...*, songea-t-il, le regard animé par une petite flamme d'excitation.

Au bout de deux heures passées à être bousculé sans qu'on lui prête la moindre attention, l'agitation, le bruit et la chaleur moite l'avaient tant étourdi qu'il décida de faire une pause dans un cybercafé. La climatisation y marchait à plein régime. Quelques hommes en fine chemise ouverte sur des torses glabres traînaient leurs claquettes dans l'espace encombré de vieux PC. Et une musique locale entêtante faisait vibrer les cloisons de fortune qui offraient une intimité toute relative aux usagers du lieu.

Le cuisinier, face à l'indifférence que son entrée suscita, agita un billet sous le nez d'un jeune qui leva un œil noir, s'en saisit, puis fit un geste dédaigneux en direction des ordinateurs du fond. La connexion était mauvaise, il lui fallut rafraîchir plusieurs fois la page d'accueil de sa boîte mail avant de constater qu'il avait plusieurs messages en souffrance. C'était si inhabituel qu'il se raidit, la main suspendue au-dessus de la souris, effrayé à l'idée de découvrir ce qui l'attendait. Bien sûr, son silence pendant des semaines avait dû paraître suspect à certains.

Finalement, son index cliqua sur le message le plus ancien. Il provenait de Facebook. Ses yeux, illuminés par l'écran bleu, glissèrent avec fluidité sur les mots, jusqu'à ce que son attention se fixe soudain sur une phrase : *… Merci de prendre au plus vite l'attache du lieutenant Dombard, de la Brigade criminelle de Versailles.*

Ainsi, les policiers étaient à la recherche de Slimane Hamouche. *Merde !* La demande avait été postée une semaine plus tôt. De rage, il se mit à taper du poing sur la table branlante, suscitant l'étonnement des habitués. À présent, il devait réfléchir à la situation. Le silence avait toujours eu sa préférence, mais, dans ce cas précis, il se rendait bien compte qu'il fallait répondre aux flics, car, s'il avait organisé tout ce stratagème sur Internet, c'était dans l'unique but de faire croire que Slimane prospérait dans les affaires en Algérie. Un scénario qu'il devait entretenir, à présent.

Ses doigts se baladèrent alors avec lenteur sur le clavier, et les phrases se formèrent naturellement : *Veuillez m'excuser pour le retard. J'étais pris par un important déménagement d'entreprise dans le sud du pays. En quoi puis-je vous être utile ?*

Quand il eut fini, il se relut avec circonspection puis cliqua sur « Envoyer » et regretta presque immédiatement son geste. Son visage se crispa quand il pensa que la situation commençait à lui échapper. Ce moment où la police viendrait mettre son nez dans ses affaires, il l'avait anticipé depuis des années, si bien qu'il avait toujours pris soin de compartimenter sa vie, de jongler avec ses identités, de ne se mêler à personne. Mais peut-être avait-il commis une erreur quelque part ? *Absolument impossible.*

Avant son départ, Jason avait configuré son répondeur téléphonique de façon à pouvoir accéder à sa boîte vocale sur n'importe quel ordinateur dans le monde. Il en profita donc pour y faire un tour et constata que, là aussi, deux messages lui avaient été laissés. Malgré le brouhaha du café, la voix gutturale qui s'échappa du premier le transporta immédiatement aux Mesnuls.

« J'ai peur que ta cachette ne reste pas longtemps secrète. Ça bouge trop par ici, ces derniers temps. Ça m'inquiète… Tu sais que je tiens à toi comme à un fils, mais ce que tu me demandes… Enfin, je sens que les flics se rapprochent. Je ne peux pas gérer ça tout seul. Il faut que tu rentres ! »

Jason ferma les yeux quelques secondes avant d'écouter le second, qui le préoccupa davantage. Maria… Il avait pourtant insisté pour qu'elle ne le recontacte sous aucun prétexte. Jamais. Mais l'urgence de la situation avait visiblement pris le pas sur la prudence.

Dans sa jeunesse, Maria avait été sa seule et unique erreur. Il se souvenait de cette adolescente sans aucun attrait, dont le déchaînement d'hormones l'avait pris pour cible. Elle le désirait si fort qu'il en avait été troublé. Du moins au début. Alors il l'avait laissée l'approcher. Maria avait perçu sa noirceur, y avait même goûté. Il lui avait montré ses failles béantes et les monstres qui en surgissaient, et elle en avait redemandé. Jason avait pensé que, comme les Duflot, leur union pourrait stimuler leurs penchants macabres. Avec son faux air paumé, cette fille pourrait peut-être même jouer les rabatteuses, leur futur gosse endormi dans les bras…

Mais Maria avait des besoins charnels épuisants et, s'il s'y était plié les premiers temps, le dégoût puissant qu'elle lui inspirait l'avait poussé à mettre un terme à leur relation. Plusieurs possibilités s'étaient alors présentées à lui, et une, en particulier, l'avait obsédé. Celle de la tuer. Car l'adolescente grassouillette et simplette en savait long sur l'homme qu'il était et les projets qu'il nourrissait. Pourtant, il n'avait pas voulu d'elle pour ouvrir le bal de ses victimes. Elle était bien trop facile et quelconque. Bernard Duflot, qui avait perçu ses doutes, lui avait aussi murmuré d'attendre. « Un petit menuisier ne s'embarque pas tout de suite dans un grand chantier. » Jason détestait ce type autant que sa femme, mais, cette fois-là, il lui avait donné raison.

Au bout du compte, quand cette pauvre Maria avait eu ce qu'elle voulait de lui, il l'avait donc simplement et âprement rejetée. Elle, comme une bête blessée, était partie se réfugier dans d'autres bras. Docile. Du moins jusqu'à aujourd'hui. Car son unique faiblesse revenait vers lui avec de bien inquiétantes nouvelles.

Sevran

Non seulement Jason Borne ne possédait pas de véhicule à son nom, mais il n'avait pas non plus voyagé dans l'espace aérien français durant les dix-huit derniers mois. Il n'y avait pas la moindre fiche de recherche sur lui au niveau national ni aucune main courante déposée à son encontre. Son casier était blanc comme neige. Encore une impasse…

Les méninges de Sevran, en surrégime, s'étaient alors remises à tisser des liens parfois improbables entre les acteurs du drame, se risquant à formuler des hypothèses avant de tout reprendre à zéro l'instant suivant. De dépit, elle en arriva même au point où elle se contraignit à relire des passages entiers de l'abominable carnet de Madeleine Duflot, à la recherche d'un élément qui lui aurait échappé, jusqu'à ce que, enfin, une idée germe, plus séduisante et crédible que les autres.

Elle appela sur-le-champ l'hôpital et demanda des nouvelles d'Hervé Creisson. Il s'avéra que ce dernier était rentré chez lui la veille. Après une rapide recherche sur son ordinateur, elle obtint ses coordonnées, extirpa une pièce du dossier de l'enquête qu'elle enfouit dans sa poche et se leva. Instantanément, Biolet saisit son manteau. Il avait appris à se tenir sur le qui-vive, toujours prêt à l'accompagner.

Il était à peine 11 heures, une lumière blafarde filtrait de rideaux en tulle orange, révélant la blancheur des fins mollets de l'épouse de l'agent immobilier, inconfortablement assise sur le bord du canapé de son salon. Sevran, Biolet et elle se regardaient en chiens de faïence en attendant que le mari soit présentable. La visite impromptue des deux policiers semblait rendre l'épouse nerveuse, aussi, lorsqu'elle leur proposa un café, ils comprirent sans mal que, à défaut de politesse, elle faisait surtout son possible pour les fuir.

Après un bon quart d'heure qui parut interminable à tout le monde, Creisson apparut enfin, une jambe dans le plâtre et le bras droit en écharpe. Son visage pâle était parsemé d'hématomes et de petites cicatrices noires. Il grimaça de douleur en se laissant tomber dans le fauteuil devant eux.

— Je voudrais vous montrer la photo d'un homme, lança Sevran sans préambule, préférant l'efficacité à la compassion.

— Encore ! s'exclama-t-il.

Ignorant la remarque, elle lui tendit un cliché. L'agent immobilier se crispa aussitôt.

— C'est lui. Le mec de droite, articula-t-il péniblement en dépit du trou qui remplaçait à présent ses dents de devant.

— Vous êtes formel, c'est bien lui qui s'est fait connaître au moment de la vente ?

— Il a dit qu'il s'appelait Slimane et qu'il était le fils de Madeleine… Qu'elle avait perdu la tête… Qu'il refusait la vente.

— Qu'avez-vous fait ?

— J'ai demandé des preuves de filiation, mais je savais par la tutrice (il jeta un œil inquiet du côté de la pièce où sa femme s'était rendue) qu'elle n'avait pas de descendants…

— Donc la transaction s'est ensuite réalisée comme prévu, n'est-ce pas ?

— Oui. Enfin, je ne sais pas si c'est important, mais une chose me revient à l'instant : une semaine avant la signature, quand j'ai indiqué dans la vitrine que le bien n'était plus sur le marché, un homme d'un certain âge s'est présenté à l'agence. Il a prétendu être un ami de la famille Duflot.

— Il vous a donné son nom ? s'étonna la commandant.

Creisson, que l'entretien paraissait épuiser, se saisit d'un verre d'eau posé devant lui, le vida, puis reprit :

— Non. Il voulait juste savoir qui avait acheté et à combien.

— Vous le lui avez dit ?

— Oui. J'étais autorisé à donner ces informations, personne ne s'y était opposé. Et puis, il était si insistant !

— Et votre agression a eu lieu quand ?

— Le lendemain du compromis de vente.

— Environ une semaine après la visite de cette personne, donc. Et vous ne pouviez pas nous le signaler plus tôt ? s'insurgea Sevran. À quoi il ressemblait, cet homme ?

— Un petit vieux tout ce qu'il y a de plus ordinaire. Un fouille-merde du coin qui voulait alimenter les conversations de comptoirs. On en croise un paquet, des comme ça ! C'est d'ailleurs pour ça que ça ne m'a pas marqué. Par contre, ce type-là, sur votre photo, je suis sûr que c'est lui qui a organisé mon agression. Il était vraiment opposé à cette vente ! Il devait avoir peur que le fric lui échappe !

— Tu m'étonnes, murmura Biolet.

— Très bien. Des collègues vous interrogeront bientôt au sujet des irrégularités de la cession. (La commandant se leva et tomba sur les œillades suspicieuses de l'épouse.) En attendant, monsieur Creisson, nous vous souhaitons un bon rétablissement.

De retour au commissariat, Sevran débriefa Kervan et Ortiz sur les dernières avancées de l'enquête. Elle leur expliqua que l'agent immobilier avait formellement reconnu le cuisinier sur le cliché où il posait à côté de Liseron, qu'il était avec certitude celui qui se faisait passer pour Slimane. Dans la foulée, elle leur indiqua qu'ils devaient lancer un avis de recherche sur ce Jason qui jouait les fantômes. Pour finir, elle était en train d'évoquer le vieux monsieur curieux mentionné par Creisson quand le téléphone fixe de Dombard retentit. En son absence, elle décrocha d'un geste machinal :

— Salut, c'est Henri. Désolé, ça a pris plus de temps que prévu. Tu me fais passer les billets pour le match dans la journée, OK ?

Il chuchotait presque à l'autre bout du fil. La cheffe de groupe, elle, affichait un air médusé.

— De quoi vous parlez, Henri ?

— Oh, pardon, commandant, je pensais que…

— J'ai bien compris, mais il n'est pas là, alors je vous écoute. Vous avez des résultats à communiquer ?

— C'est que… Enfin…

— Allez, vous êtes grillé…

— Votre lieutenant a demandé des analyses en catimini.

Sevran tentait désormais de contenir l'exaspération qui la gagnait.

— Et quelles sont les conclusions de votre travail ?

— Eh bien, l'échantillon que Dombard m'a fait passer correspond aux cheveux retrouvés sur les cadavres des enfants emmurés.

— De qui s'agit-il, vous le savez ?

— Non. Aucune idée.

— Très bien, Henri. À une prochaine.

Tandis que le reste de l'équipe la dévisageait, elle raconta brièvement la dernière initiative de leur collègue, convaincue qu'elle ne s'ébruiterait pas en dehors du noyau dur. Puis elle se saisit de son portable et quitta son bureau.

— Dombard, tu me fatigues ! lança-t-elle en proie à une colère à peine contenue. Dis-moi d'où tu sortais tes échantillons.

— Excuse-moi. Je voulais t'en parler, mais…

— Épargne-moi ton baratin, s'il te plaît.

— Maria Achenza.

— Et merde !

Elle raccrocha sans offrir la possibilité à son subalterne de s'expliquer et resta un instant adossée au mur. L'idée que la nouvelle propriétaire des Mesnuls puisse être impliquée l'avait déjà effleurée, bien sûr, mais elle n’avait jamais pris cette hypothèse très au sérieux. Elle rejoignit ses collègues avec du plomb dans les pieds et relata sa courte discussion au groupe. L’étonnement était partagé. Toutefois, il fallait bien avouer que ces résultats ADN apportaient un éclairage inédit à l’affaire.

— Il faut qu’on retourne voir Maria et qu’on lui foute un bon coup de pression ! proposa Biolet.

— Je te rappelle qu’elle a accouché il y a deux jours. Alors dans un premier temps, il faut surtout s’assurer qu’elle est toujours hospitalisée et la faire surveiller. De toute façon, ça ne servira à rien de la brusquer. Elle a déjà refusé de se soumettre au prélèvement ADN.

— On pourra lui préciser gentiment que, en refusant, elle risque une peine d’emprisonnement et 15 000 euros d’amende. Ça devrait la faire changer d’avis…

— C’est une option, mais j’ai besoin de voir un truc avec Clopo avant ça.

Les sonneries se perdaient dans le vide, écrasées sans doute par le rythme trépidant d’une musique assourdissante que le légiste écoutait encore à fond dans son antre. La commandant scrutait ses collègues, très tendue, lorsque enfin il répondit. Après l’avoir salué, elle le mit sur haut-parleur.

— Vous avez reçu les conclusions du rapport d’incendie des Mazures, n’est-ce pas ?

— Oui, mais…

— Vous en pensez quoi ? l’interrompit-elle, décelant son embarras.

— C’est difficile de se prononcer sans être allé sur place, vous savez. Juger le travail des collègues à distance… Disons que je n'aimerais pas qu'on décortique mon boulot dans mon dos de cette façon.

— D'accord, mais vous avez un avis, j'en suis sûre.

— Je vous la fais courte ?

— Oui, s'il vous plaît.

— D'après le document que vous m'avez transmis, la carbonisation était sévère, voire totale. La plupart du temps, le feu s'éteint de lui-même par manque d'oxygène. Or, dans le cas qui nous intéresse, l'incendie a duré assez longtemps pour réduire le corps en cendres. C'est très rare.

Sevran posa une main sur ses yeux piquants de fatigue en laissant planer un silence.

— OK. Et pour l'ADN ?

— On l'a extrait d'un éclat d'os de mâchoire. Mais, dans le fond, n'importe qui d'un peu motivé est capable de s'arracher une dent. Ça ne prouve pas grand-chose.

— Une dent, peut-être, mais la mâchoire ?

— Le fragment est microscopique. Mâchoire, dent, c'est du pareil au même, à ce stade. J'ajoute que le rapport est assez sommaire. On ne sait même pas si le corps a brûlé intact ou démembré.

— J'ai du mal à vous suivre, Clopo…

— J'ai contacté mon confrère dans les Ardennes. Il m'a avoué qu'ils n'avaient pas mis les moyens habituellement nécessaires sur ce dossier. Des images de vidéosurveillance montraient Éric Caze dans une station-service quarante-huit heures plus tôt. Il y remplissait des bidons. Et puis les gendarmes ont interrogé une de ses connaissances qui a affirmé qu'il était très déprimé. Disons que ces éléments ajoutés à la lettre retrouvée dans la voiture ont fait pencher pour un suicide. En clair, ils ont complètement négligé la piste criminelle…

— Donc, selon vous, on ne peut avoir aucune certitude sur l'identité du mort de la caravane ? résuma-t-elle en faisant glisser la pulpe de ses doigts sur ses sourcils, pour s'aider à se concentrer.

— En effet. Au moment de l'incendie, mon collègue était déjà en charge d'un multiple meurtre familial. Et je ne vous apprends rien en vous disant que toutes les affaires n'ont pas droit à la même attention, n'est-ce pas ?

— Oui, bien sûr. Merci pour tout, Clopo.

La communication coupée, la cheffe de groupe dévisagea chacun des membres de son équipe. Il était évident que la perplexité, conjuguée à l'excitation, formait des nœuds bien serrés dans les esprits. Biolet alla se rasseoir à sa place et se prit la tête entre les mains.

— C'est un beau merdier…, lâcha Ortiz, incrédule.

— Tu envisages cette hypothèse depuis un certain temps, n'est-ce pas ? demanda Biolet à Sevran.

— Oui. Mais ça ne tenait pas vraiment debout…, confirma la commandant en approchant du tableau blanc qui synthétisait leurs découvertes. Du moins jusqu'à aujourd'hui. Éric Caze était dans le même lycée professionnel que Maria Achenza. Et il a très bien pu se faire passer pour Slimane Hamouche et pour Jason.

— On peut donc considérer que le « vrai » Slimane Hamouche est mort, déduisit Ortiz dans un souffle las.

— Et tu penses que Maria l'aurait aidé ?

— En tout cas, elle a joué un rôle dans cette histoire.

— Bien. Et on s'y prend comment, pour attraper ce grand malade ? s'exclama Ortiz.

— On a déjà lancé un avis de recherche pour Slimane Hamouche et Jason Borne. Si l'une ou l'autre de ces identités passe une frontière ou se fait contrôler, on aura une alerte.

— Mais il en a peut-être d'autres…

À la vue de Dombard qui venait de pénétrer dans le bureau, Biolet se tut. Le silence écrasa la pièce. Les joues du lieutenant rosirent devant l'attention que tout le groupe lui portait. Comme toujours, la commandant, elle, était partagée sur la stratégie à adopter avec son indomptable subalterne.

— On va donc réinterroger Maria ? questionna-t-il, penaud.

— Évidemment ! Mais je ne peux pas lui coller la preuve sous le nez ! C'est dommage, quand même, tu ne trouves pas ? On va tout faire pour réparer tes conneries et obtenir un test ADN en bonne et due forme parce que je ne veux plus entendre Maria Achenza en auditrice libre, je la veux en garde à vue, tu piges la différence ?

— Oui. J'ai déconné. Désolé.

— Vraiment ? Tu es désolé ? s'emporta-t-elle.

La colère de Sevran était palpable. Elle bouillonnait littéralement. Jusque-là spectateur, Biolet intervint pour faire redescendre la tension. Pour l'heure, et malgré les erreurs de Dombard, ils devaient rester soudés.

— Maria Achenza doit avoir une petite idée de l'endroit où se planque Caze…

— Pour info, elle a appelé un mobile jetable. Par contre, la facture d'électricité qui a permis d'acheter le téléphone était trafiquée. Impossible de remonter cette piste, précisa Ortiz. Et, bien sûr, son correspondant n'a pas essayé de la recontacter. Quant à elle, elle n'a pas insisté non plus.

— Elle a peur de cet homme et elle se doute qu'on l'a dans le collimateur, marmonna Sevran.

— Où veux-tu en venir ? demanda Biolet.

— Je pense que, si elle l'a appelé, c'est qu'elle n'avait pas d'autre moyen d'échanger avec lui. À mon avis, il ne vit pas ici.

— D'après Rudy Barreau, Jason est cuisinier intérimaire, il change sans cesse de patron et de lieu de travail, expliqua Dombard, hésitant.

— Il peut être employé dans une station de ski, ou se trouver à l'étranger au moment où on parle. Un cuisinier, ça peut bosser absolument partout… Bordel de merde ! jura-t-elle.

Tous ensemble, ils se remirent à éplucher les documents un à un à la recherche de ce nom qui leur faisait défaut depuis le début. Le Relais avait fini par répondre par mail à leurs demandes. Et, au milieu de la valse des allées et venues du personnel et des usagers, Biolet le trouva enfin.

— Bon sang, je l'ai ! s'exclama-t-il. Il était à Nemours en février 2015 ! Il a séjourné deux mois au foyer alors qu'il était commis dans une maison de retraite de la ville.

— Parfait, on avance enfin, souffla Sevran. On a le lien avec Enzo Aidel. Maintenant, on doit comprendre comment il est entré en contact avec Thibault Levine. Est-ce qu'on a les fiches du personnel de cantine de la colonie de vacances à laquelle il a participé ?

— Je les ai déjà épluchées. Aucune trace d'Éric Caze ni de Jason Borne, répondit Kervan.

Alors qu'elle terminait sa phrase, Dombard leva une main en l'air, le regard fixé sur son écran d'ordinateur.

— Slimane Hamouche s'excuse. Il dit qu'il était occupé par un déménagement dans le sud de l'Algérie…, annonça-t-il, incrédule.

Pio Achenza

Pio savourait chaque instant passé en compagnie de ses enfants comme s'il craignait qu'on ne les lui retire d'une minute à l'autre. Il les avait habillés puis installés à table devant leur petit déjeuner, incapable de canaliser leur enthousiasme à l'idée d'accueillir bientôt leur petit frère à la maison. Tandis qu'il profitait enfin d'un peu de répit, accoudé au rebord de la fenêtre, une cigarette au coin des lèvres et un regard tendre posé sur sa tribu, son téléphone sonna.

— Monsieur Achenza ? Je suis l'infirmière de garde. Je suis désolée de vous déranger, mais pourriez-vous venir à la maternité ?

— Que se passe-t-il ? Le bébé va bien ?

— Oui oui, votre fils est en pleine forme. Votre femme, en revanche, nous inquiète.

— Qu'est-ce qu'elle a ?

— Elle présente tous les signes d'une dépression *post partum*. Vous en avez déjà entendu parler ?

— Oui, mais…

— C'est très sérieux. Nous aurions besoin de vous rapidement pour en discuter avec le psychiatre.

L'appel lui fit la sensation d'un coup de poing dans le ventre. Brutal et paralysant. Le souffle court, Pio raccrocha et entraîna sans tarder sa précieuse marmaille chez une voisine qui accepta gentiment de les accueillir. Après quoi, alors que la panique libérait déjà son flot d'adrénaline, il prit la direction de l'hôpital. Il se sentait surnager, à bout de forces.

Une heure et demie plus tard, le psychiatre terminait son laïus. Pio n'avait retenu que l'essentiel et le pire : Maria avait tenté d'étouffer leur bébé. Son délire la poussait à rester recluse dans sa chambre, volets fermés, où elle passait son temps à évoquer un sauveur qui viendrait la chercher.

Mon Dieu, qu'est-ce qui nous arrive ? Ma femme est folle. Elle l'a toujours été, mais je ne le découvre que maintenant... Aidez-moi ! avait-il envie de hurler aux médecins. Face à eux, il était resté muet, incapable d'expliquer son désir d'éloigner le nouveau-né de sa mère pour le protéger d'elle. Il avait lutté contre la nausée qui l'avait envahi dès qu'il avait compris, à son grand étonnement, que la stratégie de l'hôpital serait au contraire de les rassembler pour permettre à Maria de recouvrer sa santé mentale au sein d'une unité mère-enfant.

Il était abasourdi. Le ciel, chaque jour, lui tombait sur la tête. *Vouloir tuer notre fils... Comment a-t-elle pu ?* Au fond, rien de tout ça n'aurait dû l'étonner... Comme il l'avait pressenti au moment de la découverte des corps emmurés, la maison des Mesnuls avait été un accès direct vers les ténèbres.

L'anxiété le fit suer à grosses gouttes pendant que l'ascenseur le reconduisait au rez-de-chaussée de l'hôpital. Quand il en sortit, la présence des trois policiers dans le hall, à quelques mètres à peine, lui donna le coup de grâce.

— Monsieur Achenza, nous devons parler à votre épouse. Est-elle dans sa chambre ? demanda la commandant.

— Elle vient d'être admise dans une unité psychiatrique, dit-il d'une voix étranglée avant de fondre en larmes.

Le lieutenant Dombard, qui se tenait en retrait, s'approcha de lui et posa une main sur son épaule :

— Désolé. Vous allez vous en sortir, Pio. Vos gamins et vous. Je n'en doute pas une seconde. Tenez bon !

Ses encouragements furent sans effet. Le pauvre homme se laissa glisser contre un mur jusqu'au sol. Alors que les enquêteurs s'apprêtaient à s'éloigner discrètement, il bredouilla :

— Ma femme est un monstre !

À cet instant, il croisa leurs regards, et il comprit que les flics le savaient déjà.

Sevran

Les dernières paroles du propriétaire des Mesnuls résonnaient encore dans l'esprit de l'enquêtrice qui se hâtait de rejoindre son véhicule. Interroger Maria Achenza était pour le moment impossible. À présent, il lui fallait lancer en urgence une réquisition pour une expertise psychiatrique afin qu'un médecin se prononce sur la compatibilité entre son état mental et une audition. Sevran craignait que la nouvelle propriétaire et ses lourds secrets ne lui échappent et que le temps ne se mette à jouer contre elle.

— On est coincés, lâcha le lieutenant en démarrant.

— Pour le moment, seulement…, tempéra Biolet pour qui tout ce cirque n'était qu'une nouvelle manœuvre destinée à les éloigner.

— Dombard, tu retournes au commissariat. Tu reprends tout ce qu'on a sur Thibault Levine. Tu épluches les noms de tout le personnel de chacune des cantines qu'il a fréquentées depuis l'école primaire, exigea la commandant. On n'a pas cherché de ce côté-là, et je veux en avoir le cœur net. Ce gamin a croisé Caze, on doit savoir où et quand. Biolet, toi, tu viens avec moi, on va avoir une petite discussion avec le voisin de Sandra Picon.

— Celui qui est parti en colonie avec Thibault ? Il n'avait pas l'air très loquace, quand tu lui as causé…

— C'est vrai, mais je suis sûre qu'à nous deux, on va trouver le moyen de lui délier la langue !

Quand ils débarquèrent au domicile de Jordan, le camarade de Thibault Levine, ce dernier leur ouvrit sans même se méfier. Sur son visage anguleux, son regard brumeux et ses paupières lourdes ne trompèrent pas les flics qui se tenaient devant lui.

— Bonjour, Jordan. Nous avons besoin de vous parler quelques minutes, annonça Sevran avec un sourire engageant.

— Pas le temps, répondit leur interlocuteur, à deux doigts de leur claquer la porte au nez.

Biolet cala son pied contre le battant et s'approcha en humant le garçon.

— C'est quoi, cette odeur ? Cannabis ? Fais-nous voir ta chambre.

Le jeune se contracta pendant que le policier fouillait ses affaires.

— Mais, c'est de la cocaïne, ça !

Il montra le sachet à son équipière.

— OK. J'appelle les Stups. On ne peut pas fermer les yeux là-dessus…

— Attendez ! Qu'est-ce que vous voulez ?

— Discuter de Thibault. Tranquillement.

Le garçon pesta dans sa barbe, mais il n'était pas en position de force.

— Eh, dis donc, reste poli, lui conseilla l'enquêteur. Ma collègue a horreur des vulgarités. Ça la rend nerveuse.

Sevran fixa froidement Jordan, qui finit par les inviter à s'asseoir. Des effluves de marijuana embaumaient tout l'appartement. Une atmosphère pesante et âcre y régnait. Désagréable. Le deux pièces était, étonnamment, à peu près ordonné, mis à part du linge qui traînait sur un fauteuil. À côté, une télé surdimensionnée occupait tout un pan de mur tandis que du matériel hi-fi dernier cri s'empilait juste en dessous. L'oxygène semblait manquer, alors Sevran ouvrit une fenêtre en grand et s'installa sur une chaise. Elle remarqua la présence d'une affiche de Kiss, ce qui réveilla en elle quelques vieux souvenirs de jeunesse.

— La dernière fois, vous avez évoqué un ami du père de Thibault avant de me fausser compagnie. Dites-nous-en plus.

— J'en sais pas plus.

— Faites un effort, l'encouragea-t-elle en désignant d'un coup de menton un sachet de poudre blanche imprudemment posé sur la table.

— Je sais pas vraiment ce qui se passait là-bas. Thibault disait que ça craignait. Que ce type était violent. Apparemment, il l'obligeait à mater des vidéos super gore. Un jour, il est venu me voir en panique : le mec avait égorgé un chat devant lui pour lui donner une leçon.

— Vous avez déjà vu cet homme ?

— De loin. Une fois.

— Vous sauriez le reconnaître ?

— Non. Ça date.

— Avez-vous une idée de l'endroit où il habitait ?

— Dans une caravane, je crois. Ça m'a marqué quand mon pote m'a raconté ça.

— Tu te rappelles son nom ?

— Pas du tout.

— Ce qu'il faisait dans la vie, peut-être ?

— Des petits boulots à droite, à gauche. *A priori*, ça volait pas très haut. D'ailleurs, d'après Thibault, son père et lui s'étaient rencontrés en foyer.

— Tu vois, quand tu veux… Quoi d'autre ?

— Parfois, Thibault avait la paix, il le voyait pas pendant de longues périodes.

— Pourquoi ?

— Parce que le gars partait bosser ailleurs.

— Ailleurs, c'est-à-dire ?

— Je sais plus, moi, mais genre… loin. En Asie ou en Amérique.

— Qu'est-ce qu'il allait faire là-bas ?

— Je crois qu'il taffait sur des bateaux… Oui, c'est ça, je m'en souviens, maintenant, il gagnait plein de thunes juste en faisant la bouffe. Le pied, quoi.

— Attendez, vous voulez dire qu'il était cuisinier ? demanda la cheffe de groupe en se redressant subitement.

— Bah ouais, c'est ça.

— Très bien, je crois qu'on va s'arrêter là. Merci. On vous recontactera.

Aussitôt, Sevran se leva en attrapant le sachet de cocaïne.

— Eh ! Qu'est-ce que vous faites ?

— Chez nous, on appelle ça une saisie. T'auras qu'à t'expliquer avec tes fournisseurs, lâcha Biolet avant d'emboîter le pas à sa coéquipière qui se dirigeait déjà vers la sortie.

La commandant était animée d'une soudaine énergie. Elle ne pensait plus, à présent, qu'à confirmer le lien qu'ils commençaient à deviner entre Caze, *alias* Borne, et Thibault Levine. Or, le père du gamin était le seul en mesure de l'y aider. Autant dire que ce type avait intérêt à se mettre à table.

Dès que le nez verruqueux de Fabrice Levine apparut dans l'embrasure de la porte, Sevran donna un puissant coup de pied dedans pour pénétrer chez lui de force. Immédiatement, il se mit à brailler et à l'insulter, mais, cette fois, l'alcool et la drogue semblaient décupler son agressivité. Le poing gauche du type fendit l'air en direction de Biolet qui l'esquiva de peu avant d'enserrer la nuque de l'homme pour l'obliger à s'asseoir. Pourtant, Levine avait beau avoir sa grosse tête collée contre la table, il continuait, tel un possédé, à agiter les bras dans tous les sens. Jusqu'à ce que l'enquêtrice mette un terme à ses gesticulations en lui bloquant le poignet dans le dos.

— Ton pote qui était au foyer avec toi dans ta jeunesse, celui que Thibault était forcé d'aller voir, on veut son nom, lança-t-elle tout de go.

— Saletés de flics !

— Garde ta salive pour nous dire ce qui nous intéresse, rétorqua Biolet.

— Vous pouvez bien crever, j'en ai rien à battre.

Face aux provocations, la commandant reprit le plus calmement possible en se penchant pour lui chuchoter à l'oreille :

— Son nom. Parle, ou je te le brise !

Levine, en sueur, beuglait.

— Caze…, murmura-t-il dans un souffle.

— Répète, on t'a pas entendu.

La douleur était trop intense, Levine céda.

— Caze… Éric Caze, énonça-t-il.

Sevran et son équipier se regardèrent. Le père de Thibault profita du petit relâchement pour chercher à se lever, mais Biolet le remit promptement à sa place.

— Pourquoi vous envoyiez votre fils là-bas ? interrogea l'enquêtrice.

— Ce gosse, à cause de sa connasse de mère, c'était qu'une pédale. Il avait l'air d'une gonzesse. Caze, il disait qu'il savait quoi faire.

— Il était terrorisé ! Pourquoi vous lui avez fait subir ça ?

— Qu'est-ce que ça peut foutre… ?

— Ho ! Ma collègue t'a posé une question !

— Il me débarrassait de lui. J'en avais ras le bol de l'entendre chialer à longueur de journée ! Le reste, c'était pas mon problème.

— Mais vous étiez son père !

— Ça change quoi ?

— OK. On vous embarque, annonça-t-elle en l'attrapant par le col de son tee-shirt sale et en le contraignant à la suivre vers la sortie.

Pendant quelques minutes, Levine se tut et se laissa entraîner sans moufter, puis, peu à peu, son naturel reprit le dessus. La commandant en vint à songer aux méthodes de Dombard, qui, bien que contestables, devaient parfois le soulager. Car elle enrageait contre ce père complice du meurtre de son fils… Visiblement,

Levine n'éprouvait rien d'autre que ce ressentiment abject envers son propre enfant. Les mots qu'il venait de prononcer la bouleversaient, et, bien qu'elle eût souvent croisé des parents négligents ou maltraitants dans sa carrière, jamais elle ne s'était à ce point sentie happée par un trou noir. Ce type était si misérable et sec que rien ne l'atteindrait jamais. Face à de tels individus, la police comme la justice semblaient bien impuissantes.

Mais il fallait se ressaisir et penser aux trois jeunes victimes. Ces enfants oubliés de tous étaient son moteur, retrouver leur assassin exigeait tous les efforts de son équipe. À la vue de la mine de son partenaire, elle comprit que Biolet n'en menait pas large non plus, et le fait d'être père rendait sans doute l'épisode encore plus douloureux.

Quand ils arrivèrent au commissariat, Levine était tellement agité que deux policiers en uniforme vinrent leur prêter main-forte et s'occupèrent de le larguer comme une bombe dans une cellule.

— J'en peux plus. Ce type est pire qu'une bête, soupira Biolet.

Tout aussi épuisée, la cheffe de groupe se contenta d'acquiescer alors qu'ils franchissaient la porte de leur bureau. Là, Dombard était concentré, le combiné du téléphone vissé à l'oreille. Il s'échinait à retracer le parcours du père de Thibault de foyer en foyer, dans l'espoir de mettre le doigt sur ce qui reliait son fils à leur suspect. Sevran lui adressa un signe qui l'incita à conclure rapidement son appel.

— On a coffré Fabrice Levine. On sait désormais qu'il a connu Caze en foyer et qu'il forçait régulièrement Thibault à voir ce malade. D'autre part, le cuisinier se trouvait à Nemours au moment où Enzo Aidel résidait au Relais. Et puisqu'il a aussi été en contact avec Liseron Alvarez, on a établi le lien avec les trois victimes.

— Reste à le coincer…, lança Ortiz.

— Maria sait où il est ! Elle est la seule à pouvoir nous sortir de cette impasse ! s'exclama Dombard.

— On doit attendre les résultats de l'expertise psy.

— Mais on ne peut pas attendre !

— On n'a pas le choix. On n'est pas des cow-boys, il y a des règles à respecter, le recadra la commandant.

Pourtant, aussitôt ces mots prononcés, elle échangea un regard complice avec Biolet. Tous les deux étaient conscients que, face à quelqu'un comme Fabrice Levine, leurs principes volaient en éclats. Il n'y avait rien d'étonnant, finalement, à ce que certains flics franchissent parfois la ligne rouge…

Émilie Lachare

Les jours précédents, la jeune femme avait poussé ses investigations aussi loin que possible. Une quête effrénée durant laquelle l'étourdissement et la fébrilité l'avaient tour à tour étreinte dans une valse un peu confuse. Jusqu'à la veille où, loin de chez elle, épuisée, elle avait fini par se poser dans un hôtel Formule 1. Le bâtiment gris et morne lui avait fait mauvaise impression, mais elle avait besoin de repos, alors, à reculons, elle en avait franchi le seuil. Dans la chambre minuscule, elle avait ensuite rapidement sombré dans un sommeil agité.

Lorsqu'elle se réveilla, un peu déboussolée, Émilie consulta l'heure : 5 heures du matin. Le bruit du roulement des valises dans le couloir lui rappela où elle se trouvait. Aussitôt, un élan la poussa dehors où elle se mit à scruter, dans le froid, les quelques clients qui traînaient là. En les regardant s'activer sous les néons blafards du parking, elle sut que rentrer à Clermont-Ferrand n'était toujours pas au programme. La police avait eu beau lui interdire de poursuivre ses recherches, elle souhaitait mettre encore un peu d'ordre dans sa vie et régler ses comptes avec son passé.

Soudain, une petite femme en manteau bleu pâle attira son attention alors qu'elle trottait vers sa voiture. Sa silhouette illuminée par des phares de voitures avait l'air d'une apparition. Sans réfléchir, la mère d'Enzo hâta le pas vers elle, tandis que l'obscurité l'engloutissait déjà.

— Bonjour, madame. Excusez-moi de vous déranger, est-ce que vous pourriez me conduire à un arrêt de bus, s'il vous plaît ?

— Je n'ai pas le temps, désolée, déclina cette dernière en ouvrant sa portière, déjà prête à quitter les lieux.

Émilie n'insista pas. Elle avait essuyé tant de refus dans sa vie qu'elle n'en prenait même plus ombrage. En s'écartant cependant, ses prunelles croisèrent celles de la conductrice qui, après un bref coup d'œil à sa montre, se ravisa.

— Bon, venez. Où allez-vous, alors ? demanda-t-elle pendant que sa passagère s'attachait.

— En région parisienne.

— Et vous dormez à l'hôtel sans aucun bagage, comme si vous étiez à la rue ?

— En fait, je suis à la recherche de quelqu'un et je suis pressée.

— Je vais jusqu'à Boulogne-Billancourt. Je peux vous déposer en chemin, si ça vous arrange.

— Ce sera parfait, merci.

— Je ne veux pas me mêler de ce qui ne me regarde pas, mais vous m'avez l'air très fatiguée.

— Je le suis…

— Après quoi vous courez comme ça ? lança la femme d'un ton perplexe.

— Après le passé…

— Le passé ne mène nulle part, vous le savez, n'est-ce pas ?

— Mais je n'ai pas le choix, je ne peux pas m'arrêter. Il y a des choses que je dois réparer.

— Où est-ce que vous vous rendez exactement ?

— À côté de Maurepas.

— Écoutez, j'ai l'impression que vous avez besoin d'aide, alors je vais vous y mener. Reposez-vous un peu en attendant. Vous ne pourrez pas réparer grand-chose dans votre état.

Une heure et quart plus tard, la conductrice se garait sur la place de la mairie de Maurepas.

— Ça ira ? demanda-t-elle en coupant le moteur.

— Oui, merci beaucoup.

— Sûr ?

— Oui, oui, ça va aller ! protesta Émilie avec autant de conviction que possible.

Elle descendit du véhicule et regarda son ange gardien partir en esquissant un geste de la main en signe de reconnaissance avant de reprendre sa quête dans le centre-ville encore désert. Quand les policiers avaient fouillé sa cave, elle les avait entendus parler d'une certaine F. Willem, sans doute la dernière conquête de Red, qui habitait dans les parages. Elle n'avait à présent plus qu'à suivre les indications du GPS de son smartphone, dans lequel elle avait enregistré l'adresse.

Sur les routes sinueuses qu'elle emprunta, les odeurs de mousse humide et de bois de cheminée flottaient dans l'atmosphère tandis que les petits pavillons quittaient doucement leur torpeur, les fenêtres s'illuminant les unes après les autres. Puis, après vingt minutes de marche, son écran lui annonça qu'elle était arrivée à destination.

Elle marqua une pause, pleine de perplexité, face au haut mur de pierre rongé par le lierre, qui laissait présager une belle demeure. Si Red, l'ancien caïd de la cité, vivait ici, alors Émilie avait le droit de rêver, elle aussi, à un autre destin. Un peu anxieuse, elle sonna et attendit que quelqu'un arrive. Malgré sa vive appréhension, elle espérait que ce soit Red qui lui ouvre, vœu qui ne tarda pas à être exaucé.

— Qu'est-ce qui te prend, de te pointer ici, t'es dingue ou quoi ?

— Bonjour, Red. Je veux qu'on discute.

— J'ai déjà tout dit aux flics !

— Mais pas à moi ! C'est à moi que tu dois parler.

— Pas ici. Suis-moi.

Il traversa la chaussée et pénétra dans un bois touffu. Dans son dos, elle étudiait le crâne rasé, les épaules massives de cet homme qui avait partagé sa vie. Il lui semblait que tout ça remontait à une éternité. Que quelque chose, aussi, avait changé chez lui. Une fois parvenu sur une passerelle qui enjambait un cours d'eau, il s'appuya sur la rambarde et la regarda droit dans les yeux.

— Ce que ton gosse a vécu est horrible. J'ai jamais voulu ça.

— Mais tu as tout fait pour qu'on ne le retrouve pas, lui reprocha-t-elle.

— Qu'est-ce que tu racontes ? C'est toi qui voulais qu'il s'en aille ! Tu disais qu'il t'empêchait de vivre !

— Tu mens…

— Comment tu pourrais t'en souvenir, hein ? T'étais jamais sobre, putain !

— Je sais ce que j'ai dans le cœur.

— Je vois…, dit-il en souriant. Tu te rappelles quand même que les flics te soupçonnaient ?

— Oui, et c'était ignoble de leur part. Ils m'ont accusée simplement parce qu'ils ont jamais été capables de mettre la main sur lui ni sur celui qui lui avait fait du mal. Toi aussi, d'ailleurs, tu lui as fait du mal. Tu as même failli le tuer, un soir !

— Peut-être, mais je l'ai pas tué et je t'ai protégée de la flicaille.

— Qu'est-ce que tu racontes ?

— Tu leur as jamais dit où il se trouvait, alors que tu le savais parfaitement !

— Quoi ?

— Te fatigue pas. Je suis au courant qu'Enzo t'a envoyé une carte.

— Tu délires complètement !

— Il disait qu'il était dans un foyer à Nemours ! Il t'expliquait que c'était pas facile et qu'il se faisait chahuter, mais qu'il voulait pas rentrer ni aller voir son père ! Quand je suis tombé là-dessus, j'ai fermé ma gueule et je suis parti. Je me suis dit que t'étais pas seulement alcoolique et camée, mais que t'étais mauvaise, aussi ! Quel genre de mère fait ça, hein ? Une bonne mère serait allée rejoindre son gosse ! Toi, t'as jeté sa carte à la poubelle ! La seule piste qui aurait permis qu'on le retrouve.

— C'est impossible… Tais-toi ! fit-elle, tremblante.

— Ça te perturbe, ce que je te dis ? Eh ben, tu sais quoi ? Tant mieux ! Il se faisait tabasser, ton gamin. T'as pas bougé le petit doigt ! Et tu viens me donner des leçons ? Essaie pas de me foutre la mort de ton gosse sur le dos, compris ? Tu l'as peut-être pas tué de tes mains, mais c'est tout comme. Alors démerde-toi pour vivre avec ça, maintenant, souffla-t-il d'une voix caverneuse à quelques centimètres de son visage.

Quand Émilie s'effondra au sol, Red avait déjà disparu. À genoux sur la passerelle mouillée, elle ressentait comme des coups d'enclume dans la poitrine. *Je jure que je n'ai jamais eu cette carte ! Jamais ! Je ne l'aurais pas jetée ! Je serais venue te chercher, mon tout petit ! Enzo ! Mon chéri, tu m'entends ? Je n'ai jamais voulu ça, mon ange ! Jamais !*

Damien Couard

Le vigile était en deuil. Il avait cherché Cheyenne partout, dans les bois où ils avaient l'habitude de se promener, aux abords des routes, mais le berger allemand demeurait introuvable. Chaque heure passée loin d'elle confirmait ses craintes. Elle avait disparu, avalée par un étrange vortex. Depuis la découverte des corps aux Mesnuls, la mort rôdait autour de lui comme une hyène prête à le dévorer, et cette peur constante, pesante, l'avait propulsé aux frontières de la raison. Peut-être même les avait-il déjà franchies… Le souvenir du dernier souffle de Mickaël Sudre brûlait encore ses mains coupables. Quant à Stéphanie Darré, il savait, à présent, qu'il avait pris part à son assassinat. *Madeleine et Bernard m'ont rendu capable de ça…*

Assis au pied de son canapé depuis de longues heures, son regard vide croisa la télévision allumée sans qu'il parvienne à se concentrer sur les images qui y défilaient. Après tout, ce qui se tramait dans son esprit était autrement plus grave que tout ce qui pouvait secouer la planète. *Les Duflot ne peuvent plus rien contre moi. Je n'ai plus rien à craindre*, se répétait-il en boucle pour repousser son angoisse. En vain. Alors, afin d'éviter de nouvelles résurgences terrifiantes, il concentra toute son attention sur l'écran où s'égrenaient les informations concernant le monde.

Un plan large présentait un cargo qui brisait l'écume sur une mer bleu marine tandis que s'y reflétait un soleil magnifique. Puis une prise de vues montrait une partie de l'équipage, mal en point, piétinant une passerelle dans l'attente d'être secourue par des ambulances garées sur un quai. Se focaliser sur cette histoire lui permettrait d'oublier ses sinistres pensées. L'air hagard des marins, leur silhouette ramassée, leurs traits émaciés éveillèrent son intérêt. Que s'était-il passé là-bas ?

Le journaliste faisait état d'une épidémie particulièrement virulente au cours de laquelle une ingénieure allemande avait disparu en mer dans des circonstances que l'on jugeait troubles. La police de Singapour enquêtait. Puis la caméra zooma sur une série de visages. Soudain, l'un d'eux provoqua un électrochoc dans la poitrine de Damien. Quelques secondes suffirent pour l'ébranler. Il reconnaissait ces yeux perçants et froids. Comme deux gouttes d'acide. Malgré la panique, il s'approcha du téléviseur, mais déjà le présentateur annonçait d'autres drames.

Le vigile perdait totalement pied, tout se bousculait dans sa tête. *Ce n'est pas possible ! Mickaël a dit qu'il était mort ! Il devrait être mort ! Cheyenne ! Mon Dieu, où es-tu ?*

Caze était un malade. Le chouchou de Madeleine. Peut-être justement parce qu'elle avait perçu en lui ce même penchant diabolique. Au début, elle l'avait malmené comme les autres, bien sûr, mais quand elle avait compris que ce gosse-là se durcissait le cuir sous le coup des brimades et des sévices, elle l'avait isolé du groupe. Convaincue que seul un psychopathe de sa trempe pouvait encaisser son régime et même en tirer une certaine satisfaction, elle s'était mise à l'aimer. À sa façon. Peu à peu, il était devenu comme un fils, pour elle.

Or une vermine telle que Caze n'avait pas sa place ici-bas. Il ne méritait pas de vivre. Et pourtant… ce cinglé naviguait depuis des mois sur un bateau à l'autre bout du monde ! Subitement, Damien se leva. Il songea un instant aux policiers qui le prendraient certainement pour un fou s'il leur parlait de sa découverte. Cette fois, il pourrait même finir interné. Mais, au fond, peu importait, il craignait moins la réaction des flics que de savoir Caze vivant. Alors il quitta son appartement, déterminé.

Lorsqu'il se présenta au commissariat, il était submergé de doutes. Après tout, l'image fugace sur son téléviseur n'avait peut-être été qu'une fabrication de son esprit. Un vieil homme et une jeune femme attendaient déjà, assis sur des strapontins près du haut comptoir de l'accueil, qui ne laissait apercevoir que le sommet du crâne de l'agent en uniforme. L'activité avait beau paraître calme, ce dernier ne cacha pas son impatience face aux sommaires explications de Damien.

— Vous savez, ils sont très occupés à la Crim', en ce moment. Vous feriez mieux de rentrer chez vous.

— Je dois les voir de toute urgence ! insista le jeune homme. C'est important. Je…

— Allez, on se calme. La sortie, c'est par là, trancha le flic en lui indiquant la porte.

Incapable de se faire entendre et totalement désemparé, Couard pivota, prêt à rebrousser chemin. À l'extérieur, une bourrasque balaya un tas de feuilles, les éparpillant dans tous les sens. Puis son regard tomba sur la silhouette de Biolet qui s'allumait une cigarette, le cou enfoncé dans un large col en laine. Sans réfléchir, il se dirigea droit vers lui et l'aborda :

— J'ai vu Éric Caze à la télévision ! (L'enquêteur le dévisagea en tirant une bouffée de nicotine.) Je vous jure. J'ai vu ça sur 7/7. Il y avait une épidémie sur un cargo et…

— Un cargo ?

— Oui. On montrait l'équipage qui était secouru, et je l'ai reconnu ! J'oublierai jamais ses yeux. Je sais que vous pensez que je deviens dingue, mais je vous jure que je dis la vérité !

Biolet éteignit sa cigarette et fit signe au vigile de le suivre. Celui-ci, comme une ombre docile, grimpa les marches, traversa les longs couloirs où des prévenus rasaient les murs et pénétra dans le bureau de la Criminelle. Là, chacun était occupé à différentes tâches. En l'apercevant, la commandant, au téléphone, arqua un sourcil étonné, puis raccrocha, visiblement pressée de conclure.

— Monsieur Couard. Qu'est-ce qui vous amène ?

— Je viens d'expliquer à votre collègue que j'ai vu Éric Caze aux infos sur 7/7.

Elle lança un regard perplexe à son équipier, qui se contenta d'acquiescer discrètement.

— L'équipage d'un cargo a été contaminé en Asie. Une sorte d'épidémie. Il en faisait partie.

Sans perdre de temps, elle se saisit de son clavier et se rendit sur le site de la chaîne. Le sujet faisait en effet la une dans la rubrique internationale. Elle cliqua nerveusement sur la vidéo du reportage, après quoi les pupilles des deux flics firent des va-et-vient entre l'écran et l'agent de sécurité, en quête d'une réaction de sa part. Et celle-ci ne se fit pas attendre.

— Là ! C'est lui ! J'ai pas rêvé, vous voyez ?

Sevran revint en arrière et fit un arrêt sur image. Cette fois, Damien était sûr de lui. Sevran et Biolet, qui reconnaissaient également leur homme, se mirent à trépigner.

— Très bien, merci beaucoup pour votre aide, monsieur Couard, lâcha la cheffe de groupe, expéditive. Nous allons vous raccompagner.

— Mais…

— S'il vous plaît. Nous avons beaucoup de travail. Nous vous tiendrons au courant, renchérit Biolet en l'entraînant vers la sortie.

Couard quitta alors les lieux, frustré d'être soudain écarté, lessivé par les dernières heures qui l'avaient happé comme un tourbillon avant de le rejeter sans ménagement. Seul dans la rue, il sentit la peur reprendre son galop dans son ventre. Car Éric Caze avait toujours eu le goût du sang. À présent, Damien se souvenait parfaitement de l'adolescent inquiétant qu'il était.

Dombard

Le groupe était réuni au complet dans le bureau qui rapetissait au gré de l'arrivée de documents toujours plus variés. Un peu partout, des gobelets de café vides tenaient en équilibre instable sur des pyramides de papier dont seuls les membres de l'équipe connaissaient la logique de rangement. Sur le tableau censé résumer l'affaire, Sevran avait épinglé la photo agrandie de Caze, cliché devant lequel Dombard avait pris l'habitude de marquer une pause chaque jour, à tel point que le visage, désormais familier, peuplait tous ses cauchemars.

Avec ses collègues, il venait d'assister au témoignage du vigile dans un état de tension extrême, le souffle retenu. Le lieutenant, dont une des missions consistait à retrouver le cuisinier dans les listings d'employés des compagnies maritimes, aurait pu se perdre des jours entiers encore dans ce travail fastidieux, titanesque même, tant les agences d'intérim spécialisées et les affréteurs étaient nombreux. C'est pourquoi la découverte de Damien Couard était une bénédiction.

— J'appelle Louise de Courbevoie. Ça va nous faire gagner du temps.

— Demande-lui de rester discrète pour le moment. Tant que ce type n'est pas dans nos filets, la moindre bourde peut nous coûter cher ! le mit en garde Sevran.

— Bien sûr.

— En attendant, j'ai noté le nom du cargo : le *Cyrus Field*. Essayons d'identifier rapidement son propriétaire, lança la commandant.

— Il va falloir qu'on soit réactifs, confirma Biolet après avoir lu l'article associé à la vidéo. Si je comprends bien, l'équipage a débarqué là-bas en début de semaine. J'imagine que la police de Singapour a déjà interrogé tout le monde et que tous ces gens ne vont pas tarder à faire l'objet d'un rapatriement sanitaire.

— Le consulat pourra peut-être nous renseigner, hasarda Kervan en commençant aussitôt à chercher le numéro sur Internet.

— Pour ça, il faudrait que notre homme ait réclamé l'aide du consulat ou de l'ambassade. Je doute fort qu'il l'ait fait, mais ça ne coûte rien d'essayer !

Alors que les échanges fusaient, Dombard se saisit de son portable et descendit dans la cour pour téléphoner en toute discrétion. La communication n'avait rien de confidentiel, mais, depuis quelque temps, les conversations avec Louise dépassaient sensiblement les limites de la sphère professionnelle.

— Lieutenant, que me vaut ce plaisir ?

— J'ai besoin d'un coup de main.

— OK. Attendez une seconde, je m'isole. C'est bon, dites-moi.

— Nous sommes intéressés par un reportage diffusé sur votre chaîne au sujet d'un cargo à Singapour.

— Cette histoire d'épidémie et d'ingénieure allemande disparue dans des circonstances étranges ?

— C'est ça.

— En quoi ça vous intéresse, Marc ?

Le flic, qui n'avait pas l'habitude qu'on l'appelle par son prénom, sentit une chaleur irradier dans son plexus.

— Un Français est sur ce cargo. C'est lui qui nous intéresse.

— Il est suspecté dans l'affaire des Mesnuls ?

— Oui. Vous avez une équipe de tournage sur place ?

— Non. C'est une agence qui nous fournit les images. Mais je vais regarder laquelle.

— OK, ce serait bien. (Il l'entendit glousser.) Qu'est-ce qui vous fait rire ?

— Je vois que vous ne pouvez plus vous passer de mes services, s'amusa-t-elle. Qu'est-ce que vous comptez demander à mon contact ?

— Le maximum d'infos.

— Puisqu'il bosse pour nous, vous ne croyez pas qu'il nous a déjà donné tout ce qu'il avait ?

— On ne se concentre pas forcément sur les mêmes choses, vous et moi, répondit-il sans réfléchir.

— Sans doute…

Un silence s'installa. Le lieutenant eut peur de l'avoir froissée.

— Louise ?

— Voilà, j'ai ce qu'il vous faut. Ce reporter travaille pour l'agence AsiaTV. Vous avez de la chance, il est français : Pierre-Philippe Chaubin. Je vous envoie ses coordonnées par texto.

— D'accord. Merci beaucoup. Vraiment. Sinon, vous êtes très prise en ce moment ?

— Ne m'en parlez pas, ça n'arrête pas !

— Bien sûr. Je vous laisse, alors.

— Mais j'ai toujours du temps pour vous, Marc. Disons ce soir, 20 heures, chez moi ?

Il accepta l'invitation puis raccrocha, le sourire aux lèvres. Après quoi il grimpa quatre à quatre les marches pour rejoindre les autres.

Quelques minutes plus tard, lorsqu'il composa le numéro de portable du reporter, Dombard rêva aux milliers de kilomètres qui les séparaient. Rapidement, les étranges tonalités laissèrent place à la voix grave d'un jeune homme, et le policier lui exposa la situation tout en cherchant à en dire le moins possible. De son côté, son interlocuteur paraissait adopter la même stratégie.

— Ils étaient tous dans un état déplorable. Ils avaient l'air très faibles et très fragiles.

— On a pu déterminer l'origine de cette épidémie ?

— Pas vraiment. C'est pour ça que je ne me suis pas étendu sur le sujet dans le reportage.

— Je comprends. L'équipage fait l'objet d'une quarantaine aujourd'hui ?

— Il semblerait que non. Ça ne doit pas être si grave que ça, j'imagine.

— Vous avez pu échanger avec les marins ? Qu'est-ce qu'ils vous ont raconté ?

— Il y a des rumeurs qui courent, mais je ne m'amuse pas à les colporter. Si je ne peux pas les vérifier, je me tais.

— Évidemment, et c'est tout à votre honneur. Moi, en revanche, les rumeurs, j'aime ça.

— Si vous y tenez… Les techniciens de la compagnie câblière m'ont parlé du cuisinier. Apparemment, ils étaient plusieurs à croire qu'il avait empoisonné la bouffe.

— C'est possible ?

— Aucune idée. Mais quand j'ai su qu'il était français, j'ai essayé de l'interviewer.

— Et ?

Instantanément, le pouls du flic accéléra.

— Il a refusé que je l'approche et a donné un violent coup de poing à ma caméra. Après ça, j'ai dû rentrer au bureau. L'objectif était foutu. Il a ajouté que, si je lâchais la moindre info sur lui, il viendrait personnellement me régler mon compte. Je vais être honnête, lieutenant, des menaces de ce genre, j'en reçois trois par jour. Mais là, je l'ai pris au sérieux.

— Pourquoi ?

— Aucun des membres de l'équipage ne le sentait vraiment. Quant à moi, je l'ai trouvé à cran. D'ailleurs, sur le quai, il a violemment repoussé un secouriste. Les flics s'en sont mêlés. Ils n'aiment pas trop ce type de comportement, par ici.

— Cet homme est recherché.

— Vraiment ?

— Oui. Et nous le supposons dangereux. On va demander une collaboration de la police de Singapour, mais ça risque de prendre beaucoup de temps. Vous pensez que vous pourriez nous aider ? Nous dire, par exemple, s'il est passé en garde à vue, le cas échéant s'il a bien été relâché, ou encore s'il a l'intention d'être rapatrié ?

— Bien sûr. Je peux me renseigner, en tout cas.

Une fois la communication terminée, le policier fut de nouveau plongé dans l'atmosphère électrique qui régnait dans le groupe. Chacun s'affairait pour parvenir à localiser Éric Caze, *alias* Jason Borne. Il scruta ses collègues une minute. Une sensation aussi brève qu'agréable le traversa comme un éclair. L'énergie de l'instant le rendit heureux. C'était exactement pour vivre des moments comme celui-ci qu'il avait choisi ce boulot.

Sevran

L'expert psychiatre diligenté en urgence pour évaluer l'état de Maria Achenza avait jugé celui-ci compatible avec une nouvelle audition. La gravité de l'affaire ne devait pas être étrangère à sa décision. Pourtant, lorsque Sevran et son équipier s'invitèrent ce matin-là dans la chambre de l'unité mère-enfant, ils la trouvèrent prostrée dans son lit, les yeux vitreux et la bouche baveuse. Il y avait, dans cette pièce spacieuse bien plus gaie que celles des services hospitaliers habituels, tout le nécessaire pour accueillir un bébé. Cependant, ce dernier en était absent.

— Madame Achenza, nous allons ouvrir un peu les stores pour pouvoir discuter. On a dû vous informer que vous étiez placée en garde à vue.

Seul un soupir leur parvint. La commandant entreprit alors d'enrouler les volets pour que la lumière pénètre enfin. Maria, soudain éblouie, se masqua le visage.

— Nous allons enregistrer vos déclarations, indiqua la flic pendant qu'elle déclenchait un dictaphone. Vous avez expliqué au personnel qu'un homme viendrait vous chercher. De qui s'agit-il ?

— Je ne veux pas le dire.

— Votre mari est au courant ?

— Je le quitte.

— Vous êtes entrée en contact avec cet homme récemment pour qu'il vienne vous chercher ? Où est-il, Maria ?

— Laissez-moi. J'ai besoin de dormir…

— Vous dormirez plus tard, répondez à la question, insista Biolet.

Loin de coopérer, la femme parut se terrer dans le silence.

— Madame Achenza ? Si vous ne nous parlez pas, nous allons devoir poursuivre notre enquête autrement et faire un test ADN.

— Je refuse.

— Dans ce cas, vous risquez un paquet d'ennuis.

Sans un mot, elle se tourna vers sa table de chevet et se saisit de son portable. Biolet, que la scène déroutait, se rapprocha de son équipière et posa discrètement une main sur son avant-bras. La commandant, elle, restait à l'affût.

— Maître Ravol ? lâcha Maria d'une voix un peu éraillée. C'est Mme Achenza.

Les deux policiers se détournèrent pour de discrètes messes basses.

— Tu parles, elle a toute sa tête, oui ! Pourquoi lui a-t-on laissé le droit de garder son portable ?

— Aucune idée. Quoi qu'il en soit, si elle l'avait utilisé, on l'aurait su !

— … Les policiers, ils me disent que je risque des problèmes si je ne fais pas le test ADN. Qu'est-ce que vous me conseillez ?

Sevran percevait la voix haut perchée de l'avocat à travers le combiné. Il semblait s'être lancé dans de longues explications que la femme écoutait avec la plus grande attention.

— Je ne suis pas très rassurée… En plus, j'ai entendu dire que, des fois, on trouvait l'ADN des gens dans des endroits où ils étaient même pas allés.

Histoire de dissimuler son agacement, Biolet fit mine de se passionner pour la vue à travers la fenêtre. Quand, enfin, elle repoussa son smartphone sur le lit, la suspecte avait repris son air égaré.

— Je suis complètement désorientée, avec tout ce qui m'arrive…, se plaignit-elle.

— Que vous conseille votre avocat ? l'interrompit la commandant, impatiente. De collaborer, non ?

— Oui, mais…

— Alors allons-y, conclut-elle en sortant le kit de prélèvement de sa poche. Et nous saisissons votre mobile le temps de la garde à vue.

Tout en veillant à ignorer les contestations de Maria, la policière se chargea de l'opération en prenant soin d'agir le plus rapidement possible pour ne lui laisser aucune chance de revenir sur sa décision. Une fois le goupillon dans son sachet, Sevran relâcha la pression tandis que son partenaire poursuivait l'audition pour la forme, sans espérer le moindre éclaircissement.

— Vous attendez qu'Éric Caze vienne vous chercher, n'est-ce pas ?

— Non, c'est Slimane que j'attends.

— Ne vous fatiguez pas. On sait qu'Éric Caze est bien vivant et qu'il se fait passer pour un certain Jason Borne.

— Je suis désolée, je ne comprends pas.

— On a intercepté votre texto qui disait : « Fais gaffe, les flics sont au courant. Ils cherchent Slimane. »

Maria s'humecta les lèvres, désarçonnée.

— Je me sens pas bien.

— Gardez ça pour les infirmières. On n'a pas l'intention de vous lâcher.

— J'y suis pour rien, moi, dans tout ça, gémit-elle.

— Alors racontez-nous.

— C'est lui qui m'a forcée à mentir sur son identité.

— Depuis quand vous ne l'avez pas vu.

— Des années.

— Vous savez très bien que c'est faux. Mentir ne vous aidera pas, Maria.

— Je ne mens pas. Il refuse tout contact, je vous jure. Il est parano.

— Où il est ?

— À l'étranger, c'est tout ce que je sais.

— Alors comment pourrait-il venir vous chercher ?

— Il le fera jamais ! J'ai sorti ça pour que Pio s'éloigne… Pour le faire souffrir. Mais Éric viendra pas.

— Pourquoi vous protégez cet homme qui ne s'intéresse apparemment pas à vous ?

— C'est moi que j'essaie de protéger ! Moi et mes gosses !

— Étiez-vous présente lorsque Caze a assassiné ces gamins et les a emmurés ?

— Comment est-ce que vous pouvez me poser une question pareille ?

Les deux enquêteurs la sondaient à présent avec intensité.

— Non ! Bien sûr que non !

— Quel lien vous relie à lui ? demanda Sevran.

— Aucun.

— Votre premier enfant est de lui. Vous avez acheté la maison où il a vécu. Vous lui avez envoyé un texto récemment et vous comptiez lui remettre en main propre une lettre que Madeleine Duflot lui destinait. Ce n'est pas ce que j'appelle n'avoir aucun lien.

— J'ai jamais voulu faire de mal à personne ! se défendit-elle en pleurant à chaudes larmes. Éric est malade ! Il a vu les Duflot tuer une fille et, après, il a plus pensé qu'à ça. C'est un pervers et un sadique et j'ai plus rien à voir avec lui, d'accord ?

— Vous êtes-vous rendue aux Mesnuls en 2015 ? enchaîna la cheffe de groupe, tentant de profiter du trouble de Maria.

— Non. Vous avez entendu ce que je viens de vous dire ?

— Vous avez vu ces gosses avant qu'il cache leurs cadavres.

— Je suis mère ! Comment j'aurais pu supporter un spectacle aussi horrible ? J'ai jamais été au courant de rien !

Un silence s'abattit sur la pièce.

— Très bien. Nous allons analyser votre salive pour vérifier tout ça, annonça Biolet en se dirigeant vers la sortie.

— Allez-y ! cria-t-elle, échevelée. J'ai rien à me reprocher, moi ! Rien du tout !

Les enquêteurs quittèrent la chambre sans ajouter un mot. Une fois qu'ils se furent éloignés du service, Biolet se planta devant son équipière :

— Elle niera jusqu'au bout, même avec les résultats de la comparaison ADN sous le nez !

— Elle est sous pression et elle a peur, dit Sevran pour se rassurer.

Car en réalité, la personnalité insaisissable de Maria inquiétait la commandant. Plus que jamais, une question la taraudait : l'épouse de Pio était-elle réellement capable d'une telle monstruosité ?

Jason

Le cuisinier était allongé sur un lit étroit dans une chambre miteuse de Geylang Road où la climatisation ronronnait en brassant un air tiède. Le mur bleu tacheté de moisissures exhalait des effluves fétides. À l'entrée se tenait un placard dont un battant éventré affichait ses entrailles en contreplaqué ; sans doute quelqu'un y avait-il, un jour, envoyé un coup de pied. Jason se redressa et considéra la table de nuit où l'emballage d'un vieux préservatif était posé. Du petit carré d'aluminium déchiré coulait encore un peu de gel lubrifiant. Aussitôt, cette vision l'envahit d'une pulsion soudaine. *Contrôle-toi.*

Une musique de variété locale filtrait à travers les cloisons et accentuait la sensation qu'avait Jason d'être coincé dans un trou à rats. De nouveau, ses yeux glissèrent sur le meuble près de la porte. Il se leva, se dirigea vers lui, puis il l'ouvrit. À l'intérieur, les cinq étagères branlantes pouvaient être retirées aisément. Dès que ce fut fait, il pénétra dans l'espace étroit en refermant les portes sur lui. Déjà une odeur de poussière humide s'engouffrait dans ses narines. La pénombre l'enveloppait, bien qu'un rai lumineux pénétrât par l'interstice. Mais, plus les minutes passaient, plus la lumière semblait envahir la cachette. À cet instant, l'expérience ratée ne faisait pas que le contrarier, elle le poussait jusqu'aux limites du tolérable. *Je ne dois pas craquer. Pas ici.*

De là où il se tenait, il pouvait apercevoir son lit et l'empreinte laissée par son corps sur le matelas. Toute cette chaleur, cette tension accumulée propulsa son poing contre le fond du meuble, qui trembla. Pourtant, la sensation d'étouffer n'était pas loin. L'oxygène était quasiment absent dans ce placard méphitique. Noyé dans sa sueur, recroquevillé sur lui-même, il lui sembla que l'épreuve était presque satisfaisante, au fond. *Oui... Comme ça, oui, c'est bon.*

Il resta ainsi un moment qu'il ne put déterminer. Une heure, peut-être plus. Lorsqu'il sortit enfin de sa cachette, la chambre était sombre, uniquement éclairée par un néon rose clignotant qui devait provenir de l'immeuble d'en face. Il rampa sur le carrelage froid et gras. Sa respiration était difficile. Jason roula sur le côté en observant le reflet rose qui teintait le sol.

Les messages qu'il avait lus dans le cybercafé quelques jours plus tôt continuaient de le plomber. Pendant toutes ces années, il avait vécu dans une forme d'insouciance qu'il observait à présent de loin. L'heure des comptes avait-elle sonné pour lui ? *Impossible qu'ils me retrouvent. Je n'ai commis aucune erreur...*, ruminait-il. Pourtant, les dernières nouvelles étaient inquiétantes. Sans doute Maria s'était-elle trop épanchée. *Quelle conne ! Elle l'a fait exprès. Les flics doivent lui tourner autour. Elle a cédé à la pression...*

Le cuisinier se pencha à la fenêtre et observa les fils électriques qui s'étendaient d'un bâtiment à l'autre dans un désordre incroyable, faisant clignoter les enseignes des bouis-bouis interlopes. En contrebas, dans la petite rue étroite, s'affairaient piétons, cyclistes et vendeurs ambulants. Un vieil homme chauve venait de s'installer avec sa marmite sur le bord du trottoir. Deux clients s'assirent à la table de camping qu'il avait à peine montée, prêts à se goinfrer de ses beignets qui empestaient l'huile rance. Le vacarme était incessant, au point de lui donner le tournis.

Ses yeux verts analysaient les têtes et les corps du flot humain. Peu d'Occidentaux se promenaient dans ce quartier sans intérêt. Ils devaient tous être agglutinés sur Orchard Road en quête de prostituées thaïlandaises ou malaises. C'était là-bas qu'il devait désormais se rendre.

À une station de taxis, il indiqua Orchard Towers. Le conducteur à qui il s'adressa, un gros type qui suçait un cure-dent, eut un rire gras et une grimace entendue. Le secteur était le lieu rêvé pour dénicher ce qu'il cherchait : des hommes seuls de type européen. En effet, on allait rarement aux putes accompagné, il n'y avait bien que les groupes d'étudiants occidentaux pour tenter ce genre d'aventures. Il fallut quarante-cinq minutes pour traverser le centre-ville illuminé comme une station spatiale. Cette agglomération trop propre, avec ses jardins suspendus, son architecture futuriste et sa police omniprésente, lui collait des angoisses.

Le cuisinier avait été obligé de laisser traîner les choses, de se faire petit et de patienter jusqu'à ce que l'effervescence née de leur débarquement s'apaise.

En revanche, maintenant, il ne pensait plus qu'à regagner la France au plus vite. Et plus particulièrement Les Mesnuls, le nid où étaient enfouis ses puissantes racines et ses précieux vestiges. La matrice était là-bas. Impitoyable et libératrice à la fois. Loin d'elle depuis trop longtemps, le cuisinier se sentait affamé, privé de l'essentiel. Quant à ses trophées, il rêvait de les caresser, de les renifler, de les contempler… Quel soulagement il éprouverait alors ! Quels délices ! Lorsque ses doigts glisseraient sur le cuir, quand il humerait leurs odeurs, la sublime fragrance de la peur, les souvenirs jailliraient en geysers tyranniques, magnifiques. Les fantaisies se mêleraient à la réalité, et l'extase sublime l'étreindrait comme au moment fatidique. Cette jouissance-là valait tous les risques. Cette jouissance-là exigeait qu'il retourne chez lui.

De toute façon, les flics se rapprochaient de sa cachette, il n'avait pas d'autre choix. Et puis Maria pourrait elle aussi subir ses assauts funestes. Après tout, il l'avait tant fantasmé ! Ne méritait-elle pas de finir comme les gamins ? Il était expérimenté, à présent, il pouvait se lancer. Cette femme avait transgressé tant de règles, elle n'avait fait que le provoquer ! C'était certain, il ne perdrait pas une miette du spectacle. Le moment où ses billes bovines se voileraient de sang serait divin ! Plus il y songeait, plus il se disait que la mort de Maria pourrait bien être son chef-d'œuvre. Le point d'orgue de sa carrière !

Jason prit une profonde inspiration. La poitrine gonflée de ces projets, il médita un instant, évalua la situation. Il en était persuadé, il était plus malin que ceux qui étaient à ses trousses. Avec son extraordinaire don pour la dissimulation, il saurait toujours leur échapper. Et, dans le cas contraire, il était prêt pour l'affrontement…

Quoi qu'il en soit, ici, le cuisinier était trop visible et vulnérable. Il était grand temps de rentrer au bercail.

Lorsqu'il arriva enfin à destination, il fut surpris par la foule qu'il se représenta comme un sac de larves frétillantes. Ça grouillait de partout. De pauvres filles faisaient le tapin, abordées par des types avinés. Jason se fraya un chemin dans cette marée écœurante, étudiant les traits de ceux qu'il croisait. Il cherchait un homme. Un candidat un peu attrayant, à son image : grand, fin, bien bâti. Blond de préférence, bien que la couleur des cheveux ne soit pas un problème. Ses yeux, en revanche, devaient être proches des siens. Verts, vifs, pénétrants.

Un chauve à lunettes lui écrasa les pieds, tandis qu'un géant noir lui enfonça le coude dans les omoplates. Trop jeunes ou trop âgés, il ne risquait pas de trouver son double dans ce rebut d'humanité qui s'excitait autour de lui. Tous ces types en rut qui le bousculaient étaient si pathétiques, si minables qu'un tel spectacle réveillait chez lui des désirs effrayants. Il se décida pourtant à entrer dans la tour qui ressemblait à un vaste centre commercial des années 1980. À l'intérieur, les discothèques et les restaurants se partageaient l'espace tandis que, un peu partout, des filles à peine vêtues racolaient. Devant un bar à karaoké, un brun d'une trentaine d'années se tenait raide comme un piquet au milieu des nymphettes auxquelles il n'accordait aucune attention. Il portait une casquette de base-ball bleue et scrutait sa montre. Avec son pantalon vert kaki et son haut blanc, il était un des seuls à avoir un peu d'allure dans ce cloaque. Nez fin, yeux clairs, mâchoire carrée, muscles saillant à travers sa chemise. *Superbe.*

Jason l'approcha après avoir dégainé son plus beau sourire. Puis, avec son anglais rudimentaire, engagea la conversation :

— Salut. Je ne sais pas, toi, mais moi, je suis légèrement paumé. Je ne m'attendais pas à ce genre d'ambiance ici.

— Moi non plus, répondit le touriste en toisant ceux qui évoluaient à côté d'eux.

— Je crois qu'on n'est pas dans le bon quartier. Il paraît qu'il faut essayer Chinatown. En tout cas, enchanté, je m'appelle Jason.

— Stan, lança le type en lui serrant la main.

— Tu me suis ?

Comme l'autre acquiesçait, prêt à lui emboîter le pas, le Français ouvrit la marche en prenant soin d'éviter les caméras de surveillance, tête baissée. Ensuite, une fois dehors, il faudrait improviser. Prendre un taxi lui paraissait bien trop risqué.

— J'ai une chambre à deux pas, proposa soudain le jeune homme, visiblement impatient.

— Vraiment ?

Le candidat idéal. Cette fois, ce fut Stan qui prit les devants. En effet, son hôtel se situait un peu plus haut sur l'avenue, au-dessus d'une boutique de luxe. Le cuisinier traversa le hall d'entrée une main plaquée contre son front, comme pour simuler une migraine, afin de se cacher le visage. Il repéra des escaliers, fit signe qu'il préférait les emprunter plutôt que l'ascenseur qui devait également être équipé d'un dispositif de sécurité. Au troisième étage, au bout d'un long couloir, ils pénétrèrent dans une chambre en désordre. Aussitôt, le grand gaillard se jeta sur les lèvres de Jason. Déjà ses doigts avides lui palpaient le torse et s'approchaient dangereusement de son entrejambe. Il le repoussa alors dans un rictus.

Le garçon, pas même vexé, comprit le message et, histoire de calmer ses ardeurs, se dirigea vers la salle de bains. Dès qu'il entendit l'eau couler, Jason en profita pour fouiller la pièce à la recherche d'un passeport. En vain. *Merde, il devait l'avoir sur lui !* pesta le cuisinier alors que la panique s'emparait de lui. À pas de velours, il entra donc à son tour dans la salle de bains embuée. Dos à lui, le type se savonnait le postérieur. D'un coup d'œil, Jason repéra le passeport en cuir noir qui dépassait de la poche du pantalon gisant en boule sur le tapis. Il s'en empara et fila à côté.

Stanley Straw, né en 1990 à Auckland. De nationalité néo-zélandaise. Un mètre quatre-vingt-cinq, yeux verts. Vit à Londres. On a le même âge. Excellent.

Après ça, il balaya du regard les alentours en quête d'un élément utile, d'une arme potentielle. Il y avait un téléphone, un minibar, un imposant téléviseur accroché au mur. Soudain, le bruit de la douche s'interrompit. La respiration du cuisinier s'accéléra. Il inspecta la valise de Straw et en sortit un large foulard en coton qu'il coinçait tout juste dans son jean lorsque la porte coulissante s'ouvrit sur l'athlétique Néo-Zélandais, complètement nu. Ce dernier avança plein de confiance vers lui. Une tension vive saisit Jason. Quand l'homme fut suffisamment près, il lança son poing en direction de sa carotide pour l'immobiliser, puis il enroula l'étoffe autour de son cou puissant et se positionna dans son dos. Le type était costaud. Après un bref état de sidération, il se mit à gesticuler, menaçant de faire tomber les étagères chargées de bibelots. Ses grognements étaient épouvantables. Beaucoup trop bruyants.

Ça ne se passe pas comme il faudrait. Il ne doit pas m'échapper ! Plein de hargne, Jason ne desserrait pas sa prise. Stan, les yeux révulsés, commençait à montrer des signes d'épuisement et capitulait peu à peu. Ses joues enflées étaient désormais écarlates. Sa trachée bloquée ne laissait plus filtrer que de minces protestations. Il tenait le bon bout, mais il ne fallait pas encore relâcher la pression. *Pas trop vite. Pas encore ! Doucement...*

Moins de deux minutes plus tard, enfin, les jambes du type cédèrent en entraînant le Français avec elles. Le cuisinier s'étendit sur le dos pour retrouver son souffle tout en planifiant la suite. Avec un peu de chance, le room service ne s'occuperait pas de la chambre avant le milieu de la matinée. De toute façon, il fallait qu'il se presse. Plus il resterait là, plus il se mettrait en danger.

Le lit, un peu surélevé, était entouré d'un cadre en bois. Jason s'y précipita pour voir si l'espace vide entre le matelas et le sol ferait l'affaire. C'était le cas. Alors, après avoir tiré le corps jusque-là, il mit toute son énergie à le faire entrer dans la cachette improvisée. Personne ne penserait à fouiller là, surtout si la décomposition était ralentie par la climatisation. Une fois la couche parfaitement refermée, il remit la pièce en ordre et se dirigea vers le thermostat, qu'il baissa à 10 degrés.

En plus du passeport de Stan Straw bien à l'abri dans sa poche, il s'appropria l'argent liquide et la carte de crédit de la victime. Il enfila une chemise et un des pantalons en toile. Puis, la casquette de base-ball vissée sur la tête, il quitta l'hôtel sans se hâter.

Sevran

Le *Cyrus Field* battait pavillon britannique. Son port d'origine se situait à Londres, son propriétaire était la Global Marine System Ltd. La veille, Kervan était parvenue à joindre les responsables qui géraient le retour de l'équipage européen, mais, d'après eux, Jason Borne ne faisait pas partie de la liste des membres à rapatrier. De son côté, le consulat de France avait annoncé avoir été informé des interrogatoires interminables imposés par les autorités de Singapour à ses ressortissants, sans toutefois que la situation exigeât qu'il intervînt. Quant à Pierre-Philippe Chaubin, le journaliste avec lequel Dombard était en contact, il avait très rapidement pu confirmer que les autorités du pays avaient entendu le cuisinier dans le cadre de l'enquête sur la disparition suspecte de l'ingénieure allemande, mais que, une fois relâché, celui-ci s'était *a priori* évaporé dans la nature.

— On arrive trop tard, râla Sevran. Avec une notice rouge d'Interpol, la police de Singapour l'aurait arrêté !

— Sans Damien Couard, on n'aurait jamais su qu'il était là-bas. Ça ne sert à rien de se flageller. Et puis, j'ai vérifié, Singapour n'a pas signé d'accord d'extradition avec la France. Autrement dit, s'il ne bouge pas de là-bas, on n'est pas près de le voir, lâcha le lieutenant.

— En même temps, pour un type comme lui, Singapour, c'est le pire endroit de la planète. Les flics sont absolument partout. Nous, on est de doux agneaux, à côté ! Je ne pense pas qu'il s'y éternisera, commenta Ortiz.

— Il y a un truc qui m'échappe, lança Kervan. Il croit qu'on est aux trousses de Slimane, non ? Dans ce cas, pourquoi prend-il toutes ces précautions ?

— C'est peut-être sa façon d'être. D'après les infos de mon journaliste, il ne s'est jamais mêlé au reste de l'équipage, ni sur le cargo ni après. La preuve : les Européens du *Cyrus Field* sont tous dans le même hôtel à attendre leur rapatriement, mais pas lui.

— Son audition a dû le mettre à cran. Ça ne lui est jamais arrivé. Il n'a pas de casier. Il a toujours réussi à passer entre les mailles du filet, réfléchit Biolet. Il est sans doute persuadé d'être plus malin que nous. Avec un peu de chance, à force de se croire invincible, il va faire une boulette.

La commandant, qui écoutait les réflexions de son équipe avec la plus grande attention, reprit la parole :

— OK. Kervan, ne lâche pas les responsables du cargo. S'il y a du changement, je veux le savoir tout de suite. Sinon, est-ce qu'on a un œil sur les comptes bancaires de Borne, *alias* Caze ?

— Il vient de recevoir son salaire, mais il n'y a pas touché pour le moment.

La cheffe de groupe trépignait. Une fois de plus, elle distribua des missions à chacun pour tenter d'avancer malgré l'impasse qui se profilait. Ensuite, son intuition lui soufflait de rendre de nouveau visite à Maria à l'hôpital.

Lorsque l'enquêtrice et son collègue débarquèrent dans l'unité mère-enfant, on leur indiqua que la patiente était en train de s'entretenir avec son avocat dans le parc. Une pâle éclaircie venait de succéder à une averse glaciale. Les malades en profitaient pour faire quelques pas dans les allées boueuses, en quête d'un peu d'air. Deux immenses cyprès que la récente pluie avait dû prendre pour cibles présentaient leurs branches écartées comme des bras ouverts. Entre les deux arbres, Sevran repéra facilement la silhouette un peu voûtée de la propriétaire des Mesnuls alourdie par un jogging gris informe. Son avocat, un petit homme nerveux, se tenait à ses côtés.

— Madame Achenza, maître Ravol, les salua la flic. Pouvons-nous poursuivre notre entretien d'hier, s'il vous plaît ?

— Je discute avec ma cliente, commandant.

— Bien sûr, maître, mais c'est urgent. Vous aurez l'occasion d'échanger tranquillement après cette audition.

Sans leur donner la possibilité de contester, elle fit un geste de la main pour encourager tout le monde à regagner le service. Une fois Maria assise sur son lit, celle-ci attacha ses cheveux en queue-de-cheval d'un geste assuré. Son avocat s'installa sur une chaise à côté de la table de chevet tandis que Sevran et Biolet prenaient place sur d'inconfortables fauteuils en skaï. La policière prit son temps avant de commencer :

— Vous avez indiqué que vous ne vous étiez jamais rendue sur le lieu de découverte des corps.

— Ne répondez pas, Maria, intervint Ravol.

— Bien sûr que non. Pourquoi j'aurais fait ça ? s'insurgea-t-elle sans tenir compte du conseil de son avocat.

— Alors, on a un problème, signala Biolet, énigmatique.

— De quoi vous parlez ?

— Votre ADN a été retrouvé sur la scène de crime.

— Je n'ai pas été informé de ce résultat d'analyse ! protesta l'homme de loi.

— Maintenant vous l'êtes, maître.

— C'est impossible ! répliqua Maria.

— Nous sommes pourtant formels.

— On m'a donné des calmants. Je veux pas être interrogée dans mon état, je risque de dire n'importe quoi.

— C'est très juste. Nous allons devoir mettre un terme à cette audition ! renchérit l'avocat qui s'était levé et faisait les cent pas.

— L'expert psychiatre nous assure que votre état est compatible avec votre garde à vue. Alors nous vous écoutons, madame Achenza.

— Je dois m'isoler un instant avec mon avocat.

— Elle a raison. Au vu des nouveaux éléments apportés au dossier, ma cliente a le droit de s'entretenir avec moi en privé !

— Maître, fermez-la, lança Biolet. Vous ferez le point avec votre cliente sur ce qu'elle risque plus tard.

— Vous ne l'attraperez jamais, marmonna Maria.

— Éric Caze ? questionna Sevran. Qu'est-ce qui vous rend si sûre de vous ?

— Il prépare ce moment depuis des années. Vous n'avez rien contre lui. Pas de casier, pas d'empreintes. Rien.

— S'il vous plaît, Maria. N'en dites pas davantage ! conseilla Ravol, en vain.

— Vous, par contre, votre ADN a été prélevé sur les vêtements des trois enfants. On attend votre explication à ce sujet.

— Leurs vêtements ? s'étonna-t-elle.

— Absolument. C'est la preuve que vous étiez présente quand ils ont été emmurés.

— Qu'est-ce que c'est que ces conclusions hâtives ? s'indigna l'avocat.

— Non. J'y étais pas. Et j'ai rien à ajouter, répondit Maria d'un air lointain.

— Il ne suffit plus de nier ! Comment vos cheveux ont-ils atterri sur les cadavres de ces gamins ? demanda Biolet en haussant le ton.

— Qu'est-ce que j'en sais ?

— Mais à quoi vous jouez, bon Dieu ? Vous pensez que vous allez rentrer chez vous avec votre gosse dans les bras comme si de rien n'était ? Vous êtes suspectée dans une affaire de meurtres ! Vous risquez des années de détention ! Quand vous sortirez, votre bébé aura vingt piges, et je ne parle même pas des autres, vous comprenez ?

— Enfin, commandant, calmez votre homme. Ces méthodes sont intolérables. Vous menacez ma cliente ?

— Je vais pas avouer ce que j'ai pas fait, quand même !

— Et ce que vous avez fait ? Quand allez-vous le dire ? s'emporta à son tour Sevran.

— Ça suffit, je suis épuisée, décréta Maria en remontant les draps sur elle tout en s'allongeant dans son lit.

L'avocat et les enquêteurs échangèrent un regard surpris. Maria Achenza, quant à elle, adopta une mine boudeuse avant de feindre de s'endormir dans ses draps douillets. Cette habitude qu'elle avait de leur couper l'herbe sous le pied avait le don de mettre les deux flics à cran, d'autant qu'elle jouait la montre. En effet, non seulement sa garde à vue prendrait bientôt fin, mais les médecins, contre toute attente, venaient aussi d'annoncer qu'ils l'autorisaient à rentrer chez elle.

Pio Achenza

Depuis que Maria avait été placée en garde à vue, Pio vivait en sursis, terrifié par ce qui allait se passer ensuite. Plus il regardait ses merveilleux enfants, moins il parvenait à croire qu'ils puissent avoir une filiation avec ce monstre. Car le lieutenant Dombard lui avait tout rapporté : Maria détenait des informations capitales et refusait de les divulguer. Pourquoi ? Pour se protéger ou par pur sadisme ? À quoi tout cela rimait-il ? Et lui, Pio, quel rôle avait-il joué malgré lui dans cette histoire ? Maintenant que leur enfant était né, il craignait de ne pas parvenir à l'aimer. Du moins, pas autant que les autres. Il ne pensait d'ailleurs plus qu'à une chose : éloigner le bébé d'elle pour éviter la contamination.

À présent, la police interdisait toute visite à Maria. C'était le prétexte rêvé pour la fuir, mais Pio ne souhaitait pas être éloigné de son fils. La veille, il n'avait pu le voir que quelques heures. Tout frêle, il ressemblait à un oisillon et, tandis que ses paupières bleutées restaient closes, ses lèvres ondulaient dans un chuchotement silencieux. De quelle nature était cette conversation ? Quelles créatures se penchaient à cet instant sur son berceau ? Les fantômes de ces pauvres gosses emmurés ? Peut-être viendraient-ils réclamer vengeance. Le prendre pour cible, lui et sa famille, puisque la maison des Mesnuls était leur malédiction… L'idée faisait son chemin pendant qu'il déambulait dans les rues sans rien percevoir du monde qui l'entourait.

L'agent d'entretien venait de déposer ses trois aînés à l'école en les couvrant de baisers. Depuis quelque temps, dès qu'il était séparé d'eux, un vertige le saisissait. Comme si sa simple présence à leurs côtés pouvait les protéger du monde. Mais il n'avait pas le choix, il devait prendre son service une heure et demie plus tard.

Qu'allait-il faire, en attendant ? Le lieutenant Dombard l'avait informé qu'il avait de nouveau accès à sa maison. Peut-être, alors, pourrait-il… *aller aux Mesnuls*… Son cœur se serra. D'où jaillissait une idée pareille ? À quoi cela servirait-il de flirter avec l'horreur ? Il ne s'y était pas rendu depuis ce fameux soir, et le souvenir de sa terreur le faisait encore frissonner. Pourtant, il prit le chemin de son appartement. Les clés de la vieille demeure se trouvaient dans une enveloppe dans le tiroir de l'entrée, aussi se hâta-t-il pour s'y rendre au plus vite.

À proximité de la propriété, il lui sembla que le cauchemar reprenait exactement là où il l'avait laissé trois semaines plus tôt. La bâtisse et sa toiture en mauvais état apparaissaient derrière la cime noire de conifères immenses, deux fenêtres sans carreaux scrutaient les alentours tels des yeux morts. Des pelleteuses étaient à l'arrêt dans la cour que les journalistes avaient fini par déserter. Pio se gara et coupa le contact. Aussitôt, une cloche de silence s'abattit sur les lieux. *On dirait la fin du monde... La fin de mon monde.*

Il quitta son véhicule, avança doucement vers la bâtisse, puis pénétra dans le vaste séjour du rez-de-chaussée où il avait pris tant de soin à entreposer son matériel. Les sacs de ciment étaient toujours alignés contre un mur, tout comme les lattes de plancher pourries. Tout était étrangement intact.

Il grimpa à l'étage avec, dans la poitrine, le son de ses palpitations de plus en plus rapprochées. Bien que l'odeur putride imprégnât encore l'atmosphère, il poursuivit jusqu'à la petite pièce où il tint à entrer les paupières fermées. À la façon d'un enfant apeuré, il compta ses pas. Dix. Là, ce fut comme si un souffle ténébreux l'enveloppait de nouveau. Lorsque Pio ouvrit les yeux, un cri étouffé lui échappa : la jeune fille était là, telle qu'il ne l'avait jamais vue, dans ses habits poussiéreux, prisonnière d'un cercueil de brique et de plâtre. Elle s'animait sous son regard. *Mon Dieu, non !*

Les ténèbres et ses lames acérées pointaient toutes vers lui. Cette maison maudite était leur berceau. Il resta ainsi figé, en proie à un violent étourdissement. Quand, enfin, il recouvra ses forces, il ne souhaitait plus que sortir au grand air, quitter cette atroce baraque. Il s'enfonça alors dans les bois pourtant lugubres. Se fraya un chemin parmi les herbes hautes et noires. Écrasa les branches avec détermination. Pio avait beau éviter la maison du regard, sa présence semblait grandir à ses côtés, si bien qu'il accéléra, son pouls battant jusqu'à ses tempes. Soudain, son pied droit buta sur un monticule de bois, et un tube métallique surgit de terre. Perplexe, il se baissa pour observer l'objet, après quoi ses mains se mirent à fouiller le feuillage et les broussailles autour de lui, jusqu'à ce qu'il découvre une poignée, puis une trappe.

Par automatisme, il jeta un regard vers la bâtisse qui se dressait, un peu plus loin, comme une épave sur une mer agitée. Ensuite, il porta de nouveau son attention sur sa trouvaille. En tirant la lourde porte vers lui, une échelle métallique apparut, ainsi qu'un espace sombre et profond. Une gueule béante.

— Ohé ! cria-t-il en se penchant.

L'écho de sa voix, écrasée par la peur, lui revint en pleine figure. Pio était devenu suant et fébrile, incapable de poursuivre l'exploration, incapable aussi de l'interrompre. Finalement, ses pupilles tentèrent de percer l'œil noir qui paraissait le toiser. Il était terrorisé, mais, déjà, il entamait la lente descente.

Dombard

Au téléphone, le désarroi de Pio Achenza avait provoqué une étrange vibration qui avait atteint le cœur du lieutenant. Ce dernier avait frémi, plein d'empathie pour le pauvre homme que le destin ne cessait d'accabler. Dès qu'il raccrocha, il informa ses collègues de la découverte de Pio. Une nouvelle qui fut accueillie par des mines graves et un lourd silence.

— Comment a-t-on pu passer à côté de ça ? murmura Sevran comme pour elle-même. Biolet, tu peux contacter la Scientifique pour qu'ils nous rejoignent là-bas ?

— Je m'en occupe tout de suite.

Ce matin-là, toute l'équipe se déplaça aux Mesnuls. Au point où ils en étaient, la recherche d'Éric Caze ne nécessitait de toute façon plus la présence d'autant de personnes au bureau. Rémi Lambale, le stagiaire, fut missionné pour traquer ses mouvements bancaires. Il resterait également joignable au cas où le consulat français de Singapour ou la compagnie propriétaire du cargo appelleraient. Enfin, si le cuisinier faisait l'objet d'un contrôle de police, ils en seraient aussi alertés dans les meilleurs délais.

Malgré ces mesures, dans le véhicule de fonction à bord duquel ils s'étaient tous entassés, les yeux de Sevran effectuaient des va-et-vient incessants entre le bandeau d'asphalte et sa montre, signe que la nervosité montait. Plus encore que la frustration de ne pas pouvoir s'occuper personnellement de la traque du cuisiner, elle devait craindre qu'il ne s'évanouisse dans la nature et qu'il ne poursuive ses crimes en toute impunité. Tout cela, la commandant n'avait pas besoin de le verbaliser, les membres de son groupe savaient la décrypter comme personne.

Sa tension était d'ailleurs contagieuse… Pendant le trajet, chacun se plongea dans ses pensées en scrutant la campagne qui semblait enveloppée d'un voile de cendre. L'atmosphère dans l'habitacle était pesante et, à leur arrivée aux Mesnuls, les flics se crispèrent encore un peu plus. L'Opel de Pio Achenza était garée dans la cour. L'homme s'y était réfugié, courbé, le front posé sur son volant. *Le sort s'acharne*, songea le flic.

Les mots étaient dérisoires, dans pareil endroit, aussi les salutations furent-elles muettes. Kervan et Ortiz, en particulier, affichaient le teint cireux de ceux qui s'attendent à affronter le pire. Puis ce fut au tour des techniciens de l'IJ de débarquer et de décharger leur matériel dans un silence insupportable. Lorsque tout fut prêt, le propriétaire se dirigea vers un massif d'arbres, suivi d'une dizaine de personnes qui marchaient en file indienne. On n'entendait plus que le croassement de corbeaux rendus curieux par cette étrange procession au milieu des chênes malades. Quand il s'arrêta enfin, il leur indiqua la trappe et l'échelle avalée par l'obscurité.

— Je suis tombé dessus complètement par hasard…, expliqua Achenza d'une voix éteinte.

Sans tarder, les collègues de l'IJ allumèrent de puissantes lampes torches avant de disparaître dans les entrailles de la terre. L'équipe de Sevran était penchée au-dessus de l'ouverture. Tous fixaient le fond, attentifs au moindre bruit souterrain. Dombard remarqua l'impatience de Sevran qui n'attendait que le signal de la Scientifique pour descendre.

— Commandant !

Munie de surchaussures, il ne lui fallut pas plus d'une seconde pour rejoindre les ombres irréelles qui dansaient en contrebas. Dombard échangea un regard inquiet avec Biolet.

— Qu'est-ce que c'est que ça ? entendirent-ils.

Tous les deux se baissèrent de concert pour ne rien perdre de l'échange.

— Nom de Dieu ! jura la cheffe de groupe.

Sevran

La commandant se tenait au centre d'une pièce d'environ dix mètres carrés, entièrement bétonnée. Deux étagères remplies de livres encadraient un lit à une place installé dans un angle, tandis que des W-C chimiques occupaient l'autre coin. Une ampoule pendait du plafond et crachait à présent une lumière agressive. Sevran scrutait l'endroit : les boîtes de conserve et le mini réchaud juste en dessous, les magazines automobiles, les draps et couvertures parfaitement pliés… Il n'y avait là que le strict nécessaire.

D'un coup, son attention fut attirée par une sorte d'étroit placard encastré dans le mur. Haut d'environ un mètre quatre-vingt-dix, profond de moins d'un mètre. Une porte coulissante d'une largeur étonnamment petite permettait de le fermer. Après avoir patienté le temps qu'un technicien de l'IJ fasse des photos et des relevés de mesure, elle observa longuement cette anomalie du décor. Ses doigts se promenèrent sur le film plastique blanc qui recouvrait intégralement l'intérieur, puis l'idée de pénétrer dedans s'imposa à elle sans qu'elle sache vraiment pourquoi.

Les cloisons l'enserraient maintenant comme l'aurait fait un étau, une suée l'inonda aussitôt. Très vite, elle eut la sensation que ses côtes emprisonnaient ses poumons, empêchant l'air d'y entrer. Son haleine brûlante lui revenait en pleine figure. De la main gauche, elle fit pourtant coulisser le battant, la plongeant dans le noir total. L'atmosphère était devenue si étrange, si inquiétante qu'elle se pressa de le rouvrir et de se ruer vers la sortie. Ses équipiers, désormais entassés dans cet espace trop exigu pour les contenir tous, l'observaient, perplexes.

— Qu'est-ce que tu fous ? s'enquit Biolet.

— Essayez, et dites-moi ce que vous en pensez.

Son partenaire s'exécuta le premier. Comme elle, il réapparut vingt secondes plus tard.

— C'est flippant. Ça ressemble à un piège, lâcha-t-il, un peu haletant.

— Comme un emmurement…

Il acquiesça d'un mouvement de tête grave. D'abord figés, Kervan, Ortiz et Dombard tentèrent eux aussi l'expérience. À leur sortie, le même malaise s'était emparé d'eux.

— Il a dû se créer cet abri souterrain tout seul, commenta Ortiz.

— En même temps, c'est la cachette idéale. Enfermé ici avec tout ce qu'il faut, personne ne peut te trouver !

— C'est bon pour nous, commandant ! On n'a pas trouvé une seule empreinte, les interrompit soudain un membre de la Scientifique.

— Pas une ? Comment est-ce possible ?

— Vous avez vu les bidons de Javel sous le lit ? Il y en a pas moins de cinq… Votre homme est un as du nettoyage. Allez, bonne chance ! lui lança-t-il en attrapant l'échelle pour remonter à la surface.

Un peu décontenancée, l'enquêtrice enfila des gants en latex et fit courir un doigt sur les couvertures des livres.

— Hentaï. Mangas pornos hardcore. Sacrée collection…, commenta-t-elle.

Biolet se saisit du premier de la rangée. Sur chaque page où s'illustraient les scènes les plus violentes, un coup de crayon rouge masquait le détail des dessins. Parfois, des remarques au feutre noir complétaient la censure.

— « Immondes salauds », « honte », « bêtes sauvages », lut la commandant par-dessus l'épaule de son équipier.

— Regarde, c'est comme ça sur tout le bouquin. Et sur les autres aussi…, constata-t-il en en feuilletant un deuxième, puis un troisième.

— À quoi ça rime ? interrogea Dombard.

— Il achète du contenu pornographique qu'il s'occupe ensuite de dissimuler. À croire que la sexualité l'attire autant qu'elle le répugne.

— Non seulement il est névrosé, mais il est complètement immature sexuellement, conclut Biolet.

La commandant effectua un tour sur elle-même en prenant note de chaque détail capable d'éclairer ce qui, à ses yeux, relevait du mystère le plus complet.

— Il a dû vivre ici quelque temps, peut-être même des années, supposa Kervan. Mais où rangeait-il ses affaires ? Parce qu'on sera tous d'accord, je pense, pour dire que l'ameublement est sommaire…

— Il n'avait pas d'affaires. La discrétion avant tout, commenta Ortiz, lointain. Il devait s'attendre à ce qu'on finisse par venir fouiller son antre. Au fond, cet endroit ressemble presque à une cellule. En plus clean.

Comme de grossiers coups de pinceau, quelques éléments venaient s'ajouter aux informations qu'ils détenaient déjà pour dresser le portrait de Caze, mais les détails de sa personnalité restaient toujours insaisissables. Au milieu de la petite équipe agglutinée, Sevran se sentit prise de claustrophobie et grimpa l'échelle en quête d'un peu d'air frais.

— Vous allez le retrouver ? demanda une voix traînante derrière elle.

Elle se retourna vivement.

— Monsieur Achenza ! Vous m'avez fait peur !

— Dites-moi que vous allez arrêter ce malade, la supplia-t-il en la sondant du regard.

Jason

La veille, après avoir pris soin d'acheter de quoi se teindre les cheveux en brun, Jason avait effectué la coloration en trente minutes dans son affreux hôtel de Geylang Road. Ensuite, il s'était posé pour réfléchir. Par chance, tout s'était déroulé sans accroc, mais ce n'était pas le moment de baisser la garde, encore moins d'agir dans la précipitation. Jason devait tout prévoir, tout contrôler, et ce malgré le stress de la cavale qui s'annonçait périlleuse. Toutefois, c'est l'esprit bien clair que, ce matin-là, à l'aube, il s'était finalement dirigé vers la gare routière et avait embarqué à bord d'un luxueux bus Transtar à destination de la Malaisie. Ainsi muni du passeport néo-zélandais de Stan Straw, il espérait rallier Kuala Lumpur en cinq heures. Et sans encombre.

Le premier contrôle au « Tuas checkpoint » ne posa aucune difficulté. Une étape qui aurait dû lui donner confiance et lui permettre de profiter de la vue imprenable sur le détroit de Johor. Pourtant, si son regard était attiré par un gratte-ciel qui surgissait des mers comme un Léviathan de verre et par la file ininterrompue de camions et de voitures qui traversait la frontière en sens inverse, il avait parfaitement conscience que le plus dur était à venir. En effet, l'entrée en Malaisie nécessitait un nouveau contrôle de l'immigration dont il avait entendu dire qu'il pouvait se révéler infernal.

Le car franchit un pont, puis le conducteur s'arrêta au second poste-frontière. Cette fois, il fallait présenter son bagage pour le passer aux rayons X. Les autorités malaises prendraient aussi ses empreintes, et, même s'il tentait de se rassurer, c'était de loin ce qu'il craignait le plus. Durant son attente, il observa les bornes biométriques. Chaque pas vers les cabines, désormais situées à quelques mètres de lui, le crispait davantage. Soudain, une alarme retentit quelque part, signe qu'un voyageur se faisait interpeller par la police. Une femme voilée apparut, entraînée sans ménagement à l'écart par deux agents sourds à ses protestations. *Je suis Stan Straw. Citoyen néo-zélandais. Personne ne m'empêchera d'atteindre mon but. Personne !* se répétait-il pour se rassurer.

Puis ce fut son tour. Derrière la vitre, une femme sèche en uniforme bleu marine étudia ses traits en faisant rouler ses pupilles de son front jusqu'à sa bouche, après quoi elle scruta son passeport en le dévisageant par intermittence. Le cuisinier, sans ciller, étira ses lèvres, mais son sourire ne provoqua aucune réaction chez la douanière. Cette dernière lui rendit le document d'un geste désinvolte signifiant qu'il pouvait disposer.

Ainsi, il était exempté de la prise d'empreintes ! Un pic d'excitation produisit d'intenses remous intérieurs qu'il tenta de dissimuler. Alors qu'autour de lui les passagers du bus couraient en direction de l'immense parking, lui rejoignit calmement le véhicule, plein d'une confiance retrouvée. Une fois revenu à sa place, il inspecta discrètement le passeport où la mention *diplomatique* lui avait jusque-là échappé. Son soulagement fut si fort que toute la tension accumulée ces dernières heures disparut aussitôt.

Lorsqu'il rouvrit les yeux, un serveur lui tendait un plateau-repas. Il le dégusta lentement en contemplant les forêts de palmiers qui s'étendaient sur des centaines d'hectares autour de lui. Son périple avait l'aspect d'une course de fond, aussi son arrivée à Kuala Lumpur ressembla-t-elle à une victoire. Des tours monstrueuses se dressèrent, fières et acérées, paragons d'une vie future imaginaire. Presque huit millions d'êtres humains vivaient dans les rues embouteillées, de quoi donner le vertige au cuisinier qui toisait la masse compacte de sa petite hauteur. Dans sa bulle climatisée, il était également otage du trafic. Et les râles des touristes commençaient à l'atteindre. De furtives impulsions de violence reprenaient du service dans ses méninges.

Quand l'aire de stationnement se présenta enfin, Jason quitta le véhicule tel un diable sortant de sa boîte. Sans perdre une minute, il se présenta à une station de taxis toute proche où un chauffeur accepta de le conduire jusqu'à l'aéroport. Une heure et quart plus tard, il réservait un aller pour Paris. *Encore un peu de patience, et je serai de retour à la maison.*

Installé dans une salle d'attente équipée de larges écrans télé, le cuisinier tua les deux heures qu'il avait devant lui en regardant les informations. Il craignait que la découverte du corps de Stan Straw dans l'hôtel à Singapour ne fasse capoter ses plans. Une inquiétude qui s'évanouit dès qu'il embarqua, un sourire froid aux lèvres. *Petits flics minables ! Vous ne m'attraperez jamais*...

Sevran

La masse de cartons formait un tas terne au centre d'une grande table habituellement réservée aux réunions. De leurs mains gantées, les membres du groupe de Sevran y piochaient avec régularité dans un silence pesant que seul le ronronnement bruyant d'une machine à café installée au fond de la salle interrompait de temps en temps.

La commandant scrutait ses collègues, à l'affût d'une lueur sur leur visage, mais rien de tel n'arrivait. Elle avait pourtant le secret espoir de découvrir un élément, aussi infime soit-il, susceptible d'offrir un mobile à Caze. Car celui-ci ne pouvait pas avoir agi ainsi, avoir tué de pauvres enfants puis les avoir emmurés sans suivre une forme de logique, même dévoyée. Et cette pépite devait être cachée quelque part au fond de ces scellés. À eux de la débusquer.

Après plusieurs heures de recherche, le temps s'étirait, chaque seconde insufflant aux flics son lot d'incompréhensions et d'appréhensions. Sur les pages que le cuisinier avait censurées et annotées se déclinaient toutes les nuances de sa folie, du sadisme à la barbarie.

Pénétrer ainsi l'intimité d'un homme aussi perturbé revenait à se tenir au bord d'un gouffre. Une expérience si violente qu'une sorte d'écœurement révolté commençait à contaminer l'équipe.

Sur le hentaï que tenait Sevran entre ses doigts surgit un psoque jusque-là dissimulé dans la pliure. Pendant que l'insecte en fuite piétinait les messages dérangés du cuisinier, la commandant se rendit compte à quel point elle cherchait à s'extraire, comme lui, du cloaque.

— Ça va ? demanda Biolet à sa partenaire, sentant qu'elle se laissait gagner par l'abattement.

— Oui… J'ai l'impression de perdre mon temps, mais à part ça, ça va.

— Nom de Dieu ! s'exclama soudain Kervan, provoquant le sursaut de ses collègues.

Du bout des doigts, et avec un air de dégoût, elle leur tendit le cliché agrandi d'une jeune femme.

— Attends, mais c'est Maria !

La photo devait remonter à l'époque du lycée. Du sang noirci coulait de ses yeux. Quant à sa bouche, Caze avait dû la gratter au couteau, si bien que Maria apparaissait torturée et comme réduite au silence.

— Derrière, il a écrit : « Bernard dit qu'il ne faut pas. Pas encore… », lut Kervan.

— Elle l'a échappé belle, on dirait…

Pendant que les membres de son équipe échangeaient entre eux, Sevran s'isola mentalement pour tenter de faire le point. Rien dans le comportement du principal suspect n'avait de sens. Car si sa haine pour Maria était si grande, pour quelle raison l'avait-il épargnée ? Pourquoi s'en était-il pris à des adolescents sans défense, et surtout sans raison apparente ? Elle plongea la tête dans ses mains quelques secondes.

— Bernard a joué les mentors, dit-elle d'une voix sans timbre.

— Hein ?

— Elmer Kroetz a bien essayé de nous le dire à sa façon : Bernard a vu un fils spirituel en Caze, il l'a formé à tuer sans se faire prendre. Le menuisier lui a appris à choisir ses victimes pour que la police ne fasse pas le lien entre lui et elles. On ne découvrira rien dans ces bouquins.

— C'est aussi ce que je pense, acquiesça Dombard.

— Mais on a quand même fini par trouver sa trace dans les secteurs où gravitaient les gosses ! tempéra Ortiz. On sait qu'il a été proche de Liseron Alvarez, qu'il a croisé le chemin d'Enzo Aidel et qu'il connaissait le père de Thibault Levine. Il n'a pas été aussi prudent qu'il le pense.

— En effet, mais combien de temps nous a-t-il fallu pour arriver à ces conclusions ? Écoutez, faisons une pause, d'accord ? Je crois qu'on en a tous besoin, suggéra la flic en se levant.

Pendant que la commandant parcourait le long couloir, Biolet la rattrapa. Il affichait un air circonspect, comme toujours lorsqu'il la sondait.

— Tu es inquiète ? Tu as peur qu'il nous file entre les doigts ?

— Quand on a enfin pu le localiser, il a réussi à se volatiliser. Et tout ça à des milliers de kilomètres. Imagine le mal qu'il peut faire, s'il reste en liberté…

— Sauf qu'il doit rentrer en France. Les Mesnuls sont son charnier et, d'après ce que l'on sait, il n'a jamais cherché à s'en éloigner longtemps. Quant à cette cachette souterraine, c'est l'endroit idéal pour disparaître pendant quelque temps. Il a planifié tout ça de longue date, c'est certain.

— OK, tu as peut-être raison. L'avantage, c'est que l'agent immobilier et Maria sont déjà sous surveillance. Au cas où. Tout comme la maison des Mesnuls. S'il revient, on le saura. Par contre, il va falloir être discrets. Parce que si la presse parle de la planque, c'est foutu.

— Oui, et il y a une autre faille dans ce plan, c'est qu'il peut très bien ne rien se passer durant des mois…

Cette perspective mit un coup au moral de Sevran. Elle avait bien conscience qu'elle n'aurait jamais ni les effectifs ni l'énergie pour une chasse à l'homme de plusieurs semaines, voire plusieurs mois. Pourtant, au milieu de tout ce découragement, une pensée émergea…

— Attends, il y a un truc qui cloche. On sait que Caze était dans le coin lors de la vente des Mesnuls, mais s'il est la plupart du temps en mer, comment a-t-il été au courant de ces démarches ? Comment a-t-il su qu'il devait se pointer à ce moment précis ?

— Madeleine a dû le mettre au parfum.

— Je n'y crois pas. Dans la lettre que Maria a dénichée, ils avaient plutôt l'air brouillés…

La commandant se dépêcha pour rejoindre son bureau. Dans une pile de documents, elle se saisit du message recouvert d'un film plastique.

— « Si tu ne te manifestes pas rapidement, il n'y aura rien pour toi. Tu te caches et tu me fuis, mais ton attitude ne t'apportera que du malheur. » Non, je suis persuadée que quelqu'un d'autre l'a prévenu. Et si on se fie à son relevé de téléphone, il semblerait que, cette fois, Maria n'y soit pour rien…

Jason

Le vol depuis Kuala Lumpur avait ressemblé à un long songe. Même l'escale à Doha n'était pas parvenue à entacher la sérénité du cuisinier. Il avait glissé d'une étape à l'autre de son plan avec l'aisance et la souplesse d'une anguille. Avoir mis la main sur un jeune diplomate comme Stan Straw relevait du miracle, à moins que ce ne fût encore l'œuvre de son intelligence hors du commun et de son instinct infaillible. La vieille Duflot avait d'ailleurs su détecter ce talent en lui. Et, si cette sale hyène et son mari avaient d'abord tout tenté pour le briser, une fascination pour le monstre qu'ils avaient fabriqué avait fini par naître. Sa dureté, ses colères, son goût du sang : dans le fond, un tel gamin aurait bien pu être le leur !

Jason, lui, n'avait jamais rien ressenti d'autre que du mépris pour les Duflot. Leur maison, en revanche, était son sanctuaire. Les murs abritaient ses trésors, tous les secrets de son existence cachée. La quintessence de son âme de survivant se trouvait là-bas, aux Mesnuls. Bien sûr, quand les gens sauraient, ils diraient sûrement qu'il était un dangereux criminel, peut-être même un prédateur. *Bande d'ignorants...*

En réalité, l'avis des autres lui importait peu. Car Jason était persuadé d'avoir tendu la main à chacune de ses jeunes victimes. Délaissés par leurs parents, placés, maltraités, les enfants espéraient leur salut, et lui, le cuisinier qui connaissait si bien leurs souffrances pour les avoir vécues lui-même, leur en avait fait cadeau. Un passeport pour quitter l'enfer ! Évidemment, personne ne le remercierait jamais pour ça, et pourtant… *Même les gosses n'ont pas eu l'air de saisir la chance que je leur offrais. S'il y en avait eu un comme moi dans le lot, taillé dans la pierre, aussi fort que je le suis, alors je l'aurais laissé vivre. Mais il n'y a pas de place pour les faibles, dans ce monde.*

Ses yeux brillaient d'un air mauvais. Il était à présent grand temps d'atterrir à Paris et de se fondre dans le paysage. Il avait conscience que, plus il approchait de sa destination, plus il risquait de se faire repérer. D'autre part, si ses fantaisies s'étaient tues ces dernières quarante-huit heures, il savait qu'elles pouvaient reprendre le dessus à n'importe quel moment, le submerger et le mettre en danger. Parce qu'alors il ne serait plus capable de distinguer la réalité du fantasme.

Lentement, le souvenir de son abri secret aux Mesnuls créa un nouveau trouble. Pour le punir de s'être éloigné d'elle, Madeleine avait donné des instructions de vente dans son dos. Aucun héritage, plus de maison. Voilà comment la vieille le récompensait pour ses bons soins. Certes, il lui en avait fait baver ! Sur la fin, il ne la nourrissait plus qu'une fois par jour, et en toute petite quantité. Mais ce n'était rien de bien méchant, juste sa façon à lui de rétablir l'équilibre entre eux après les sévices qu'il avait subis gamin.

Finalement, comme un retour de boomerang, la propriété était tombée aux mains des Achenza. Il faut dire que cette manipulatrice de Maria avait bien manœuvré. Grâce à ses manigances avec l'agent immobilier et la tutrice, elle avait pu acheter la maison une bouchée de pain… Tout cela, Jason l'avait appris à la faveur de l'expédition punitive qu'il avait montée contre Creisson. Des petites frappes des cités s'étaient occupées de lui, et il avait tout de suite chargé cette garce de Buissonière, dont le cuisinier s'était toujours méfié. En bonne organisatrice de la spoliation de Madeleine, c'est elle qui détenait le fric. Et elle ne perdrait rien pour attendre. Le notaire non plus, d'ailleurs. Il le leur ferait bientôt cracher. Dès qu'il aurait réglé les autres urgences, car, plus que par l'argent et son désir de rétablir un ordre juste, son retour au bercail était motivé par ses trophées. Ses trophées… et Maria !

Toutes ces années, cette idiote s'était imaginé que sa relation si spéciale avec lui lui vaudrait d'être épargnée. Il ne lui avait pourtant jamais rien caché de ses intentions. D'ailleurs, dans la cave des Duflot, il s'était souvent amusé à lui taillader les cuisses. La lame aiguisée faisait jaillir de sa peau blanche de petits serpents rouges qui roulaient jusqu'à ses pieds. Elle avait alors un regard complètement perdu et terrorisé, mais les ébats minables qui suivaient suffisaient à la rassurer. Après ça, cette cruche oubliait tout : la douleur et la peur. Il n'avait qu'à lui susurrer qu'elle était l'unique source de ces ardeurs un peu étranges et particulières, et l'adolescente se persuadait d'être passionnément désirée !

Jason prendrait le temps avec elle. Peaufinerait sa mise en scène déjà millimétrée. Il avait décidé que la vie la quitterait à petit feu. Mais, surtout, que sa conscience resterait intacte jusqu'au bout. Il capturerait son dernier souffle, lécherait sa dernière larme et, sur sa langue, le sel se mêlerait au goût ferreux de son sang. Puis sa chaussure gauche rejoindrait celles des autres. Ce serait splendide. Oh oui, Maria allait avoir ses honneurs ! Ce n'était pas qu'elle le méritait, mais la situation imposait que leur relation se conclue enfin.

La cheffe de cabine annonça l'atterrissage imminent de l'appareil. Le cuisinier se cabra dans son fauteuil. Il lui semblait maintenant que le stress, les heures de voyage et d'attente, la peur des contrôles, les fantaisies, tout cela formait un paquet noueux dans sa tête. D'une main, il essuya son front en sueur. Un essaim d'insectes lui brouillait la vue, le bourdonnement envahissait ses tympans, son front était brûlant. Le ronronnement de l'avion lui parvenait comme de très loin. Il balaya du regard l'espace autour de lui, presque surpris par la présence des autres voyageurs dans la pénombre. *Est-ce que j'ai encore rêvé ? Je dois me contrôler.*

Son souffle s'était tant accéléré que ses voisins se penchaient désormais dans sa direction, intrigués.

— C'est bon. Laissez-moi tranquille, ça va.

À l'avant de l'avion, une hôtesse se saisit du téléphone en le fixant du regard. La communication ne dura pas plus de vingt secondes, un temps cependant suffisant pour qu'il s'inquiète de savoir si le coup de fil le concernait. Avait-elle jugé son comportement étrange au point de le signaler à la police de l'aéroport ?

Stewards et hôtesses de l'air s'assirent enfin. Plus que quelques minutes, et ils glisseraient sur le tarmac. Lorsque le train d'atterrissage toucha le sol, le cuisinier prit conscience qu'il ne lui restait plus longtemps à attendre avant la délivrance. *C'est la dernière ligne droite. Encore un effort, et je serai libre.*

La casquette vissée sur le crâne, il descendit de l'appareil et slaloma dans les couloirs jusqu'à l'immigration où il se coinça dans la file avec docilité. Au bout d'une quinzaine de minutes, il se présenta au comptoir. Là, un douanier examina en détail son passeport avant d'annoncer sobrement :

— *Welcome in France, sir.*

Sans précipitation, Jason se dirigea vers la sortie. Il était parvenu à déjouer la surveillance d'une tripotée de policiers d'Asie et de France et savourait fièrement sa victoire. Mais l'épuisement la gagna subitement. Une pression s'exerçait si fort au niveau des tempes qu'il s'installa dans un café de l'aéroport où une chaîne d'info diffusait les nouvelles en continu. L'annonce de la mise en examen d'un homme politique pour prise illégale d'intérêts lui tira un bâillement. En revanche, un instant plus tard, il manqua de s'étouffer avec sa boisson brûlante. La maison des Mesnuls venait d'apparaître sur l'écran. Un bandeau titrait : « Que sait-on précisément de la maison de l'horreur ? »

Instantanément, ses traits se durcirent avant d'afficher une grimace d'effroi. Bien sûr, il avait toujours su que ce jour viendrait, que ces gamins ne resteraient pas éternellement ses secrets, mais il avait espéré que la découverte fût plus tardive. *Les flics cherchent Slimane Hamouche, je n'ai rien à craindre, ils ne remonteront pas jusqu'à moi. Quant à l'abri souterrain, s'ils n'en parlent pas, c'est qu'ils ne l'ont pas encore trouvé.* Avec un optimisme forcé, il scruta fébrilement les alentours et se joignit sans tarder à la masse qui se dirigeait vers le RER. Pour le moment, la foule était son meilleur atout.

Sevran

Depuis la veille, Sevran et son groupe avaient la sensation de faire du surplace. Aucun élément nouveau ne leur avait permis de localiser Éric Caze, *alias* Jason Borne. Ni le consulat de Singapour ni la compagnie câblière qui avait organisé le rapatriement de son équipage ne l'avait aperçu depuis soixante-douze heures. Et le niveau de tension atteignait désormais des sommets.

La commandant avait la sensation d'avancer à l'aveugle alors qu'il suffisait à Caze de suivre les journaux télévisés pour être au courant des progrès de l'enquête.

Contre toute attente, Lambale était parvenu à trouver la trace d'un Jason Borne, né dans les Alpes-Maritimes le 15 août 1990. La jeune recrue avait surpris tout le monde en remontant cette piste que personne ici n'avait eu l'idée d'explorer. Dombard le premier avait pensé que Caze s'était créé une identité de toutes pièces. Or, d'après les renseignements, un certain Borne, âgé de 24 ans, avait disparu au cours de la Feria de Nîmes en 2014, au milieu d'une foule d'un million de personnes.

De nombreux témoins, amis et festayres, avaient été auditionnés par la police, sans succès.

— Qu'est-ce que tu regardes ? demanda Biolet.

— Les éléments que les collègues de Nîmes nous ont transmis au sujet de Borne. Je suis sûre que, si on cherche bien, on détectera la présence d'Éric Caze dans les parages au moment où ce type s'est évanoui dans la nature. Avec tous les touristes qui se massent dans la ville chaque année, on fait vraisemblablement appel à des saisonniers comme lui.

— Tu penses qu'il a refroidi le gars pour usurper son identité ?

— Ça ne me paraît pas improbable, en tout cas. Il l'a bien fait avec Slimane Hamouche…

De nouveau, son regard se perdit dans le dossier pourtant peu épais. Le pied posé sur son genou opposé, Sevran se balançait lentement sur son siège, un peu distraite, quand Dombard la fit sursauter.

— On a quelque chose ! Il y a eu un retrait de 300 euros sur la carte de crédit de Slimane Hamouche au distributeur de la gare du Nord à Paris, hier dans la soirée.

— Quelle banque ?

— Crédit Mutuel. Je les contacte tout de suite pour avoir accès à la vidéosurveillance.

— Nom de Dieu, il est de retour ! s'exclama Biolet, les yeux brillants d'excitation.

Avant de filer découvrir les images, la commandant mit en place un dispositif pour resserrer les mailles du filet. Caze avait certainement besoin d'argent, il risquait fort d'entrer en contact avec l'agent immobilier ou Brigitte Buissonière. Il était donc nécessaire de les garder à l'œil. Il fallait aussi poster une équipe au domicile des Achenza et prévenir le flic qui avait pris son tour aux Mesnuls qu'il pouvait y avoir du mouvement dans le secteur. Plus qu'un port d'attache, l'ancienne propriété des Duflot revêtait un caractère sacré pour Caze. Elle était l'endroit où sa folie s'était exercée à l'abri des regards. Elle était aussi le lieu qui avait révélé au monde le monstre qu'il était. Sevran aurait mis sa main à couper qu'il retournerait là-bas.

Jason

Le cuisinier avait lancé un caillou dans la mare et, déjà, des ronds parfaits se matérialisaient à la surface. En effet, si ses prévisions étaient bonnes, les policiers arriveraient d'un moment à l'autre, si bien qu'il s'était mis à les attendre, accoudé à une rambarde tout près d'un escalator de la gare, pour ne rien louper du spectacle. Pendant qu'une marée humaine visqueuse se déversait sur les quais bondés, ses yeux perçants analysaient les silhouettes et les allures sans que personne éveille son intérêt. Puis, plein d'impatience, il changea finalement de position et longea quelques boutiques pour se dégourdir les jambes.

Sa montre indiquait déjà midi lorsqu'il les aperçut. Ils étaient cinq. Trois d'entre eux portaient l'uniforme. L'homme et la femme, les plus gradés sans doute, étaient en civil. Le fugitif les observa longuement, jusqu'à ce qu'il les perde de vue derrière un pilier. Il avait remarqué leurs prunelles vives qui balayaient les alentours avec concentration. Quand il contourna le stand d'un vendeur de parapluies avec précaution, Jason les vit approcher. Ils marchaient dans sa direction. La visière de sa casquette légèrement baissée sur son front, il se saisit d'une pomme dans la poche de son manteau et la croqua à l'instant où il les croisa. La sensation fut extraordinaire. Il y eut d'abord une excitation extrême, puis un délicieux relâchement qui lui donna le tournis quelques secondes.

En maintenant une distance raisonnable, il décida ensuite de faire demi-tour et de les suivre sur quelques mètres, jusqu'à ce que le groupe de flics s'arrête devant un SDF. Là, il commença à les mitrailler avec son appareil photo. La femme d'abord, en gros plan, lorsqu'elle se pencha pour interroger le jeune type qui était assis en tailleur, un chien endormi sur ses cuisses. Elle avait l'air de ramer pour lui soutirer le moindre mot, mais finit tout de même par lui présenter une image, devant laquelle il opina du chef. Puis son collègue, en civil lui aussi, quand il ordonna au gars de se lever et de les suivre, ce que le sans domicile fixe refusa mollement. Ces clichés volés le galvanisaient d'autant plus que, visiblement, les flics n'étaient pas au bout de leur peine, avec leur client. *Ça va les occuper un moment.*

Jason rejoignit le modeste hôtel dans lequel il avait passé la nuit. S'enferma dans sa chambre et se faufila sous le lit pendant un temps qu'il fut incapable d'estimer. Il l'imagina néanmoins très long puisque, lorsqu'il rampa sur le plancher pour prendre une grande inspiration, la nuit était en train de tomber sur la capitale. C'était la preuve qu'il était parvenu à s'évader bien loin de la réalité. Sans doute, les flics étaient-ils en train de s'acharner à obtenir quelque chose de leur minable interrogatoire du SDF, mais l'idée ne l'amusa pas autant qu'il l'aurait imaginé. Car il lui semblait sentir le souffle froid de la menace sur sa nuque. Jamais la police ne s'était intéressée à lui auparavant. Devenir ainsi leur cible créait une curieuse agitation intérieure, et il n'était pas certain d'apprécier ça.

Un jour, Bernard lui avait raconté avoir connu ce sentiment étrange. À Charleville-Mézières, il avait manqué de prudence. Avait agi à la hâte. Une puissante pulsion l'avait poussé à s'en prendre à une enfant repérée en ville un peu plus tôt.

— Ma première fois, avait-il confié au jeune garçon, un sourire nostalgique aux lèvres. J'en avais toujours rêvé avec vous autres, mais j'avais peur que les services sociaux se mettent à fouiner partout, alors qu'en fait il n'y avait aucun risque ! Personne ne s'intéresse à des gosses perdus. Ma première petite, elle n'était pas comme vous, elle avait des parents, alors j'ai attendu patiemment que l'occasion se présente, tu comprends ?

Il avait caché le corps de la fillette derrière une dalle de Placo sur son chantier. Enveloppée de plastique et de mousse isolante, elle ne serait probablement pas découverte avant longtemps, avait-il espéré. Pourtant, en voyant les battues et les moyens mis en œuvre pour la retrouver, il avait fui, la peur au ventre. Les événements l'avaient complètement dépassé. Non seulement sa camionnette puait le détergent au citron, mais, en plus, son apprenti avait eu des soupçons. Quant à la chaussure de la gamine, il s'était contenté de la glisser dans un sac de ciment. Un amateurisme qui aurait pu lui valoir des années de taule… En fin de compte, le vieux avait partagé cette histoire avec Jason, les traits tirés et la voix chevrotante, pour le mettre en garde contre les erreurs que l'excitation poussait à commettre. Une fois son récit terminé, le jeune l'avait interrogé, perplexe :

— Et l'apprenti ? Comment tu as géré le problème ?

— Son silence l'a rendu complice de meurtre. Dans le doute, je l'ai quand même cloué sur une chaise roulante. Il a beaucoup trop peur pour parler.

— Ça ne suffira pas ! Puisqu'il ne vit plus ici, tu ne le contrôles plus.

Jason était parvenu à convaincre le vieux. Ensemble, ils s'étaient rendus dans le sordide clapier de Kroetz pour le terroriser et l'humilier, jusqu'à ce que, dans ses yeux, un vide immense se crée. Le cuisinier aurait bien voulu le tuer, mais Bernard l'en avait empêché.

— Arrête ! Tu vois bien que cet enculé est déjà mort !

Le cuisinier ne se résolvait pas à quitter son antre, sa curiosité attisée par les chaînes d'info dont il attendait avec une étrange ferveur les nouveaux développements de l'enquête. Mais il semblait que l'affaire des Mesnuls commençât déjà à se tasser. Par chance, il s'était trouvé à l'autre bout du monde au plus haut de l'hystérie médiatique. Il n'en demeurait pas moins qu'il marchait sur des braises. La rapidité avec laquelle la police était intervenue après l'usage de la carte bancaire de Slimane Hamouche démontrait leur efficacité. Mais, au fond, que pouvaient-ils saisir du sac de nœuds qu'il avait si patiemment constitué durant toutes ces années ? Rien du tout : les pistes étaient parfaitement brouillées, aucun flic ne réussirait à démêler quoi que ce soit à tout ça. Ils manquaient trop de finesse, et Jason n'allait pas s'en plaindre.

Une fois l'obscurité installée dans sa triste chambre d'hôtel, il n'avait plus voulu suivre les informations. De petits journalistes sans talent glosaient sur lui sans rien percevoir de l'homme complexe et profond qui se cachait derrière la mort des enfants. C'était tellement frustrant de se voir si mal compris, si mal analysé ! Ses concitoyens auraient pourtant tant gagné à le connaître ! À prendre conscience qu'il y avait, en ce bas monde, des individus qui ne pouvaient qu'emprunter le chemin du malheur. Et qu'il était de son devoir à lui, Jason, de les aider si ceux-là étaient trop fragiles pour y faire face. C'était simple. Finalement, il donnait dans l'humanitaire. L'univers tout entier était régi par la contrainte et la force. Certains le supportaient, d'autres non, mais il fallait s'y soumettre. Pas d'esquive possible.

Embarqué dans des digressions sans fin, le cuisinier eut la sensation d'émerger brusquement lorsqu'on frappa à sa porte. Il se redressa, la peur au ventre.

— Monsieur Straw ? Vous êtes là, monsieur Straw ?

Après quelques secondes de silence, la voix sur le palier sembla s'éloigner dans le couloir et s'adresser à quelqu'un.

— Il ne répond pas. Y a pas de bruit. Il est peut-être parti…

— Vous êtes sûr ?

— Sûr, non…

Jason n'avait pas été assez précautionneux. Rester presque deux jours dans la chambre, qui plus est sans avoir payé la note à l'avance, ne pouvait qu'éveiller les soupçons. À moins que son numéro de diplomate désireux de s'échouer dans un hôtel de passe n'ait, comme il l'avait craint en voyant l'air perplexe du patron, pas fonctionné. Peut-être était-ce lui qui l'avait vendu aux flics, en fin de compte…

L'erreur était aussi lamentable qu'indigne. Désormais, il devait réagir. Il ouvrit donc la fenêtre qui, par chance, donnait sur une large gouttière en fonte. Après l'avoir attrapée sans trop de mal, il grimpa en suivant le conduit sur plusieurs mètres. Le mur en brique glissant fut à l'origine de quelques sueurs froides, mais il finit par atteindre le toit. Alors qu'un champ de zinc gris s'étendait à présent sous ses pieds, il s'engagea dans une course effrénée, imaginant un poursuivant invisible. Il fila, enchaînant les sauts et évitant les chutes sur les pentes humides. Une série d'immeubles mitoyens lui permit de s'éloigner, mais, dans la précipitation, il se foula la cheville en poussant un cri aigu. La douleur, intense, réclamait un repos impossible. À bout de souffle, il se réfugia derrière une large cheminée et observa les alentours à travers les antennes qui se dressaient comme des peignes au vent. Personne ne lui courait après. Pas encore. Le doute enveloppa cependant son visage d'un voile sombre. Sa bonne étoile était-elle en train de lui lâcher la main ? Si tel était le cas, il fallait rejoindre le plus vite possible la seule personne qui l'ait jamais aidé.

Sevran

Samuel Rocheblanc, un sans domicile fixe de 20 ans, vivait dans la rue depuis sa majorité. La veille au soir, à la gare du Nord, un homme, la trentaine, lui avait tendu une Carte bleue avec la promesse de lui remettre de l'argent s'il retirait la somme de 300 euros à un distributeur bien précis. Rocheblanc s'était exécuté sans poser de question. En le quittant, son généreux bienfaiteur lui avait donné 100 euros en disant :

— Ça, c'est pour le temps que tu vas perdre chez les flics.

Le récit maintes fois répété n'avait pas varié d'un iota. Au sortir de la salle d'interrogatoire, Sevran et Biolet avaient échangé un regard amer.

— Caze se fout de nous.

— Il voulait sans doute nous tester, savoir si on était toujours à la recherche de Slimane Hamouche…

— Il est persuadé d'avoir une longueur d'avance sur nous.

— Mais il l'a ! Comment a-t-il réussi à revenir en France sans se faire coincer ?

— Je n'en ai pas la moindre idée. Il doit avoir un faux passeport, peut-être des complices… Enfin, l'essentiel, c'est qu'il soit ici. Les collègues ont son signalement, les contrôles d'identité vont être renforcés dans le secteur de la gare du Nord, et les indic' sont également prévenus, répondit-elle en prenant la direction de leur bureau.

La commandant, qui avait imaginé ce moment des centaines de fois, ressentait une impatience difficile à contenir. La surveillance des lieux où le fugitif serait susceptible de se rendre avait beau être assurée, il fallait tenter d'anticiper le prochain coup.

— S'il a un minimum de connaissance du traitement médiatique de l'affaire, il va essayer de se cacher le plus longtemps possible, dit-elle.

— Oui, mais à sa place, moi, je n'aurais jamais pris le risque de quitter Singapour.

Elle tourna une mine pâle vers son équipier.

— Peut-être avait-il prévu de vivre le restant de ses jours reclus dans la maison des Mesnuls, au plus près de ses victimes. Du coup, le fait que Madeleine ait vendu la propriété a dû beaucoup le déstabiliser. Ce genre d'individus détestent le changement, surtout lorsqu'ils ne le maîtrisent pas…

Soudain, le commissaire Lemestre se planta dans l'embrasure de la porte, tendu à l'extrême.

— Les gars de la B.R.I. nous font savoir qu'un homme correspondant au signalement de Caze a séjourné à l'hôtel Terminus, boulevard de Magenta, sous une fausse identité. Il était muni d'un passeport diplomatique néo-zélandais au nom de Stan Straw. C'est le gérant qui a donné l'alerte. Vous partez immédiatement, le gars est en fuite.

— En fuite ?

— Il a filé par les toits en laissant toutes ses affaires en plan dans la chambre.

— Est-ce qu'on sait s'il est armé ? demanda Sevran.

— Non. On ne sait pas. Allez-y, maintenant, s'impatienta Lemestre.

Sevran et son équipier se saisirent de leurs manteaux et dévalèrent l'escalier en direction du parking. Les pires scénarios, allant de la prise d'otage au meurtre d'innocents, envahissaient déjà leurs esprits. Le cuisinier, se sentant menacé, serait sûrement capable de tout. Un silence écrasant régna dans la voiture tout le long du trajet, jusqu'à ce qu'ils parviennent à destination. Là, ils allèrent à la rencontre du gérant de l'hôtel, un homme au teint bileux et, malgré les températures extérieures, tout transpirant. Ses yeux, comme deux cailloux noirs, dévisagèrent les policiers avec inquiétude lorsqu'ils pénétrèrent dans son petit bureau.

— Vos collègues, ils m'ont montré la photo du type que vous recherchez. Je l'ai tout de suite reconnu. J'ai noté son numéro de passeport à son arrivée, tellement je l'sentais pas.

Un tic nerveux lui fit remonter son pantalon que son gros ventre attirait vers le bas.

— Expliquez-nous pourquoi.

— Il a raconté qu'il était néo-zélandais, mais il n'avait pas d'accent. Et puis, avec sa casquette vissée sur la tête, il évitait mon regard… Il avait l'air pressé. Nerveux, aussi. Je fais ce boulot depuis un paquet d'années, et j'en ai vu des vertes et des pas mûres, je peux vous le dire ! Enfin, j'ai du flair, quoi, et ce mec-là, il était pas net.

— Vous auriez pu le signaler, non ? D'autant que, si je ne m'abuse, vous êtes également indic', lui reprocha la commandant, exaspérée.

— Moi, tant qu'y a pas de grabuge… Bref, sa chambre est au cinquième à gauche. Faites ce que vous avez à faire, mais je veux rien savoir, conclut-il en attrapant de nouveau sa ceinture.

Les deux enquêteurs arpentèrent un couloir étroit puis grimpèrent les étages jusqu'à la petite chambre située sous les toits. Un simple coup d'œil leur confirma que Caze était parti dans la précipitation. Un paquet de vêtements s'échappait d'un sac de voyage ouvert. Des revues de tuning étaient étalées sur le lit défait. La flic consulta le passeport néo-zélandais qui traînait encore sur la table de chevet.

— Un passeport diplomatique, tu te rends compte ? souffla-t-elle, incrédule.

Biolet, qui était occupé à étudier la photo d'un enfant au milieu d'un champ, ne répondit pas immédiatement. Elle s'approcha alors pour lorgner par-dessus son épaule. La coupe de cheveux ébouriffée et le look de rappeur du gamin suggéraient que le cliché datait des années 2000.

— Un souvenir de l'époque où Caze était placé chez les Duflot, sans doute.

— Il y a probablement souffert comme les autres, fit-elle remarquer, les yeux plongés dans les prunelles impénétrables du gosse.

— Mais ça n'excuse rien.

— Non, bien sûr.

Elle poursuivit les fouilles dans un fatras d'habits roulés en boule sous lequel elle découvrit un carnet et un appareil photo compact. Son partenaire se saisit de ce dernier et, en faisant défiler le contenu de la carte mémoire sur l'écran, se figea.

— Quoi ?

— Regarde.

La silhouette un peu floue de Sevran y apparaissait, ainsi que celle de Biolet. Les images avaient été prises au moment de l'interpellation du SDF. Et elles étaient nombreuses. Caze s'était trouvé à une dizaine de mètres d'eux tout au plus.

— Comment on a pu passer à côté ? s'indigna-t-elle.

— C'était bondé, et on cherchait le SDF, je te rappelle. En tout cas, ça fait froid dans le dos…

Sevran s'assit lentement dans un petit fauteuil pour étudier cette fois le carnet. Sur les deux pages centrales, Caze avait recopié d'une écriture serrée : *Je me contrôle*, une centaine de fois, comme une punition d'écolier. En dehors de ça, il n'y avait rien d'intéressant. La commandant releva un visage fermé.

— Il faut que la presse diffuse un avis de recherche. Il est dangereux, il ne doit pas nous échapper.

— OK, je m'en occupe.

— On a forcément loupé un truc…

— Oui, mais quoi ?

— J'en sais rien. J'arrête pas de penser à la question sur laquelle on s'est cassé le nez hier : si ce n'est pas Maria qui a informé Caze de la vente, qui est-ce ?

— C'est pas faute d'y avoir réfléchi, mais je ne vois toujours pas, désolé.

— Et ce vieux qui est allé voir Creisson pour lui demander des renseignements sur la vente…, évoqua-t-elle soudain. On n'a pas encore pris le temps d'explorer cette piste !

— Un « fouille-merde » comme il en croise tous les jours. Il l'a dit lui-même !

— D'accord, mais s'il se trompait ? Admettons qu'il soit venu fouiner pour renseigner Caze qui, à ce moment-là, bossait sur un cargo à l'autre bout du monde ? Après tout, l'agent immobilier a été agressé peu de temps après. Et il est certain que le cuisinier y est pour quelque chose.

— Tu as peut-être raison. Dans ce cas, on n'a pas trente-six solutions. Je crois qu'il faudrait qu'on aille…

— … aux Mesnuls, le coupa-t-elle. Il n'y a pas une minute à perdre !

Jason

Le cuisinier évoluait dans les rues de la capitale, soucieux de fuir les coins touristiques, trop surveillés. Ici et là, il avait remarqué quelques fourgons de police, mais, après deux heures de marche douloureuses, ses pas l'avaient finalement conduit sans encombre dans le 13e arrondissement. Il repéra un local de poubelles non loin d'une grande surface asiatique, et décida de s'y octroyer une pause. À présent, sa cheville ne cessait de l'élancer, le gonflement était perceptible au toucher. C'était comme si les mailles du filet se resserraient, prêtes à se refermer sur lui. Néanmoins, avant de tomber, Jason devait retrouver Maria pour lui faire payer sa bêtise et assouvir un fantasme vieux d'au moins quinze ans. Il s'était tant fait à l'idée qu'il mettrait enfin son plan à exécution que la frustration en devenait épouvantable.

Les flics doivent la surveiller. Cette vengeance-là attendra...

Les injonctions de sa voix intérieure l'attristaient, d'autant qu'il était encore suffisamment lucide pour savoir que c'était elle et non son cœur qui devait le guider. Désormais, il devait jouer la prudence, encore que l'expression fût mal choisie, car, à cet instant, il ne jouait plus du tout. Le cuisinier se sentait si fragile et diminué qu'il avait besoin de réconfort. Ses trophées lui manquaient. En réalité, ces vestiges n'étaient pas seulement les symboles de sa grande puissance, ils incarnaient aussi son don d'amour à ces pauvres gosses qu'il avait libérés de leur misérable existence. Évidemment, ils avaient pleuré, supplié, comme si rien ne valait plus que le fait de vivre. Ce spectacle pitoyable n'avait pourtant fait que le conforter dans son choix. Mais il ne fallait pas s'y tromper, même si peu de gens pouvaient se figurer ça, s'octroyer le droit de vie ou de mort était une vraie responsabilité. *J'ai toujours su que je serais à la hauteur. Et si j'en ai de nouveau l'occasion, je recommencerai.*

Ses pensées lui redonnèrent un peu de vigueur malgré son souffle court et les petits tremblements qui lui parcouraient le corps. Il se remit debout péniblement ; prendre appui sur son pied enflé relevait de l'exploit. Sa volonté lui imposait d'adopter l'apparence ordinaire de l'homme ordinaire qu'il n'avait jamais été. Et il y parvint, si bien que, au moment où il se retrouva à proximité d'un magasin alimentaire pris d'assaut à la sortie des bureaux environnants, personne ne lui prêta attention. Les odeurs d'épices et de fruits exotiques lui donnèrent la nausée. Pendant de longues minutes, il scruta les passants, à la recherche d'une issue.

Par chance, celle-ci se présenta sur le trottoir d'en face, devant un traiteur, où un livreur venait de garer son scooter sans prendre soin de couper le moteur. Le conducteur avait même ôté son casque, révélant des cheveux aussi noirs que raides, et l'avait déposé sur la selle. La bonne étoile de Jason veillait donc toujours sur lui… Dès que le jeune homme disparut de son champ de vision, il boita jusqu'au véhicule, puis enfonça sa tête dans le casque et tourna la poignée de gaz. Aussitôt, le deux-roues s'élança vers la porte d'Italie. Un froid mordant piqua le visage du cuisinier tandis que l'engin débridé atteignait les quatre-vingt-dix kilomètres à l'heure. Dans les rétroviseurs ronds, la tour Super-Italie rapetissait à vue d'œil.

À peine une heure plus tard, le phare du scooter éclairait faiblement une départementale plongée dans l'obscurité. Jason traversait une zone de banlieue où les habitations étaient plus disséminées, mais la jauge indiquait un besoin urgent d'essence. Heureusement, après une longue ligne droite, il trouva une station encore ouverte. Là, une fois qu'il eut fait le plein, il se dirigea vers la boutique pour payer en liquide. Il portait toujours son casque et, bien que ce dernier ne dissimulât pas intégralement ses traits, il perçut l'inquiétude de la femme derrière le comptoir.

— Vous n'avez pas lu le panneau ? demanda-t-elle en désignant une pancarte d'un doigt manucuré.

— Non.

— Vous devez retirer votre casque. C'est pour les caméras de surveillance.

Ses pupilles, comme de petites aiguilles, le scrutaient avec sagacité.

— Excusez-moi. Je suis pressé. Gardez la monnaie, se contenta-t-il de répondre avant de rejoindre la sortie.

Le cuisinier en était certain : cette employée allait lui valoir des ennuis. En enfourchant le scooter, il jeta un regard vers la vitrine. La femme était au téléphone et le fixait d'un regard apeuré. La rage le saisit. Il songea un instant à retourner à l'intérieur et à presser le cou frêle de cette idiote entre ses mains ! Mais, déjà, elle raccrochait. Il ne lui restait plus qu'à s'éloigner au plus vite de ce trou perdu. La nuit le cacherait dans sa gorge profonde le temps qu'il faudrait.

Sevran

Il était plus de 20 heures lorsque Sevran et Biolet se postèrent devant une villa qui avait dû être élégante jadis, mais qui affichait aujourd'hui un air délabré avec son crépi gris et ses volets écaillés. Le propriétaire leur ouvrit en ronchonnant et en s'empressant de faire remarquer qu'il était en train de dîner.

— C'est important, monsieur Fouque. Nous n'en avons pas pour longtemps, annonça l'enquêtrice, un pied déjà dans le vestibule.

Le voisin des Duflot s'essuya la bouche avec une serviette sale, puis se dirigea vers la cuisine en boitillant.

— Ça vous dérange si je continue à manger ?

— Non, allez-y, répondit Biolet en sondant leur hôte. Une petite touffe de cheveux blancs masquait à peine son crâne lisse constellé de taches brunes. Sa tête ronde avait quelque chose d'enfantin en dépit des rides profondes qui griffaient ses joues tombantes. Malgré la présence de deux inconnus chez lui, l'homme était parfaitement concentré sur le contenu de son assiette.

— Vous avez déjà reçu la visite de nos collègues, mais nous aurions besoin d'une précision. Savez-vous à combien s'est vendue la propriété des Duflot ?

— Dans les 85 000.

— Comment l'avez-vous appris ?

Le vieil homme fixa son potage sombrement.

— On a dû me le dire. Y a que ça, autour de moi, des gens qui causent.

— Vous vivez seul, pourtant, non ?

Fouque plissa les paupières sans réagir.

— Le nom d'Éric Caze vous évoque-t-il quelque chose ? enchaîna le flic.

— Oui. Il est décédé, lâcha-t-il en évitant les regards.

— Et que savez-vous des circonstances de sa mort ? insista la commandant.

— La même chose que vous. Il s'est fait surprendre par l'incendie de sa caravane. C'était en 2015, si ma mémoire est bonne. Mais je ne vois pas ce que je pourrais vous raconter de plus.

L'attitude défiante de Fouque encouragea la policière à tenter une manœuvre. Elle se saisit de son portable, y jeta un œil.

— Excusez-moi. Un coup de fil important, feignit-elle en s'éloignant vers le couloir.

Alors que son équipier continuait son entretien comme si de rien n'était, elle se balada discrètement dans la maison en balayant des yeux les pièces qui se présentaient à elle. Une petite chambre plongée dans la pénombre attira son attention. Elle orienta la torche de son téléphone vers les murs recouverts d'une tapisserie vieillotte et d'ouvrages de broderie encadrés. Mais surtout, vers une carte postale qui y était accrochée et qui la cloua sur place. Celle-ci représentait un immense cargo. Dessus, une inscription manuscrite au feutre noir barrait l'écume. En approchant, elle déchiffra : *La mer m'a pris, comme tu disais. Merci pour tout ! Éric.*

Instantanément, son malaise grandit. Elle comptait poursuivre les recherches en fouillant dans les tiroirs d'un meuble devant elle, mais le ton de la conversation qui lui parvenait de la cuisine la fit renoncer. Fouque commençait à s'agacer.

— Comment se fait-il que vous connaissiez Éric Caze et pas Slimane Hamouche ? Ils habitaient pourtant chez les Duflot à la même période…, s'étonnait son équipier.

— Il se fait tard. J'en ai assez de vos questions ! Où est votre collègue, d'ailleurs ? Qu'est-ce qu'elle fouine ? Je veux que vous partiez maintenant !

Sevran reparut aussitôt et intervint :

— Je vous sens sur la défensive, monsieur Fouque. La dernière fois que nous nous sommes vus, vous étiez aussi très en colère.

— Je ne me rappelle pas.

— Mais si, voyons, vous tentiez de nous empêcher d'exhumer la dépouille d'une jeune fille assassinée avec votre document ridicule !

— C'était un arbre remarquable, il n'y a rien de ridicule là-dedans.

— C'était surtout une adolescente. Qui plus est une adolescente enceinte au moment de sa mort, lâcha-t-elle d'un ton sec.

— Je ne vois pas en quoi ça me concerne.

— Je crois, au contraire, que vous voyez parfaitement où je veux en venir.

Après un court silence où leur hôte parut décontenancé, ce dernier se réfugia derrière son agressivité en leur enjoignant de dégager de chez lui.

— Une dernière question. Ensuite, nous vous laisserons. Selon vos propres déclarations, vous détestiez Bernard Duflot. Mais que pensiez-vous de Madeleine ?

— C'était une femme bien. Elle faisait ce qu'il fallait pour les gosses.

Sevran remarqua le poing du vieil homme qui se serrait sur la table pendant qu'il prononçait ces mots. Elle en prit note et considéra qu'il était temps de mettre un terme à l'entrevue.

— Merci pour votre collaboration, monsieur Fouque. Inutile de nous raccompagner, nous connaissons le chemin. Nous vous souhaitons une bonne soirée.

Après qu'ils eurent franchi le portail de la demeure, la commandant fit part de sa découverte à son partenaire.

— Alors lui et Caze sont bien en contact.

— On dirait.

— Retournons-y, faisons cracher la vérité à ce vieux débris ! lança-t-il, excédé.

— Attends.

Cette fois, le portable de la commandant sonnait pour de bon.

— C'est moi, annonça Dombard. L'employée d'une station-service de Montigny-le-Bretonneux a reconnu Caze. Il se déplace à scooter. Elle l'a vu partir en direction de l'ouest.

— Elle est sûre d'elle ?

— Oui, elle a vu l'avis de recherche que Biolet m'a demandé de diffuser tout à l'heure, quand vous étiez en voiture. Il passe en boucle à la télé. Elle est formelle.

— OK, il va donc débarquer aux Mesnuls… Nous, on est déjà chez le voisin, Barnabé Fouque. Va chez les Duflot avec Ortiz et Kervan. On s'y retrouve.

— Ça marche !

— Dombard ! lança-t-elle avant qu'il ne raccroche.

— Oui…

— Je veux qu'on le cueille comme une fleur. Pas de connerie, compris ?

— Compris.

Les neurones en ébullition, elle débriefa son équipier puis ils rejoignirent leur véhicule de fonction.

— Garons-nous là-bas, proposa Biolet en désignant un recoin sombre à quelques mètres. Fouque va certainement le prévenir de notre passage.

— De toute façon, il doit se douter qu'on le traque.

Une fois la voiture dissimulée, ils se frayèrent un chemin dans les broussailles et s'immobilisèrent dès qu'ils furent suffisamment éloignés de l'orée du bois, tout en ayant la meilleure vue possible sur la villa du voisin. Les deux équipiers s'accroupirent dos à dos et patientèrent un long moment alors qu'une brume commençait à enlacer les troncs rongés de lichens. Dans cette position inconfortable, chacun percevait la crispation et la fatigue de l'autre. Les battements de leurs cœurs se répondaient dans un concerto angoissant. Sevran se saisit de son portable et envoya un SMS à Dombard qui lui répondit sur-le-champ :

On vient d'arriver. Rien ni personne en vue.

La commandant devait aux victimes de mettre ce monstre hors d'état de nuire. Rien ne comptait davantage à ses yeux. Et, pour ça, il fallait impérativement que son équipe le coince ce soir-là, car il n'y aurait peut-être pas d'autre occasion.

Soudain, un bruit leur parvint. Elle sentit Biolet se raidir. Quelque chose se déplaçait dans l'obscurité à une distance qu'elle ne réussissait pas à évaluer. Il ne s'agissait peut-être que d'un animal, mais elle tendit tout de même l'oreille et capta de nouveau du mouvement. Précautionneusement, sa main se saisit de son arme dans son holster. Une branche craqua tout près. Le souffle court, ses yeux fouillaient la nuit d'encre à la recherche d'une silhouette. Au fond du jardin, les contours d'une tête se dessinèrent. Les deux enquêteurs retinrent leur respiration jusqu'à ce qu'ils distinguent Fouque qui entrait dans son garage. Ils le virent allumer une loupiote à l'intérieur, après quoi il ressortit, un fusil entre les mains, en scrutant les alentours.

— Merde, fit Sevran. Il surveille les bois.

— Je préviens Dombard qu'il est armé, chuchota Biolet.

Quelques minutes plus tard, les flics devinèrent le bourdonnement d'un moteur qui approchait. Ils se dévisagèrent gravement sans oser faire le moindre geste. Fouque faisait toujours le guet quand le phare du deux-roues vint lécher les murs de sa demeure. Aussitôt, le conducteur retira son casque, laissa tomber le scooter dans la boue et étreignit chaleureusement le vieil homme. Il n'y avait aucun doute possible quant à l'identité du nouveau venu.

Caze, *alias* Jason Borne, se tenait à présent à une centaine de mètres de Sevran et Biolet, qui décidèrent de ne pas intervenir. Une discussion s'engagea entre Fouque et le suspect, puis le ton parut monter peu à peu. Le jeune homme semblait étrangement calme, alors que le vieux commençait à s'agiter.

— C'est pour Madeleine que j'ai fait tout ça ! Pour elle seule ! Toi, tu vas finir par me foutre dans la merde, avec tes conneries ! cria le voisin en lançant un poing rageur quoique inoffensif au milieu de la poitrine du cuisinier. Pourquoi t'as pas empêché la vente de cette putain de baraque ? T'as préféré te tirer, comme d'habitude ! Pourtant, tu avais juré que personne ne découvrirait jamais rien !

— Ferme-la, ordonna Caze.

— Les flics partent à l'instant de chez moi, et tu voudrais que je la ferme ?

— Où tu as mis le sac ?

Le vieux eut l'air de capituler, les épaules soudain plombées.

— J'ai fait ce que tu m'as demandé… Le voilà. En fait, tu peux pas t'en passer, hein ? T'es vraiment malade, ma parole !

À peine Barnabé Fouque eut-il prononcé ces mots que Jason se glissa avec agilité dans son dos et lui dévissa la tête. Telle une poupée de chiffon, le voisin s'écroula.

— Nom de Dieu ! murmura Sevran, sidérée.

— Attends, la retint son partenaire alors qu'elle esquissait un geste. C'est trop tard pour lui.

Tous les deux observèrent le suspect qui ramassait le fusil et se dirigeait vers le garage. Il en ressortit rapidement, un gros sac sur le dos, puis il s'enfonça dans la forêt. Toujours tapis dans les broussailles, les enquêteurs pointèrent leurs armes vers lui. Mais, en quelques secondes, le cuisinier avait disparu dans les entrailles noires du bois. Si la nuit rendait les lieux hostiles aux deux flics, Caze, lui, semblait s'orienter à l'instinct, sans avoir besoin du moindre éclairage.

— Putain, où il est passé ? souffla Sevran.

— On l'a perdu…

Dombard

Les trois flics se tenaient à l'intérieur, au rez-de-chaussée de la maison des Duflot, où ils attendaient, nerveux et inquiets, l'arrivée de Caze. Lorsque Dombard reçut l'appel de la commandant, tous l'écoutèrent attentivement.

— Il a tué le voisin. Il est seul et armé.

— Fouque est mort ?

— Oui. Si ce n'est pas déjà fait, équipez-vous et séparez-vous. Les renforts devraient bientôt être sur place, mais Caze sera là avant eux !

Aussitôt, le lieutenant trotta à l'arrière de la bâtisse où il avait discrètement garé le véhicule de service. Il se saisit des gilets pare-balles rangés dans le coffre, qu'il lança à ses collègues, puis, en silence, tous les trois se séparèrent, avant de se volatiliser dans les buissons. Dombard avançait lentement, son arme à la main, bras tendu, à l'affût des bruits nocturnes. Son cœur battait si fort qu'il l'entendait brouiller les sons. Il poursuivit sa prudente progression en direction de l'endroit où le corps de Stéphanie Darré avait été découvert, conscient des risques fous que Caze leur faisait prendre. Ses pas l'avaient mené sur un chemin caillouteux qui lui permit d'accélérer, pourtant, jamais il ne s'était senti aussi vulnérable.

Tout à coup, un éclat lumineux à quelques mètres de lui le tétanisa. Ensuite, le noir retomba. *Il est là. À moi de jouer.* Le flic se remit en marche jusqu'à ce que, de nouveau, une faible lueur semblable à celle d'une petite torche émergeât d'un arbrisseau. Le suspect était à genoux, occupé à fouiller nerveusement dans un sac. Comme il avait l'air à bout de souffle, le flic le mit en joue et hurla :

— Police !

Immédiatement, Caze éteignit sa lampe et disparut avec l'agilité d'un félin avant même que le lieutenant ait le temps de réagir.

— C'est fini pour toi, tu vas pas t'en tirer ! cria-t-il sans parvenir à localiser le fugitif.

Alors que sa voix pleine de tension s'éraillait, un puissant coup de fusil lui répondit. Dombard, effrayé, se jeta dans les ronces, les tympans meurtris par la déflagration. Ses doigts serraient si fort son arme que la crosse de son pistolet s'imprimait douloureusement sur sa peau. Lorsque les palpitations se calmèrent enfin, le lieutenant tenta de se déplier doucement, luttant contre ses muscles rouillés par la peur et le froid. Puis ses jambes entreprirent de cheminer à tâtons vers l'abri souterrain de Jason.

Sevran

Le coup de feu parvint aux oreilles de Sevran au moment où Biolet venait de s'éloigner pour prendre le cuisinier en étau. Elle se figea, son regard balaya la zone, puis elle se mit à avancer prudemment en direction du tir. Le terrain était si accidenté qu'elle était obligée de slalomer au gré de ce que ses pieds lui indiquaient. Quand, enfin, il lui sembla avoir rejoint un sentier, elle s'y élança à pleine vitesse. Au bout de quelques mètres, un obstacle lui fit perdre l'équilibre, et son corps fut propulsé contre une pierre qui lui ouvrit le crâne. À terre, la commandant saignait abondamment, étourdie par le choc et la douleur qui battait comme un tambour dans sa tête. Tandis qu'elle se mettait à genoux, une puissante main se referma sur sa nuque et la plaqua violemment au sol.

— Dis à tes gars de me foutre la paix.

— Caze ?... Rendez-vous ! Il y a des barrages partout ! Vous n'avez aucune chance !

Un canon glacé se colla contre sa tempe déjà ensanglantée. La souffrance était si intense qu'elle l'embrasa tout entière, la faisant trembler comme une feuille.

Tout à coup, un éclat de voix précéda une déflagration assourdissante. Une deuxième détonation illumina la nuit, après quoi une obscurité de plomb s'imposa de nouveau sur le bois, en même temps qu'un silence angoissant. Portée par l'adrénaline, Sevran se saisit de son téléphone avec lequel elle éclaira les alentours. Un manteau froissé et boueux apparut dans son faisceau, puis des cheveux bruns. Paniquée, elle rampa vers le corps allongé sur le ventre. Lorsque, d'une main fébrile, elle l'attira vers elle, le visage de son partenaire se matérialisa, livide.

— Oh, mon Dieu ! Non !

Biolet gisait au sol, inconscient. Avec des gestes frénétiques, la commandant repoussa son manteau, souleva son pull à la recherche d'un impact de balle. Déjà de grandes taches sombres maculaient le tee-shirt.

— C'est pas possible ! Regarde-moi ! S'il te plaît, je t'en supplie, reste avec moi !

Un voile semblait recouvrir les pupilles vides de son collègue tandis qu'une grimace d'effroi lui déformait les traits. Dans un élan désespéré, elle le secoua, le gifla, hurla :

— Reviens ! Allez, Biolet ! J'ai besoin de toi !

Désormais, seuls la respiration saccadée et les cris de la commandant troublaient la nuit. Dans la faible lueur que diffusait son téléphone, elle découvrit ses propres mains teintées du sang de son ami. Puis les deux trous rouges profonds qui perçaient la poitrine de ce dernier. Des frissons incontrôlables la parcoururent. Des larmes lui brûlaient les yeux, lui brouillaient la vue. Les visages de Théo et de Julie lui traversèrent l'esprit. Comment leur annoncerait-elle le drame ? Penchée sur son équipier, elle éclata en sanglots, les lèvres posées sur son front encore tiède, pendant que la pulpe de ses doigts cherchait toujours à capter un pouls désespérément muet.

— Tu ne peux pas partir ! T'as pas le droit de nous abandonner…

De longues minutes passèrent dans cet abîme glacial. Oubliant jusqu'au danger qu'elle courait à rester là, Sevran, paralysée, serrait toujours son équipier contre elle. Elle se remémora l'urgence et le stress qui les avaient poussés à agir sans prendre la peine de se munir d'un gilet pare-balles, alors même qu'elle avait exigé du reste du groupe qu'ils s'équipent. L'oubli impardonnable lui provoqua un puissant vertige.

Lorsqu'elle retrouva suffisamment de forces et de lucidité, les injonctions de son cerveau lui dictèrent de se remettre en action. Engluée dans un cauchemar épouvantable, elle devait pourtant se résoudre à laisser son ami. Une vague d'adrénaline irrigua alors ses veines, et ses yeux inondés de larmes fouillèrent la forêt. Chancelante, elle tenta de s'extirper des branchages qui lui bloquaient le passage, après quoi elle courut en direction de la maison des Duflot. Jusqu'à ce que le bruit de l'armement d'un fusil à pompe la stoppe net.

— Qu'est-ce que tu fais ? demanda Caze. M'oblige pas à te tuer toi aussi. Je t'ai déjà donné un avertissement, mais ma patience à des limites…

La peur provoquait de petites décharges électriques dans la tête de la flic. Les battements anarchiques de son cœur résonnaient jusque dans ses tympans. Caze était aussi dingue qu'irrationnel. Elle percevait chez lui une excitation malsaine à engendrer le chaos. Soudain, un craquement juste derrière elle la fit sursauter.

— Tu es effrayée, siffla le cuisinier. (La commandant prit une brève inspiration. Sentir le meurtrier si près d'elle était à la fois une chance et une malédiction.) Tu es si faible…

— C'est ça qui vous dérangeait, chez Hamouche et Borne ? lança-t-elle, en colère. Leur faiblesse ? Pour eux, au moins, vous aviez un mobile. Pour Stan Straw aussi, d'ailleurs… J'imagine qu'on va bientôt retrouver son corps, n'est-ce pas ?

— Peut-être, peut-être pas. Pour les enfants aussi, j'avais un mobile : je devais les sauver.

— Comment pouvez-vous dire une chose pareille ? cria-t-elle, hors d'elle. Vous les avez tués. Vous les avez emmurés. Seul un monstre est capable de ça.

Sa voix avait résonné dans un écho étrange. Elle crut un instant qu'elle l'avait fait fuir. Désorientée, elle tourna sur elle-même à la recherche de la silhouette. Dans son dos, à une distance qu'elle ne put évaluer, la voix froide de Caze vibra de nouveau, menaçante :

— Fous-moi la paix, ou tu finiras comme l'autre.

Sevran pointait son arme dans toutes les directions. Il fallait qu'elle le retienne, qu'elle continue à établir le lien…

— Les Duflot ont été ignobles, lâcha-t-elle. Ils vous ont tous rendus complices de la mort de Stéphanie Darré. Mais vous n'étiez que des gamins ! Vous m'entendez, Caze, vous n'êtes pas responsable de ça !

Cette fois, elle l'avait perdu. Pendant un long moment, seules les bêtes nocturnes lui tinrent compagnie, puis des bruits de pas lui parvinrent.

— Caze ? interrogea-t-elle, fébrile.

— Non, c'est moi, chuchota Kervan. Je ne sais pas où sont les autres, mais on doit sortir d'ici. Viens.

Sa collègue l'agrippa avec force puis l'entraîna sur un chemin étroit. Tout à coup, deux nouvelles détonations déchirèrent le silence. Ensemble, elles se lancèrent dans une course effrénée jusqu'à l'orée du bois où elles découvrirent Ortiz, appuyé contre un arbre, les mains vissées sur son SIG.

— D'où ça venait ?

Sans un mot, il fit un geste vers l'est. Après quoi tous les trois prirent la décision de rejoindre la grange des Mesnuls, le seul abri à proximité. L'atmosphère était chargée de la présence animale de Caze. La commandant, qui sentit la menace toute proche, se retourna vivement et le vit fondre sur eux.

— Vous n'écoutez pas ce que je dis ! Si vous continuez, je tire !

Trop vulnérables pour tenter la moindre manœuvre, les flics s'immobilisèrent.

— Je vous préviens, j'ai pas l'intention de me faire prendre. Encore moins de finir ma vie en taule. Alors jetez vos armes, et plus vite que ça ! hurla-t-il.

Les policiers obtempérèrent, et les pistolets chutèrent lourdement à terre.

— Maintenant, avancez.

De nouveau, ils obéirent. Lorsque la maison des Duflot se dévoila derrière un chêne moribond, son allure lugubre glaça Sevran. Toutes sortes de scénarios confus prenaient forme dans son esprit sans qu'aucun lui parût réalisable. Au moindre faux pas, elle risquait sa vie ou celle de ses collègues. Elle se trouvait dans la pire des impasses, condamnée à l'inaction. Caze, qui avait enfoncé leurs pistolets dans les poches de son manteau et fermait la marche jusque-là, les contourna.

— Arrêtez-vous là ! ordonna-t-il en posant son sac à dos à ses pieds.

Un à un, il les dévisagea en braquant le canon de son fusil sur chacun d'eux.

— Les flics, ça fouine toujours partout..., marmonna-t-il avant de s'accroupir et de plonger une main dans son sac.

Avec cérémonie, il en extirpa des chaussures d'enfants. Celle de Liseron Alvarez d'abord. Puis celle de Thibault Levine. Et enfin celle d'Enzo Aidel. Toutes leur firent l'effet d'un coup de poing dans le ventre. Ils étaient paralysés d'effroi.

— Pourquoi faites-vous ça ? interrogea Sevran, la voix mal assurée.

Le cuisinier se redressa et s'avança si près d'elle qu'elle sentit son haleine chaude sur son visage. Face à lui, elle ferma les yeux, tous les muscles de son corps douloureusement bandés. Quand elle les rouvrit, Caze se dirigeait à reculons vers la bâtisse, le fusil pointé dans sa direction. Personne n'osait plus bouger. Il fit un pas à l'intérieur sans jamais tout à fait quitter leur champ de vision, et en ressortit au bout de quelques secondes, un bidon d'essence à la main.

— Lâche ton arme ! le somma alors Dombard qui venait d'apparaître au bout d'un sentier.

Immédiatement, Caze le prit pour cible et atteignit le lieutenant avant même que ce dernier ait pu appuyer sur la détente. Dès qu'il chuta, le cuisinier fonça sur lui pour se saisir de son automatique. Les policiers, sidérés, observaient la scène. Quand, enfin, un cri de douleur jaillit de la gorge de leur collègue, un soulagement intense les envahit.

Pendant ce temps, Caze s'était rapproché de ses trophées et s'était agenouillé auprès d'eux. Il les caressait maintenant les uns après les autres sous les mines ahuries de son public.

— Les renforts seront là d'une minute à l'autre, déclara la commandant en esquissant un geste vers lui.

— Toi, tu bouges pas ! gueula-t-il. Tout a commencé aux Mesnuls. Tout doit se terminer ici.

Il déboucha le bidon et commença à s'asperger de carburant.

— Ne faites pas ça ! l'implora Sevran.

Un rictus étira les lèvres fines du cuisinier, puis une lueur folle traversa ses yeux tandis qu'il sortait un briquet de sa poche.

— Ces gosses, ils voulaient fuir. Tout le monde se foutait pas mal de l'enfer qu'ils vivaient. Pas moi. Mais vous verrez, vous allez être très étonnés ! lança-t-il avant qu'une flamme bleue ne jaillisse devant son visage.

Une seconde plus tard, son tee-shirt s'embrasait, et le feu se propagea sur l'ensemble de son corps, faisant de lui une torche humaine… Caze, immobile, affichait une détermination implacable. Et ce ne fut qu'au moment où Kervan se décida à composer le numéro des secours que, dans un silence de mort uniquement perturbé par le ronflement des flammes, le cuisinier se contorsionna et vacilla. La commandant doutait qu'il cédât jamais. Tant d'obstination et d'acharnement dans la souffrance lui souleva le cœur.

Ortiz, lui, se protégea du bras et fonça vers le brasier pour sauver le sac et les monstrueux trophées, tandis que Kervan courait vers Dombard pour s'assurer qu'il allait bien. Ses collègues s'affairaient, mais Sevran restait là, hébétée, hypnotisée par l'immolation. Des cris atroces surgirent de la gorge de Caze. Son corps fut pris de violentes convulsions tandis que le feu continuait à le dévorer. La commandant sentit ses jambes se dérober. Elle se recroquevilla au sol pour fuir cette vision et cette odeur affreuse de chairs brûlées qui lui agressait les narines.

— Ça va ? s'enquit doucement Kervan en la rejoignant, une main amicale posée sur son épaule.

La cheffe de groupe, plombée, sortait doucement de sa torpeur. Elle se contenta d'acquiescer.

— Où est Biolet ? demanda le lieutenant.

Les trois collègues de Sevran se tenaient à présent devant elle. Dombard, la jambe en sang, était soutenu par Ortiz. Comme les mots trop douloureux refusaient de prendre forme, elle en trouva d'autres :

— Les secours vont arriver. Ils vont te prendre en charge rapidement.

— C'est bon, ça va aller. Dis-nous où est Biolet…

Dans leurs prunelles, Sevran percevait un mélange d'incrédulité et d'angoisse. Dans le fond, ils connaissaient déjà la réponse, mais ils attendaient d'elle qu'elle exprime l'horreur. Ils en avaient besoin. Elle rassembla alors le peu de forces qui lui restait et annonça sans détour :

— Il est mort…

La commandant le savait, rien n'aurait pu atténuer la violence du choc. Kervan, Ortiz et Dombard encaissèrent d'abord la nouvelle sans rien dire. Comme assommés. Puis l'information chemina, et des larmes se mirent à couler sur les joues des deux premiers alors qu'une douleur aussi puissante que profonde ravageait le visage du lieutenant. En les voyant se débattre seuls avec leur détresse, Sevran prit conscience que son équipe ne se remettrait peut-être jamais de la nuit de cauchemar qu'ils venaient de vivre ensemble. Et cette pensée lui déchira le cœur…

— Je dois aller auprès de lui, lâcha-t-elle en se relevant.

Désormais, elle n'avait plus qu'une seule envie : fuir et laisser libre cours à son chagrin. Elle se remit donc péniblement en marche et, lorsque ses yeux tombèrent sur le corps de son ami, elle fut à deux doigts de vomir ses tripes. Ensuite, Sevran caressa doucement la joue de Biolet et lui chuchota quelques mots à l'oreille. Elle attendit ainsi, en pleurs, dans la nuit glaciale qui n'en finissait plus, que les équipes médicales arrivent.

Après un temps qui lui parut infini, des collègues apparurent dans une lente procession. Ortiz et Kervan étaient accompagnés de trois membres de l'IJ. Tous s'accroupirent auprès du corps.

— Pas tout de suite…, supplia Sevran en serrant si fermement les doigts de son équipier qu'elle semblait chercher à le retenir parmi eux.

Respectueusement, les cinq flics formèrent un cercle autour d'eux deux. Biolet n'avait jamais eu de mots avec personne. Il était l'un des membres les plus appréciés de la brigade. Une à une, des mains se posèrent sur lui. Même disparu, il parvenait à créer la communion…

— Allez, viens…, murmura Kervan à l'oreille de sa cheffe en la soutenant du mieux qu'elle pouvait.

La commandant se laissa guider. Chaque pas qui l'éloignait de Biolet était une torture, mais ses collègues devaient désormais s'occuper de sa dépouille.

Ce ne fut qu'une fois les portes de l'ambulance refermées sur lui, plusieurs heures plus tard, qu'elle put enfin prendre une profonde inspiration, inondant ses poumons d'un air qui commençait à cruellement manquer. Après quoi elle se dirigea vers la voiture de service.

Pendant tout le trajet, la commandant conduisit tel un automate. Elle était absente d'elle-même. Une fois garée, elle sortit lourdement de la voiture. Une brise légère souleva ses cheveux. Il était encore très tôt, et une atmosphère de fin du monde régnait dans la petite rue déserte.

Ses pas la guidèrent lentement vers l'entrée d'un petit pavillon. Là, sur le pas de la porte, elle posa son front contre le mur frais et sonna. Aussitôt, les tremblements reprirent. Il était à peine 6 heures du matin, mais déjà les babillements de Théo et les rires de Julie lui parvenaient, se plantant directement dans son cœur. Lorsque le battant s'ouvrit enfin, la femme de Biolet tenait son bébé dans les bras. À la vue de la commandant, son expression changea subitement.

— Virginie ? Qu'est-ce qui se passe ?

Sevran se sentait prête à défaillir. Sa gorge était si sèche qu'elle ne laissait plus rien filtrer.

— Je suis désolée…, put-elle à peine murmurer avant que les larmes roulent sur ses joues.

— Mon Dieu, non…

— Pierre a été touché à la poitrine, Julie… Je n'ai rien pu faire. Il est mort sans souffrir.

Le monde de la jeune femme explosa d'un seul coup. L'onde de choc ébranla Sevran qui assistait, impuissante, à la catastrophe. Théo, réceptif aux émotions de sa maman, se mit à gesticuler. Comme la compagne de Biolet, interdite, ne réagissait plus, la commandant se saisit délicatement du bébé qu'elle embrassa avec douceur. Puis elle posa une main sur l'épaule de Julie, et toutes les deux fondirent en larmes, dans les bras l'une de l'autre.

De longues heures plus tard, Sevran quittait la salle d'attente du service où Dombard avait été admis après une opération réussie. Selon le chirurgien avec lequel elle venait de s'entretenir, la balle avait traversé la jambe droite sans faire de dégâts majeurs. Le lieutenant ne garderait, en principe, pas de séquelles physiques de sa blessure.

Sans réfléchir, l'enquêtrice se dirigea ensuite vers le bureau de William qui se précipita vers elle dès qu'il l'aperçut. Ses traits tirés témoignaient de la profonde anxiété qu'il avait ressentie depuis leur dernier échange au téléphone. Il la serra contre lui sans qu'elle en éprouve la moindre consolation. Sa tête brûlait comme un chaudron. Les flashs de la nuit tournaient en boucle dans sa tête et ne lui laissaient pas de répit.

— Rentre à la maison te reposer un peu. Manon t'attend. Ça te fera du bien de la voir, tu ne crois pas ?

Mais regagner sa confortable maison après un tel drame lui était impossible. Sevran souhaitait au contraire se noyer dans le travail et clore l'enquête.

— J'ai encore une affaire à régler.

— D'accord, mais cette fois, il va falloir que tu parles à quelqu'un.

La commandant acquiesça vaguement et s'éloigna avec la sensation étrange de flotter dans une bulle sombre. Les paroles de William lui parvenaient déformées. Elle se sentait étouffer, comme si elle avait la tête enfermée dans un sac. Elle ne s'en remettrait jamais.

Au bureau, Sevran retrouva Kervan et Ortiz qui lui demandèrent des nouvelles de Dombard et de Julie. Même si tout le monde était très éprouvé, tous les trois étaient animés par la même détermination. Au fond, terminer cette enquête était pour eux vital.

La dernière réflexion de Caze avait laissé son empreinte dans l'esprit de chacun des membres de l'équipe. « Vous verrez, vous allez être très étonnés ! » Et c'est avec cette phrase en mémoire que, dans la salle réservée aux scellés, ils se mirent à la tâche sans un mot. Sevran examina les chaussures des victimes, puis elle entreprit de fouiller le sac à dos du cuisinier. Une petite caméra traînait au fond, enroulée dans un tee-shirt. La commandant l'inspecta avec des gestes maladroits avant de la confier à Ortiz qui se chargea de l'allumer et de la brancher à un écran à l'aide d'un câble.

Quand un carré noir s'afficha, l'atmosphère devint asphyxiante. Puis, très vite, les policiers distinguèrent le corps frêle d'Enzo Aidel, ligoté sur une chaise au centre d'une pièce vide. Il grelottait et bougeait nerveusement. Ses traits étaient émaciés. D'un coup, deux mains puissantes lui ceignirent la gorge par-derrière. L'adolescent haletait. Sur ses lèvres, on devinait des suppliques que Caze avait pris soin de rendre muettes. L'étreinte ne faisait qu'accentuer la nervosité du gamin, si bien qu'il commençait à se débattre. La caméra glissa jusqu'à ses jambes qui remuaient malgré la corde qui les entravait. L'objectif remonta lentement en élargissant le champ. Un cri d'effroi échappa aux flics lorsqu'une silhouette apparut à côté d'Enzo.

— C'est pas vrai…, s'exclamèrent-ils à l'unisson, pleins d'incompréhension.

Kervan passa ses deux mains sur sa figure comme pour se réveiller d'un cauchemar. Ortiz, lui, se mordit les lèvres pour contenir sa colère.

— Maria Achenza… C'est donc elle qui aurait tué les enfants ?

— On va devoir tout visionner pour s'en assurer, répondit Sevran, tout aussi sonnée.

— Mais Caze, alors ?

— Caze est un meurtrier, c'est certain. En revanche, son rôle dans la mort des gamins n'est pas encore clair.

Le reste de la vidéo finit de leur apporter des réponses. Maria Achenza avait bien assassiné Thibault, Enzo et Liseron avec la complicité plus ou moins active du cuisinier. Et ils les avaient ensuite emmurés ensemble. Tout avait été filmé, la caméra tantôt dans les mains de Caze, tantôt sur un pied.

Dès qu'ils arrivèrent au bout de l'enregistrement, Sevran, Kervan et Ortiz filèrent au domicile des Achenza pour procéder à l'arrestation immédiate de l'épouse.

Pio Achenza

La sonnette retentit plusieurs fois. Le son strident agaça Pio qui se pressa pour ouvrir bien qu'il fût torse nu. À la vue des enquêteurs, il recula. Les trois collègues pénétrèrent dans son appartement sans ménagement, s'engouffrant dans chacune des pièces, jusque dans les chambres.

— Où sont votre femme et vos enfants ? demanda la commandant.

Pio, surpris par l'intrusion, vivait la scène au ralenti. Il eut subitement la sensation d'être pris dans des sables mouvants. Ses pires craintes semblaient se confirmer.

— Votre femme ! Dites-nous où elle est, insista Kervan.

— Je… Euh… Elle est dans la salle de bains, mais…

Les flics se précipitèrent au fond du couloir et cognèrent contre le battant.

— Maria Achenza, c'est la police ! Sortez immédiatement !

Adossé à un mur, en retrait, le mari eut un pressentiment qu'il n'osa pas exprimer.

— Si vous ne sortez pas, on va défoncer la porte !

— Elle ne répond pas. On y va, ordonna Sevran aux renforts qui patientaient encore dans l'entrée. Les enfants sont avec elle ?

— Je ne sais pas… je viens de me réveiller.

À peine eut-il fini sa phrase que l'accès à la salle de bains fut dégagé. Déjà des cris lui parvenaient de l'intérieur.

— Maria ! Maria, réveillez-vous ! Merde, elle a drogué les gamins. Appelez le SAMU !

Le mari, sidéré, se figea. De là où il se tenait, il n'apercevait que sa femme qui gisait au sol, un tube de tranquillisants près de sa main. Tout le monde s'agitait. Lui commençait tout juste à comprendre.

— Mes enfants…

La cheffe du groupe tourna un visage blême vers lui.

— Est-ce qu'ils sont morts ? Est-ce qu'elle a tué mes petits ? demanda-t-il.

Elle se leva et l'entraîna plus loin dans le couloir.

— Ils respirent encore. Les médecins des urgences ne vont pas tarder.

En effet, moins de cinq minutes plus tard, des soignants déboulèrent en trombe dans l'appartement.

— Ne la sauvez pas ! Je vous en supplie ! Je ne veux pas que ce monstre vive ! Pas elle ! Prenez mes enfants, mais elle, laissez-la ! S'il vous plaît !

L'enquêtrice fit signe à Ortiz de s'occuper de lui. Personne ne devait empêcher les secours de porter assistance à Maria. Pio se laissa entraîner loin des siens. Sa fille Nella et ses trois garçons, Dante, Livio et Malo, défilèrent devant lui, inconscients, ceinturés sur des brancards portés par des infirmiers pressés. Il suivit le mouvement, accablé, sans un regard pour son épouse qui était plongée dans un coma profond.

Damien Couard

Le vigile n'était pas sorti de chez lui depuis plusieurs jours. Son appartement désordonné ressemblait à la maison des Duflot : tout était sale, répugnant. Quant à son état mental, en plus d'une puissante mélancolie qui le clouait sur place en suçant sa sève, il tutoyait la folie. Il devait tenir ça de sa mère… Finalement, malgré tous ses efforts, il était revenu au point de départ de sa triste vie. Rien ne lui permettrait jamais de s'éloigner de cet aimant malfaisant. D'une main, il tâta son crâne douloureux et alluma la télévision pour interrompre le cours de ses mornes pensées. Une jeune femme blonde présentait le journal avec gravité. « Louise de Courbevoie », annonçait le bandeau. L'agent de sécurité se souvint que c'était elle qui avait ouvert la boîte de Pandore en évoquant publiquement les carnets de Madeleine. En entendant les derniers rebondissements sur l'affaire des Mesnuls, la télécommande lui échappa des mains. L'immolation de Caze le sonna. On racontait qu'il avait tué un policier, qu'il en avait blessé un autre, puis qu'il s'était fait brûler en silence jusqu'à ce qu'il s'effondre. Personne n'avait rien pu faire pour le sauver.

— Qui peut être capable d'une chose pareille ? Le diable ? chuchota-t-il.

On parlait aussi d'une mère de famille qui s'était rendue complice de la mort des enfants, à moins qu'elle ne fût l'instigatrice des meurtres. La journaliste paraissait indécise sur le sujet. Damien Couard, lui, remuait la tête, ses yeux exorbités roulaient d'un coin à l'autre de l'écran. Ces informations ne l'aidaient pas du tout à se calmer, au contraire. La réalité était si sauvage, si désespérante qu'il sentit la panique le gagner. Alors, il se leva et éteignit le poste d'un coup sec. Un silence s'installa, rapidement parasité par de petits gémissements étouffés. Se mettait-il à halluciner, à présent ?

Il tourna son visage pâle et fatigué vers la porte d'entrée dont il semblait qu'on grattait le bois. Fébrilement, il s'y dirigea et ouvrit le battant à toute volée. Derrière, une paire d'yeux brillants le fixaient. Aussitôt, Cheyenne fonça sur lui et le salua à grands coups de langue. Elle avait le poil terne et terreux. Elle était devenue si maigre que ses côtes saillaient sous sa peau. Mais elle était là. En vie. Damien Couard se laissa tomber par terre sous ses assauts, submergé par un soulagement immense.

— Où étais-tu passée, ma belle ?

Les joyeux aboiements de son animal le ranimèrent enfin, comme une piqûre d'adrénaline.

Dombard

Les paupières de Dombard se fendirent juste assez pour qu'un éclair de lumière lui agresse les rétines. L'éblouissement désagréable le fit hésiter à se replonger dans ses rêveries.

— Marc ? C'est Louise…

Dans une brume cotonneuse, il distingua d'abord ses cheveux blonds qui léchaient ses épaules, puis son visage doux penché sur lui. La blessure à la jambe du lieutenant rendait les mouvements douloureux, mais il se serait bien laissé tenter par un baiser. Cette idée ridicule lui tira un rictus, qui la fit sourire. Puis, d'un coup, la réalité le rattrapa, et les souvenirs du drame de la nuit précédente affluèrent.

— Vous m'avez fait sacrément peur. À vos collègues aussi, d'ailleurs ! Ils m'ont raconté pour… Enfin, comment est-ce que vous vous sentez ?

— Mal. Biolet était un chic type, son gamin, qui n'a que quelques jours, est orphelin… C'est injuste, souffla-t-il, bouleversé.

— Je sais. C'est terrible…

— Caze aurait dû payer pour toutes les horreurs qu'il a commises. Il n'aurait pas dû nous échapper.

— Il ne vous a pas échappé, Marc. Il s'est suicidé de la pire façon qui soit. Ce qui compte, c'est qu'il ne fera plus jamais de mal à personne.

— Non, ce n'est pas ça qui compte… Pas pour la femme de Biolet. Pas pour les parents des gosses. Ce salaud est parti en nous riant au nez.

Louise baissa la tête en silence.

— Marc, je suis désolée, je ne vais pas pouvoir rester à votre chevet. Mais je voulais vous prévenir : l'IGPN va mener une enquête sur les circonstances de la mort de Caze.

— Vous voulez ma version pour votre émission ?

— Non, se défendit-elle doucement. Je voulais juste être là à votre réveil. C'est tout.

— C'est gentil…

Elle saisit son manteau, déposa un rapide baiser sur ses lèvres et se dirigea vers la sortie.

— Je reviens bientôt, dit-elle sur le seuil de la pièce. D'ici là, soignez-vous bien. J'ai l'intention de vous inviter à dîner dès que possible.

Pris par surprise, Dombard ne trouva rien à répondre. Ce réveil avait quelque chose d'irréel. Mais il eut à peine le temps de reprendre ses esprits que Sevran pénétra à son tour dans la chambre. Elle avait l'air usée.

— Bon sang, Dombard, ça fait du bien de te voir ! soupira-t-elle en s'asseyant.

— Comment tu vas ? demanda-t-il, préoccupé.

— J'ai l'impression d'avoir été propulsée dans un monde que je ne reconnais pas. Biolet me manque. Terriblement, lui confia-t-elle en évitant son regard.

Dombard serra les poings. Il connaissait suffisamment bien sa supérieure pour savoir qu'elle ne s'épancherait pas davantage. Elle réorienta d'ailleurs rapidement la conversation sur la tentative de suicide de Maria. Elle lui raconta les médicaments qu'elle avait administrés à ses enfants, son arrestation et ses aveux sur son lit d'hôpital. Puis les images que Caze avait tournées et qui la confondaient. Tantôt complice, tantôt bourreau, Maria était aussi coupable que le cuisinier. Elle purgerait donc une peine à la hauteur de ses crimes. Caze, en revanche, resterait à jamais innocent aux yeux de la justice.

— Je ne comprends pas. Pourquoi elle a pris le risque d'acheter cette maison alors qu'elle y avait planqué des corps ?

— J'imagine qu'elle espérait garder son secret de cette manière, que c'était un moyen de se protéger. Elle n'avait peut-être simplement pas prévu que Pio entreprendrait de casser cette cloison-là…

— Et est-ce qu'elle a dit pourquoi ils s'en sont pris à ces pauvres gosses ?

— Non. Je crois qu'on ne saura jamais ce qui a germé dans leurs cerveaux malades. Ils étaient atteints du même mal que les Duflot. Au fond, il n'y a pas d'explication, parce qu'il ne peut pas y en avoir…

Tous les deux eurent l'air absents un instant. Puis Sevran rompit le silence :

— J'oubliais : l'IGPN va bientôt vouloir t'entendre.

— C'est pas important, ça. Ils ne me font pas peur. Est-ce que tu as des nouvelles de Pio Achenza ?

— Cette affaire l'a brisé… Ses gamins ont été placés cet après-midi.

— Quoi ?

— Il était anéanti, répondit-elle, grave. Pour le moment, il a besoin d'aide. Il pourra sûrement les récupérer quand il ira mieux. Dombard…

— Hum ?

— Je sais qu'on ne se dit pas ce genre de choses, mais tu comptes beaucoup pour moi et pour nous tous. N'en doute jamais. Maintenant, repose-toi et rétablis-toi vite. C'est un ordre, dit-elle dans un sourire en se levant.

Sevran

Sevran avait fini de peaufiner les principaux rapports d'enquête et de régler les affaires courantes. Jusque-là, le travail l'avait maintenue à flot, mais l'absence de son partenaire créait un manque insupportable. Sans son confident et complice, elle se sentait privée d'oxygène. Son groupe, quant à lui, poursuivait les investigations concernant Maria, même si le temps ne pressait plus, à présent. En effet, l'épouse Achenza était incarcérée en maison d'arrêt et, d'après ce que la flic avait appris, ses codétenues avaient l'intention de lui mener la vie dure.

La commandant s'enfonça dans son fauteuil et se laissa bercer par son lent balancement. Le siège vide de son équipier à ses côtés lui rappelait chaque seconde combien il lui avait été précieux durant toutes ces années. Des Post-it écrits de sa main entouraient l'écran de son ordinateur. Le dernier lui indiquait les coordonnées d'une baby-sitter pour Manon.

— Bon sang, Biolet, comment je vais m'en sortir, sans toi ? murmura-t-elle.

La vision de son cadavre au milieu des broussailles la hantait. Elle décida de se faire violence et se dirigea vers son bureau où elle entreprit de ranger ses effets personnels dans un carton. Son regard se posa longuement sur une photo récente de Biolet et Julie. Celle-ci était enceinte, et tous deux rayonnaient. L'image de leur bonheur accrocha un pâle sourire à ses lèvres. *Je prendrai soin d'eux. Tu peux compter sur moi.*

Lorsqu'elle releva la tête, Lemestre se tenait devant elle, plus crispé que jamais.

— Vous arriverez à gérer ? demanda-t-il, mal à l'aise.

— Oui, commissaire.

— C'était un bon flic.

— Il était excellent. Et c'était aussi le plus fidèle des amis.

— Le psychologue attaché à la brigade souhaite vous voir.

— Commissaire…

— S'il vous plaît, Sevran. On se fait du mouron pour vous. Arrêtez de sans cesse nous écarter, d'accord ? Ce que vous avez vécu est traumatisant. Autant à titre professionnel que personnel. Il vous faut un peu d'aide pour surmonter ça.

— Oui, peut-être…

— Je suis dans mon bureau si vous avez besoin de quoi que ce soit. Et une dernière chose, commandant : je sais que vous voyez la mort de Caze comme un échec, mais ça n'en est pas un.

Sevran se contenta d'acquiescer timidement. Lorsque Lemestre sortit de la pièce, les images du suicide du cuisinier polluèrent de nouveau ses pensées. Le type avait enduré les pires souffrances sans un cri, sans une larme. Elle craignait que l'atroce scène ne la poursuive pour toujours. Et puis le commissaire avait raison : certes Caze ne ferait plus jamais de mal à personne, mais elle enrageait contre ce geste qui avait privé les enfants et leurs familles de justice. Les visages innocents de Thibault Levine, Enzo Aidel et Liseron Alvarez étaient restés intacts, épinglés sur le tableau qui lui faisait face. Elle les observa longuement, songeuse, amère, puis se saisit de ses clés de voiture et quitta le commissariat. Un instant, elle imagina Biolet attraper son manteau et la suivre. Ce souvenir aussi la troublerait sans doute encore longtemps…

Le trajet comme une parenthèse solitaire dura des heures. Pour Sevran, il s'apparentait à un pèlerinage, un temps de paix pour repenser aux années passées à la PJ de Clermont-Ferrand en compagnie de Biolet. Là, ils s'étaient rencontrés et n'avaient pas tardé à former le binôme parfait. Leurs deux personnalités idéalement complémentaires avaient rendu leur relation aussi riche qu'un trésor…

La commandant avait conscience que ce serait très long et éprouvant de réinventer tout un quotidien sans son complice. Elle doutait même d'y parvenir, au point de se demander quel serait son avenir si elle poursuivait dans la police. Et d'ailleurs, y avait-elle encore sa place ?… Elle en était là de ses réflexions quand elle arriva enfin dans le quartier de la Croix-de-Neyrat. Elle voulait s'entretenir avec Émilie Lachare pour l'informer des éléments de l'enquête qui concernaient Enzo. Peut-être souhaitait-elle aussi, par son geste, excuser les humiliations et les soupçons qu'avait eu à subir la pauvre femme.

Alors qu'elle marchait, un peu perdue dans ses pensées, un joyeux cri d'enfant lui fit tourner la tête en direction d'une aire de jeux. Des bébés se traînaient à quatre pattes dans un bac à sable pendant que discutaient les mères assises sur un banc. Elles jetaient de temps à autre un regard distrait vers les bambins. Derrière, deux garçonnets s'appliquaient à créer un embouteillage de poussettes visant à bloquer l'entrée du jardin. L'un d'eux se fit tirer la manche en douceur par une jeune femme que Sevran reconnut aussitôt. Émilie Lachare prit le gamin dans ses bras et le hissa en haut d'un toboggan. Elle semblait amincie, ses cheveux étaient retenus par une queue-de-cheval, et son blouson rouge lui donnait bonne mine. Elle riait de bon cœur. Elle était lumineuse. *Elle va mieux. Inutile de gâcher ça*... Sevran hésita encore un moment. Finalement, elle rebroussa chemin et s'engouffra dans son véhicule et démarra aussitôt.

Elle ne saura jamais les horreurs... et c'est mieux ainsi.

Remerciements

Je souhaite remercier du fond du cœur ma famille et mes amis pour leurs encouragements et leur soutien sans faille. Mention spéciale à mes parents, mon mari Julien, premier lecteur au regard *laser*, mon fils Joseph, toujours attentif à mon travail et à mes questionnements, et Fred, qui contribue tant à faire connaître mes histoires.

Merci aussi à Danièle, Virginie et Marco, mes amis ultra-motivants.

À toute l'équipe de Fleuve Noir, Florian, Amandine, Maryannick et les correcteurs qui font un travail formidable.

Merci aux écrivains, aux scénaristes et réalisateurs, aux musiciens, aux acteurs du monde de la culture qui participent à rendre mon cerveau fertile.

Et puis, bien sûr, je remercie les lecteurs pour leur curiosité et les mots qu'ils m'envoient et qui me touchent tant.

Remerciements

[illegible]

Composition et mise en pages
Nord Compo à Villeneuve-d'Ascq

Imprimé en France par CPI
en février 2023
N° d'impression : 3051636

Pocket – 92 avenue de France, 75013 PARIS

S33126/01